Jenny Jackson

Pineapple Street

Roman

Aus dem Amerikanischen
von Barbara Schaden

btb

Für Torrey

Millennials werden die Nutznießer der größten generationenübergreifenden Vermögensverschiebung in der amerikanischen Geschichte sein – in Finanzkreisen ist schon die Rede vom *Great Wealth Transfer*. Es wird erwartet, dass allein in den nächsten zehn Jahren mehrere Billionen Dollar durch Vererbung an die nächste Generation übergehen.

–– Zoë Beery, *The New York Times*

Ich lebe in Brooklyn. Aus freien Stücken.

–– Truman Capote

Auftakt

Curtis McCoy war früh dran für sein Zehn-Uhr-Meeting und ging deshalb mit seinem Kaffee zu einem Tisch am Fenster, wo die trübe Aprilsonne eine gewisse Wärme versprach. Es war ein Samstag, Joe Coffee war voll, und in Brooklyn Heights ging es lebhaft zu, Frauen in Sporttights schoben Kinderwagen die Hicks Street entlang, Gassigänger versammelten sich an den Bänken der Pineapple Street, Eltern trieben ihre Kinder an, um sie zu Fußball, Schwimmunterricht oder zu Geburtstagsfeiern an Jane's Carousel zu bringen.

Am Nebentisch saß eine Mutter mit zwei erwachsenen Töchtern, alle drei tranken aus blau-weißen Pappbechern und starrten auf dasselbe Telefon.

»Oh, da ist doch einer! Laut seinem Profil joggt er gern, macht sein Kimchi selbst und will ›den Kapitalismus demontieren‹.«

Curtis versuchte wegzuhören, aber es ging nicht.

»Darley, der Typ ist doppelt so alt wie ich. Kommt nicht infrage. Weißt du überhaupt, wie die App funktioniert?«

Der Name Darley sagte ihm etwas, aber Curtis konnte die Frau nicht einordnen. Brooklyn Heights war ein kleines Viertel, wahrscheinlich hatte er sie mal bei Lassen um ein Sandwich anstehen sehen, oder er war ihr im Fitnessstudio in der Clark Street über den Weg gelaufen.

»Ja, schon gut. Wie wär's mit diesem hier? ›Cis-männlicher Veganer sucht Mitbewahrerin der Erde. Esse nichts, was ein Gesicht hat. Außer den Reichen.‹«

»Veganer kommen auch nicht infrage. Grauenhaftes Schuhwerk«, fiel ihr die Mutter ins Wort. »Gib mir mal das Telefon. Hm. Das Wifi hier ist schrecklich.«

»Ach, Mom! Das spricht sich ›Waifai‹ aus.«

Curtis riskierte einen kurzen Blick zum Nachbartisch. Die drei Frauen trugen weiße Tenniskleidung, die Mutter war eine Blondine mit Goldohrringen und einer bemerkenswerten Kollektion von Fingerringen, die Töchter beide brünett, die eine sehr schlank mit schulterlangem glattem Haar, die andere rundlicher, mit langem Wellenhaar, das sie zu einem losen Knoten geschlungen hatte. Curtis blickte wieder auf seinen Teller und brach ein Stück von seinem Mohnbagel ab.

»›Bi und nicht monogam sucht Tigermami, die mit mir das Patriarchat zerschmettert. Ruf an, dann gehen wir tanzen!‹ Mich trifft der Schlag«, murmelte die Mutter. »Ich kapiere kein Wort.«

Curtis schnaubte, um nicht zu lachen.

»Mom, gib mir das Telefon zurück.« Die Tochter mit dem gewellten Haar nahm ihrer Mutter das iPhone ab und warf es in ihre Tasche.

Mit plötzlichem Erschrecken stellte Curtis fest, dass er sie kannte. Es war Georgiana Stockton; sie war vor zehn Jahren in der Highschool an der Henry Street in seiner Klasse gewesen. Sollte er etwas sagen? Aber dann wäre klar, dass er das ganze Gespräch mitgehört hatte.

»Wie viel einfacher war es früher«, sagte Georgianas Mutter missmutig. »Man ging mit dem Tanzkurspartner aus oder auch mit dem Mitbewohner des Bruders in Princeton.«

Georgiana verdrehte die Augen. »Stimmt, Mom, aber die Leute aus meiner Generation sind eben elitäre Snobs.«

Curtis lächelte verstohlen. Genau das gleiche Gespräch hätte er mit seiner eigenen Mutter führen können, um ihr klarzumachen, warum er gar nicht daran dachte, die Tochter ihrer Freundin zu heiraten, nur weil sie auf Martha's Vineyard Nachbarn waren. Aus dem Augenwinkel sah er Georgiana abrupt vom Stuhl aufspringen.

»O nein! Ich habe mein Cartier-Armband in Lenas BMW vergessen, und sie fährt bald zu ihrer Großmutter nach Southampton!«

Georgiana schwang sich die Tasche über die Schulter, schnappte sich den Tennisschläger vom Boden, drückte Mutter und Schwester je ein Küsschen auf die Wange und polterte an Curtis vorbei Richtung Ausgang. Dabei knallte ihr Tennisschläger gegen seinen Tisch, sodass der Kaffee über den Becherrand auf den Mohnbagel schwappte. Mit gerunzelter Stirn sah er ihr nach.

1

Sasha

Es gab ein Zimmer in Sashas Haus, das wie ein Portal zu einer anderen Dimension funktionierte, und diese Dimension war das Jahr 1997. Hier fanden sich Dinge wie ein eiförmiger iMac-Computer mit blauem Kunststoffgehäuse, ein Skianorak mit mehreren hart gewordenen Liftkarten, die noch am Reißverschluss hingen, ein zerknitterter Stapel Bordkarten, eine Cannabispfeife mit einem leeren gelben Feuerzeug ganz hinten in einer Schublade. Wann immer Sasha gegenüber ihrem Mann eine Bemerkung fallen ließ, wie gern sie die Highschool-Hinterlassenschaften ihrer Schwägerin in einen Umzugskarton packen würde, verdrehte er die Augen und bat sie um Geduld. »Sie holt sich das Zeug, wenn sie Zeit hat.« Sasha glaubte kein Wort davon und fand es unheimlich, in einem Haus zu wohnen, in dem ein Zimmer praktisch nicht betretbar war – wie ein versiegelter Schrein für ein verlorenes Kind.

Wenn sie guter Dinge war, konnte Sasha durchaus zugeben, was für ein unglaubliches Glück sie mit ihrem Haus hatte. Es war ein hochherrschaftliches Stadthaus, 19. Jahrhundert, Brooklyn Limestone mit drei Etagen über dem Erdgeschoss – hier hätten zehn von den Einzimmerapartments Platz gehabt, in denen Sasha zuvor gewohnt hatte. Aber wenn sie schlecht gelaunt war, fühlte sie sich wie in einer Zeitkapsel. Ihr Mann war hier aufgewachsen und niemals ausgezogen, das ganze Haus war voll mit seinen Erinnerungen, seinen Kindheitsgeschichten und vor allem mit seinem Familienmist.

Nachdem Sasha drei Wochen mit Cord hier gelebt hatte, lud sie ihre Schwiegereltern zum Abendessen ein. »Ich mache Pilzquiche und Salat mit Ziegenkäse«, schrieb sie in der E-Mail. Den ganzen Vormittag war sie damit beschäftigt, Teig auszurollen und die Füllung herzustellen, sie ging sogar hinüber zum teuren Markt an der Montague Street, um Granatapfelkerne als dekorative Garnierung für den Blattsalat zu besorgen. Sie saugte das Esszimmer, staubte die Regale ab, kühlte den Sancerre ein. Die Schwiegereltern rückten mit drei L.L.Bean-Stofftaschen an. »Oh, aber ihr hättet doch nichts mitbringen müssen!«, rief Sasha bestürzt.

»Sasha«, trällerte die Schwiegermutter und öffnete eine Schranktür, um ihr Bouclé-Jäckchen von Chanel aufzuhängen. »Wir sind *so* gespannt, was ihr von euren Flitterwochen zu erzählen habt!« Sie trug die Taschen in die Küche und zog eine Flasche weißen Burgunder heraus, zwei Blumenarrangements in tiefen Vasen, eine Tischdecke mit Lilien und drei Töpfe von Williams Sonoma mit Deckel. Sie stellte alles aufgereiht auf die Theke und öffnete zielsicher einen Hängeschrank, um sich ein Weinglas zu nehmen, ganz die Frau, die seit vierzig Jahren in ihrer Küche schaltet und waltet.

»Ich habe Pilzquiche gemacht«, wandte Sasha zaghaft ein und kam sich vor wie die Verkäuferin am Probiertisch im Costco-Discounter, die ein Sonderangebot Schmelzkäse anpreist.

»Oh, ja, das habe ich in deiner E-Mail gelesen, Liebes. Ich dachte, das heißt, es wird ein französischer Abend. Sag mir zehn Minuten, bevor deine Quiche fertig ist, Bescheid, dann schiebe ich meinen Coq au Vin in den Ofen. Außerdem habe ich Endives à la provençale gemacht, und von allem gibt es reichlich, sodass wir deinen Salat vielleicht gar nicht brauchen. Die Kerzenhalter sind dort in der Schublade, jetzt sehen wir uns mal deine Tischdekoration an, und ich schaue, was wir noch brauchen.«

Aus Solidarität aß Cord Quiche und Salat, aber als Sasha seinen sehnsüchtigen Blick auf den Chicorée bemerkte, warf sie ihm ein scharfes Lächeln zu, das besagte: Nur zu, aber dann schläfst du auf der Couch.

Das Arrangement war für sie alle neu, und Sasha war klar, dass es Zeit brauchte, bis sich alle daran gewöhnt hatten. Cords Eltern Chip und Tilda hatten sich seit Jahren beschwert, das Haus sei zu groß für sie beide, sei zu weit von der Garage entfernt, und sie seien es leid, Schnee zu schaufeln und den Müll hinauszuschleppen. Sie hatten in ein Bauprojekt zwei Blocks weiter investiert – den Umbau des ehemaligen Kinos von Brooklyn Heights zu fünf Luxuseigentumswohnungen – und sich dann für die eine Maisonettewohnung entschieden. Innerhalb einer Woche waren sie unter Zuhilfenahme ihres alten Lexus und des Ehemanns ihrer Haushälterin, dem sie dreihundert Dollar zahlten, umgezogen. Es schien ein überraschend leichter Auszug aus vier Jahrzehnten Leben, aber ganz so war es dann eben doch nicht. Abgesehen von ihrer Kleidung hatten die Stocktons praktisch alles zurückgelassen. Sogar das Kingsizebett im Schlafzimmer. Darin zu schlafen, war für Sasha alles andere als behaglich.

Teil des Deals war, dass Sasha und Cord in das frei gewordene Haus einzogen und so lange darin wohnten, wie sie wollten. Sollten sie eines Tages beschließen, das Haus zu verkaufen, würde der Erlös zwischen Cord und seinen zwei Schwestern aufgeteilt. Die Vereinbarung enthielt noch einige weitere Klauseln, die alle der Vermeidung unnötiger Erbschaftssteuer dienten, doch mit diesen Details befasste sich Sasha nicht. Die Stocktons mochten sie als Schwiegertochter hingenommen haben, aber sie hatten auch unmissverständlich durchblicken lassen, dass sie sich von Sasha eher bei einem Aerobicdreier mit Tildas Bridgepartnerin erwischen lassen würden, als dass sie ihr Einblick in ihre Steuererklärungen gewährt hätten.

Nach dem Essen räumten Sasha und Cord den Tisch ab, während die ältere Generation sich zu einem Digestif in den Salon zurückzog. In einer Ecke des Raums stand ein Barwagen mit einer Auswahl an alten Cognacs, die sie stets aus Miniaturgläschen mit Goldrand zu trinken pflegten. Die Gläser waren, wie alles im Haus, antik und hatten eine Geschichte. In diesem Raum gab es bodenlange blaue Samtvorhänge, einen Flügel und ein Sofa mit Löwenfüßen, das aus dem Bestand des Gouverneurs stammte. Sasha hatte einmal den Fehler gemacht, sich daraufzusetzen. Der juckende Ausschlag an den Beinen war hartnäckig und musste mit Zinksalbe bekämpft werden. Im Foyer hing ein Kronleuchter, im Esszimmer war eine Standuhr, die so laut schlug, dass Sasha beim ersten Mal einen erschreckten Laut ausgestoßen hatte, und im Arbeitszimmer hing ein riesiges Ölgemälde, ein Schiff auf drohend finsterem Meer. Überhaupt haftete dem ganzen Haus etwas unbestimmt Nautisches an, was sonderbar war – schließlich war man nicht in Gloucester oder Nantucket, sondern in Brooklyn, und Chip und Tilda waren natürlich im Sommer gern segeln gewesen, aber meist auf einem gecharterten Boot mit Besatzung. Es gab keine ersichtliche Verbindung zur Seefahrt. Aber Gläser mit eingraviertem Steuerrad, Tischsets mit Drucken von Segelbooten, im Bad eine gerahmte Seekarte an der Wand, und mit den Strandtüchern konnte man dank der aufgedruckten Anleitungen allerlei Seemannsknoten üben. Es kam vor, dass Sasha abends durchs Haus ging, mit der Hand über die alten Rahmen und Kerzenleuchter fuhr und Kommandos wie »Schotten dicht!« und »Deck schrubben!« murmelte. Dann musste sie immer lachen.

Als der Tisch abgeräumt war, kamen Sasha und Cord zu den Eltern in den Salon und erhielten je ein Gläschen Cognac. Der roch klebrig und leicht medizinisch und ließ Sasha seltsamerweise die Härchen in ihrer Nase fühlen, doch die gesellschaftliche Höflichkeit gestattete keine Ausrede.

»Und, Kinder, wie gefällt euch das Haus?«, fragte Tilda und schlug ihre langen Beine übereinander. Sie hatte sich fein gemacht, trug eine farbenfrohe Bluse, einen Bleistiftrock, hauchzarte Seidenstrümpfe, und ihre Absätze waren an die zehn Zentimeter hoch. Die Stocktons waren alle ziemlich groß, und mit diesen Absätzen konnte die Schwiegermutter auf Sasha von weit oben hinabblicken. Es wäre eine glatte Lüge, zu behaupten, das sei keine Machtdemonstration.

»Sehr gut.« Sasha lächelte. »So ein schönes und geräumiges Haus. Ich bin sehr glücklich.«

»Aber Mom«, begann Cord, »wir haben uns überlegt, dass wir gern hier und da ein paar Änderungen vornehmen würden.«

»Natürlich, mein Schatz. Es ist euer Haus.«

»Unbedingt«, stimmte Chip zu. »Wir sind jetzt in der Orange Street zu Hause.«

»Das ist wirklich lieb von euch«, warf Sasha ein. »Ich finde den Schlafzimmerschrank ein bisschen eng, aber wenn wir die eingebauten Fächer im hinteren Teil raus...«

»O nein, Schätzchen«, unterbrach Tilda. »Mach das bloß nicht. Du kannst dir nicht vorstellen, wie praktisch die sind – was man da alles unterbringt, Krimskrams aller Art, Winterschuhe, Hüte und alles, was nicht zerdrückt werden soll. Du tust dir wirklich keinen Gefallen, wenn du die Fächer rausnehmen lässt.«

»Ah ja, verstehe.« Sasha nickte. »Klingt vernünftig.«

»Aber die Wohnzimmermöbel?«, versuchte es Cord. »Wir hätten wirklich gern eine bequeme Couch, und ohne die Samtvorhänge wäre es viel heller und freundlicher.«

»Aber die Vorhänge wurden speziell für diesen Salon angefertigt. Die Fenster sind riesig, und wenn ihr die Vorhänge abnehmt, werdet ihr sicher feststellen, dass sich nicht leicht ein passender Ersatz findet.« Tilda schüttelte traurig den Kopf und ließ ihr kunstblondes Haar im Lüsterlicht schimmern. »Jetzt wohnt doch erst mal eine Weile hier, bis ihr das Haus wirklich kennt, und denkt dann gründlich darüber nach, was euch am meisten zusagt. Wir wünschen uns so, dass ihr euch hier zu Hause fühlt.« Sie tätschelte Sashas Bein etwas unsanft, stand mit einer Kopfbewegung zu ihrem Mann hin auf und stöckelte zur Tür. »Wir müssen«, sagte sie im Gehen. »Danke für die Einladung. Ich lasse die Le Creuset einfach hier, du kannst sie in die Spülmaschine tun, das ist kein Problem, man muss sie nicht von Hand spülen. Ich nehme sie wieder mit, wenn wir das nächste Mal zum Essen kommen. Oder du bringst sie einfach mal vorbei. Und die Vasen kannst du behalten – mir ist aufgefallen, dass deine Tischdekoration ein bisschen spärlich ist.« Sie schlüpfte in ihre Jacke, elfenbeinfarben und rosa mit einem Touch Lavendel, hängte sich ihre Handtasche über den Arm und führte ihren Mann durch die Eingangstür, die Stufen hinunter und zurück in ihre neu eingerichtete, ganz und gar unnautische Wohnung.

Wenn Sasha gefragt wurde, wie sie und Cord zusammengekommen seien, antwortete sie: »Ich war seine Therapeutin.« (Ein Scherz natürlich – WASPs gehen nicht zur Therapie.) In einer Welt von Tinder & Co. war die Art, wie sie sich kennengelernt hatten, so antiquiert wie Square Dance. Sasha hatte mit einem Glas Wein am Tresen der Bar Tabac gesessen, und weil der Akku ihres Telefons leer war, hatte sie zu einem liegen gebliebenen Kreuzworträtsel aus der *New York Times* gegriffen. Es war schon fast vollständig gelöst – was sie selbst im Leben nicht geschafft hätte –, und während Sasha dasaß und die Fragen mit den Lösungen verglich, trat Cord an die Bar, um zu bestellen, und sprach sie an. Staunend über die schöne Frau, die nebenbei auch noch ein Ass im Lösen des notorisch schwierigen Sonntagskreuzworträtsels der *New York Times* war.

Eine Woche später trafen sie sich zum Cocktail, und abgesehen davon, dass »ihre ganze Beziehung auf einer Lüge aufgebaut war«, wie Cord zu sagen pflegte, nachdem er hatte feststellen müssen, dass Sasha nicht einmal das simple Kreuzworträtsel vom Montag lösen konnte, wurde eine perfekte Romanze daraus.

Perfekte Romanze unter normalen Verhältnissen, sprich: Die Protagonisten sind zwei im Leben stehende, alltagstaugliche Erwachsene mit einem Normalmaß an Altlasten, Unabhängigkeit, Alkoholkonsum und sexuellem Appetit. Im ersten gemeinsamen Jahr trieben sie, was New Yorker Paare Anfang dreißig eben so treiben, standen auf Geburtstagspartys abseits in einer Ecke der Bar, um miteinander zu flüstern, setzten Himmel und Hölle in Bewegung, um einen Platz in einem Restaurant zu ergattern, wo lediglich Eier auf Ramen serviert wurden, schmuggelten Snacks ins Kino, warfen sich in Schale für einen Brunch mit Freunden und freuten sich dabei schon auf den Tag, an dem das alles nicht mehr nötig war, sondern man den Sonntag auch mal auf dem Sofa verbringen konnte, mit Specksandwiches aus dem Feinkostladen ein paar Häuser weiter und der *Sunday Times*. Natürlich krachte es auch gelegentlich. Einmal ging Cord mit ihr zum Campen, strömender Regen flutete das Zelt, er machte sich über sie lustig, weil sie sich fürchtete, nachts allein pinkeln zu gehen, und sie rastete aus und schwor, dass sie in ihrem Leben keinen Fuß mehr nach Maine setzen würde. Sashas beste Freundin Vara lud sie zu einer Vernissage in ihrer Galerie ein, Cord kam nicht, weil er im Büro festsaß, und begriff das Ausmaß seines Vergehens nicht. Cord hatte Bindehautentzündung, lief tagelang wie ein rotäugiger Hase herum, und Sasha zog ihn so lange auf, bis er eingeschnappt war. Alles in allem waren sie ein Traumpaar.

Sasha brauchte allerdings lange, bis sie begriffen hatte, dass Cord reich war – peinlich lange, wenn man bedenkt, dass er Cord Stockton hieß; sie hätte es wissen können. Seine Wohnung war ganz nett, aber nicht außergewöhnlich. Sein Auto eine Schrottkiste. Seine Kleidung war unauffällig, aber er legte auffällig großen Wert darauf, seine Sachen pfleglich zu behandeln, und warf nichts weg. Sein Portemonnaie benutzte er, bis das Leder riss, seine Gürtel hatte ihm seine Großmutter gekauft, als er in der Highschool war, und sein iPhone trug er quasi in einem mit Handschellen am Handgelenk befestigten Atomkoffer herum, auf jeden Fall hatte es eine Displayfolie und darüber eine zusätzliche Schutzhülle von der Dicke einer Brotscheibe. Sasha hatte anscheinend *The Wolf of Wall Street* zu oft gesehen, denn für sie hatten reiche New Yorker zurückgegeltes Haar und leisteten sich in jedem Club den Flaschenservice. Tatsächlich gab es aber auch solche, die Pullover so lange trugen, bis die Ellenbogen durchgescheuert waren, und die eine ungesund enge Mutterbeziehung hatten.

Cords Familienobsession war grenzwertig. Er arbeitete Seite an Seite mit seinem Vater, seine zwei Schwestern wohnten in der unmittelbaren Umgebung, sie trafen sich ständig zum Essen und telefonierten häufiger und länger, als Sasha überhaupt je am Stück redete. Cord tat für seine Eltern Dinge, die für Sasha unvorstellbar gewesen wären – er begleitete seinen Vater zum Friseur, und wenn er sich ein neues Hemd kaufte, nahm er ein zweites, exakt gleiches für seinen Vater; seiner Mutter besorgte er ihren französischen Lieblingswein am Astor Place, und er massierte ihr die Füße auf eine Weise, dass Sasha aus dem Zimmer gehen musste. Wer massiert seiner Mutter die Füße? Sie musste bei dem Anblick an die Szene in *Pulp Fiction* denken, in der John Travolta eine Fußmassage mit Oralsex gleichsetzt, und sie geriet derart außer sich, dass ihre Augenlider nervös zu zucken begannen.

Sasha liebte ihre Eltern, aber ihr Verhältnis zueinander war nicht annähernd so eng. Ihre Eltern waren mäßig interessiert an ihrer Arbeit als Grafikdesignerin, sonntags telefonierten sie miteinander, und zwischendurch schickten sie sich gelegentlich Nachrichten; und manchmal, wenn Sasha sie besuchte, registrierte sie überrascht Neuerungen, die ganz unerwähnt geblieben waren, etwa ein neues Auto und einmal sogar eine fehlende Wand zwischen Küche und Wohnzimmer, die zwecks Raumvergrößerung eingerissen worden war.

Sashas Schwägerinnen waren nett zu ihr. An ihrem Geburtstag schickten sie Nachrichten, sie erkundigten sich nach ihrer Familie, liehen ihr Tennisschläger und Trikots, damit sie bei Familienurlauben nicht außen vor blieb. Dennoch hatte Sasha das unausweichliche Gefühl, dass die Schwestern es lieber sahen, wenn sie nicht da war. Es kam vor, dass sie Cords älterer Schwester Darley etwas erzählte und in dem Moment, in dem Cord den Raum betrat, augenblicklich vergessen war – Darley kehrte ihr einfach den Rücken zu und widmete sich ihrem geliebten Bruder. Georgiana, die Jüngere, redete zwar ostentativ mit jedem, auch mit Sasha, ließ dabei aber keinen Moment ihre Geschwister aus den Augen. Diese Familie bildete eine geschlossene Einheit, umgeben von einem Elektrozaun, und Sasha schien es nicht vergönnt, jemals in den inneren Zirkel vorzudringen.

Die Stocktons waren im Immobiliengeschäft. Angesichts dessen war Sasha ihr vollgestopftes Haus anfangs besonders seltsam erschienen. Hätte man nicht eher einen minimalistischen Traum wie in *Architectural Digest* erwartet? Aber wie sich zeigte, galt das Immobilieninteresse nicht der Wohnung an sich, sondern der Investition in Großprojekte. Cords Großvater, Edward Cordington Stockton, hatte von seiner Familie ein bescheidenes Vermögen geerbt, das er in den 1970er Jahren, als die Stadt am Rand des Konkurses stand, für den Erwerb einer Liegenschaft an der Upper East Side nutzte. Er bezahlte 485 Dollar für den Quadratmeter. Dieselbe Immobilie war inzwischen 13 000 pro Quadratmeter wert, und Stockton Vater und Sohn, Edward und Chip, waren gemachte Leute. Sie wandten sich Brooklyn zu, kauften Immobilien entlang der Uferzone und zogen dann weiter über Dumbo nach Brooklyn Heights. 2016, als Jehovas Zeugen sich von ihrem Besitz in Brooklyn Heights trennten, waren sie zur Stelle und schlossen sich einer Investorengruppe an, die das berühmte Wachtturm-Gebäude und das ehemalige Standish Arms Hotel erwarb. Anstelle des mittlerweile verstorbenen Edward Cordington war Cord ins Geschäft eingestiegen und bildete die dritte Generation der New Yorker Immobilienhändler Stockton.

Paradoxerweise hatte sich die Familie Stockton entschieden, in der sogenannten *fruit street neighborhood* von Brooklyn Heights zu wohnen, den drei kleinen Straßenblocks aus Pineapple, Orange und Cranberry Street auf der Anhöhe oberhalb der Uferzone. Während ihr geschäftlicher Schwerpunkt auf der Umwandlung alter Gebäude in neue, hochwertige Eigentumswohnungen lag, lebten sie privat in einer Gegend, in der signifikante Umbauten aus denkmalschutzrechtlichen Gründen untersagt waren. Etliche Häuser im Viertel trugen stolz Plaketten mit Jahreszahlen, »1820« oder »1824«. Hier gab es kleine weiße Schindelhäuser. Es gab grüne Gärten hinter schmiedeeisernen Toren. Es gab ehemalige Ställe und Remisen. Sogar die Drogeriekette CVS verbarg sich hinter efeubewachsenen Steinmauern, sodass man sich in einem englischen Weiler wähnen konnte. Besonders gut gefiel Sasha eine ehemalige Apotheke an der Ecke Hicks und Middagh Street, über deren Eingang ein Mosaik aus Keramikfliesen »DRUGS« verkündete.

Von noch vornehmerer Abkunft war die Familie von Cords Mutter. Tilda Stockton, geborene Moore, entstammte einer langen Reihe hochrangiger Politiker, zuletzt hatten Vater und Bruder nacheinander das Amt des Gouverneurs von New York ausgefüllt, und sowohl die *Vogue* als auch *Vanity Fair* hatten die Familie ausführlich porträtiert. Mit einundzwanzig hatte sie Chip Stockton geheiratet und war natürlich nie im eigentlichen Sinn berufstätig gewesen, hatte sich aber einen beachtlichen Ruf als Eventberaterin erworben, hauptsächlich dadurch, dass sie ihre wohlhabenden Promifreunde mit ihren bevorzugten Partyplanern zusammenbrachte. Für Tilda Stockton war jede Abendveranstaltung, die nicht eine Vision, ein Thema, die entsprechende Tischdekoration und Kleiderordnung beinhaltete, inakzeptabel. Und Sasha wäre jedes Mal am liebsten unter den Cocktailservietten mit Monogramm verschwunden.

Die ersten Monate ihres Ehelebens verbrachte Sasha mit dem Versuch, sich in ihr neues Zuhause in der Pineapple Street einzuleben. Sie ging die Sache so an, dass sie sich vorstellte, sie müsse als Archäologin eine alte Kultur studieren. Ihre Entdeckungen waren jedoch profaner Natur; statt Tutanchamuns Grab fand sie einen Aschenbecher in Gestalt eines missgebildeten Pilzes, den Darley in der sechsten Klasse gemacht hatte, statt der Schriftrollen vom Toten Meer entdeckte sie Cords Grundschulaufsatz über unterschiedliche Koniferenzapfen, anstelle der Terrakotta-Armee eine ganze Schublade voll Zahnbürsten: Werbegeschenke einer Zahnarztpraxis in der Atlantic Avenue.

Von den vier Schlafzimmern war keines leer, und Darleys Zimmer war das schlimmste. Cords altes Zimmer war ausgeräumt worden, als er aufs College ging, doch beherbergte es nach wie vor einen vergoldeten Armleuchter, etliche chinesische Bodenvasen und Dutzende gerahmter Gemälde, die im Lauf der Jahre dem Bestand einverleibt worden waren, aber keinen Platz an der Wand gefunden hatten. In Georgianas Zimmer fanden sich noch sämtliche Collegelehrbücher, außerdem Fotoalben sowie ein ganzes Regal mit Tennispokalen; und das Hauptschlafzimmer war zwar von Kleidung und Schmuck befreit worden, enthielt aber noch alle Möbel und Dekorationsgegenstände der vorherigen Bewohner, und Sasha empfand das gegen die Wand knallende Kopfteil des Mahagonibetts, in dem sicher schon ein Kongressabgeordneter oder Verkehrsminister geschlafen hatte, als extrem orgasmusfeindlich.

Während sie ihre leeren Koffer in die überfüllten Schränke quetschte, überlegte sie, ob ein Austausch des Duschvorhangs wohl erlaubt wäre. Sie wollte vorsichtshalber noch ein paar Monate warten.

Chip und Tilda planten eine Einweihungsparty in ihrer neuen Wohnung in der Orange Street und baten ihre Kinder und deren Partner, früh zu erscheinen. Die Party fand an einem Mittwochabend statt, weil die meisten Freunde das Wochenende gern auf dem Land verbrachten und einige schon am Donnerstagabend losfuhren. Für ihr urbanes Gesellschaftsleben hatten die Eltern Stockton nur die Tage Montag bis Mittwoch zur Verfügung, danach waren alle bis nach Long Island und hoch ins Litchfield County verstreut.

»Was soll ich anziehen?«, fragte Sasha, vor dem Kleiderschrank stehend. Sie wusste nie, wie sie sich in Gegenwart ihrer Schwiegerfamilie kleiden sollte. Es war, als gäbe es ein Stimmungsbarometer, das alle zurate ziehen konnten, nur sie konnte es nicht lesen.

»Zieh an, was du willst, Babe«, antwortete Cord wenig hilfsbereit.

»Ich kann also Jeans anziehen?«

»Na ja, *Jeans* würde ich nicht anziehen.« Er runzelte die Stirn.

»Okay, dann ein Kleid?«, fragte Sasha genervt.

»Also, Mom hat als Thema ›Hoch hinaus‹ vorgegeben.«

»Keine Ahnung, was das heißen soll.«

»Ich zieh mich so an, wie ich auch zur Arbeit gehe. Das werden wahrscheinlich die meisten Gäste tun.«

Cord ging mit Anzug und Krawatte ins Büro, und daher war dieser Tipp für Sasha in etwa so hilfreich, als hätte seine Arbeitskleidung aus OP-Kittel oder Feuerwehroverall bestanden. Ratlos beschloss sie, auf Nummer sicher zu gehen, und zog eine hübsche weiße Bluse zu einer marineblauen Hose an, dazu die kleinen Diamantohrringe, die sie zum Collegeabschluss von ihrer Mutter bekommen hatte. Sie trug Lippenstift auf, und als sie sich in dem alten Spiegel über dem Kamin prüfend betrachtete, lächelte sie und fühlte sich klassisch elegant, wie Amal Clooney, wenn sie die UNO verlässt, um mit George essen zu gehen. Hoch hinaus, in der Tat.

Als sie in der Wohnung ankamen, waren Cords Schwestern

schon da, Georgiana mit ihren Sommersprossen auf der Nase wunderschön in einem knöchellangen wallenden Bohokleid, das lange braune Haar in Kaskaden über den Rücken fallend. Darley trug einen gegürteten Jumpsuit, der sicher schon in der *Vogue Italia* vorgestellt worden war. Neben ihr stand ihr Ehemann Malcolm, und bei seinem Anblick atmete Sasha auf. Sie hatte Malcolm schon früh als Verbündeten in dieser seltsamen Welt der Verschwägerungen erkannt, sie hatten sogar einen Code, den sie einander verschwörerisch zuraunten, wenn es wirklich schlimm wurde: NMF. Das hieß »nicht meine Familie« und brachte Entlastung in jeder Situation, in der sie als Externe bizarren WASP-Ritualen beiwohnten – wie jüngst im Hochsommer, als die Stocktons von einem Profi ein Familienfoto für die Weihnachtskarte machen ließen, alle in Blau und Weiß antanzten und im Halbkreis Chip und Tilda umstanden, die als Einzige auf Stühlen saßen. Der Fotograf schob sie fast eine Stunde lang in sengender Sonne herum, während Berta, die Haushälterin, hin und her eilte und den Grill aufbaute und das Gartenpersonal die Pflanzen goss und alle sorgfältig jeden Blickkontakt mieden. Sasha fühlte sich wie die entfernte bucklige Verwandtschaft, aber immerhin konnte sie verständnisvolle Blicke mit Malcolm wechseln. Sie waren so etwas wie Austauschstudenten, vereint in der Überzeugung, in eine fremde, unverständliche Zivilisation geraten zu sein.

Berta hatte seit dem frühen Morgen die Einweihungsparty vorbereitet. Der Esszimmertisch bog sich unter dem Gewicht von Silberplatten mit Garnelen auf Eis, Roastbeef auf karamellisiertem Pfirsich, geräuchertem Lachs auf Dreieckstoast, mundgerechten Krabbenküchlein. Auf einem Tablett standen Gläser mit Weißwein bereit, die den Gästen gleich bei der

Ankunft gereicht werden konnten. Rotwein gab es nicht nur an diesem fischlastigen Tag nicht, er war generell verpönt, hauptsächlich um der neuen Teppiche willen, aber auch weil er eine unschöne Färbung auf den Zähnen hinterließ. Zähne hatten für Tilda einen enormen Stellenwert.

Die Gäste trudelten ein, viele waren Sasha noch von ihrer Hochzeit in Erinnerung. Die Stocktons hatten so viele eigene Freunde zur Hochzeit ihres Sohnes eingeladen, dass Sasha während des gesamten Empfangs damit beschäftigt gewesen war, Hände zu schütteln und Namen zu hören, die sie sich nicht einprägen konnte, und eine Unterbrechung gab es nur, wenn ihre Cousins und Cousinen sie zwischendurch mal zu »Baby Got Back« auf die Tanzfläche holten.

Cord kannte jeden und jede und wurde bald ins Arbeitszimmer entführt, wo er einem kahlen Herrn die Uhrenkollektion seines Vaters zeigte. Darunter waren seltene Militäruhren, einige antike Patek-Philippe-Exemplare, Rolex-Uhren mit goldenem Zifferblatt, und alle waren Erbstücke von Cords Großvater, so wertvoll, dass Chip immer wieder Angebote von Auktionshäusern erhielt, aber stets ablehnte. Er nahm die Uhren nie in die Hand, sah sie nicht einmal an, aber Cord meinte, sein Vater schätze es, zu wissen, dass immer Geld im Haus sei, wie Geldbündel unter der Matratze. (Sasha dachte boshaft, dass die Existenz von Geld im Haus wohl mehr mit der familiären Abneigung gegen Entrümpelungen aller Art zu tun hatte.)

Georgiana saß auf dem Sofa im vertraulichen Gespräch mit ihrer Patentante, während Darley und Malcolm, umringt von einer kleinen Schar Tennisfreunden aus der Montague Street, iPhone-Bilder von ihren Kindern zeigten. Mit der Jacke über den Schultern und ihren nicht zusammenpassenden Perlenarmbändern sah Georgiana, wie so oft, kunstvoll derangiert aus und demonstrierte Überfluss, wo Darley das genaue Gegenstück darstellte: edel, schlicht und teuer, ein Ensemble klarer Linien mit ihrem schulterlangen glatten braunen Haar, kargem Make-up und als einzigem Schmuck einer kleinen goldenen Uhr und ihren Eheringen. Sasha stand verlegen am Rand, suchte Zutritt zum einen oder anderen Gespräch, fand ihn nicht und war schließlich erleichtert, als sie eine Frau mit einem Helm aus blondem Haar und breitem Lächeln schnurstracks auf sich zukommen sah.

»Hi, ich hätte gern noch einen Chardonnay, vielen Dank«, sagte die Frau und reichte ihr ein Glas mit fettigen Fingerabdrücken.

»Oh, ich bin Sasha«, sagte Sasha lachend und legte sich die Hand auf die Brust.

»Danke, Sasha«, antwortete die Frau munter.

»Oh!«, sagte Sasha, nachdem sie die Situation erfasst hatte. »Natürlich.« Sie ging mit dem Glas in die Küche, füllte es wieder auf und brachte es zurück ins Esszimmer. Die Frau nahm es mit geflüstertem Dank entgegen und kehrte an den Tisch zurück, wo ihr Mann über einem Teller Roastbeef saß. Auf der Suche nach Cord wechselte Sasha hinüber ins Wohnzimmer, wurde aber von einem rundlichen Mann mit Fliege gestoppt, der für einen Moment sein Gespräch unterbrach, um ihr mit kurzem Nicken seinen schmutzigen Teller in die Hand zu drücken. Peinlich berührt trug Sasha den Teller in die Küche. Ähnliches ereignete sich vier weitere Male, bis Sasha endlich zu Cord durchgedrungen war und sich ostentativ an ihn schmiegte, in der Hand ein eigenes Weinglas und im Geist die Minuten zählend, bis sie nach Hause durften. Sah man ihr so deutlich an, dass sie nicht dem Geldadel angehörte? Konnte man riechen, dass sie keine Privatschulen durchlaufen hatte? Haftete ihr ein Geruch an, als hätte sie den ganzen Tag in der Küche am Herd gestanden? Sie ließ ihren Blick durch den Raum schweifen, studierte die Frauen ringsum. Eine Schar aufgetakelter Pudel, Formschnitt und Föhnfrisur. Daneben war sie ein nervös zitterndes Meerschweinchen.

Die Gäste verabschiedeten sich nach und nach, und Chip nahm Cord mit in sein Büro, um ihm einen Artikel aus dem *Wall Street Journal* zu geben. (Chip und Tilda schnitten nach wie vor Artikel aus. Die Weiterleitung von Links, wie alle Welt es tat, lehnten sie ab.)

»Na, wie hat's dir gefallen?«, fragte Darley und strich sich ihr glänzendes Haar hinters Ohr.

»War wirklich sehr nett«, antwortete Sasha pflichtschuldig.

»Na klar, cooler Abend, oder?«, sagte Darley ironisch. »Mit alten Leuten abhängen, die man nicht kennt.«

»Eine Sache war tatsächlich komisch«, bekannte Sasha. »Die Leute haben ständig ihre schmutzigen Teller bei mir abgeladen. Das ist ja okay, aber anscheinend war ich die Einzige, bei der sie das gemacht haben?«

»Oh!« Darley lachte. »Wie schrecklich! Ist mir gar nicht aufgefallen, aber du trägst tatsächlich dasselbe wie Berta! Offenbar haben sie dich für Personal gehalten – o Mann, Shit! Malcolm, komm mal her!« Natürlich musste er es auch gleich erfahren.

Alles lachte, Cord trat zu ihr und massierte ihre Schultern, damit auch sie es lustig fand, und Sasha machte gute Miene, aber tief in ihrem Inneren schwor sie sich, nie wieder eine weiße Bluse zu einer Stockton-Party zu tragen, solange sie lebte.

2

Georgiana

Georgiana hatte ein Problem, und das waren ihre verräterischen Wangen. Sie war schon immer beim geringsten Anlass rot geworden, in letzter Zeit aber fühlte sie sich wie eine Science-Fiction-Figur, deren Emotionen sich ausschließlich auf der Haut abspielten. Und es lief immer gleich ab, sie spürte, wie die Hitze in ihre Wangen stieg, gefolgt von einem leichten Kribbeln am Hals, und schwups, war sie scharlachrot.

Was jahrelang ein hauptsächlich charmanter Zug gewesen war, hatte sich zu einer beruflichen Belastung entwickelt, seitdem Georgiana einen richtigen Job hatte und, problematischer-, bescheuerter-, kindischer- und demütigenderweise, verknallt war. Und wie. Er hieß Brady, und sie konnte ihn, wenn sie gemeinsam in einem Meeting saßen, nicht einmal ansehen. Sie hatten kaum miteinander gesprochen – er war älter als sie, vielleicht Anfang dreißig, und ein Projektleiter, der keinen Grund hatte, die kleine dunkelrotwangige, immerfort krampfhaft auf den Boden starrende Person auch nur zur Kenntnis zu nehmen –, doch wann immer Georgiana ihm auf dem Flur begegnete, im selben Konferenzraum saß oder am Kopierer mit ihm zusammenstieß, musste sie den Blick abwenden, als wäre

er eine Sonne, die sie ohne diese dämliche Sonnenfinsternis-
brille nicht ansehen konnte.

Sie arbeiteten bei einer gemeinnützigen Organisation, und
die Büros befanden sich in einer alten Villa am Columbia Place,
die immer noch wie ein Wohnhaus eingerichtet war. Um zu ihrem Schreibtisch zu gelangen, musste Georgiana durch ein
prächtiges Foyer, in dem die Empfangsdame Denise hinter einem schweren Mahagonischreibtisch saß, eine Wendeltreppe
hinauf, durch einen großen Raum, der abwechselnd als Konferenzraum und Cafeteria genutzt wurde, dann durch ein geräumiges Schlafzimmer, wo an vier Schreibtischen Förderanträge
geschrieben wurden, bevor sie schließlich das winzige Zimmer
erreichte, das ursprünglich wohl für ein Dienstmädchen oder
ein Kindermädchen gedacht war. Sie saßen alle zusammenge-
pfercht wie Sardinen, aber es war bezaubernd. Georgianas
Zweipersonenbüro hatte ein großes Fenster, das nach Westen
ging, mit Blick auf die Promenade und über den East River. In
den Toiletten, die im ganzen Haus zu finden waren, hingen
Landkarten der Regionen, in denen sie jeweils tätig waren, und
über dem Drucker, neben der Anleitung zum Nachfüllen von
Toner, das goldgerahmte Porträt einer Herzogin beim Harfen-
unterricht.

Die Villa gehörte dem Gründer der Organisation, dem Erben eines Pharmavermögens. Er hatte in seiner Jugend die Welt
bereist, war sich der mangelhaften medizinischen Versorgung
in den Entwicklungsländern bewusst geworden und hatte nach
seiner Rückkehr eine NPO gegründet, deren Ziel es war, lokale
Einrichtungen beim Aufbau eines nachhaltigen Gesundheits-
systems zu unterstützen. Finanziert wurde die Organisation
hauptsächlich von der Gates Foundation und der Weltbank,

aber auch von privaten Spendern. Georgiana war in der PR-Abteilung beschäftigt, wo sie sich um ebenjene Spender kümmerte, die Webseite mit Bildern von ihren Auslandseinsätzen bestückte, für den Newsletter Artikel über die jeweiligen Projekte schrieb und ihren Social-Media-Auftritt gestaltete. Letzteres nicht aus Neigung, sondern weil heute jeder unter dreißig als besonders Social-Media-affin gilt. Möglicherweise hatte es beim Bewerbungsgespräch nicht geschadet, dass sie beiläufig ihre achtzehnhundert Follower auf Instagram erwähnte. (Aber wer hat die nicht? Man deaktiviert die Privatsphäreeinstellung und postet ab und zu ein Bild von den vielen tollen Leuten auf einer Party, und das war's.)

Das war freilich der Hauptunterschied zwischen Georgiana und Brady: Sie war untere Ebene, auf Hilfskraftniveau, sie konnte über die Erfolge der Organisation fangirlen und im Newsletter davon schwärmen ... Brady hingegen stand im Zentrum des Geschehens. Er war in Afghanistan gewesen, in Uganda, er war auf den Fotos zu sehen, die Georgiana für die Veröffentlichung aussuchte – Brady im Gespräch mit einer Gruppe von Ärzten in einem behelfsmäßigen Krankenhaus, fußballspielend mit entzückenden Kids vor einem Transparent, das für Impfungen wirbt, Auge in Auge mit einer indischen Ärztin, mit der er die Empfängnisverhütungskampagne bespricht. Wenn er der Star auf der Bühne war, war sie die Kulissenschieberin, und nichts wünschte sie sich sehnlicher, als dass er sie zur Kenntnis nahm, und fürchtete sich gleichzeitig entsetzlich davor, denn es war klar, dass das Ergebnis flammende Röte wäre.

Es war ein Freitag, und Georgiana stand vor den Postfächern unter der Treppe und warf Umschläge je nach Bestimmungsort in den einen oder den anderen, national und international. Beim Sortieren kontrollierte sie die Adressen, um sicherzustellen, dass sich nicht irgendwo Fehler eingeschlichen hatten. Sie hatte unlängst die Adresslisten aktualisiert und für große Mailingaktionen eingerichtet, sodass sie nicht jede Adresse einzeln tippen musste, aber perfekt war das System noch nicht. Während sie über einem Umschlag grübelte, schreckte sie von hinten eine Stimme auf.

»Alles okay?« Es war Brady. Er griff über sie hinweg nach seinem Postfach, an dem sein Name stand.

»Ja, ich will mich nur vergewissern, dass der Brief richtig adressiert ist.« Georgiana ließ ihn einen Blick auf den Umschlag werfen. Sie standen so nahe beieinander, dass sie ihn hätte küssen können, wenn sie so tat, als geriete sie ins Stolpern. *O mein Gott, wie bescheuert bist du eigentlich?* Kurz hasste sie sich für ihre wilden Gedankensprünge.

»Sieht doch gut aus. Was soll nicht stimmen?«, fragte Brady.

»Aber ist es In- oder Ausland? Da steht doch gar kein Land«, antwortete Georgiana ratlos.

»Vereinigte Arabische Emirate«, las Brady langsam, auf die unterste Adresszeile deutend. Zitterte der Umschlag? Georgiana schien es so.

»Ja, aber sollte da nicht auch noch ein Land drunterstehen?«, fragte sie.

»Die Vereinigten Arabischen Emirate *sind* ein Land.«

»Oh …« Georgiana verstummte.

»Liegt auf der Arabischen Halbinsel zwischen Saudi-Arabien und Oman.«

»Ähm.« Georgiana hatte tatsächlich noch nie in ihrem Leben davon gehört.

»Dubai gehört zum Beispiel dazu.«

»Ach ja, die Palmeninseln, die man vom Weltraum aus sieht.« Georgiana nickte energisch. Dubai kannte sie doch. »Mit riesigen Shopping Malls und Rennautos.«

»Ja. Aber das ist nicht der Teil, wo wir uns für die Gesundheitsversorgung der Bevölkerung einsetzen.«

»Nein, nein, natürlich nicht«, pflichtete Georgiana bei. Hätte sie noch idiotischer dastehen können? Wahrscheinlich nicht.

»Jedenfalls kannst du das so wegschicken.« Brady lächelte – oder lachte er? –, drehte sich um und ging mit seinen Briefen davon.

Georgiana warf den Umschlag in das Fach für Auslandspost und spürte das Feuer auf ihren Wangen.

Am selben Abend war sie in Williamsburg zu einer Geburtstagsparty eingeladen, und der Kater, mit dem sie am nächsten Morgen erwachte, war derart heftig, dass ihr sogar die Zähne wehtaten. Sie schickte Lena mehrere Totenkopf-Emojis, und Lena textete zurück: Komm rüber. Kristin war schon da, und sie zogen das Bettsofa in Lenas Wohnzimmer aus, damit sie sich gemeinsam in der Horizontalen ihrer Rekonvaleszenz widmen konnten. Bei Westville bestellten sie Grillkäse und Pommes, dazu Zwiebelringe, die sie zwar alle drei nicht mochten, aber nachdem sie nun schon auf dem Sterbebett lagen, konnten sie genauso gut auch Zwiebelringe essen. Sie sahen im Kabelfernsehen reichen Hausfrauen beim Streiten zu, und um drei, als Lenas Freund aus dem Fitnessstudio zurückkam, verspottete er sie als degenerierte Wodkaopfer.

Georgiana ging gern aus, aber noch schöner waren die Katertage mit Lena und Kristin. Manchmal gingen sie ins Kino, wo sie dann den ganzen Film verschliefen, manchmal versuchten sie, es im Barre-Kurs auszuschwitzen, wo sie die ganze Stunde lang jammerten und stöhnten und vom Trainer böse Blicke ernteten, und manchmal war ihnen alles egal, und sie bestellten im Diner an der Clark Street Bloody Marys, die sie als Katermedizin bezeichneten, bis sie wieder betrunken waren und nach Hause mussten, um ihren Rausch auszuschlafen.

Georgiana, Lena und Kristin kannten einander seit der Highschool, wo sie sich geschworen hatten, eine Dreier-WG zu gründen, sobald sie erwachsen wären. Jetzt wohnten sie zwar nicht zusammen, aber immerhin im selben Viertel, und wie sich zeigte, war es sogar noch besser, drei verschiedene Wohnungen zum Abhängen zu haben. Lena war Assistentin eines reichen Hedge-Fonds-Managers, der so begeistert von ihr war, dass er ihr eine signifikante Gehaltserhöhung in Aussicht stellte, falls sie ihm versprach, niemals zu kündigen. Flüge zu buchen und Restauranttische zu reservieren, war nicht die Art von Tätigkeit, von der Lena während ihres Kunstgeschichtestudiums geträumt hatte, aber sie verdiente das Dreifache dessen, was ihr bei Christie's angeboten worden war, daher blieb sie. Er schenkte ihr regelmäßig seine Vielfliegermeilen, und wenn das so weiterging, würde sie nie wieder Economy fliegen müssen, was ihr kein schlechter Preis für aufgegebene Jungmädchenträume schien. Kristin wiederum war bei einem Tech-Start-up und hasste ihre Arbeit meistens, musste aber nie in den Supermarkt, denn Frühstück und Mittagessen gab es in der Kantine, wo sie sich außerdem in einer Lunchbox Salat und gegrillten Lachs nach Hause mitnehmen durfte. Da sie praktisch an jedem Wochentag abends ausgingen, schleppte Kristin ihre Tupperdose von Bar zu Bar mit, und ihre Freundinnen machten sich gnadenlos über die Irre lustig, die mitten im Sharlene's in Flatbush ihr Fünfgängemenü auspackte.

Als sie zu dritt mit ihren Zwiebelringen auf dem Sofa lagen, berichtete Georgiana von ihrem Postfachdebakel mit Brady. Obwohl sie selber wirklich nicht gut dabei wegkam, fühlte sich Georgiana verpflichtet, diese jüngste Geschichte zum Besten zu geben – schließlich war ihr Schwarm nun schon so lange Gesprächsthema, länger, als sie zugeben wollte, und jetzt war endlich einmal tatsächlich etwas passiert.

»George, hast du echt nicht gewusst, dass die VAE ein Land sind?«, fragte Lena entsetzt.

»Nope. Kenne ich mich aus in internationaler Geografie? Ich hatte russische Literatur im Hauptfach!«, verteidigte sich Georgiana.

»Das ist wirklich scheiße gelaufen«, stimmte Kristin zu. »Aber immerhin hat er mit dir geredet, oder? Ich meine, er ist nicht einfach weggegangen, sondern hat dir so was wie Nachhilfe gegeben. Das ist doch schon mal positiv.« Sie versuchte, noch das letzte Gramm Hoffnung herauszudestillieren, aber die Ausgangsbasis, die Georgiana geliefert hatte, war tatsächlich dürftig. Den Rest des Nachmittags besprachen sie, wie der Gesichtsverlust bei Brady eventuell wiedergutzumachen wäre, und dachten sich Gesprächseröffnungen aus, die von todlangweilig bis absurd reichten: »Hast du gewusst, dass die Armutsschwelle in den Vereinigten Arabischen Emiraten bei zweiundzwanzig Dollar am Tag liegt?« »Neulich habe ich gehört, dass Falknerei in den Emiraten *das* Ding ist.« »Stimmt es, dass man bei Emirates-Flügen in der ersten Klasse die besten Pyjamas kriegt?« Praxistauglich war das alles nicht, aber eines genoss Georgiana sehr – dass sie, während sie die Köpfe zusammensteckten, andauernd Bradys Namen sagten.

Georgiana war sich nicht sicher, aber nach dem Fiasko hatte sie das Gefühl, Brady öfter über den Weg zu laufen – sie entdeckte ihn hinter sich in der Schlange am Kaffeewagen und winkte ihm kurz zu, sie begegnete ihm auf dem Flur in Richtung Bibliothek, während er aus einer Besprechung kam. Mittags aß er meist mit zwei anderen Projektmanagern aus dem Erdgeschoss, und sie hatte die drei schon über Fußball reden hören und über jemanden, der unter die Hobbybrauer gegangen war. In diesem Büro aß man nicht am eigenen Schreibtisch; man brachte sich Essen mit oder holte sich einen Salat oder ein Sandwich und setzte sich damit an den großen Tisch im ersten Stock. Bis dahin hatte sich Georgiana nie Gedanken darüber gemacht, mit wem sie mittags zusammensaß. Manchmal redete sie gar nicht, sondern las irgendetwas in ihrem Handy oder blätterte in einer Zeitschrift, während sie den gebratenen Reis vom Vortag oder ein Stück Pizza verspeiste, manchmal plauderte sie mit den Leuten neben ihr am Tisch. Als sich eines Nachmittags Brady mit einem seiner Kollegen gegenüber niederließ, saß sie bei einem Salat und studierte Online-Sportnachrichten auf dem Handy. Man nickte einander grüßend zu, und sie scrollte hektisch weiter, nur noch darauf bedacht, möglichst beschäftigt zu wirken, weil sie außerstande war, die Worte auf dem Display vor ihr wahrzunehmen, geschweige denn zu verstehen.

»Was ist am Wochenende geplant?«, hörte sie Brady sagen, während er eine Getränkedose aufriss und ein Sandwich auspackte.

»Wir fahren nach Philly zur Familie meiner Frau«, antwortete der andere. »Und du?«

»Soweit ich weiß, sind ein paar Freunde vom College in der Stadt. Falls ein Treffen stattfindet, dann wahrscheinlich am Samstag in der Long Island Bar«, sagte Brady und biss in sein Sandwich. Georgiana blickte auf. Er sah zu ihr herüber und lächelte. Hatte er das etwa ihretwegen gesagt? Wollte er ein Treffen herbeiführen? Ausgeschlossen. Das war reine Einbildung von ihr, Wunschdenken. Er unterhielt sich über seine Pläne fürs Wochenende wie jeder x-beliebige Mensch, sie saß zufällig in der Nähe, und er hatte gelächelt, weil er weder geisteskrank war noch ein überzeugter Menschenfeind.

Sie tupfte sich die Mundwinkel mit ihrer Papierserviette ab, klickte den Deckel auf der Salatdose fest, murmelte »Bye, Leute« und machte sich auf den Weg zurück zu ihrem Schreibtisch. Sie konnte nicht einfach dasitzen und so tun, als äße sie. Allein Bradys körperliche Nähe wirkte auf sie wie neun Tassen Espresso in Serie und ließ ihre Hände zittern.

Lena und Kristin konnten die Situation auch nicht besser deuten als sie. War es reine Konversation gewesen, oder wollte er Georgiana tatsächlich treffen? So oder so, sie wohnte in Heights und war deshalb selber ab und zu in der Long Island Bar in der Atlantic Avenue – es wäre nicht abwegig, zufällig zur gleichen Zeit dort zu sein. Am Samstagabend machte Georgiana sich daher mit besonderer Sorgfalt fein, föhnte sich zehn Minuten länger als sonst, trug die Stiefel, in denen ihr die Zehen wehtaten, nur weil sie zu Jeans so toll aussahen. Lena, Kristin und deren Freundin Michelle kamen mit ihr in die Bar. Um acht Uhr waren sie dort und bestellten Tequila-Soda, und als sie ausgetrunken hatten, war noch immer keine Spur von Brady zu sehen. Kristin und Michelle wollten noch auf eine andere Party, weshalb sie bald aufbrachen, doch Lena blieb. Sie bestellten einen weiteren Drink und tratschten über Lenas Schwester, die mit dem weltgrößten Langweiler verlobt war, dann über eine ihrer einstigen Highschoollehrerinnen, die mit dem Squashtrainer durchgebrannt war, und über Georgianas Mutter, die ihre Zähne nicht aufhellen lassen wollte, weil sie das Bleichen für gesundheitsschädlich hielt, aber dann zu Hause Rotwein mit dem Strohhalm trank, um die Zähne zu schonen, was dazu führte, dass sie doppelt so schnell und doppelt so viel trank, was gewiss nicht weniger gesundheitsschädlich war. Um Mitternacht war Brady noch immer nicht aufgetaucht, und sie brachen ihre Zelte ab. An der Straßenecke umarmten sie einander zum Abschied. Georgiana kehrte in ihr Apartment zurück, entfernte mit einem Feuchttuch das Make-up und warf sich in einem alten Basketball-T-Shirt aufs Bett. Sie fühlte sich einsam und erbärmlich. Natürlich war die ganze Stadt voller Mädchen, denen es genauso ging wie ihr, die den ganzen Samstagabend darauf hofften, dass etwas passierte, sich stundenlang an einem Glas festhielten, lesend oder handyscrollend allein im Café saßen und darauf warteten, dass endlich das richtige Leben anfing.

Am nächsten Morgen zog Georgiana Tenniskleidung an und traf sich mit ihrer Mutter im Casino, dem Club in der Montague Street, dem sie beide angehörten. Sie spielten eine Stunde lang, und mit jedem Ball schlug Georgiana auch ihren Frust hinaus. Sie war eine starke Gegnerin mit hartem Schlag, spielte Tennis seit ihrem vierten Lebensjahr, doch ihre Mutter war nicht kleinzukriegen. Sie war fast siebzig, verfügte aber über eine derart eingeübte Beinarbeit, dass sie nie laufen musste; ihre Bälle waren nicht hart, aber sie verpasste auch keinen, und sie war so tadellos in Form, dass Georgiana dem Ball über den ganzen Platz hinterherhechten musste. Tennis war, seit jeher, die klarste Kommunikationsform zwischen Georgiana und ihrer Mutter. Sie konnte mit Tilda nur schwer reden; ihre Mutter entstammte einer Generation, die für schwierige Gespräche nichts als Verachtung übrighatte, und ließ beim kleinsten Anzeichen eines Konflikts oder einer Widrigkeit sofort die Rollläden herunter. Als Georgiana Teenager gewesen war, hatte Tilda die Tochter zuverlässig zur Weißglut gebracht, indem sie jeden Versuch, echte Nähe herzustellen, abwehrte. Aber Tennis hatte das Verhältnis von Mutter und Tochter gerettet. Wenn sie nicht reden konnten, gingen sie auf den Platz. Die Mutter feuerte sie an, lobte jeden gelungenen Schlag, gab ihr strategische Tipps und bewunderte ihre Beweglichkeit. In den Jahren, in denen Georgiana bezweifelte, dass ihre Mutter sie überhaupt leiden konnte, war sie sich wenigstens ihrer Anerkennung als Tennisspielerin sicher.

In einem alternativen Universum wären sie nach dem Tennis miteinander brunchen gegangen, und Georgiana hätte von ihrem demütigenden Abend in der Long Island Bar berichtet. Sie hätte ihrer Mutter alles von Brady erzählt, vom Respekt, den die anderen Projektleiter ihm entgegenbrachten, von ihrem Verdacht, dass er sie manchmal heimlich beobachtete, von ihrer Verliebtheit, die so stark war, dass sie regelmäßig von ihm träumte und morgens in Hochstimmung wegen des Zusammenseins mit ihm erwachte, um gleich darauf in tiefe Enttäuschung zu verfallen, wenn sie merkte, dass alles nur ein Traum war. Stattdessen verstaute sie ihren Schläger in der Tasche und folgte ihrer Mutter durch die Schwingtüren hinaus auf die Henry Street und bis zur neuen elterlichen Wohnung, wo die Mutter auf ihrem geblümten Lieblingsporzellan mit passenden Servietten ein von Berta zubereitetes Mittagessen auftischte und die beiden einander gegenübersaßen, Zeitung lasen und bis auf gelegentliche interessante Stellen, die sie laut kommentierten, stumm ihre Mahlzeit verspeisten.

Es war eigenartig, die Eltern in ihrem neuen Zuhause zu erleben. Georgiana hatte von Geburt an in dem Haus in der Pineapple Street gelebt, und jedes Möbelstück, jede Scharte im hölzernen Treppengeländer, jeder stumpfe Fleck auf den Arbeitsplatten aus poliertem Granit kam ihr vor wie ein nicht wegzudenkender Bestandteil ihrer Familie, so als wäre das ganze Haus in die DNA ihrer Bewohner übergegangen, und umgekehrt hatte sich die DNA des Hauses unauslöschlich in die Familie eingeschrieben. Es schien ihr, als könnten sie nirgendwo anders leben als in einem zugigen viktorianischen Kalksteinhaus, das selbstverständlich knarzte und ächzte und zusammen mit den antiken Möbeln alterte, und wenn sie jetzt ihre Eltern in einer ultramodernen Marmorküche hantieren sah, war ihr, als beobachtete sie Benjamin Franklin vor einer Nintendo-Konsole.

Noch sonderbarer als der Anblick der Eltern in ihrer neuen Wohnung war für sie der Gedanke an Cords frisch Angetraute, die jetzt in ihrem Elternhaus lebte. Georgiana war anfangs offen für Sasha gewesen, doch zwei Vorfälle hatten die Möglichkeit einer herzlichen Beziehung zwischen Schwägerinnen im Keim erstickt. Der eine ereignete sich einen Monat vor Cords Hochzeit, als er betrunken und mit verschwollenen Augen nach einem Riesenkrach in Darleys Haus auftauchte: Sasha hatte sich geweigert, den Ehevertrag zu unterschreiben, hatte seine Wohnung verlassen und war nicht erreichbar. Etwa eine Woche später tauchte sie dann doch wieder auf. Man versöhnte sich, und Cord erwähnte den Vorfall mit keinem Wort mehr. Details erfuhren die Schwestern nicht. Die zweite Sache ereignete sich am Abend des Hochzeitstags. Georgiana und Darley waren mit den jüngeren Gästen in einer Bar in der Stone Street zur Nachfeier. Sashas Vetter Sam, bis unter die Haarspitzen voll mit Koks, hatte sich Georgiana geschnappt und unverblümt auszuquetschen versucht – hauptsächlich interessierte ihn das Thema Geld. Wie reich ihre Familie eigentlich sei?

»Was?«, antwortete Georgiana mit ungläubigem Lachen.

»Na, dein Bruderherz schmeißt ja mit Kohle nur so um sich. Die Hochzeit heute war ja ein deutlicher Beweis. Und allein, wie ihr alle redet! Und dann die ganzen Clubs! Mir war schon lange klar, dass sich Sasha einen Geldsack angeln würde. Kaum war sie in New York, hat sie sich verändert. Und jetzt hat sie's tatsächlich geschafft und sich einen Republikaner mit Elite-Uni gekrallt. Nicht zu fassen.«

»Cord ist parteilos«, entgegnete Georgiana abwehrend, als sei das eine Antwort auf Sams Attacke. Aber in Kombination mit dem Zirkus über den Ehevertrag stießen ihr Sams Bemerkungen sehr sauer auf. Und jetzt wohnte Sasha in Georgianas Haus.

Obwohl Sonntag war, saß Georgianas Vater in seinem häuslichen Büro, das er im zweiten Schlafzimmer eingerichtet hatte, und war beschäftigt. Georgiana hatte ihm nach dem Essen mit ihrer Mutter eine Tasse English Breakfast Tea mit Milch und zwei Löffeln Zucker gemacht und klopfte nun leise bei ihm an. Ihr Vater las mit der Lupe – die Brille hatte er beiseitegelegt – eine alte, leicht angegilbte Ausgabe des *Wall Street Journal*. Sie stellte ihm den Tee hin und küsste ihn auf die Wange.

Für Georgiana war die Beziehung zu ihrem Vater etwas ganz Besonderes. Darley und Cord waren nur zwei Jahre auseinander und hatten einander als Vertraute, Georgiana hingegen war der Nachzügler und ganze zehn Jahre jünger. (Georgiana sah die älteren Geschwister als »Uralt-Millennials«, wie sie gern sagte, und sich selbst bereits an der Schwelle zur Generation Z.) Sie wuchs eher als Einzelkind auf, denn Darley und Cord gingen schon aufs College, als sie noch in der dritten Klasse war, und da ihre Eltern sicher waren, dass nach ihr kein Kind mehr kam (wie Tilda oft und gern zu sagen pflegte, wobei sie mit zwei Fingern eine Schere mimte), verwöhnten sie die Jüngste und unternahmen allerlei mit ihr, wofür sie früher, in der Kindheit der beiden Älteren, keine Zeit gehabt hatten. Sie reisten mit ihr nach Paris, als Georgiana zehn war, gingen mit ihr unter der Woche abends ins Restaurant, besuchten so viele Highschool- und Collegewettkämpfe, wie sie konnten.

»Wie war's beim Tennis, George?«, fragte ihr Vater, faltete die Zeitung zusammen und lehnte sich zurück.

»Ganz okay. Ich müsste öfter laufen gehen, ich glaube, ich bin nicht mehr so schnell wie früher, als ich jeden Tag auf dem Platz war.« Im College, an der Brown University, war sie in der Tennismannschaft gewesen, und seitdem ihr dieses strenge regelmäßige Training fehlte, hatte sie knapp drei Kilo zugenommen. Es störte sie nicht weiter, Sorgen machte ihr nur der Gedanke, ihre Mutter könnte sie auf dem Tennisplatz schlagen.

»Und wie geht's in der Arbeit?«

»Läuft gut. Ich muss diese Woche einen Newsletter abgeben, aber ich habe schon alles beisammen – nur noch überarbeiten und das Layout machen.« Jeden Monat holte sich Georgiana von den Projektleitern Informationen über deren Einsätze vor Ort, und aus dem zusammengeschusterten Material, das geliefert wurde, fabrizierte sie ihre Artikel.

»Bring mir doch mal ein fertiges Exemplar mit, ich würde es gern lesen.« Er lächelte.

Georgiana freute sich. Ihre Eltern hatten ihre Entscheidung, nach dem College den gemeinnützigen Sektor anzusteuern, sehr unterstützt. Während Cord in die Fußstapfen des Vaters getreten war und jetzt mit ihm zusammenarbeitete, hatten weder Georgiana noch Darley Interesse an Immobilien, und das war gut so, denn so konnte die Übergabe reibungslos verlaufen, wenn der Vater aus dem Geschäft ausstieg. Cord war schon gut eingeführt, mit den Geschäftspartnern lang bekannt, kam mit den meisten gut zurecht, auch in heiklen Fragen, und man ging allseits davon aus, dass er am Ende alle Beteiligungen der Firma übernähme. Der Vater profitierte bereits von den Vorteilen, die ein Juniorpartner mit sich brachte, indem er die »Beziehungspflege« an seinen Sohn delegierte, zumal mit schwierigen Partnern.

»Was ist das?«, fragte Georgiana und griff nach einem ausgeschnittenen Zeitungsartikel, auf den ihr Vater ein Post-it mit ihrem Namen geklebt hatte.

»Eine Buchbesprechung, von der ich dachte, dass sie dich vielleicht interessiert. Eine Weltverbesserin nach deinem Geschmack«, sagte er schmunzelnd.

Georgiana überflog die Rezension. Das besprochene Buch war die Biografie einer römischen Erbin im frühen 5. Jahrhundert. Melania die Jüngere entstammte einer Senatorenfamilie, war Christin geworden und entschlossen, jungfräulich zu bleiben. Ihre Eltern jedoch verheirateten sie, vierzehnjährig und gegen ihren Willen. Melania schloss einen Pakt mit ihrem Gatten: Wenn sie ihm zwei Kinder schenkte, durfte sie anschließend asketisch leben und sich christlichen Werken widmen. Beim Tod ihres Vaters erbte sie sein gewaltiges Vermögen, Grundbesitz, Geld und fünfzigtausend Sklaven. Aus Gottgefälligkeit wollte sie auf ihr Erbe verzichten, was sich jedoch schwieriger gestaltete als erwartet: Die Sklaven lehnten die Freilassung ab. Sie misstrauten den Absichten ihrer Herrin und fürchteten, ohne ihren Schutz Barbaren und Hungersnot zum Opfer zu fallen. Die Furcht war begründet, wie sich zeigte: Von den wider Willen Befreiten starben viele an Hunger.

»Wow, Dad, wieso denkst du da gleich an mich? Willst du mich zwangsverheiraten?«, neckte ihn Georgiana.

»Ich bin schon eine ganze Weile auf der Suche nach einem, an den ich dich abschieben kann, aber bislang ohne Erfolg«, sagte Chip und hob eine Braue.

»Oh, danke, Dad.« Sie küsste ihn auf den Kopf. Es amüsierte sie, dass er ihr einen Willen zur Weltverbesserung unterstellte, obwohl ihm klar sein dürfte, dass in puncto Wohltätigkeit das bisschen Pressearbeit für eine gemeinnützige Institution nicht mal annähernd mit der Freilassung von fünfzigtausend Sklaven vergleichbar war.

Georgiana verabschiedete sich von ihrer Mutter und kehrte mit ihrem Tennisschläger nach Hause zurück, wo sie duschte und den Rest des Tages auf dem Bett lag, einen Roman las und mit Lena und Kristin hin und her schrieb. Offenbar war die Party, auf der Kristin nach der Long Island Bar gewesen war, etwas aus dem Ruder gelaufen – ein gemeinsamer Freund hatte dem Bourbon so zugesprochen, dass er in der U-Bahn eingeschlafen und erst in Canarsie wieder aufgewacht war.

Am Montagmorgen machte sich Georgiana ein Avocado-Käse-Sandwich zum Mitnehmen, zog sich an und war vor neun Uhr im Büro. Sie sichtete das umfangreiche Bildmaterial, das für ihren Artikel infrage kam, und wählte die vier besten Fotos aus. Aus den rund siebenhundert wild zusammengeschriebenen Wörtern über das Projekt in Uganda hatte sie einen stimmigen, sogar bewegenden Beitrag über eine lokale Geburtsklinik verfasst. An die zwei Prozent der Uganderinnen sterben rund um eine Geburt, und nur die Hälfte von ihnen erhält irgendeine Form von nachgeburtlicher Betreuung. Die Klinik bot den Wöchnerinnen nicht nur eine sichere und hygienische Unterbringung, sondern auch medizinische Versorgung und Unterricht in Säuglingspflege. Die Bilder von Frauen direkt nach der Geburt, die ihr Neugeborenes im Arm hielten und erschöpft lächelten, gingen Georgiana auf eine Weise zu Herzen, wie sie es nicht erwartet hätte.

Georgiana war immer der Meinung gewesen, sie sei für ihr Alter in der Welt viel herumgekommen, sie war in Frankreich, Spanien und Italien gewesen, auf einer Safari in Kenia und hatte die Gletscher in Alaska gesehen; mit ihrer Highschool-klasse war sie sogar ein Stück entlang der Chinesischen Mauer gewandert. Doch seitdem sie berufstätig war, wusste sie, wie wenig sie die Welt tatsächlich kannte. Sie hatte nichts als touristische Highlights gesehen, reiche Städte und Vergnügungsorte für die oberen Zehntausend. Nie hatte sie gesehen, was wirkliche Armut ist, nie hatte sie darüber nachgedacht, wie

Menschen in den Teilen der Welt lebten, für die der *Condé Nast Traveler* keine Restaurant-Bestenlisten erstellte.

Um halb zwei war sie am Verhungern. Sie holte ihr Sandwich aus dem Kühlschrank und machte sich auf den Weg zu dem großen Esstisch. Die anderen hatten schon längst gegessen; Georgiana saß allein am Tisch, die Serviette auf dem Schoß. In dem Moment wurde der Stuhl neben ihr zurückgezogen, und Georgiana erschrak.

»Ist hier frei?«, fragte Brady.

»Klar«, antwortete sie. Sie hatten den ganzen Tisch für sich, und doch setzte er sich direkt neben sie. Und sie hatte keine Ablenkung, konnte keine dringende Beschäftigung vortäuschen, denn ihr Telefon hing am Ladekabel auf ihrem Schreibtisch.

Brady öffnete eine Pappschachtel und nahm ein Sandwich mit gegrilltem Käse heraus, von dem eine kleine Dampfwolke aufstieg. »Spätes Mittagessen?«, fragte er.

»Ja, ich stelle gerade einen Newsletter zusammen und habe die Zeit vergessen.« Georgiana fischte ein herausgefallenes Stück Avocado aus ihrem Zipbeutel.

»Geht's dabei um die herausragende Arbeit, die wir auf den Palmeninseln leisten?«

Georgiana sah ihn erschrocken an, während er mit unschuldiger Miene sein Sandwich begutachtete.

»Nein. Um unser Vorhaben, den armen Debütantinnen von Monaco zu kostenlosen Nasen-OPs zu verhelfen«, antwortete sie.

Brad lachte überrascht auf, und Georgiana lächelte.

»Witzig«, sagte er. »Wie war dein Wochenende? Was hast du getrieben?«

»Tennis gespielt und mit paar Freundinnen unterwegs gewesen, nix Besonderes. Und du?«

»Eher ein Reinfall. Eigentlich wollten wir uns am Samstag mit ein paar Leuten vom College treffen, aber daraus ist nichts geworden, einer von uns hat sich in letzter Minute den Knöchel verstaucht, und wir haben den Abend in der Notaufnahme verbracht.«

»Oje, das ist schrecklich.«

»Ja, ich wäre wirklich gern mal um die Häuser gezogen.« Er sah sie vielsagend an. »Eigentlich wollten wir in die Long Island Bar.«

»Guter Laden«, murmelte Georgiana.

»Ja.« Er schüttelte leicht den Kopf. »Wo spielst du? Tennis, meine ich?«

Während der nächsten zwanzig Minuten redeten sie über Sport in der Stadt – dass auf manchen öffentlichen Tennisplätzen der städtische Mitgliedsausweis nicht kontrolliert wurde, dass einem der Aufseher der Fort-Green-Plätze ein Zeitfenster reservierte, wenn man ihm ein Sandwich mit Speck, Ei und Käse mitbrachte. Sie sprachen über Bradys Basketballtruppe, wo es manchmal so hoch herging, dass die Spieler, Partner führender Anwaltskanzleien, tags darauf mit einem blauen Auge im Büro erschienen.

Mit dem Essen waren beide längst fertig und zerknüllten widerstrebend ihre Papierservietten, als im Nebenraum eine Besprechung zu Ende ging, eine Doppeltür aufgerissen wurde und haufenweise Leute herausströmten und zurück zu ihren jeweiligen Schreibtischen marschierten. Brady lächelte mit schief gelegtem Kopf und schob seinen Stuhl zurück. »Wir sehen uns.« Zusammen mit seinem Abfall nahm er auch ihren mit und ging nach unten zu seinem Büro. Georgiana schwebte in ihr Dienstmädchenzimmer zurück und fragte sich, wie sie jetzt diesen Newsletter zu Ende schreiben sollte – sicher würde sie die nächsten drei Stunden aus dem Fenster starren und im Geist wieder und wieder ihr Gespräch in allen Einzelheiten durchgehen müssen. Mit vor Aufregung roten Wangen.

3

Darley

D as eine Thema, das Darleys Kinder geradezu zwanghaft beschäftigte, war der Tod. Sie waren fünf und sechs Jahre alt, und alle sagten, das sei in dem Alter normal, aber Darley machte sich Sorgen. Womöglich quälte sie etwas und sie würden spätestens als Teenager Gesichtstattoos tragen. Zu einem vorläufigen Höhepunkt kam es an einem späten Nachmittag in der Nähe der Rutschen auf dem Spielplatz an der Brooklyn Bridge. Darley hatte ein sonniges Plätzchen auf den Steintreppen gefunden und beobachtete teils ihre Kinder beim Spielen, teils erledigte sie per Smartphone eine Online-Lebensmittelbestellung. Ein paar Klassenkameraden der Kinder samt zugehörigen Kindermädchen waren auch da, aber statt zu plaudern, hatten die Erwachsenen einander nur flüchtig zugenickt und sich dann mit Eifer ihrem kleinen leuchtenden Display gewidmet.

Die Kinder versuchten, eine Rutsche hinaufzuklettern, alle fünf hintereinander, und feuerten sich gegenseitig in seltener Einigkeit an. Poppy war die Anführerin und scheuchte die anderen mit ihrer ohrenbetäubend schrillen Stimme herum, die mehr nach Möwe als nach Mensch klang, und Darley schämte sich wieder einmal, dass sie den Klang einer Kinderstimme hasste. Sie wandte sich wieder ihrem Handy zu und bestellte, was sie für das Abendessen geplant hatte, Lachs für sich, Makkaroni mit Käse für die Kinder, Schweinekoteletts für Malcolm. Während sie überlegte, ob sie Hatcher wohl überreden könnte, ein Stück Huhn zu essen, das mit einem Hauch Rosmarin in Berührung gekommen war, fiel ihr auf, dass alle Kinder unter der Rutsche die Köpfe zusammensteckten und offenbar etwas betrachteten, das auf dem Boden lag. Darley sah, wie Poppy sich aus der Gruppe löste und zum Rand des Spielplatzes lief, wo ein langer Ast lag, den sie sich holte. Es war warm, man konnte das Meer riechen. Gleich hinter den Bäumen war der Fluss, und Darley hörte die klagenden Hupen der Fähren, hörte Vogelgezwitscher und fühlte sich wohl und zufrieden. Es gab Tage in New York, an denen sie sich verzweifelt nach Meeresstrand, nach einem Garten, einem glasklaren See sehnte, aber es gab auch Tage wie diesen, an denen sie den baumbestandenen Park für perfekt hielt und nicht verstand, wie sie jemals ein anderes Leben hatte in Erwägung ziehen können.

Plötzlich stand Poppy vor ihr, Hatcher kam gleich hinterher. »Mommy, kannst du das wieder heil machen?«, fragte das Kind und hielt ihr mit ausgestreckten Armen etwas hin, und Darley brauchte mehrere Sekunden, um zu begreifen, was das war. Kein Pullover. Keine Papiertüte. Kein … Es war eine Taube. Und die Taube war tot.

An diesem Abend kam Darleys Mutter mit Georgiana, Cord und Sasha zum Abendessen, und während Darley Wein einschenkte, saß Poppy kerzengerade auf ihrem Stuhl, hielt ein aufgespießtes Stück Huhn hoch und verkündete der Tischrunde: »Mommy war heute nicht mit mir zufrieden.«

»Warum, Poppy, Liebes, was ist passiert?«, fragte Tilda, sofort bereit, ihrer Enkelin beizuspringen.

»Ich habe auf dem Spielplatz unter der Rutsche eine Taube gefunden und aufgehoben. Ich weiß nicht, ob ein Hund sie gebissen hat oder ob sie eine Krankheit hatte, aber sie ist gestorben.«

Einen Moment lang herrschte Stille am Tisch. »Was hast du mit ihr gemacht?«, fragte Tilda erschüttert.

»Mommy hat sie genommen und in die Recyclingtonne geworfen«, sagte Poppy traurig und knabberte an dem aufgespießten Huh, als wäre es ein kandierter Apfel am Stiel.

»In die Recyclingtonne? Nicht einfach in den Müll?«, fragte Sasha entgeistert.

»Natürlich in den Müll. Dann sind wir nach Hause, ich habe den Kindern die Hände ausgekocht, und ich lasse sie nie wieder aus dem Haus«, antwortete Darley, während sie ihr Weinglas bis zum Rand füllte. Auf eines war bei Sasha Verlass, sie hatte für jede Lebenslage immer eine besonders irritierende Bemerkung parat. Das war wirklich ein Talent.

Nach dem Abendessen, als die Gäste gegangen waren, steckte Darley ihre Kinder in die Badewanne, in die sie so viel Badeschaum gekippt hatte, dass der Schaum Gebirge bildete. Sie wusch den Kindern die Haare und schrubbte sie von Kopf bis Fuß, hob sie dann nacheinander aus der Wanne, trocknete sie ab, cremte ihnen Beine und Rücken ein und schickte sie los, damit sie ihre Schlafanzüge holten. Weil Malcolm an diesem Tag erst spät heimkam, legten sie sich zu dritt mit einem kleinen Bücherstapel ins Elternbett, und sie las den Kindern vor, Geschichten von Zahnfeen und Trollen, magischen Schulbussen und Baumhäusern. Poppy und Hatcher waren noch so klein, dass sie Dichtung und Wahrheit oft nicht unterscheiden konnten. Beide glaubten an Magie, und Darley war oft im Zwiespalt, wann sie aufklären und wann sie die Fantasie weiterspinnen sollte. Hatcher hatte in letzter Zeit eine Schrumpfmaschine bauen wollen, sodass sie nachmittagelang Pappkartons klebten und mit Knöpfen und Schaltern bemalten, doch so nett die Bastelei war, letztlich endete es immer mit einer Enttäuschung, denn nichts, was durch die Maschine lief, kam im Miniaturformat wieder zum Vorschein. Poppy redete unterdessen unentwegt von der Zahnfee und zählte die Tage, bis ihr endlich der erste Milchzahn ausfiele. Denn Darley hatte ihrer Tochter unvorsichtigerweise gesagt, sie werde den ersten Zahn mit sieben verlieren, und Poppy glaubte eisern daran und hatte sich fürchterlich aufgeregt, als eine Klassenkameradin schon mit fünfeinhalb einen Zahn verlor. Auf die Frage, was die Zahnfee mit den vielen Zähnen machte, hatte Darley rasch gelogen: Die zahnlosen Babys bekämen sie. Damit aber setzte sie eine lange, verworrene Reihe von Unsinn in Gang, mit dem sie zu erklären versuchte, wie die Fee die Zähne in die winzigen Münder einsetzte und dass die Prozedur wahrscheinlich der Grund sei, weshalb Babys oft so weinerlich seien.

Nach dem vierten Buch brachte Darley die Kinder in ihr Zimmer und in ihre eigenen Betten. Als sie Poppy die Decke bis unters Kinn zog, sah die sie auf einmal hellwach an und fragte: »Mommy, was passiert, wenn du stirbst?«

»Ach, Schatz, es wird so, wie wir es schon oft besprochen haben. Wir wissen ja nicht, was nach unserem Tod passiert, andererseits bleiben wir für immer ein Teil der Welt. Unsere Körper werden begraben und Teil der Erde, dann wachsen Pflanzen, Gras und Blumen aus der Erde, und wir werden Teil dieser Pflanzen, und vielleicht kommt ein Tier vorbei und frisst die Pflanzen, sodass wir Teil des Tiers werden, und so geht es immer weiter.« Darley strich Poppy das Haar zurück und betrachtete die konzentriert gerunzelte Kinderstirn.

»Und der Vogel, der heute gestorben ist?«

»Ja, mein Schatz?«

»Du hast ihn doch in den Müll geschmissen. Ist er dann für immer Müll?«

»Bestimmt nicht. Jemand wird ihn in der Erde begraben«, sagte Darley und fügte rasch hinzu: »Ich hab dich sehr lieb, mein Schatz, schlaf gut.« Sie löschte das Licht und ging aus dem Zimmer. Sie war sicher, dass ihre Kinder zu komplett verkorksten Menschen heranwachsen würden.

Darley und Malcolm hatten einander zweierlei Eheversprechen gegeben, das eine in der Kirche, vor Gott, ihren Freunden und ihrer Familie, und das andere spätnachts im Bett, Hand in Hand, flüsternd und kichernd zugleich, weil die falschen Wimpern am Kissen klebten wie Spinnen und Darley immer wieder Haarnadeln in der Tiefe ihrer festgesprühten Frisur entdeckte. Sie hielten sich an den Händen, die nagelneuen Eheringe funkelten, und sie flüsterten: *Ich verspreche, dass ich dich nie nötigen werde, meinen Koffer zu packen, ich verspreche, dass ich mich nie in meinem Büro verschanzen und Arbeit vorschützen werde, wenn Freunde zu Besuch kommen, ich verspreche, dass ich mich nie auf dem Rücksitz breitmache und mich von dir*

chauffieren lasse, ich verspreche, dass ich nie mit jemand anderem schlafen werde als mit dir.

Darley hatte Freunde, hatte Vettern und Cousinen, hatte ein reges Sozialleben mit Dutzenden Leuten, die sie anrufen konnte, wenn sie auf einen Cocktail gehen wollte, wenn sie eine Tennispartnerin brauchte oder eine Maniküre, ja vielleicht sogar eine Niere – aber niemandem auf der Welt vertraute sie so rückhaltlos wie Malcolm. Ihr Mann war ohne jeden Zweifel der beste Mensch, dem sie je begegnet war. Und ihre Ehe unterschied sich fundamental von den Ehen in ihrem sozialen Umfeld, denn Darley und Malcolm logen nicht. Niemals. Darley wunderte sich immer wieder, wie selbstverständlich das Lügen zu den meisten Ehen gehörte, die sie kannte. Ihre Freundin Claire unterhielt ein geheimes Bankkonto, von dem ihr Mann nichts wusste. Ihre Patentante versteckte Einkaufstüten erst einmal hinter der Tür des Arbeitszimmers und wartete, bis ihr Mann das Haus verlassen hatte, um die Neuerwerbungen in ihrem Kleiderschrank zu verstauen – nachdem sie die Etiketten herausgetrennt und in der Tiefe der Mülltonne entsorgt hatte. Darleys beste Freundin ging von Zeit zu Zeit heimlich zum Friseur oder zur Kosmetikerin, während ihr Mann sie in einer Besprechung glaubte – nicht, weil er etwas dagegen gehabt hätte, sondern weil sie Wert darauf legte, etwas zu tun, von dem er nichts wusste. Für Darley waren solche Überlegungen nicht nachvollziehbar. Sie hätte eine Beziehung, in der bedenkenlose Täuschungen an der Tagesordnung waren, nicht ertragen, und sie wusste, dass Malcolm genauso dachte.

Sie hätte ihn, als sie zu heiraten beschlossen, nicht bitten können, einen Ehevertrag zu unterschreiben. Das wäre für sie so gewesen, als bereite sie ihre Scheidung vor und ziehe schon jetzt eine unüberschreitbare Grenze zwischen ihrem Eigentum und seinem. Ohnehin empfand sie das Familienerbe nicht als ihren Besitz: Es stammte von ihren Großeltern und ihren Urgroßeltern. Sie war immer nur Nutznießerin gewesen – von Privatschulen, teuren Ferien, teurer Kleidung und den vielen, vielen Kosten, die es mit sich brachte, ein Oberschichtkind in der teuersten Stadt Amerikas großzuziehen. Sie habe zwei Möglichkeiten, erklärte ihr der Familienanwalt: Sie könne Malcolm den Ehevertrag unterschreiben lassen, der ihm im Fall einer Scheidung eine schäbige Summe zugestand, oder sie könnte das Konto sperren lassen, auf das Geld verzichten und direkt ihre Kinder als Empfänger einsetzen, sobald sie volljährig wären. Sie beriet sich mit Malcolm, und der sagte, das könne nur sie entscheiden. Er sei bereit, den Vertrag zu unterschreiben, andernfalls könnten sie das ihr zustehende Vermögen zugunsten ihrer künftigen Kinder ablehnen und eigene Wege gehen; schließlich hätten beide eine ausgezeichnete und kostspielige Ausbildung genossen. Darley entschied sich für Letzteres. Sie schloss sich von ihrem Erbe aus und setzte ausschließlich auf Liebe.

Malcolm verdiente zu dem Zeitpunkt schon mehr, als die meisten Amerikaner sich je würden träumen lassen. Er war nicht nur ein Genie, sondern besaß daneben auch jene Art von obsessivem Rationalismus, der sich in der Finanzbranche in barer Münze bezahlt macht. Er war von Kindesbeinen an von Flugzeugen fasziniert und hatte als Jugendlicher mit einem Blog angefangen, in dem er sich über die Eigenschaften verschiedener Flugzeugmodelle ausließ, und zwar derart sachkundig und umfassend, dass Boeing ihn auf ihrer Unternehmenswebseite verlinkte. Er befasste sich auch mit Flugrouten und erkannte Schwachstellen der Unwirtschaftlichkeit, die er in seinem Blog veröffentlichte und den Fluggesellschaften per E-Mail mitteilte. Er studierte Wirtschaftswissenschaften, machte nach seinem Abschluss den Pilotenschein und verbrachte fortan die Wochenenden damit, die Ostküste hinauf und hinunter zu fliegen – oft landete er nur, um in Flughafennähe ein Sandwich zu essen, bevor er wieder in die Cessna stieg. Darley begleitete ihn, war Kopilotin aber nur insofern, als sie neben ihm saß, und begnügte sich ansonsten damit, die Windschutzscheibe zu putzen und den Ölstand zu prüfen und durchs Fenster New England von oben zu betrachten. Einmal nahmen sie Schlafsäcke mit und übernachteten auf einem Flugplatz in West Virginia, standen bei Sonnenaufgang auf, kauften sich im Flughafen Baseballkappen im Partnerlook und stiegen wieder ins Flugzeug, um zum Mittagessen zu Hause zu sein.

Malcolm fand gleich im Anschluss an sein Studium an der Business School eine Anstellung bei der Global Industrials Group der Deutschen Bank. Als unangefochtener Luftfahrtexperte konnte er, anders als seine Kollegen, mit den Kunden auf Augenhöhe kommunizieren, und die Deutsche Bank versetzte ihn bald in die Aviation Corporate and Investment Banking Group, wo er eine steile Karriere hinlegte. Anders als im übrigen Bankgeschäft, wo Herkunft durchaus eine Rolle spielte, war der Luftfahrtsektor international, die Geschäftssprache ausschließlich Englisch und fundierte Sachkenntnis wichtiger als Beziehungen. Malcolm war ständig unterwegs, er flog zehn Stunden, nur um an einem Pitch-Meeting teilzunehmen, und flog noch in derselben Nacht zurück – wie ein Bumerang. Die meisten Menschen hätten diese Geschäftsreisen auf die Dauer nicht ertragen, aber Malcolm war in seinem Element – sicher, er war Passagier und nicht der Pilot, aber Fliegen war nun mal seine Welt. Im Unterschied zu den typischen Bankern, die nach Molina, Illinois oder Mayfield Heights, Ohio, mussten, wo ihre Industriekunden saßen, hatten die Airline-Banker ihre Kunden in den besten Städten – London, Paris, Hongkong, Singapur. Außerdem hatte er als Vielflieger Statusprivilegien bei drei Fluglinien – ConciergeKey bei American, Global Services bei United, Diamond 360 bei Delta –, und das Reisen war für ihn nie die Strapaze wie für das gemeine Volk. Er rauschte durch die Sicherheitskontrollen, dann saß er mit seinem Laptop bequem in der Lounge, bestieg als Letzter das Flugzeug und hatte, weil Erster-Klasse-Passagier, ein bequemes Bett. Auf Champagner und heiße Handtücher legte er keinen Wert, er wollte einfach mit einem Minimum an Störung unterwegs arbeiten und schlafen, um dann am Ziel erholt zu erwachen und von einem uniformierten Fahrer, der ein Schild mit seinem Namen hochhielt, abgeholt zu werden.

Daher war Darley zwar mit den Kindern oft allein, aber auf sich gestellt war sie nie. Malcolm war ständig mit ihr in Kontakt, schrieb ihr vor dem Abflug und nach der Landung, auf der Fahrt zum Hotel und nach dem Meeting. Von Brisbane bis Bogotá wusste sie immer, wo er sich aufhielt, und er rief sie über FaceTime aus seinen immer gleich aussehenden Hotelzimmern an. Er brachte ihr von so vielen Flügen den von der Fluggesellschaft zur Verfügung gestellten Pyjama mit, dass in ihrem Kleiderschrank ein ganzes großes Fach mit original verschlossenen Plastikbeuteln gefüllt war.

Malcolm hatte Kollegen, die ihre Geschäftsreisen nebenbei als internationales Sexbüfett nutzten und in jedem Land gleich nach der Landung Tinder aktivierten. Einer aus seinem Team hatte je eine Freundin in Sydney, Santiago und Frankfurt, die er besuchte, wenn er in der jeweiligen Stadt war. Dachten die Frauen, ihr amerikanischer Freund würde sich eines Tages verlieben und sie nach New York mitnehmen? Oder ging es auch ihnen nur um regelmäßigen Sex mit einem gutaussehenden, spendablen Mann, der ab und zu vorbeikam, Geschenke machte, sie zum Essen ausführte? Darley konnte nicht einschätzen, wie viel die Ehefrau dieses Kollegen wusste, und es ging sie auch nichts an. Denn während der Kollege mit einer hübschen jungen Nebenfrau in einer Bar saß, telefonierte ihr Malcolm im Hotelzimmer mit seiner Frau.

Darley und Malcolm hatten sich beim Studium kennengelernt, im Sommer nach dem Abschluss geheiratet, und irgendwie war sofort ein Kind unterwegs (nicht »irgendwie«, sondern auf die übliche Weise, aber ein Schock war es »irgendwie« doch). Als Darley nur sechs Monate nach Poppys Geburt erneut schwanger wurde, hatte sie das Gefühl, mitten in ihrem Leben sei eine Bombe hochgegangen. Sie arbeitete bei Goldman Sachs, und während sich Kind und Karriere noch hatten vereinbaren lassen, solange es nur ein Kind war, ging es mit zweien auf keinen Fall mehr – nicht bei ihrer 80-Stunden-Woche. Sie kündigte ihren Job, damit Malcolm den seinen behalten konnte, aber ohne Malcolms Eltern hätte sie es dennoch nicht geschafft. Die Kims waren alles, was die Stocktons *nicht* waren. Soon-ja und Young-ho Kim waren Ende der Sechziger aus Südkorea in die USA eingewandert, die ersten Stocktons dagegen waren mit der *Mayflower* gekommen. Die Kims hatten bei null angefangen, Young-ho war heute promovierter Chemiker, Darleys Vater hingegen hatte nicht nur sein

Vermögen, sondern ein ganzes Unternehmen von seinem Vater geerbt. Die Kims waren außerdem kommunikativ, liebevoll und praktisch veranlagt. Nach der Hochzeit wollten Soon-ja und Young-ho von ihrer neuen Schwiegertochter mit dem Vornamen angesprochen werden, was Darley anfangs tatsächlich etwas schwerfiel – sie war damit aufgewachsen, dass die Kinder sämtliche Freunde ihrer Eltern mit »Mr« und »Mrs« ansprachen, und soweit sie wusste, ging es in koreanischen Familien sogar noch förmlicher zu, weshalb Darley im ersten Jahr ihrer Ehe jede Anrede umging und meistens nur »Ähm« sagte. Die Schwiegereltern überhäuften Darley mit Geschenken und kamen nie mit leeren Händen zu Besuch, sei es, dass sie eine 80-Dollar-Kerze mitbrachten oder schöne Stoffservietten mit provenzalischem Dessin. Als Poppy auf der Welt war, zog Soon-ja an dem Tag bei ihnen ein, an dem die Säuglingsschwester ging, und schlief sechs Monate lang auf dem Sofa, um Darley zu entlasten. Sie fütterte Poppy mit abgepumpter Muttermilch, damit Darley nachts schlafen konnte, badete das Baby und schnitt die winzigen weichen Fingernägel. Poppy und später Hatcher waren ebenso sehr ihre Babys wie Darleys, und zwischen nackten Brüsten, Milchflecken und Salbe für die frische Kaiserschnittnarbe war jede Förmlichkeit zwischen ihnen längst im Strudel der Zeit untergegangen.

Nach der Taube, nach dem Bad, nach fast einer Stunde, die Darley damit zugebracht hatte, für die neun Kinder, die in den nächsten Wochen Geburtstag feierten, Geschenke zu bestellen, zog sie sich ihren Schlafanzug an und kroch ins Bett. Malcolm kam um Mitternacht, sperrte leise die Wohnungstür auf und schlich durch die Küche ins hintere Bad, wo er duschte und sich die Zähne putzte, bevor er sich zu ihr legte. Im Halbschlaf rutschte Darley zu ihm hinüber und schmiegte sich an ihn. Die meiste Zeit schlief sie ohnehin allein, doch am besten konnte sie schlafen, wenn sie beide ihre Beine ineinander verschlungen hatten. Am Morgen behandelten die Kinder Malcolm mit der Ehrfurcht, mit der man sonst nur Astronauten und Olympioniken begegnet, und zeigten ihm die Zeichnungen, die sie in der Woche gemacht hatten, sangen ihm die im Bus gelernten Lieder vor, erzählten lange, verworrene Geschichten von einem Jungen namens Kale, dessen älterer Bruder auf einer Geburtstagsparty in einem Indoor-Spielplatz in Queens mit mehr als fünfzig Trampolinen gewesen war.

Malcolm machte Pfannkuchen, was eine riesige Sauerei in der Küche hinterließ und insofern eine sonderbare Entscheidung war, als Darley eine Schachtel Heidelbeermuffins von Alice's Tea Cup besorgt hatte, doch sie saß mit breitem Grinsen am Tisch, trank Kaffee und sah zu, wie Hatcher der Sirup vom Kinn tropfte. Nach dem Frühstück fuhren die Kinder mit ihren Rollern zum Fußballtraining im Cadman Plaza Park, wo ein Dutzend Kindergartenkinder in einheitlichen roten T-Shirts ständig die Regeln vergaßen und den Ball mit den Händen fingen. Darley hätte hundert Dinge zu erledigen gehabt, hätte die freie Zeit für Yoga oder Tennis mit ihrer Mom nutzen sollen, aber sie wollte mit Malcolm zusammen sein, und so saß sie eng an ihn geschmiegt auf der Bank und tuschelte mit ihm über die anderen Eltern – die Mutter, die in ihrer Zehn-Millionen-Dollar-Wohnung in Cobble Hill eine Dinnerparty gab, aber nie ihren Anteil am Weihnachtsgeschenk für die Vorschullehrerin bezahlte; das Paar ein paar Häuser weiter, das sich eine Genehmigung für ein Straßenfest besorgt hatte, aber dann nicht mit den Nachbarn feierte, sondern mit ausschließlich eigenen Freunden die Umgebung bis zwei Uhr nachts mit Musik beschallte; den unauffälligen Anwalt, der sich als Footballfan outete und wie seine Kinder das ganze Wochenende im Green-Bay-Packers-Shirt herumlief, aber dann neben einem Richter vom Obersten Gerichtshof auf der Titelseite der *New York Times* zu sehen war.

Nach dem Fußball gingen sie mit den Kindern zum Mittagessen ins Fascati, dann in die Bibliothek, wo sie ein Dutzend neue Bücher ausliehen, anschließend zum Broken-Toy-Spielplatz, wo die Kinder ausrangierte Fahrräder herumschoben. In dieser Nacht schlief Darley eng umschlungen mit Malcolm ein und rührte sich kaum, als er sich um vier Uhr morgens aus dem Bett stahl, um im Büro eine Präsentation fertig zu machen, bevor er abends ins Flugzeug nach Rio stieg. Um sechs Uhr meldete sich Darleys Wecker, und sie fühlte nichts als bleierne Erschöpfung. Am liebsten wäre sie liegen geblieben und hätte sich die Decke über den schweren, dicken Kopf gezogen, doch sie zwang sich aufzustehen, Kaffee zu kochen und die Essenspakete für die Kinder vorzubereiten. Sie weckte sie und legte ihnen heraus, was sie anziehen sollten, machte Frühstück – Avocadotoast für Poppy, Erdnussbuttertoast für Hatcher, Kokosnussjoghurt für Poppy, Erdbeerjoghurt für Hatcher. Sie zog Jeans und ein weites graues T-Shirt an, setzte sich eine Baseballmütze auf und den Kindern die Helme, die sie unter dem Kinn schloss, nahm beider Rucksäcke und hastete auf dem Gehweg neben ihnen her, während sie mit den Rollern zur Schule fuhren. Am Tor meldete sie die Kinder beim

Wachmann und parkte die Roller an der Mauer, wo schon Dutzende weitere bunte Kinderroller standen wie Dekorationen an einem Lebkuchenhaus. Es gab viele Gegenden in Brooklyn, in denen man einen Roller nicht sechs Stunden lang unabgesperrt draußen stehen ließ, aber in Darleys kleiner Enklave in den Heights hatte sie das Gefühl, sie könnte jeden Tag ihr Portemonnaie verlieren und bekäme es immer wieder zurück.

Zu Hause wollte sie sich fürs Fitnessstudio fertig machen, konnte sich aber kaum rühren. Arme und Beine waren bleischwer und schmerzten, ebenso der Hals, und der Weg von der Haustür zur Küche kam ihr vor, als kämpfte sie sich durch Schnee oder hüfthohen Matsch. Sie setzte sich aufs Sofa und nickte offenbar ein, denn irgendwann fuhr sie mit einem Ruck auf, rannte ins Bad und übergab sich. Danach lag sie auf dem Boden, und es war ihr egal, dass sie im Bad der Kinder war und auf einer stacheligen Spielfigur lag und dass auf der gelben Bademauer ein Fleck war, der nach Urin roch. Während der nächsten Stunde erbrach sie sich immer wieder und lag halb betäubt und fiebernd auf dem Boden. Irgendwann brachte sie die Kraft auf, sich ins Schlafzimmer zu schleppen, sich aus den Jeans zu schälen und einen Eimer neben das Bett zu stellen. Gegen Mittag rief sie ihre Mutter an.

»Darley, ich bin auf dem Sprung, kann ich dich später zurückrufen?«, sagte Tilda.

»Mom, ich bin krank. Irgendwas mit dem Magen. Malcolm ist unterwegs. Kannst du bitte die Kinder von der Schule abholen?«

»Oh, mein Schatz. Das kriegen wir irgendwie hin. Um wie viel Uhr?«

»Viertel vor drei kommen sie raus.«

»Okay, Darling, Viertel vor drei.«

Um drei Uhr dämmerte Darley schwitzend und frierend zugleich zwischen feuchten Laken. Mit halbem Ohr hörte sie, wie die Haustür geöffnet und wieder geschlossen wurde, wie zwei Rucksäcke mit dumpfem Aufprall auf dem Boden landeten, hörte Singen und Kreischen und den Krach, ohne den ihre Kinder anscheinend nicht auskamen. In der Gewissheit, dass sie zu Hause waren, schlief Darley wieder ein und träumte, dass sie in einem fremden Haus ein Zimmer nach dem anderen nach jemandem absuchte, der nicht zu finden war. Sie wachte auf und musste sich erneut übergeben. Inzwischen war es halb acht. Sie wischte sich den Mund mit einem Taschentuch ab, und während sie noch überlegte, ob sie die Kraft hätte, ins Bad zu gehen und Wasser zu trinken, klopfte es leise an der Tür.

»Komm rein, Mom«, sagte Darley matt.

»Darley, ich bin's, Berta«, sagte draußen die Haushälterin ihrer Mutter und öffnete zaghaft die Tür. »Tut mir leid, aber ich muss jetzt heim.«

»Oh, Berta!« Darley setzte sich auf und vergaß, dass sie keine Hose anhatte. »Vielen Dank, dass Sie hier sind. Wo ist meine Mutter?«

»Mrs Stockton hatte eine Krise mit einer Tischdekoration. In den Vogelnestern, die ihr für ihre ›Flüge der Fantasie‹-Dinnerparty geschickt wurden, waren irgendwelche Insekten und haben sämtliches Obstdessert ruiniert, aber jetzt ist anscheinend alles in Ordnung. Ich habe den Kindern Nudeln und Brokkoli zum Abendessen gemacht, aber sie sind noch nicht müde.«

»Ach, Berta, vielen Dank.« Darley versuchte aufzustehen, aber von Neuem überkam sie eine Welle der Übelkeit.

»Tut mir wirklich leid, aber ich muss zu meinen Enkeln.«
Bertas Tochter war Krankenschwester, die häufig Nachtdienst
hatte und in puncto Kinderbetreuung auf ihre Mutter angewie-
sen war.

»Natürlich, Berta. Ich rufe meinen Bruder oder meine
Schwester an. Vielen Dank, dass Sie überhaupt da waren.
Könnten Sie vielleicht noch einen Film anmachen, bevor Sie
gehen?« Wenn ihre Kinder einen Film sahen, hatte sie eineinhalb Stunden lang Ruhe. Sie konnte ihnen nicht gegenübertre-
ten, sie fürchtete, ihnen Angst zu machen (die obsessive Beschäftigung mit dem Tod war nicht hilfreich) oder, schlimmer
noch, sie anzustecken.

Berta nickte und zog die Tür wieder zu. Darley schloss die
Augen. Georgiana musste am nächsten Morgen zur Arbeit.
Cord und Sasha mussten am nächsten Morgen zur Arbeit. Ihre
Mutter, nun ja, ihre Mutter hatte ja schon klargemacht, wozu
sie bereit war. Darley griff zu ihrem Telefon.

»Soon-ja?«

»Darley, mein Schatz, wie geht es dir und meinen Babys?«

»Mir geht's nicht gut, Soon-ja, ich hab was mit dem Magen,
ich übergebe mich schon den ganzen Tag, und Malcolm ist unterwegs nach Brasilien zu seinem Geschäftstermin …«

»Ich komme. Ich bin auf dem Weg zum Auto. Spätestens um
neun bin ich da. Halt durch, Schatz, und mach dir überhaupt
keine Sorgen.«

Darley ließ sich aufs Kissen zurückfallen, und die grausigen
schrillen Stimmen der Zeichentrickfiguren drangen in Fieber-
träume von Vogelnestern und Tauben ein.

Als Darley am nächsten Morgen erwachte, schien schon die
Sonne durch die Jalousien. Sie hörte Soon-ja in der Küche han-

tieren. Magen und Kehle schmerzten, ihre Augen fühlten sich an, als hätte sie Sandkörner unter den Lidern, und sie war sicher, dass sie schlimmer roch als der Klassenhamster, den sie während der Frühlingsferien aufgenommen hatten. Aber es ging ihr besser. Bis sie das auf dem Nachttisch liegende Handy umdrehte und Malcolms Nachricht las: ICH BIN GEFEUERT.

4

Sasha

An Geburts- und Feiertagen und zu besonderen Gelegenheiten, bei denen der Wein reichlich floss, zog man das Essen gern in die Länge und schwelgte in Erinnerungen, erzählte einander Geschichten von Jugendstreichen und anderem Blödsinn, den man im Lauf der Jahre getrieben hatte. Cord schilderte gern, wie er und ein paar Highschoolfreunde auf Klassenfahrt in Paris im Louvre hätten zeichnen sollen, sich stattdessen aber betrunken und dann heillos verlaufen hatten. Georgiana schilderte, wie sie sich nach Einbruch der Dunkelheit aus dem Tennisclub in Florida davongeschlichen hatte, und alle lauschten entzückt ihren nächtlichen Flirtabenteuern und gackerten auch noch beim x-ten Mal, wenn sie die Geschichten nach ungezählten Wiederholungen längst auswendig kannten. Sasha hörte sie immer wieder gern, ob altbekannt oder nicht, und lachte von Herzen, steuerte aber nie eigene Anekdoten bei. Neben ihren Familiengeschichten hätten selbst die übelsten Missetaten der Stocktons nur wie eine heimliche Flasche Bier im Zeltlager ausgesehen.

Eigentlich entstammte Sasha einer Familie von Kleinkriminellen, die nur deshalb keine ellenlangen Vorstrafenregister hatten, weil ein Onkel in dem kleinen Städtchen am Meer nahe Providence, in dem sie aufgewachsen war, zufällig der Polizeichef war. Für die meisten Eskapaden kassierten sie lediglich Verwarnungen. Aber es gab Cousins, die betrunken einen Boston Whaler für eine Spritztour klauten, die sich auf fremden Hausbooten in der Bucht koksend die Nächte um die Ohren schlugen, die im Villenviertel von Newport Hochzeiten stürmten, die behaupteten, sie könnten betrunken oder zugedröhnt besser fahren als nüchtern – wovon verbeulte Kotflügel und umgenietete Zaunpfähle beredtes Zeugnis ablegten. Wenn Cord sich mal den Arm brach, weil er auf der Skipiste gestürzt war, so brach sich Sashas Vetter Brandon den Arm, weil er unter Einfluss von Whisky und Aufputschmittel vom Balkon im ersten Stock gefallen war. Es war einfach eine völlig andere Kategorie von Fehlverhalten. Was bei reichen Leuten noch lustig sein mochte, sah in ihrer Familie, fand Sasha, prollig aus.

Nach dem Desaster ihrer Verlobungsfeier – ihr älterer Bruder Nate wurde aus dem Explorer's Club geworfen, weil er den ausgestopften Eisbären mit einer Lammkeule traktiert hatte – zwang Sasha ihren Vater, der gesamten Familie vor der Hochzeit die Leviten zu lesen und ihnen einzuschärfen, dass der Onkel nur in einem Provinzkaff Polizeichef war und in New York City nichts zu sagen hatte, dass sie sich in Providence gern als degenerierte Idioten aufführen konnten, aber Sasha ja nicht vor ihrer neuen Familie blamieren durften. Der Vortrag wurde mit großer Heiterkeit aufgenommen – die Verwandtschaft liebte nichts mehr, als in den eigenen Verfehlungen zu schwelgen –, fruchtete aber überhaupt nichts, denn auf dem Empfang gingen die Verrückten sofort daran, ein Blumenarrangement zu zerlegen, um Champagner aus einer Riesenvase zu trinken.

Trotz (und, offen gestanden, auch wegen) ihrer peinlichen Familie hatte Sasha ihre Hochzeit in bester Erinnerung. Sie war so grandios, elegant und auch ausgeflippt gewesen, dass niemand sie je vergessen würde. Die Feier fand in der Down Town Association statt, einem privaten Club in der Pine Street, den J. P. Morgan einst als reinen Männerclub für Banker gegründet hatte. Cord aß dort mehrmals in der Woche zu Mittag, gemeinsam hatten sie abendliche Champagnerverkostungen und Vorträge besucht, einmal auch ein italienisches Abendessen mit Spitzenweinen, das derart langweilig war, dass Sasha – unabsichtlich, nur um den Abend zu überstehen – sich mit Barolo volllaufen ließ. Der Club bestand aus drei Etagen altmodischen New Yorker Glamours, mit himmelblauen Zimmerdecken, dunklen Holzgeländern, einem begehbaren Zigarren-Humidor und einem Barbershop ganz aus Marmor im hinteren Bereich der Herrentoilette, wo Teile des Films *Inside Man* mit Jodie Foster gedreht worden waren.

Cord und Sasha fütterten sich gegenseitig mit Kuchen, er schwenkte seine entzückte Schwiegermutter über die Tanzfläche (die vielen Tanzstunden in seiner Jugend machten sich bezahlt), und Sasha versuchte mutig, mit ihrem Schwiegervater Schritt zu halten, der mit ihr zu Katy Perrys »Firework« Walzer tanzte. Malcolm und Darley waren ausnahmsweise ausgelassen, er mit der Krawatte um die Stirn wie ein Ninja, und als ein Freund der Familie im Barbershop der Herrentoilette Cords Mitbewohner aus Studienzeiten dabei erwischte, wie er mit Sashas Vetter herummachte, lachte Malcolm sich krumm und erzählte allen, das sei die beste Party des Jahrzehnts.

Nachdem Cords Familie die Hochzeit bezahlt hatte (klarer Verstoß gegen die Tradition), bestand Sasha darauf, die Hochzeitsreise zu finanzieren. Sie entdeckte das Angebot eines Resorts auf den Turks- und Caicosinseln, direkt am Strand, wo jede Suite einen eigenen Whirlpool mit Meerblick hatte. Kurzzeitig hatte sie davon geträumt, dass man ihnen als Hochzeitsreisenden womöglich einen royalen Empfang mit kostenlosem Upgrade und Rosenblättern auf dem Bett bescherte, doch als der Hotelbus sie vom Flughafen abholte, war schnell klar, dass der ganze Laden voll mit Paaren wie ihnen war. Während der Vorbereitungen auf das Fest hatte Cord über die »Hochzeitsfabriken« gelästert, die am Fließband Empfänge veranstalteten, Feiern nach Schema F, die nicht besonderer oder individueller waren als irgendein Highschoolball. Jetzt fürchtete sie, er empfände das Resort als weitere massentouristische »Fabrik«, er aber blätterte vergnügt in der Broschüre und plante schon Tennismatches, Radtouren und Dinnerreservierungen.

Sie waren auf x Hochzeiten von Freunden eingeladen gewesen, aber miteinander verreist waren sie fast nie, und Sasha merkte schnell, dass ihrer beider Vorstellungen von Urlaub unterschiedlicher nicht hätten sein können. Für Sasha hieß Urlaub, dass sie frühmorgens ihre Badesachen anzog, zum Strand ging und sich nur noch wegbewegte, um sich was zu trinken oder einen Snack zu holen. Für Cord bedeutete Urlaub offenbar, ununterbrochen in Action zu sein, ein menschlicher Saugroboter, der von einer Aktivität zur nächsten saust. Er charterte ein Boot nach Middle Caicos, wo sie durch finstere Fledermaushöhlen stolperten, er heuerte einen Hubschrauberpiloten an, der mit ihnen einen ohrenbetäubend lauten Rundflug über die Insel drehte, er fuhr mit ihr zu dem berühmten Muschelrestaurant, wo sie die frittierten zähen Klumpen mit eiskaltem Turk's-Head-Bier hinunterspülten, und so weiter. Für den letzten Tag flehte Sasha ihn an, sie einfach still am Strand liegen zu lassen, und während er mit Taucherbrille und Schnorchel das kleine Riff abseits des Strandes erkundete, ließ sie sich auf ihr Handtuch fallen und rührte sich nicht mehr, bis ihr Kopf von der Sonne völlig leer war.

Sie hatten in ihrer Suite zwei Flaschen Champagner kühlgestellt, um sie vor der Abreise zu trinken, und machten sich deshalb, nachdem sie sich bis zum Sonnenuntergang am Strand hatten grillen lassen, auf den Weg dorthin. Unterwegs aber stoppten sie an jedem einzelnen der sechs Hotelpools, um kurz hineinzuspringen. Die letzte Station war ein überdimensionaler, von Bougainvillea umwachsener Whirlpool, und während sie sich im warmen Wasser aalten, tauchte zwischen den pinkfarbenen Blüten ein anderes Paar auf. Man nickte einander zu, die Neuankömmlinge ließen sich am anderen Ende ins Becken gleiten. Auch sie waren, natürlich, Jungvermählte und kamen aus Boston. Nach fünf Tagen in ungestörter Zweisamkeit hatten Sasha und Cord Lust auf Gesellschaft, sie kamen ins Gespräch, bald war es dunkel, und sie hatten so viel Spaß miteinander, dass sie das andere Paar auf ein Glas Champagner in ihre Suite einluden. Triefend legten sie den Weg vom riesigen Gemeinschafts-Whirlpool des Resorts zum kleinen Pool auf der abgeschirmten Privatveranda neben ihrem Schlafzimmer zurück. Cord ließ den Champagnerkorken mithilfe eines Messers knallen, was ein Partytrick war, der eigentlich mit einem Säbel ausgeführt werden musste, und alle empfanden sofort die glückselige Beschwipstheit, die Sekt auf leeren Magen bewirkt, zumal wenn man knapp am Sonnenstich entlangschrammt. Als die zweite Flasche zur Neige ging, zog der Typ aus Boston seiner Frau das Bikinioberteil aus, und die Stimmung schlug ins Bizarre um. Die Erkenntnis traf Sasha wie ein Blitz. Wieso war ihr nicht früher aufgefallen, was sie getan hatten? Sie hatten ein anderes Paar in ihre Hotelsuite eingeladen, halb nackt, hatten sich mit den beiden betrunken und waren nicht auf die Idee gekommen, dass man das als Einladung zu einer Sexparty verstehen konnte? Cord, der mit peinlichen Situationen so souverän umzugehen wusste wie ein Diplomat, erinnerte Sasha prompt an ihre Reservierung fürs Abendessen, versorgte die barbusige Frau mit einem Bademantel und begleitete die beiden in den warmen Abend hinaus. Wieder allein, ließen sich Sasha und Cord lachend aufs Bett fallen und gelobten einander, jedem, der fragte, zu erzählen, dass ihr Eheversprechen die Flitterwochen intakt überstanden hatte. Mehr brauchte niemand zu wissen.

Sasha war klar, dass Cord sie liebte, aber nicht brauchte, und das war womöglich das Anziehendste an ihm. In der Bekundung seiner Zuneigung war er zurückhaltend – natürlich liebte er Sex, und er war ausnahmslos lieb und freundlich, aber er sagte zum Abschluss eines Telefonats nicht »Ich liebe dich«, er brachte ihr nicht anlasslos Blumen oder Geschenke mit, er sagte ihr nicht, dass sie das Beste sei, was ihm jemals begegnet war, und so weiter, und genau so wollte Sasha es haben. Nach der Achterbahnfahrt ihrer ersten Liebe, als ihr die Schattenseiten der Leidenschaft vor Augen geführt wurden, hatte sie genug von romantischem Überschwang.

Es war eine Highschoolliebe gewesen. Er hieß Jake Mullin, aber alle nannten ihn nur Mullin. Sie kannten sich, seitdem sie elf waren und am Begabtenprogramm ihrer Schule teilgenommen hatten, das in einem Trailer auf dem Schulparkplatz veranstaltet wurde. Mullin machte sie nervös, und sie ging ihm jahrelang aus dem Weg. Er wirkte verwahrlost. Nie hatte er eine Jacke, nicht einmal im Winter, einmal hatte sie ihn sogar bei Schnee in einem kurzärmeligen schwarzen T-Shirt mit Metallica-Logo am Rand des Sportplatzes stehen sehen. Seine Familie wohnte gegenüber dem Hafenkai in einem grün gestrichenen Haus, von dem der Putz abfiel, und während Sashas Mutter ihr Essenspäckchen mit Herzservietten und selbstgemachtem Popcorn mitgab, schien Mullin nie etwas dabeizuhaben. Er hatte nicht mal einen Rucksack. Erst viel später, nachdem sie ihn einmal mit dem laminierten Berechtigungsausweis in der Hand hatte Schlange stehen sehen, begriff Sasha, dass er das kostenlose Mittagessen der Schule erhielt.

Mullin konnte zeichnen. Sie hatte es nie bemerkt, nie darauf geachtet, doch eines Tages ging sie in der Highschool an seinem Schreibtisch vorbei und sah einen Vogel vor ihm liegen, der so naturgetreu war, dass ihr ein Laut der Überraschung entfuhr. Sasha konnte auch gut zeichnen, aber das lag daran, dass sie das Malen und Zeichnen ernst nahm und übte, jede freie Minute im Kunstatelier der Schule verbrachte und ihren Wahlunterricht mit Mal- und Keramikkursen füllte. Mullin hingegen konnte zeichnend im Englischunterricht sitzen und hingebungsvoll Stängel und Adern eines Blattes schraffieren und dann, wenn die Stunde vorbei war, das Zeichenblatt zerknüllen und in den Papierkorb werfen.

Im Sommer vor dem ersten Studienjahr kamen sie zusammen. Im Nachbarort, am Ende einer langen staubigen Schotterstraße, unweit des Highways, hatte jemand einen Speichersee entdeckt. Die Zufahrt war mit einem Zaun und einem Tor versperrt, doch wenn man das Auto stehen ließ und zehn Minuten einen schattigen Weg zu Fuß ging, kam man zu einem atemberaubenden See mit einem steinernen Turm in der Mitte. Sasha und eine große Gruppe junger Leute verbrachten den ganzen Sommer dort, saßen biertrinkend und kiffend am Ufer, schwammen nackt und sprangen vom Turm. Sie wusste nicht genau, wie es angefangen hatte, doch während zweier besonders heißer Monate wurde sie sich seiner Gegenwart immer stärker bewusst – sie bemerkte es jedes Mal, wenn er ins Wasser ging, wenn er sich auf einem Felsen in der Sonne ausstreckte, und wollte in seiner Nähe sein. Zum ersten Mal küssten sie sich mit den Beinen paddelnd in der Nähe des Turms. Bis er sich von ihr löste, lachte und sagte: »Ich ertrinke, wenn wir nicht erst ans Ufer schwimmen, bevor wir weitermachen.«

Von da an waren sie immer zusammen. Ihre Brüder und Vettern waren begeistert von Mullin. Er hatte einen Job bei einem Landschaftsgärtner und Geld für ein Boot gespart, einen Boston Whaler. Er fuhr mit ihnen hinaus, wann immer sie wollten, an Bord eine Kiste Bier und einige Chipstüten, und so verbrachten sie ganze Tage draußen vor der Sandbank, tranken und schwammen. Die frühere Düsternis, die Sasha auf Distanz gehalten hatte, war wie weggeblasen, und während ihrer Collegejahre waren sie unzertrennlich, ihre Eltern ließen ihn sogar bei ihr übernachten. Ohne dass darüber gesprochen wurde, wussten alle, dass es gut für Mullin war, ab und zu nicht zu Hause zu sein. Sein Vater war Trinker, sein Bruder kokste. Mullin teilte sich das Zimmer mit dem Bruder und war schon zu Schulzeiten morgens manchmal erschöpft und übernächtigt in der Klasse erschienen.

Mullin hatte weniger Geld als sie, war aber äußerst großzügig. Immer bestand er darauf, zu zahlen, ob für Sandwiches oder Getränke oder Benzin. Wenn er zum Abendessen zu ihr nach Hause kam, brachte er ihrer Mutter Geschenke mit wie drei Pfund Steak vom Metzger, einen Papiersack Mais, eine Tüte Äpfel. Sasha wusste, dass ihre Eltern über ihren Schatten sprangen, wenn sie zuließen, dass Mullin bei ihrer Tochter übernachtete, und versuchte, das elterliche Entgegenkommen zu honorieren, indem sie nie unter dem elterlichen Dach mit ihm schlief. Sex hatten sie anderswo – auf der Rückbank ihres Autos, auf dem Boot, nachts am Strand.

Als Sasha die Zulassung zum Kunststudium erhielt, führte er sie zur Feier des Tages zum Essen aus. Sie gingen in die schönere der beiden Pizzerien in der Stadt, und da Mullins Vater mit der Kellnerin befreundet war, stellte die ihnen kommentarlos zwei Gläser süßlichen Rotwein hin. Sasha würde an der Cooper Union in New York studieren, der besten privaten Kunsthochschule des Landes, die auch dafür berühmt war, dass sie keine Studiengebühren verlangte. Mullin hatte sich bei keiner Kunsthochschule beworben. Zeichnen und Malen interessierten ihn nicht beruflich, er tat es nur zum Zeitvertreib, wenn er sich langweilte. Er wollte ab Herbst an der University of Rhode Island studieren. Er würde pendeln, weiter zu Hause wohnen und bei dem Landschaftsgärtner jobben. Er hatte sich nirgendwo anders beworben.

Der Sommer kam, Sashas Umzug nach New York stand bevor, und Mullin wurde ihr gegenüber zunehmend reizbar. Eines Abends wollten sie ins Kino; an der Kasse saß ein Junge, den Sasha aus dem Französischkurs kannte. Sie bestellte Popcorn, und er antwortete auf Französisch: Das Popcorn sei widerlich, denn es liege wochenlang im Glaskasten. Sie lachte und nahm es trotzdem. Mullin verfiel in düsteres Schweigen, und als der Film zu Ende war, marschierte er wortlos zum Auto zurück. Auch auf dem Heimweg sagte er kein Wort, aber fünf Meilen vor ihrem Haus befahl er ihr, rechts anzuhalten. Er fing an zu schreien, sie habe vor seinen Augen mit einem anderen geflirtet, und schlug gegen das Handschuhfach. Dann stieg er aus, knallte die Tür hinter sich zu und marschierte los. Sasha fuhr noch eine Weile neben ihm her und versuchte, ihn zum Einsteigen zu bewegen, doch er ignorierte sie, und am Ende gab sie auf. Zwei Tage danach stand er spätabends vor ihrer Tür, und sie verzieh ihm.

Im Herbst, kurz nach Beginn des Studiums, besuchte er sie in New York, und wieder kam es zu einer Eifersuchtsszene. Ein Flurnachbar im Studentenheim schaute kurz herein, um Hallo zu sagen, und Mullin rastete aus. Er schlug gegen die Wand im Bad, zerbrach eine Kachel und blutete den Boden voll. Dann verschwand er. Ein paar Tage später begann er, sie anzurufen, und flehte um Verzeihung. Er rief wieder und wieder an, bis sie das Telefon stummschaltete. Er ging zu ihr nach Hause und redete ihrem jüngeren Bruder Olly ins Gewissen, der sie am nächsten Tag anrief, seinerseits schluchzend: Sie dürfe Mullin nicht verlassen. Die Familie stand vollzählig auf Mullins Seite. »Du weißt doch, aus was für einer beschissenen Familie er kommt«, sagten sie. »Er liebt dich, und du lässt ihn im Stich.«

Am nächsten Wochenende tauchte er wieder im Studentenheim auf, und sie sagte, es sei vorbei, aber er wollte nichts davon hören. Er schickte Geschenke, schickte Blumen, kaufte ihr einen Freundschaftsring mit einem Diamanten, der, das wusste sie, sein Budget bei Weitem überstieg. Sasha wollte ihn nicht mehr in ihrem Leben, wollte Freiraum und neue Freunde, ja ein neues urbanes Leben, aber sie konnte nicht. Sie liebte Mullin trotz allem, und sie wusste, dass sie alles für ihn war. Es brach ihr das Herz, wenn sie daran dachte, wie er in seinem Zimmer zu schlafen versuchte, während sein Bruder hellwach dröhnende Musik hörte und nebenan sein Vater stockbetrunken die Möbel zertrümmerte. Sie hatte ihn verlassen, und er brauchte sie. Den ganzen Winter hindurch stritten sie und versöhnten sich wieder, Mullin tobte vor Eifersucht und wälzte sich anschließend in Reue. Sashas Freunde begannen, ihn zu hassen, sogar ihre Mutter hielt es inzwischen für besser, die Sache zu beenden, nur ihre Brüder und Vettern hielten eisern an ihm fest. Als Mullin auf einer Party einen Typen verprügelte, der Sasha angesprochen hatte, und sie in das Handgemenge hineingeriet, musste sie vor den Disziplinarausschuss der Cooper Union, und Mullin erhielt Hausverbot. Damit war das Maß für sie voll. Sie ging einem Studium nach, für das sie brannte, sie hatte die Chance, es schuldenfrei zu beenden, und Mullin versaute ihr alles. Sie machte endgültig mit ihm Schluss und ließ sich nicht mehr erweichen. Es war vorbei.

Ihre Familie verzieh ihr nicht. Ihre Brüder und Vettern trafen sich nach wie vor mit Mullin, fuhren auf seinem Boot mit, gingen mit ihm auf ein Bier oder mehrere. Kam Sasha in den Ferien nach Hause, ließen die Brüder sie wissen, dass sie mit Mullin zum Essen oder auf einen Drink im Cap Club verabredet waren. Zwei Jahre später brachte sie einmal einen neuen Freund mit nach Hause, den die Brüder mit Begeisterung zu mobben begannen. Sie sprachen nicht mit, sondern nur über ihn und nannten ihn »Hippie«, weil ihm die Haare ein Stück über die Ohren hingen. Ein paar Wochen später trennte er sich von ihr, und Sasha konnte es ihm nicht verdenken. Wer will sich auf eine Familie wie diese einlassen?

Zehn Jahre später begegnete Sasha ihm immer noch ab und zu, wenn sie ihre Eltern besuchte. Mullin war immer noch mit ihren Brüdern befreundet, kam immer noch herüber, um mit ihnen die Super-Bowl-Übertragung zu sehen, fuhr immer noch mit dem Boot hinaus – jetzt mit einem größeren und besseren Whaler. Er hatte eine eigene Landschaftsgärtnerei, beruflich ging es ihm gut. Doch statt sich ein eigenes Leben zu suchen, hing er klettenhaft an Sashas Familie. Sasha wusste nicht, ob sein Vater noch lebte, noch immer in dem grünen Haus, von dem der Putz fiel. Sie fragte absichtlich nicht. Mullin hatte das Verhältnis zwischen ihr und ihren Brüdern für immer verändert, aber auch ihre Vorstellung von Beziehung hatte sich verändert. Mit Mullin hatte sie erfahren, wie toxische Leidenschaft aussah, sie hatte die Achterbahnfahrten zwischen wahnsinniger Anbetung und rasender Wut erlebt und hatte genug davon. Sie wollte einen Mann, der stabil war, einen, mit dem es leicht und unkompliziert war, der sie liebte, aber nicht so maßlos, dass er darin unterging.

5

Georgiana

Georgiana war sich darüber im Klaren, dass die Generation der Millennials gemeinsam mit ihren Therapeuten gerne die Eltern für alle Probleme des Lebens verantwortlich machten, aber in Georgianas Fall traf das zumindest in einem Punkt zu: ihrer armseligen Datingerfahrung. Es fing damit an, dass ihre Eltern sie auf eine Privatschule in unmittelbarer Nachbarschaft geschickt hatten, wo alle seit dem vierten Lebensjahr miteinander befreundet waren und alles übereinander wussten, sodass sie wie Geschwister aufwuchsen, und als sie in die Pubertät kamen, wäre ihnen allein die Idee einer Beziehung untereinander pervers erschienen. Bis sie zwanzig war, verbrachte sie den Sommer Jahr für Jahr in einem Ferienlager nur für Mädchen, wo mit Begeisterung gerülpst wurde und das Rasieren der Beine verpönt war. Mit zwölf wurde Georgiana in einer Tanzschule angemeldet, in der die Jungs weiße Handschuhe trugen und der ihr zugewiesene Tanzpartner, Matt Stevens, den Takt mithilfe kräftiger Atemstöße durch die Nase hielt. Direkt in ihr Gesicht. Es war kein Wunder, dass sie als Jungfrau ins College kam, was sie als so peinlich empfand, dass sie es kurzerhand leugnete, auch gegenüber dem Freund, den sie im ersten Jahr hatte, Cody Hunter, der sie in einem nach Axe und Lacrosse-Schulterpads riechenden, schmalen und überlangen Bett mit großer Freude, aber unwissentlich entjungferte.

Sie hatte viele männliche Freunde, doch wann immer einer ein tiefergehendes Interesse bei ihr weckte, ging sie ihm aus dem Weg, um sich ihr peinliches Erröten zu ersparen und sich nicht anmerken zu lassen, wie ahnungslos sie in Sachen Beziehung war. Mit sechsundzwanzig konnte sie auf insgesamt drei Freunde, davon zwei Sexualpartner zurückblicken und besaß in Liebesdingen das Selbstbewusstsein einer Kaulquappe.

Und sosehr sie sich jetzt auch wünschte, sie könnte an das einmalige Erlebnis eines Mittagspausengesprächs mit Brady anknüpfen, ließ sich die Situation kein zweites Mal herbeiführen. Wenn sie einander auf dem Flur begegneten, lächelte sie und sagte Hallo, aber immer waren sie nicht allein oder in Eile, unterwegs zu einem Meeting, das womöglich schon angefangen hatte. Ein paarmal trafen sie sich zufällig beim Mittagessen, aber es saßen immer noch andere am langen Tisch und stocherten in ihren Plastikschalen mit Thai-Essen oder Salat.

Lena und Kristin waren grenzenlos geduldig und bereit, jede noch so kleine Interaktion auf dem Flur zu besprechen und auf ihre Bedeutung hin zu zerpflücken, aber auch sie waren sich einig, dass Georgiana, falls sie Brady zu ihrem vierten Freund/ dritten Sexualpartner machen wollte, nicht darum herum käme, noch einmal das Gespräch mit ihm zu suchen. Wie sich jedoch zeigte, ergriff Brady selbst die Initiative.

Georgiana spielte jeden Montagabend Tennis und pflegte sich daher im Bad des ersten Stocks – jenem, in dem Landkarten von Laos und Kambodscha hingen – umzuziehen, schwang sich dann Tasche und Schläger über die Schulter und ging die Wendeltreppe hinunter und an den Postfächern und dem Empfang vorbei in den warmen Abend. Eines Montags, als sie im Begriff war, die Montague Street zu überqueren, rief jemand nach ihr, und sie drehte sich um.

»Hey, Georgiana, wart mal.« Es war Brady.

»Oh, hallo, was gibt's?« Sie lächelte, aber innerlich schlug ihr Magen Purzelbäume.

»Unterwegs zu den Tennisplätzen?«

»Ja, ich hab ein Match um sechs.«

»Cool. Liegt auf meinem Weg.« Er lächelte ebenfalls.

Die Ampel schaltete auf Grün, und sie überquerten zusammen mit einer Schar von Joggern, Radfahrern, Pendlern mit Laptoptaschen und Müttern mit Kinderwagen die Straße.

»Mit wem spielst du?«, fragte Brady.

»Heute mit einer gewissen June Lin. Es ärgert mich, weil bei unseren Matches eigentlich nur Spielerinnen auf dem gleichen Level gegeneinander antreten sollten. Ich bin 5.5, und sie ist eindeutig 5.0. Wäre an sich nicht weiter schlimm, aber jedes Mal, wenn wir spielen, bin ich früher oder später so genervt, dass ich sie über den Platz zu hetzen versuche, und dann fange ich selber irgendwann zu schludern an.«

»Mit anderen Worten, Anpassung nach unten«, stichelte er.

»Ich will echt nicht überheblich rüberkommen«, sagte sie.

»Aber die 5.0er haben ihren eigenen Parcours. Warum besteht sie drauf, ständig zu verlieren?«

»Du schlägst sie also immer?«

»Leider nicht. Vor lauter Frust vermassle ich alles!« Georgiana lachte.

»Tja, vielleicht ist *das* ihre Strategie – alle genervten 5.5er zu schlagen, bis sie überzeugt ist, selber eine zu sein?«, sagte Brady gespielt unschuldig.

»Genau so ist es! Der reinste Teufelskreis.«

»Also echt, normalerweise kommst du rüber wie ein netter Mensch, und dabei bist du insgeheim vom Ehrgeiz zerfressen. Eigentlich wollte ich dich fragen, ob wir mal miteinander spielen, aber jetzt weiß ich nicht …« Der leichte Wind zerzauste sein Haar, er hatte sich die Ärmel aufgekrempelt, und Georgiana wurde auf einmal bewusst, wie nah sie einander waren, wie selbstverständlich sie nebeneinanderher gingen, wie eine Gänsehaut über ihre nackten Beine und Arme lief. Sie verdrängte den Gedanken sofort wieder, um bloß nicht leuchtend rot zu werden und alles zu verderben.

»Ach doch, das machen wir. Sehr gern«, sagte sie.

»Cool. Wie schaut es bei dir morgen nach der Arbeit aus? Oder ist es dir zu viel Tennis, zwei Abende hintereinander?«

»Ha, für uns 5.5er kann es überhaupt nie zu viel Tennis sein! Und glaub ja nicht, dass du ungeschoren davonkommst. Und wenn du nicht mindestens 5.0 bist, mach ich dir Feuer unterm Hintern«, warnte sie.

»Nichts anderes hab ich erwartet. Und damit du's weißt …« Er legte den Kopf schief und musterte sie mit zusammengekniffenen Augen. »In echt bist du sowieso eine 10, würde ich sagen.« Damit machte er kehrt und ging den Weg zurück, den sie gekommen waren, und Georgiana starb innerlich siebenundvierzig Tode. Es war das Schnulzigste und Schönste, das je ein Mann zu ihr gesagt hatte, und sie zückte sofort ihr Handy, um Lena und Kristin auf den neuesten Stand zu bringen. Schließlich standen sie seit einer Ewigkeit an der Küste und hielten nach Zeichen der Hoffnung Ausschau: Jetzt kam endlich das Schiff in Sicht.

Am folgenden Abend nach der Arbeit trafen sie sich draußen auf der Treppe vor dem Haus und gingen gemeinsam zur Atlantic Avenue. Brady trug Shorts, an denen noch das Etikett baumelte, und seine Tennistasche sah nagelneu aus. Zum Aufwärmen spielten sie Minitennis, schlugen einfach den Ball übers Netz hin und her, und Georgiana sah, dass er lässig mit dem Schläger umging, einen guten Schlag hatte und sich mit der Leichtigkeit eines geübten Sportlers bewegte. Sie gingen zur jeweiligen Aufschlaglinie zurück und begannen mit einem Ballwechsel. Er war stark – Georgiana hatte immer gern gegen Männer gespielt –, und sie droschen den Ball abwechselnd über den Platz, sauber immer an dieselbe Stelle. Dann fingen sie an, um Punkte zu spielen, und Georgiana merkte, dass sie tatsächlich viel besser war als er, doch er war ein großartiger Gegner. Er spielte schnell und hart, und gelegentlich schlug er einen Ball derart daneben, dass sie ihm unter vielen Entschuldigungen und unterdrücktem Gelächter bis auf den Nachbarplatz hinterherjagen mussten. Sie spielten eine Stunde lang, bis der Pfiff den Wechsel ankündigte und das nächste Paar schon unter ostentativem Recken und Dehnen auf den Platz schlenderte, nicht gewillt, auch nur eine Sekunde der zugeteilten Zeit zu verpassen. Tennisspieler sind bekanntlich verbissen.

Von da an spielten Georgiana und Brady einmal in der Woche, in der Regel dienstags. Im Büro wahrten sie professionelle Distanz, wechselten nur ein wortloses Grinsen, wenn sie einander im Flur begegneten, und am Mittagstisch saßen sie weit voneinander entfernt. Doch auf dem Weg zum und vom

Tennisplatz unterhielten sie sich angeregt. Sie sprachen über Bradys Reisevirus, über sein Jahr nach dem College, das er im Friedenskorps in Uganda verbracht hatte, über eine Hochzeit, zu der er eingeladen war, obwohl er das Brautpaar kaum kannte: Dabei wurde eine Ziege geschlachtet und ihm, sozusagen als ausländischem Ehrengast, das erste Stück gereicht – dabei wurde ihm allein bei dem Gedanken an Ziegenfleisch schlecht. Seine Eltern arbeiteten in der internationalen Entwicklungshilfe, und er war in seiner Kindheit und frühen Jugend immer mit ihnen unterwegs gewesen, sodass in seinem Pass, schon als er zehn war, kein Platz für weitere Stempel mehr war. Georgiana erzählte ihm von der Safari, zu der sie als Kind mitsamt ihrer Großmutter mitgenommen worden war; die Großmutter war von der ganzen Sache derart angeödet, dass sie auf der Rückbank des Jeeps saß, einen Roman las und aus einem Flachmann Gin süffelte. Und sie berichtete, wie ihr Bruder als Student mit seinem Zimmergenossen auf den Kilimandscharo gestiegen und so krank geworden war, dass er sieben Kilo abgenommen hatte. (Cord hatte das Gewicht schnell wieder drauf, als er sich danach nur noch von Tortillachips mit Salsa ernährte). Mit jeder neuen Geschichte wurden Georgiana die Unterschiede zwischen ihnen beiden schmerzlicher bewusst. Während Brady die große weite Welt erkundet hatte und zu fantastischen Abenteuern ausgezogen war, hatte Georgiana ihr bisheriges Leben als verwöhntes Mädchen aus reichem Haus verbracht, dessen größte Abenteuer Ferienlager im Wert von zwölftausend Dollar pro Sommer und Collegereisen in die Karibik oder nach Mexiko waren, die sie in einem Nebel aus Mezcal und Cerveza verbracht hatte.

Als Brady für zwei Wochen zu einer Malariakonferenz nach Seattle reiste, wurden Georgianas Tage öde und leer. Vorbei war das erwartungsvolle Hochgefühl, das sie allmorgendlich auf dem Weg ins Büro begleitete, wo sie hoffte, ihn am Drucker oder bei den Postfächern zu erspähen. Vorbei die Euphorie, wenn sie ihm den Ball übers Netz schlug, wissend, dass sie ihn jetzt eine ganze Stunde lang gegenüber hatte und ihm den nächsten Zug diktieren konnte. Jetzt hatte sie das Gefühl, dass ihr Leben wie auf Eis lag, und die zwei Wochen zogen sich hin.

Damit die Zeit schneller verging, traf sie sich einmal nach der Arbeit mit ihrem Bruder zum Abendessen im Ale House in der Henry Street. Weil sie einander in letzter Zeit kaum unter vier Augen gesehen hatten, setzten sie sich an einen Tisch weit hinten und bestellten Sour Monkey, Burger und Pommes, und einen Teller Calamari. Sehr zum Entsetzen ihrer Mutter waren Georgiana und Cord die reinsten Müllschlucker, wie Tilda zu sagen pflegte, ihnen grauste es vor nichts. Als Georgiana elf war und Cord in den Ferien vom College nach Hause kam, hatten sie Wettkämpfe veranstaltet, wer am meisten Chicken Tenders und wer mehr Hot Dogs vertilgen konnte. Es war widerwärtig, aber sie liebten dieses Spiel, und die beiderseitige Junk-Food-Begeisterung war eine starke Verbindung zwischen ihnen.

»Du hast noch gar nichts von euren Flitterwochen erzählt«, sagte Georgiana. »Wie war's denn?« Dann fügte sie hinzu: »Ich will aber nicht wissen, wie viel ihr gevögelt habt.«

»Viel«, sagte Cord mit ernstem Nicken. »Und meistens von hinten.«

Sie verdrehte die Augen. »Halt bloß die Klappe.«

»Im Ernst. Es war fantastisch. Die Turks sind wunderschön, wir waren ständig am Wandern und Schwimmen und Schnorcheln, haben uns massieren lassen und den ganzen romantischen Scheiß gemacht.«

»Klingt wie eine Folge vom *Bachelor*.«

»Es war ungeheuer kitschig. Lauter frisch verheiratete Pärchen – ich glaube nicht, dass dort auch noch andere Urlaub gemacht haben. Überall nur Rosenblätter und Verliebte, die Händchen hielten und sich gegenseitig mit Erdbeeren und Champagner fütterten.«

»Hätte nicht gedacht, dass du auf so was abfährst, aber man lernt ja nie aus.«

»Hey, bist du eifersüchtig, weil du niemanden für eine Paarmassage hast?«

Die Kellnerin stellte die Calamariplatte auf den Tisch, und Georgiana griff nach der Zitrone und beträufelte das frittierte Häufchen mit Zitronensaft. »Du hast sie nicht alle. Erstens sind Paarmassagen total absurd. Nur dafür da, dass Leute, die sich hassen, einen auf Romantik machen können, ohne was reden zu müssen.«

Cord grinste. »Kann man so sehen, ja.«

»Und zweitens hab ich vielleicht doch jemanden.«

»Oh! Wie spannend! Kenne ich ihn?«

»Nein, ein Typ von der Arbeit.«

»Das ist heikel. Wissen eure Kollegen Bescheid?«

»Auf keinen Fall. Wir halten es geheim.«

»Clever. Seitdem ich mal mit der Geschäftsleitung im Bett war, reden alle im Büro nur noch darüber.«

»Spinnst du? Dad ist dein Geschäftsleiter.«

Cord lachte und schnappte sich eines der besonders krassen, ekelhaft aussehenden Calamariteile mit Saugnäpfen und steckte es sich in den Mund. Er war wirklich der beste Bruder, den man sich denken konnte, gab ihr kostbare Tipps fürs Leben und opferte sich währenddessen für die allerwiderlichsten Tintenfischstücke auf.

Ohne Brady war Georgianas Leben zwar öde und leer, doch bei der Arbeit war sie ungewöhnlich produktiv. Sie erzeugte Texte für den Jahresbericht, sortierte Fotos, kürzte die Mittagspause auf das strikte Minimum und las beim Essen die eigene Arbeit Korrektur, während die anderen sich angeregt und unappetitlich über die Anlage neuer Latrinen in Mali unterhielten.

Am Sonntag der zweiten Woche von Bradys Abwesenheit hatte Georgiana wieder mal einen Kater (Lenas Freund hatte eine Single-Malt-Verkostung veranstaltet), kämpfte sich aber aus dem Bett, um sich mit ihrer Mutter im Casino, ihrem Tennisclub, zu treffen. Sie hatten für elf Uhr einen Platz gebucht und wollten danach in der elterlichen Wohnung zu Mittag essen. Als sie anfingen, spürte Georgiana sofort das zusätzliche Training der letzten Zeit – sie hatte nicht nur doppelt so viel Tennis gespielt wie sonst, sondern war auch öfter gejoggt, um auf dem Platz schneller zu sein.

»Georgiana, du hast abgenommen«, sagte ihre Mutter anerkennend. Selbst kleinste Veränderungen an Georgianas Figur fielen ihr immer sofort auf. »Hast du einen neuen Verehrer?«

Georgiana erschrak. Ihr Liebesleben war selten ein Thema zwischen Mutter und Tochter, und wenn es doch einmal vorkam, sprach ihre Mutter von Männern meist als Georgianas »Freunden«, mit kaum merklichem Augenzwinkern.

»Es gibt einen von der Arbeit, mit dem ich Tennis spiele«, räumte Georgiana ein, und ihre von der Anstrengung ohnehin rosigen Wangen färbten sich rot.

»Wie nett. Denk dran, ihn ab und zu gewinnen zu lassen, Liebes.«

Typisch Mutter, dachte Georgiana, der es nicht im Traum eingefallen wäre, jemanden absichtlich gewinnen zu lassen, nicht mal ein gebrochenes Bein wäre für sie ein Grund zur Schonung gewesen. In der Vorbereitung auf seine Kilimandscharo-Besteigung hatte Cord sich mehrfach impfen lassen müssen und konnte nach sechs Spritzen in den rechten Arm kaum den Tennisschläger schwingen, dennoch legte Georgiana sich ins Zeug und schlug ihn haushoch. Aber jedes andere Verhalten von ihr hätte ihn argwöhnisch gestimmt. In dieser Familie war Wettbewerb die Sprache der Liebe.

Gegen Mittag gingen sie miteinander in die Orange Street, wo Georgianas Vater mit einem Stapel Zeitungen am Schreibtisch saß und Cord und Sasha sich daranmachten, auf dem Küchentisch eine Tüte mit Bagels und Räucherlachs auszupacken.

»O mein Gott, Bagels von Russ and Daughters!«, rief Georgiana aus, griff mit einer Hand in die Tüte und fischte einen Mohnbagel heraus.

»Nimm dir einen Teller, Liebes, dann schmeckt es besser«, sagte ihre Mutter mahnend, und Cord lachte nur. Sasha deckte den Tisch mit Silberbesteck und Servietten so sorgfältig, als stünde Kate Middleton oder der Stab von *Queer Eye* als Jury vor der Tür, und Georgiana wünschte, Sasha wäre nicht da. Es war nervenaufreibend, mit jemandem zusammen zu sein, der sich immer derart anstrengte.

Beim Essen brachte Sasha ihr Lieblingsthema zur Sprache: Welche Erinnerungsstücke aus dem Familienhaus sie wohl entsorgen dürfte? »Georgiana, ich weiß schon, dass du in deiner Wohnung nicht viel unterbringst, aber magst du vielleicht wenigstens deine Tennispokale mitnehmen? Und da ist ein Holztier, das du, glaube ich, mal gemacht hast. Weißt du noch? Der Schwanz ist beweglich und geht rauf und runter? Willst du das haben?«, fragte Sasha hoffnungsvoll, während sie einen Bagel mit einer hauchdünnen Schicht Frischkäse bestrich.

Das »Holztier« war ein Biber und eine schambesetzte Erinnerung, die Georgiana gern für immer vergessen hätte. In der sechsten Klasse hatten sie im Werkunterricht in der Schule verschiedene Methoden der Holzbearbeitung kennengelernt und sich dann ein Projekt ausgesucht, das sie umsetzen wollten. Ein Mädchen stellte ein kleines Geschicklichkeitsspiel her, bei dem man mittels einer Wippe eine an einer Schnur befestigte Kugel durch einen Reifen befördern musste, ein anderes baute einen Lampensockel, bei dem ein System von Flaschenzügen die Glühbirne ein- und ausschaltete, und Georgiana entdeckte eine Anleitung für den Bau eines zehn Zentimeter hohen Bibers, der auf vier unebenen Rädern holperte, wodurch sein breiter, flacher Schwanz sich auf und ab bewegte. Sie verbrachte Wochen damit, die Räder zu schleifen und zu lackieren und den Biberschwanz mit einer hübschen Kreuzschraffur zu verzieren. Erst als alle ihre fertigen Projekte vorstellten, fiel einer Mitschülerin die Pikanterie dahinter auf.

»Du hast einen *Biber* gemacht, Georgiana! Du weißt aber schon, was das bedeutet? Haha, sie hat tatsächlich einen Biber gemacht!« Anscheinend wussten alle bis auf Georgiana, was *beaver* außer »Biber« bedeutet: Muschi. Das Gelächter nahm kein Ende. Alle kapierten den Witz, für die Klasse war es das Highlight des Jahres, und Georgianas Ruf als asexuelles Wesen stand für alle Zeiten fest. Wann immer danach ihr Blick auf den Holzbiber fiel, war sie von Neuem gedemütigt. Inzwischen hätte es ihr egal sein können, die Schule lag lang hinter ihr, doch im Lauf der Jahre war ihr der selbstgeschnitzte Biber zum Symbol für ihr Versagen in Liebesdingen und ihre mangelnde Reife geworden.

»Ich komm nachher mit und schau es mir an, aber ich habe wirklich nicht viel Platz«, sagte Georgiana ausweichend. Sie hätte nicht sagen können, warum, aber die Vorstellung, dass Sasha den dummen Biber wegwarf, fand sie unerträglich. Immerhin hatte sie Wochen darauf verwendet, ihn herzustellen, und es kam ihr falsch vor, ihn einfach in den Müll zu werfen. Und auf die Tennispokale war sie insgeheim stolz, auch wenn sie aus Highschool- und Collegezeiten stammten.

Nachdem sie gegessen hatten, nachdem Georgiana ihrem Vater einen Abschiedskuss gegeben hatte, nachdem sie zugestimmt hatte, ihre Mutter in der folgenden Woche zu einer Wohltätigkeitsveranstaltung im University Club zu begleiten, ging sie mit Cord und Sasha zu deren Haus. Sasha drückte ihr eine leere FreshDirect-Tasche in die Hand, damit sie ihre Sachen hineinpacken konnte, und Georgiana ging die Treppe hinauf zu ihrem einstigen Kinderzimmer. Sie bewunderte zunächst die Pokale in den Regalen, stellte dann jedoch fest, dass dort noch viel mehr Sachen herumstanden und -lagen: Bücher und Fotoalben, eine Kristallschale von Tiffany, in der sie einst ihre Ohrringe aufbewahrt hatte, eine Blechdose mit trockenen Rosenblättern von der Beerdigung ihrer Großmutter, eine ganze Schublade voller eingetrockneter Klebestifte und verkrusteter Nagellackfläschchen. Sie ging alles durch, ließ liegen, was in den Müll gehörte, und packte ein, was Sasha nicht entsorgen sollte. Jemand hatte Georgianas geliebte Ringelblumendecke gegen eine schlichte weiße Steppdecke ausgetauscht, sodass das Zimmer nach kahlem Hotel aussah. Sie fand die Ringelblumendecke zusammengefaltet in der untersten Kommodenschublade und breitete sie absichtlich wieder über das Bett, wohin sie gehörte. Als sie fertig war, sah sie den Biber immer noch auf ihrem einstigen Schreibtisch stehen. Sie wollte ihn eigentlich nicht in ihrer Wohnung. Verstohlen spähte sie in den Flur hinaus, stellte fest, dass Cord und Sasha in der Küche waren und Kaffee kochten, und versenkte das Jugendwerk tief hinten im Schrank.

Einmal war Georgiana neben einem nackten Paar im Bett aufgewacht. Es war in ihrem letzten Collegejahr, und sie war nach Amherst gefahren, um Kristin zu besuchen. Sie waren in einem chinesischen Restaurant gewesen und hatten dann einen Trinkwettbewerb veranstaltet, bei dem sie zwei Riesenbehälter Bowle für den ganzen Tisch bestellt, zwei Lager gebildet und sich mit Strohhalmen über die Bowle hergemacht hatten. Sieger waren diejenigen, deren Gefäß zuerst leer war. Anschließend zogen sie weiter in eine Bar, wo Georgiana keine Seele kannte, aber sich prächtig amüsierte, weil sie eimerweise Bud Light tranken und »Ich habe noch nie …« spielten, worin Georgiana sehr gut war, da sie tatsächlich noch nicht viel gemacht hatte. Am Ende kehrten sie zu Kristins Haus zurück – Kristin wohnte nicht auf dem Campus –, wo Georgiana im Bett eines Mädchens schlafen sollte, das übers Wochenende seine Eltern in Boston besuchte, doch als sie nachts einmal rausmusste, verirrte sie sich im Dunkeln und kehrte ins falsche Bett zurück – eben jenes, in dem Kristin und ihre jüngste Affäre lagen und nichts mitbekamen. Sechs Stunden später wachten alle drei völlig verkatert auf, nur um festzustellen, dass Georgiana im falschen Bett lag und ein marineblaues T-Shirt mit dem Aufdruck HENRY STREET TENNIS und Leggings trug, während die anderen beiden splitternackt waren. Zum Glück fanden die wahren Eigentümer des Bettes den nächtlichen Besuch ungeheuer komisch und erzählten es beim Brunch allen, die es hören wollten, während Georgiana vier Waffeln verdrückte, bis sie merkte, dass sie nach wie vor betrunken war und sich noch einmal hinlegen musste, ehe sie ins Auto steigen und zur Brown University zurückfahren konnte.

Bis zum heutigen Tag war der Penis ihres ungeplanten Mitschläfers erst der dritte, den Georgiana gesehen hatte, das Ende von *Boogie Nights* und *The Crying Game* nicht mitgerechnet. (Filme zählten nicht. So wenig wie Pornos, die Georgiana ohnehin nie sah: zu groß ihre Furcht, dass ihr Smartphone sich dabei einen Virus einfing.)

Georgiana wollte neben Brady aufwachen. Sie wollte mit Brady Waffeln essen. Unbedingt wollte sie Brady nackt sehen. Als er von seiner zweiwöchigen Reise zurückkam, nahmen sie ihre Tennisdienstage wieder auf. Bradys Haare waren etwas länger, auf dem Nasenrücken hatte er ein bisschen Farbe, und Georgiana spottete, er habe wahrscheinlich gelogen und einen Strandurlaub gemacht, statt in Konferenzräumen abzuhängen: Niemand könne sich zwei Wochen mit Malaria befassen, mit dem Bus quer durch die Staaten fahren und danach so gut aussehen. Nach einer Stunde auf dem Platz waren sie beide verschwitzt und ausgedörrt. Es war ein warmer Abend, und Georgiana setzte ihre Wasserflasche an, während Brady das Griffband an seinem Tennisschläger erneuerte.

»Bist du fremdgegangen, während ich weg war?«, fragte Brady. »Du hast einen guten Rückwärtsdrall bei der Rückhand. Mit wem hast du gespielt?«

»Ich weiß! Ich hab endlich kapiert, was ich falsch gemacht habe. Mom und ich waren am Wochenende auf dem Platz, und auf einmal ist der Groschen gefallen.« Sie warf ihre Wasserflasche in ihre Tasche und löste den Pferdeschwanz.

»Find ich süß, dass du mit deiner Mom spielst«, sagte Brady, und Georgiana fühlte sich prompt wie eine Zwölfjährige.

»Sie geht auf die siebzig zu, ich will sie nicht zu hart rannehmen. Übrigens hat sie gesagt, ich soll dich ab und zu gewinnen lassen.«

»Redest du etwa mit deiner Mom über mich?«, fragte Brady und rempelte sie mit der Schulter an.

»Sie wollte wissen, mit wem ich Tennis spiele!«, sagte Georgiana grinsend. »Ich habe nicht gesagt, dass wir zusammen sind oder so.«

»Das ist alles? Bin ich nur jemand, mit dem du Tennis spielst?« Wieder rempelte er sie mit der Schulter an, ließ die Schulter aber dann, wo sie war, sodass sie aneinandergelehnt standen und Georgiana seinen Arm der Länge nach warm an ihrer Seite fühlte.

»Bis jetzt, ja.« Sie lehnte sich ihrerseits an ihn und spürte die Berührung mit jedem Zentimeter ihres Körpers. Er streckte die Hand nach ihr aus und strich ihr das Haar hinter das Ohr. Sie hob ihm das Gesicht entgegen, und er küsste sie. Seine Lippen waren weich und warm. Sie sahen einander an und lachten. Georgiana war schwindelig vor Glück.

»Komm.« Brady grinste, warf die Griffbandrolle in seine Tasche und zog den Reißverschluss zu. Georgiana packte ihre Sachen, und sie gingen Seite an Seite den Weg entlang, der aus dem Park hinausführte, so als sei alles wie immer und gleichzeitig in dem Wissen, dass jetzt alles anders war.

Für die darauffolgenden Wochen planten sie wieder ein gemeinsames Spiel nach der Arbeit, und da die Tennisplätze zu Fuß nur zehn Minuten von Georgianas Wohnung entfernt lagen, führte sie in weiser Voraussicht einen Großputz durch und stellte eine Flasche Wein und einen Sechserpack Bier kühl. Am Dienstagmorgen cremte sie sich sorgfältig Arme und Beine ein, wusch sich die Haare, obwohl klar war, dass sie auf dem Platz schwitzen würde, und dachte geschlagene zehn Minuten über die richtige Unterwäsche nach. Weiße Baumwolle war natürlich nicht sexy, aber Sport im Spitzentanga war auch undenkbar, sodass sie sich am Ende für einen Bikinislip in Hellrosa entschied, der immerhin knapp genug war, um süß auszusehen.

Georgiana spielte vor Nervosität über den bevorstehenden Abend miserabel, aber Brady spielte noch schlechter. Die Plätze lagen direkt am East River, und er schmetterte zwei Bälle ins Wasser – mit sechs hatten sie begonnen, und am Ende waren es noch vier. Sie droschen wie die Idioten auf den Ball ein, und Georgiana war sicher, dass jeder Beobachter sie für eine 3.5-Spielerin halten musste, was der Gipfel der Demütigung wäre. Zum Glück lenkte sie der Anblick von Bradys Brust in dem T-Shirt von diesem Gedanken ab.

Als sie fertig waren, lächelten sie einander an, während sie verlegen und mit geröteten Wangen die floskelhaften Worte sprachen, die in solchen Situationen geboten sind: »Ich wohne nur ein paar Minuten die Straße runter, magst du noch ein Bier oder so?«

»Ja, klar, gern.«

Unterwegs wechselten sie kaum ein Wort, und als Georgiana dann ihre Wohnungstür aufsperrte, hielt sie den Atem an und war plötzlich voller Panik, er könnte es sich anders überlegen oder sie hätte womöglich etwas Schreckliches auf dem Bett vergessen, etwa einen lebensgroßen Teddy. Doch dann waren sie beide in der Wohnung und die Tür hinter ihnen geschlossen, und jeder Gedanke an einen Drink war vergessen. Brady küsste sie, und sie küsste ihn, sie schleuderten die Schuhe von sich, zogen sich die T-Shirts über den Kopf und fielen aufs Bett, ineinander verschlungen und verschwitzt und lachend. Und später lag Brady neben ihr auf dem Rücken und schaute mit einem albernen Grinsen an die Decke.

»Angeblich kann man ja voraussagen, wie gut jemand im Bett ist, wenn man ihn vorher beim Sport oder beim Tanzen gesehen hat, weißt du?«, sagte Georgiana. »Stimmt aber nicht. Du bist im Bett viel besser als beim Tennis.«

»Na, Gott sei Dank«, lachte Brady. »Ich will gar nicht wissen, was die zwei Tennisbälle im Fluss in Sachen Sex vorhersagen.«

»Wahrscheinlich, dass man sich ein paar Knochen bricht oder durchs Bett auf den Boden kracht.«

»Na gut, Möbel kaputt machen geht ja noch. Bestimmt sind auch schon einige berühmte Sexualkundler durchs Bett gekracht.«

»Sind die nicht reine Theoretiker? Ohne viel praktische Erfahrung?«

»Du meinst, reines Bücherwissen? Glaub ich nicht. Ich denke, sie *müssen* praktische Erfahrungen vorweisen können, um die Prüfung zu schaffen. Wie ein Friseur, der x Modellen die Haare geschnitten haben muss.«

»Was wäre denn das größere Risiko? Dich einer Sexualkundestudentin für Übungszwecke zur Verfügung zu stellen oder dir vom Azubi beim Friseur die Haare schneiden zu lassen?«

»Ich würde mich immer für den Haarschnitt entscheiden«, sagte Brady. »Ich bin nicht eitel, aber sehr wählerisch, mit wem ich ins Bett gehe.«

»Ich auch«, sagte Georgiana ernst. Sie hatte auf einmal das Gefühl, gestehen zu müssen, wie unerfahren sie war, wie wenige Beziehungen sie gehabt hatte, wie wenig sie überhaupt wusste, doch sie verkniff es sich. Es lief doch ausgezeichnet, warum sollte sie jetzt alles vermasseln? Sie war einfach grenzenlos glücklich.

Im Büro wahrten sie die Förmlichkeit, doch nach der Arbeit fanden sie in eine selbstverständliche Routine: Dienstags trafen sie sich zum Tennis und zum Sex und am Wochenende zum Sex ohne Tennis. Aber es war nicht nur Sex – manchmal joggten sie durch den Brooklyn Bridge Park, rund um die Piers und nach Red Hook hinunter, wo die Freiheitsstatue unfassbar nahe schien, wo Schlepper entlang der Docks festgemacht hatten, wo sie an Lagerhäusern mit offen stehenden Toren vorbeikamen, sodass sie hineinschauen konnten und Glasbläser, Schweißer und Künstler bei der Arbeit sahen. Sie spielten Basketball auf den Plätzen an Pier 2, wo Teenager, während sie warteten, bis sie an der Reihe waren, ohrenbetäubende Musik laufen ließen, an der Betonmauer lehnten und auf den Boden spuckten. Dann kehrten sie zurück in ihre Wohnung und duschten – oder auch nicht – und fielen hungrig und erschöpft ins Bett.

Manchmal war es, als sei die extreme Körperlichkeit ihrer Beziehung untrennbar verknüpft mit der Intensität ihrer Verbindung. Sie waren zwei Körper, die mit Leidenschaft alles Körperliche genossen. Sie waren nicht nur Münder und Hände und Brüste, sondern auch Bauch- und Hüft- und Armmuskeln, die angespannt und gedehnt werden wollten, und zu allem, was sie taten, gehörte Schweiß. Georgiana fühlte sich am wohlsten, wenn sie sich bewegte, und sie sah, dass es Brady genauso ging. Wenn sie rannte, verschwendete sie keinen Gedanken daran, wer sie womöglich beobachtete oder was sie sagen sollte; die Schmetterlinge und Knoten im Magen wichen dem angenehmen Brennen in der Lunge und in den Beinen, und sie wusste nur eines – dass sie in Bewegung bleiben wollte und vorwärtsdrängte, dass sie ganz und gar im Augenblick lebte.

Brady schien noch kein Interesse daran zu haben, ihre Freundinnen oder ihre Familie kennenzulernen, und sie drängte umgekehrt nicht darauf, in seine Kreise eingeführt zu werden. Dass sie ihre Beziehung im Büro geheim hielten, verstand sich von selbst, schließlich stand er in der Hierarchie weit über ihr und war ein ganzes Jahrzehnt älter; vielleicht ließ die Gewissheit, dass sie miteinander an einem Ort außerhalb des normalen Alltags existierten, den Funken nur umso heller strahlen. Georgiana musste nicht seine offizielle Freundin sein; sie musste diesen Anspruch nicht erheben, denn sie wusste ganz genau, dass alles, was sie für Brady empfand, erwidert wurde, dass sie es Freundschaft nennen konnten und er sie dennoch auf eine Weise ansah, die Stromschläge durch ihr Inneres jagte. Sie hatten eine »Freundschaft plus«, und für Georgiana bestand das Plus darin, dass sie mit jemandem schlief, den sie uneingeschränkt liebte.

6

Darley

Darley sah sich gern als unkomplizierte Frau. Fuß-
fehler beim Familientennis waren ihr kein Achsel-
zucken wert, im Restaurant ließ sie niemals Essen
zurückgehen, und wenn Malcolm sich in denselben bazillen-
verseuchten Klamotten, die er im Flugzeug getragen hatte,
aufs Sofa legte, machte sie keinen Terz, sondern lächelte. Eines
aber gab es, das sie in den Wahnsinn trieb, und das waren bestimmte Äußerungen weißer Mütter auf dem Spielplatz, älterer
Squasherinnen im Club und entsetzlicherweise sogar einiger
Mitglieder von Darleys Großfamilie, die Sätze von sich gaben
wie: »Halb asiatische Kinder sind wirklich unheimlich süß«,
oder: »Ich hätte selber gern ein halb koreanisches Baby«. Besonders unerträglich: »Was für ein Glück eure Kinder haben,
dass sie so exotisch aussehen!« Bei solchen Sprüchen begann
es in Darleys Schläfen zu pochen. Dass Poppy und Hatcher so
ganz anders als die sonstigen Kinder im Umfeld dieser Frauen
sein sollten oder »exotisch« wie importierte Lychees, das trieb
sie zur Weißglut.

Es führte ihr überdeutlich vor Augen, wie weiß ihre Welt
war und immer gewesen war. Der ganze Gebäudekomplex, in
dem sie wohnten, war ausschließlich weiß – obwohl sie in

Brooklyn lebten. Ihr Freundeskreis war fast vollständig weiß, ihr Florida-Club war es, und auf Cords und Sashas Hochzeit hätte man die nichtweißen Gäste an einer Hand abzählen können. Zwar waren Darleys Eltern vom ersten Tag an von Malcolm entzückt gewesen, doch gab es immer noch Momente, in denen schmerzlich klar wurde, dass sie ausschließlich mit Weißen verkehrten. So etwa, wenn Tilda den zur Bezeichnung von *Black, Indigenous* und *People of Color* eingeführten Begriff »BIPoC« wie »Bipock« aussprach, wenn Chip alles, was mit Salsa serviert wurde, »ethnisches Essen« nannte, oder wenn beide Eltern R&B, Hip-Hop und Popmusik kollektiv als »Gangsta-Rap« bezeichneten.

Als Poppy eins wurde, veranstalteten Darley und Malcolm im Casino eine Party für sie. Für Malcolms Familie war der Dol, das Fest für das erste Jahr eines Kindes, eine größere Sache als die eigene Hochzeit. Die Kims bestanden darauf, die gesamte Feier zu bezahlen, sie organisierten ein Catering und besorgten für Poppy ein schönes traditionelles koreanisches Kleid, rote Seide mit hellgrünen Ärmeln. Es gab Steak und Lachs, das Baby wurde herumgereicht, damit alle es einmal halten konnten, dann legten sie es in der Mitte des Raums auf eine große Decke für den Doljabi. Diese Tradition soll die Persönlichkeit des Kindes offenbaren, weshalb man ihm typischerweise eine Reihe von Gegenständen anbietet, darunter Garn, Bleistift oder Buch und Geld als Symbole für Langlebigkeit, Intelligenz beziehungsweise Wohlstand. Der Gegenstand, nach dem das Kind zuerst greift, steht für seine Aussichten im Leben. Poppy wurden spaßeshalber auch ein Tennisschläger, ein Spielflugzeug, ein Reagenzglas und ein Taschenrechner hingelegt, und als sie zu dem Reagenzglas krabbelte, brach

Malcolms Vater in Jubel aus – seine Enkelin eine künftige Chemikerin! Das Gejohle aber machte Poppy Angst, und sie brach in Tränen aus, woraufhin Darley herbeieilte, um sie auf den Arm zu nehmen. Nach einer Weile versuchten sie es noch einmal, doch Poppy saß nur noch da und kaute auf ihrem Ärmel herum. Sie schoben ihr den Tennisschläger ein Stück entgegen, ließen das Flugzeug ihren Kopf umkreisen und winkten mit dem Taschenrechner, um ihre Aufmerksamkeit zu erregen, doch Poppy war nicht interessiert. Schließlich gaben sie auf, zogen Poppy das koreanische Kleid aus und ihr gesmoktes Kleidchen wieder an und gaben ihr ein Stück Kuchen. Darley, im sechsten Monat schwanger und dauerhungrig, verspeiste erst ihren eigenen Kuchen, dann den ihrer Tochter und hoffte, dass niemand dachte, was sie dachte: *Poppy kommt ganz nach ihrer Mutter und macht gar nichts.*

An dem Morgen, an dem Darley, von ihrem Magen-Darm-Virus geschwächt und womöglich halluzinierend, Malcolms Nachricht las, war ihre erste Reaktion: Unmöglich. Das muss ein Irrtum sein. Niemand würde Malcolm feuern. Sie stellte sich unter die Dusche, föhnte ihr Haar, machte das Bad sauber und riss alle Fenster auf, weil sie noch immer das Gefühl hatte, dass es nach Krankheit roch. Sie zog ein schlichtes marineblaues Etuikleid an, kniff sich ein bisschen Farbe in die fahlen Wangen und ging in die Küche, um Soon-ja zu begrüßen und ihr zu danken, dass sie sich um alles gekümmert hatte. Soon-ja machte ihr Tee und trockenen Toast und servierte ihr das Genesungsfrühstück auf einem hübschen Platzdeckchen mit einer winzigen Blumenvase. Während Darley knabberte und nippte, sprachen sie leise miteinander; über die Kinder, über die Wohnung, über allerlei. In Darleys Kopf drehte sich alles, doch über die Kündigung wahrte sie gegenüber Malcolms Mutter Stillschweigen – erst musste sie mit ihrem Mann reden und die ganze Geschichte erfahren. Sie musste warten, bis Malcolm zu Hause war. Tatsache war jedoch, dass Malcolm als koreanischer Einwanderer zweiter Generation im Bankenwesen, einem verschworenen Zirkel alter Seilschaften, tätig war, und obwohl Darley nicht genau wusste, was geschehen war, musste sie ständig an seinen Freund Brice denken, und es schnürte ihr den Magen zusammen.

Letztes Jahr im Sommer hatten Darley und Malcolm an einem warmen Samstag im Juli die Kinder ins Auto gesteckt und waren zu einem exklusiven Golfclub in Greenwich, Connecticut, gefahren. Malcolm war sechs Monate lang zwischen New York und London gependelt und hatte sich dabei mit einem hochrangigen Mitarbeiter im Team Mergers & Acquisitions angefreundet, dem Amerikaner Brice MacDougal, der in Greenwich lebte. Auch Brice war verheiratet und hatte Kinder, gleichaltrige wie Malcolm, und daher hatten die beiden für einen Zeitraum, in dem sie gleichzeitig zu Hause waren, die Zusammenführung beider Familien geplant.

Darley war noch nie in diesem Golfclub gewesen und war sehr verwundert, wie grün und gepflegt hier alles war. Die Vorstädte hatten zweifellos ihren Reiz. Malcolm hatte den Wagen durch steinerne Tore entlang ordentlichen grünen Fairways über eine weite, sanfte, hier und dort mit Golfwagen gesprenkelte Hügellandschaft gesteuert und schließlich geparkt. Brice empfing sie vor dem Speisesaal und führte sie zum Pool, wo seine blonde Frau sich um zwei Kinder in identischen Badeanzügen in Hellrosa kümmerte.

Darley interessierte sich nicht besonders für Golf, und Brices Frau machte den Vorschlag, mit den Kindern schwimmen zu gehen, während die Männer spielten; danach wollte man sich zum Lunch treffen. Bis auf ein paar junge Leute am anderen Ende war der Pool praktisch leer, und die Kinder konnten planschen und kreischen, ohne jemanden zu stören. Darleys Anspannung ließ allmählich nach, zumal nachdem sie erfahren hatte, dass Brices Frau, die ihr sympathisch war, ebenfalls nicht arbeitete. Nun konnte sie den Tag sogar genießen. Während sie im hüfthohen Wasser standen, um undichte Brillen in Ordnung zu bringen und Tauchringe zu werfen, redeten sie darüber, wie oft und wie lang ihre Männer fort waren und wie sehr sie sich darauf freuten, die Kinder ins Ferienlager zu schicken, und wogen die jeweiligen Vorzüge von Stadt- und Landleben gegeneinander ab. Darley gab es nur ungern zu, doch in der Gegenwart von Frauen ihres Alters, die Kinder und Karriere anscheinend mühelos gleichzeitig bewältigten, fühlte sie sich zunehmend unzulänglich. Als müsste sie sich vor ihnen rechtfertigen, dass sie so viel Zeit und Geld in ihre Ausbildung investiert hatte und jetzt einfach mit zwei Kindern zu Hause saß. Wohler fühlte sie sich mit Müttern, die ebenfalls zu Hause blieben.

Als es Zeit für den Lunch wurde, schleppte Darley ihre Kinder zu den Umkleidekabinen und steckte sie in trockene Kleidung – der Dresscode verlangte Polohemd und kurze Hosen für Hatcher, Sommerkleid und Sandalen für Poppy. Sie selbst trug ein fließendes blau-weißes Kleid und kam sich darin vor wie im Urlaub in Griechenland.

Sie trafen Malcolm und Brice vor dem Speisesaal, wo ein Tisch auf der Terrasse unter einer gestreiften Markise für sie reserviert war. Ein Kellner reichte ihnen überdimensionale Speisekarten, und Brice empfahl Gerichte – die Hummerrolle, den Lachsburger, das Sandwich mit Speck, Salat, Tomate und Avocado. Während sie plauderten, sah Darley sich um und fühlte sich wohl. Die Terrasse war voller zufriedener Mittagsgäste. Ja, sie waren alle in Clubkleidung – das Kragenhemd ordentlich in die Hose gesteckt –, und ja, es waren hauptsächlich Männer – schließlich war es ein Golfclub –, aber als sie die Leute genauer betrachtete, wurde ihr klar, was hier anders war. So viele Gesichter an den Mittagstischen waren schwarz, so viele Hemden limonadenrosa und lindgrün. Was für ein Gegensatz zur Mittagszeit in den diversen New Yorker Clubs, wo die einzigen schwarzen oder braunen Gesichter in der Regel die des Personals waren. War Greenwich einfach eine progressivere Gegend als Brooklyn Heights?

Die Kinder tranken alle mit Plastikhalmen Limonade aus Bechern und verschlangen ihre Pommes, während die Hamburger hauptsächlich ignoriert wurden. Darley nippte an einem Glas Weißwein, und Brice gab eine Anekdote zum Besten: wie er einmal in London das falsche Hotelzimmer betreten und aus Versehen den obersten Chef mit nichts als einem Handtuch erwischt hatte. (Wie kann es sein, dass eine Schlüsselkarte ein anderes Zimmer öffnet? Darley fand den Gedanken entsetzlich.)

In der Bank war seit Neuestem ein Nachwuchsanalyst in ihrem Team, ein zweiundzwanzigjähriger Knabe namens Chuck Vanderbeer, der ebenfalls Mitglied im Golfclub war. Brice hatte miterlebt, wie Chuck den Golfplatz zum ersten Mal besucht hatte. Im Sommer zuvor hatte es einen Unfall gegeben – ein älterer Herr hatte am Steuer seines Wagens einen Herzinfarkt erlitten und war mitsamt seinem Volvo in den Speisesaal gekracht, wo das Auto in Flammen aufging. Drei Personen waren verletzt worden. Seit diesem Vorfall durfte man nicht mehr mit dem Auto so nah an das Gebäude heranfahren, der hintere Teil der Zufahrt war jetzt mit einer Kette abgesperrt, und die Mitglieder wurden gebeten, das Auto auf dem Parkplatz abzustellen und die fünfzig Schritte bis zum Eingang auf dem gepflasterten Weg zu Fuß zu gehen. Chuck Vanderbeer nun kam in einem schwarzen SUV mit Fahrer. Der hielt am Tor an, stieg aus, entfernte die Kette und chauffierte Chuck direkt vor die Tür. Und trotz dieses Auftretens wurde im Mitgliederausschuss für Chucks Aufnahme in den Club gestimmt. Chucks Familie war so gut vernetzt, dass er mindestens sieben Fürsprecher im Club hatte.

Auch in der Bank hatte er sich schnell hervorgetan, nicht durch seine Arbeit, sondern durch seinen selbstgewählten Spitznamen »Rockstar«, und weil er sich mit allen Abteilungsleitern – Malcolms und Brices Chefs – zum Mittagessen verabredete. Gerüchten zufolge war er an der Deerfield Academy rausgeflogen, weil er Feuerwerkskörper gezündet hatte, doch sein Vater, ein hohes Tier im Private-Equity-Geschäft, brachte ihn am Dartmouth College unter. Das Problem war, dass der Knabe eine totale Niete war. Einmal ließ er Unterlagen über geplante Geschäfte im Flugzeug liegen, ein Vergehen, für das jeder andere ohne Umschweife gefeuert worden wäre, er jedoch gerade mal verwarnt wurde. Ein andermal nahm er auf einem Flug ein Schlafmittel ein und war immer noch sichtlich berauscht, als in Dubai das Meeting begann. Malcolm hatte

Chuck einmal dabei ertappt, wie er in der Herrentoilette vor dem Spiegel stand, sein Haar glättete und sich selbst zulächelte wie ein Psychopath.

Brice und Malcolm waren sich einig, dass der Knabe eine Belastung und ein hohes Risiko war, und es war ihnen zutiefst zuwider, dass sie mit ihm zusammenarbeiten mussten. Sie waren Opfer eines Vetternwirtschaftsdilemmas: Ihre Chefs freuten sich, einen Vanderbeer im Team zu haben, und waren insgeheim erleichtert, nichts mit ihm direkt zu tun haben zu müssen.

Darley hatte über Brices Geschichten gelacht und ein zweites Glas bestellt. Es war ein wunderbarer Samstagnachmittag, millionenfach lustiger als die meisten Zusammenkünfte mit Kollegen ihres Mannes, und es stimmte sie hoffnungsfroh. Vielleicht konnten sie Brices Familie öfter treffen. Vielleicht konnten sie sogar über einen Umzug nach Greenwich nachdenken. Sie fragte sich, was sie auf die Idee gebracht hatte, dass Brooklyn liberaler und diverser sei als die ländlichen Kleinstädte und überhaupt der einzige Ort auf Erden, an dem man leben könne.

Kaum waren sie mit dem Essen fertig, knackte und knisterte es aus den Lautsprechern, und ein sonnengebräunter Mann im hellgelben Poloshirt betrat die Bühne. »Hallo, liebe Golfer!«, rief er ins Mikrofon. »In ein paar Minuten beginnen wir mit unserem kurzen Programm.«

»Oh, sorry, Leute«, sagte Brice entschuldigend. »Das wird jetzt mühselig. Lasst uns austrinken und uns noch ein bisschen an den Pool setzen.«

»Warum, was ist das denn für ein Programm?«, fragte Darley.

»Heute ist Caddy Appreciation Day, und es gibt eine Preisverleihung.«

»Caddy Appreciation Day?«

»Ja, alle Caddies sind zum Mittagessen eingeladen und kriegen danach lustige Preise, mit denen der Club seine Wertschätzung bekundet.«

»Oh«, sagte Darley, als ihr die Erkenntnis dämmerte. Ein schwarzer Mann nach dem anderen wurde aufgerufen, ging nach vorn, um seinen Preis entgegenzunehmen, schüttelte dem Mann in Gelb die Hand und kehrte an seinen Platz zurück. Das waren keine Clubmitglieder. Es waren Mitarbeiter. Dieser Golfclub war genauso weiß wie ihr eigener.

Es war fast Mittag, bis Malcolm vom Flughafen nach Hause kam. Er ging in die Wohnung, legte seinen Laptop ab, nahm sich ein Glas und schenkte sich drei Finger hoch Tanqueray ein, alles ohne ein Wort.

»Hallo, mein Schatz.« Darley trat hinter ihn und schlang die Arme um ihn. Nach zwei Nächten im Flugzeug war sein Hemd zerknittert, und er roch leicht nach Schweiß. Malcolm sagte noch immer nichts, und Darley drückte das Gesicht an seinen Rücken, spürte, wie er schluckte und sich kurz schüttelte, und fragte: »Was ist passiert?«

»Eine Riesenscheiße ist passiert«, antwortete Malcolm leise. Er stellte sein Glas in die Spüle und ließ sich von Darley ins Wohnzimmer führen.

Sechsunddreißig Stunden zuvor war Malcolm nach Rio geflogen, um bei Azul, einer brasilianischen Fluggesellschaft mit Sitz nahe São Paulo, die finale Präsentation vor dem Aufsichtsrat vorzutragen. Im Anschluss daran sollte der Vertrag mit American Airlines unterzeichnet werden, der den US-Amerikanern zehn Prozent der Azul-Anteile und einen festeren Stand in Südamerika sicherte. Als Malcolm am John F. Kennedy Airport eintraf und einen Blick auf seinen Reiseplan warf, seufzte er. Das Flugzeug war eine 767–300ER, ein altes Modell mit schmalen Pritschen, ohne eingebauten Fernseher und, was das Schlimmste war, ohne WLAN. Wie ärgerlich, dass auf der Strecke, die er im vergangenen Jahr Dutzende Male geflogen war, die schlechtesten Flugzeuge eingesetzt wurden. Er begrüßte die Check-in-Agentin, die sich nach Darley und den Kindern erkundigte, und in der Business Class drückte ihm die Flugbegleiterin zur Begrüßung leicht die Schulter. Malcolm verbrachte so viel Zeit am JFK, dass ihm die Flugbegleiterinnen, Lounge-Bediensteten und Gate-Agentinnen wie Kolleginnen und Kollegen erschienen.

Als das Flugzeug in Startposition ging, lauschte Malcolm den aufheulenden Zwillingstriebwerken und spürte sein Herz unwillkürlich schneller schlagen, auch jetzt noch, nach so vielen Jahren. Er warf einen letzten Blick auf seine Inbox, dann auf das Hintergrundbild – Darley und die Kinder bei den US Open – und schaltete das Smartphone für die Dauer des Flugs aus. Als er zehn Stunden später landete und sein Telefon wieder einschaltete, war seine Welt eine andere geworden.

Malcolm hatte vom ersten Tag an gewusst, dass Chuck Vanderbeer eine Katastrophe war; nur hätte er sich nicht im Traum vorstellen können, dass der selbsternannte Rockstar der Deutsche Bank Aviation Group, wenn er abstürzte und in Flammen aufging, ihn, Malcolm, mitreißen würde. Chuck arbeitete mit Malcolm, Brice und ihrem Team eng zusammen, sie handelten

Deals aus, bereiteten Fusionen zwischen internationalen Airlines vor und kannten die sensibelsten finanziellen Daten der beteiligten Unternehmen und ihrer Termingeschäfte. Was seine Kollegen nicht wussten: Chuck verbrachte seine Abende an der Bar des Papillon in Midtown und versuchte, angeödete junge Frauen zu beeindrucken, indem er mit den Deals protzte, die er an Land zog. Leider war die eine Frau, die von den Heldenerzählungen des Rockstars im Bankenwesen tatsächlich fasziniert war, zufällig eine Finanzreporterin bei CNBC. Unverzüglich schrieb sie eine Story über den geplanten Einstieg von American Airlines bei Azul, die natürlich Wellen schlug. Als die Kabelnachrichten die Geschichte brachten, ließ Azul den Deal platzen, und die Deutsche Bank hatte das Nachsehen.

Als Malcolm sein Telefon einschaltete, hatte er mehr als dreihundert E-Mails, ein Dutzend aufgebrachte Sprachnachrichten und fünfundsechzig Textnachrichten, die meisten von Brice. Sich durch die Nachrichten scrollend, taumelte er in Rio den Flugsteig entlang. Der Deal, an dem er fast ein Jahr gearbeitet hatte, war tot. Das Management von American Airlines hatte gar nicht erst den Anschlussflug von Miami genommen. Damit war auch die Chance zur Schadensbegrenzung dahin. Chuck und Malcolm waren beide ihren Job los – Chuck, weil er den Mund nicht gehalten hatte, und Malcolm ... mitgefangen, mitgehangen.

»Aber du hast doch überhaupt nichts falsch gemacht!«, rief Darley fassungslos. »Chuck ist derjenige, der Mist gebaut hat! Was hast du damit zu tun?«

»Ich war nicht erreichbar«, sagte Malcolm mit Grabesstimme. »Als die Sache bekannt wurde, war ich in der Luft und hatte kein WLAN. Das ganze Geschäft zerfiel zu Staub, und ich saß in meinem Schlafsessel und aß warme Nüsse.«

»Das ist total unfair«, schimpfte Darley. »Was ist mit Brice? Ist der auch gefeuert?«

»Nein, der ist aus dem Schneider. Während ich offline war, war Brice vor Ort und hat sich um das Narrativ gekümmert. Dabei ist er entsprechend gut weggekommen.«

»Wie kann das sein, er war doch im selben Team! Er kannte Chuck noch länger als du!«

»Brice hat mehr Freunde in dem Laden als ich. Er gehört quasi zur Bankendynastie.« Malcolm trat gegen ein Stuhlbein.

»Brice hätte sich auch für dich einsetzen müssen.«

»Hat er aber nicht.«

»Scheißkerl. Beides Scheißkerle«, fauchte Darley.

»Ich kann immer noch nicht glauben, dass sie *mich* über die Klinge haben springen lassen!«

»Die werden dir noch nachweinen, Malcolm. Wir kommen schon klar. Du machst ein paar Anrufe und kriegst ein paar Interviews, und in kürzester Zeit hast du einen neuen Job.«

»Vielleicht.« Malcolm sah gebrochen aus, wie ein geschlagener und entehrter Gladiator.

»Sie werden es bereuen, dass sie dich haben gehen lassen, die Idioten.« Darley schmiegte sich an Malcolm und vergrub das Gesicht an seinem Hals. Es machte sie rasend, dass sie nichts für ihn tun konnte. Dass die Brices dieser Welt jede Menge Familienfreunde hatten, die für sie einstanden, und Malcolm niemanden. Sicher, ihr Vater war gut vernetzt, aber in der Immobilienbranche, und wenn man spontan ein marokkanisches Abendessen für fünfzig Personen veranstalten wollte, konnte man sich vertrauensvoll an ihre Mutter wenden, die sofort einen Partyservice und Floristen bei der Hand hatte. Malcolm nutzte das alles gar nichts.

Darley musste daran denken, wie ihr Highschoolfreund Allen Yang sich um Aufnahme in den Fiftieth Club beworben hatte. Er hatte die Fürsprecher, er hatte die Referenzen, zweifellos hatte er das Geld, und nach dem scheinbar zwanglosen Vorstellungsgespräch, bei dem er mit dem Mitgliederkomitee in der Clublounge Scotch getrunken hatte, fand er, dass es nicht besser hätte laufen können. Kurz darauf erhielt er die Absage. Der Grund dafür war eindeutig Rassismus. Einen anderen gab es nicht. Aber natürlich hatte niemand irgendetwas dergleichen anklingen lassen, und Allen musste es so hinnehmen. Wie viel von Malcolms Rauswurf lag daran, dass er zur falschen Zeit am falschen Ort war, und wie viel daran, dass er keinen Nachnamen wie Dimon, Moynihan oder Sloan hatte, wie die Mitglieder des verschworenen Zirkels? Niemand sagte: »Wir feuern dich, weil du keinen weißen Vater hast, der sich für dich einsetzen kann«, aber für Darley war es sonnenklar.

Die nächsten Wochen vergingen damit, dass Malcolm alte Schulfreunde zum Mittagessen einlud, Kollegen aus seiner Anfangszeit im Investmentbanking kontaktierte und sich mit jedem traf, der ihn sehen wollte. Während Chuck Vanderbeer aus der Niederlage leider gestärkt hervorging, weil ihm sein Private-Equity-Vater einen Posten als Analyst bei Apollo verschaffte, wurde Malcolm den Schmutz, der jetzt an seinem Namen haftete, so schnell nicht mehr los. Innerhalb der Branche war er praktisch radioaktiv. Freunde und Bekannte, mit denen er essen ging, bestellten ihr Steak (immer blutig) und fragten noch vor dem ersten Schluck Eistee: »Was zum Teufel ist bei diesem Azul-Deal passiert?« Alle wussten es, und anscheinend glaubten alle, es sei seine Schuld. Es spielte keine Rolle, dass er unschuldig war; er war jetzt belastet und wurde kurzerhand aus dem Masters-of-the-Universe-Club verbannt.

Als die ersten Headhunter anriefen, war Darley optimistisch. »Siehst du, Schatz? Viele wollen dich.«

Aber die Stellen, die sie anzubieten hatten, waren bei drittklassigen Firmen, unbedeutenden Banken, wo er nicht darauf hoffen durfte, je wieder in der Luftfahrt tätig zu sein. Die Vorstellung, vom Überflieger zum Fronarbeiter zu werden, war ihm unerträglich. Wenn er so eine Stelle annahm, würde er den Großteil seiner Arbeitszeit auf dem Weg kreuz und quer durch den Mittleren Westen verbringen, von einer Industriestadt zur anderen, immer mit Zwischenstopp in Chicago, immer in der Economy Class, und müsste in Red Roof Inns übernachten, wo die Polyesterbettwäsche extra so gemustert war, dass man die Flecken nicht sah.

Darley tröstete ihn: Wie viele Banker seien für weit Schlimmeres vorübergehend in Verruf geraten – etwa der sechsundzwanzigjährige Knabe, der mit nicht genehmigten Geschäften seine Firma 500 Millionen Dollar gekostet hatte, nur um ein Jahr später genau dasselbe anderswo noch einmal zu tun. Und anscheinend hatte der Typ nach wie vor einen Job. (Dass er von gleich mehreren der bedeutendsten Familien Virginias abstammte, dürfte ihm nicht geschadet haben.) Oder der Typ, der seiner Bank in Tokio 2,6 Milliarden Verluste durch Kupfer-Termingeschäfte verheimlicht hatte. Oder der kriminelle Händler, der 1995 die Barings Bank in den Bankrott getrieben hatte.

»Das ist überhaupt kein Trost«, beschwerte sich Malcolm. »Das waren alles Idioten.«

»Du bist der klügste Mensch, den ich kenne«, sagte Darley. Und meinte es ernst. »Du findest was Besseres.«

»Wenn ich wirklich so klug wäre, hätte ich nicht Poppys und Hatchers Kindheit verpasst, um Geld für eine Bank zu verdienen, die mich rausgeschmissen hat«, sagte er mürrisch.

Wenn Darley gefragt wurde, wie sie und Malcolm sich kennengelernt hätten, sagte sie einfach »an der Uni«, und die meisten gaben sich damit zufrieden. Tatsächlich aber hatte sie Malcolm gezielt ausgesucht, hatte ihn haben wollen, bevor sie ihn überhaupt gesehen hatte. Darley hatte die zwei Jahre zwischen Yale und Stanford als Analystin bei Morgan Stanley gearbeitet. Ein Kollege hatte ihr Malcolms Blog über Fluggesellschaften gezeigt, und als sie erfuhr, dass er sich auch an der Stanford University eingeschrieben hatte, fühlte sie sich, wie Kate Middleton sich gefühlt haben muss, als sie erfuhr, dass Prinz William von Edinburgh an die St Andrews University gewechselt hatte. Sie würden zusammenkommen. Ihre Gewissheit rührte daher, dass Darley ihrerseits einen kleinen Nebenauftritt hatte. Mit völlig legalen Mitteln hatte sie es fertiggebracht, den Algorithmus für das Ticketsystem der Billigfluglinie Jet-Blue herauszukriegen, und handelte seitdem mit deren Aktien auf der Grundlage ihres jährlichen Kundenaufkommens. An jedem Monatsersten kaufte sie ein Ticket um 12:01 Uhr und wieder eines um 11:59 Uhr am Monatsletzten. Das Nummerierungssystem war idiotisch einfach, und auf diese Weise erfuhr Darley, wie viele Tickets im Verlauf des Monats verkauft worden waren. Es ging ihr nicht ums große Geld; sie handelte nur zum Spaß und zum Beweis, dass sie das System durchschaute. Als sie zum ersten Mal mit Malcolm ausging und ihm bei Tacos und Margaritas davon erzählte, war es, als hätte sie ihm gestanden, sie sei Bo Dereks Körperdouble gewesen oder könne einen Spagat, so sexy fand er das. Die schwankenden Treibstoffkosten hatte sie schon einkalkuliert, aber nachdem Malcolm mit an Bord war, konnten sie auch Kosteneinsparungen und Ausgaben auf der Grundlage von Routen und verleasten Jets berücksichtigen. Obwohl JetBlue ein Jahr später seine Ticketing-Codes änderte und Darleys Schlupfloch damit dichtmachte, war es für die beiden der Deal ihres Lebens: Malcolm hatte eine ihm ebenbürtige Partnerin gefunden, die ihn genau so liebte, wie er war, und Darley hatte ihren Prinz William erbeutet.

7

Sasha

Georgiana war ein Wolf, der Reviermarkierungen setzte. Nach ihrem Besuch in der Pineapple Street, bei dem sie eigentlich »ihre Pokale holen« sollte, wollte Sasha einen Blick in Georgianas Schlafzimmer werfen, doch der Schreckensschrei entfuhr ihr schon, als sie die Tür nur einen Spalt geöffnet hatte. »Cord!«, rief sie. »Komm und schau dir das an!«

Cord, in der einen Hand ein bröselndes Croissant und in der anderen eine Packung Polyester-Tennissaiten, schlenderte durch den Flur herbei.

»Schau.« Mit ausladender Geste wies Sasha auf den Boden, wo auf dem Teppich ein kleiner Müllhaufen aus alten Stiften und zerfallenden Radiergummis lag. »Und keinen einzigen ihrer Pokale mitgenommen! Hier sieht es aus, als wäre sie bei sich selber eingebrochen!« Auf der Kommode lagen Haargummis und alter Lippenbalsam, und die Schubladen waren halb herausgezogen. »Sie hat das Zimmer verwüstet.«

»Ist doch nicht verwüstet«, sagte Cord milde. »Das ist hauptsächlich Kleinkram.«

»Aber ist es nicht eine Frechheit? Kommt her und veranstaltet nur Chaos!«

Cord zuckte die Achseln. »Sie ist halt eine Schlamperin.«

»Und schau, sie hat die alte orange Tagesdecke wieder rausgezogen und über meine weiße gebreitet. Sie wohnt längst nicht mehr hier, teilt mir aber mit, dass es nach wie vor *ihr* Zimmer ist.«

»Komm schon«, sagte Cord versöhnlich, raffte den Stiftehaufen auf dem Boden zusammen und warf ihn in die Schreibtischschublade. »Ihr Zimmer war immer ein Chaos, sie ist einfach so, nimm's nicht persönlich.«

»Allmählich nehme ich es schon persönlich, Cord.« Sasha hatte es tatsächlich satt, sich wie ein Eindringling behandeln zu lassen. Man kann sich nicht ewig alles gefallen lassen, früher oder später *muss* man etwas sagen. »Keine Ahnung, was ich falsch gemacht habe, aber ich hab das Gefühl, dass mich deine Schwestern nicht ausstehen können.«

»Was redest du denn? Das stimmt doch nicht.« Cord tätschelte ihr den Rücken und wollte das Zimmer verlassen. Er war durch und durch WASP, gleichbedeutend mit uraltem Adel, und entsprechend konfliktscheu.

Aber Sasha ließ nicht locker. »Sie verdrehen sofort die Augen, kaum mache ich den Mund auf.« In Wahrheit war es schlimmer, aber das ließ sich schwer in Worte fassen. Wie soll man erklären, wie es sich anfühlt, wenn einem ständig ostentativ der Rücken zugedreht wird, wenn andere die Nase rümpfen, sobald man etwas sagt, wenn sie den Blick abwenden, keine Gelegenheit verpassen, einen mehr oder weniger subtil zu demütigen?

»Darley hat nur ihre Kinder im Sinn. Und George ist selber ein Kind. Sie interessiert sich nur für Tennis und Partys mit ihren Freundinnen und hat keinen Kopf für andere. Du musst sie dort abholen, wo sie steht.« Cord krümmte sich förmlich, als bereitete ihm dieses Gespräch körperliche Schmerzen.

Sasha sah es. Sie wollte ihren Frust nicht an Cord auslassen. Sie gab nach. »Heißt, ich muss mich nur mit Alkopops zuschütten und mit ihr über die French Open quasseln, und schon hört sie auf, mich zu kränken?«

Die Erleichterung in Cords Miene war überdeutlich. Sasha sah ein, dass sie so nicht weiterkam. »Okay«, sagte sie. »So schaffe ich es also, dass andere Frauen mich mögen. Ich tue so, als würde ich mich für Dinge interessieren, die ihnen wichtig sind.«

Er grinste. »Genau. Und jetzt – ganz unabhängig davon – trinken wir Wein, schauen Kunst an und schmeißen *meinen* Highschoolkram weg.«

Sasha lachte und folgte ihm durch den Flur. Die Tür zu Georgianas Zimmer zog sie hinter sich zu. In der Küche nahm sie einen Pinot Grigio aus dem Kühlschrank, schnappte sich zwei Gläser und ging in Cords Schlafzimmer, wo sie alles auf den Boden stellte – den einzigen freien Platz, den es gab. Auf dem schmalen Bett türmten sich seine ausrangierten Schätze, vor allem Sachen aus dem Haus seiner Großeltern. Nach dem Tod von Cords Großeltern väterlicherseits, Pip und Pop genannt, beschloss die Familie Stockton, deren Brownstonehaus in Columbia Heights zu verkaufen. Die Hälfte der Kunstwerke und Dekorationsgegenstände räumten sie aus, damit der Raum auf den Verkaufsfotos größer wirkte, und brachten das meiste davon in die Pineapple Street. Das Haus war schnell verkauft, und niemand hatte Zeit, einen Gutachter zu kontaktieren und die Antiquitäten beurteilen zu lassen, weshalb die Pineapple Street bald vor Aussortiertem aus allen Nähten platzte. Auf

Cords Bett lagen ein Spiegel mit neobarockem Goldrahmen, eine sechzig Zentimeter hohe Kaminuhr mit üppig verziertem Sockel aus blattvergoldeter Bronze, eine orangegelbe Lederschatulle mit einem Dutzend Montblanc-Füllern und ein Stapel gerahmter Aquarelle, hauptsächlich von Booten. Im Regal standen die Bücher zweireihig; es waren alte, einst kostbare Exemplare mit jetzt eingerissenen, schartigen Buchrücken in Braun und Blau. Der Schreibtisch war voller Aktenordner und uralter Zeitungsausschnitte; noch nie hatte Sasha eine Familie mit einer derartigen Archivierungsfreude kennengelernt – jeden Tag wurden Artikel ausgeschnitten und aufbewahrt, Tilda hatte, wenn sie die Morgenzeitung las, grundsätzlich eine kleine Schere zur Hand, um jederzeit eine interessante Information ausschneiden zu können. Entlang allen Wänden standen, immer vier aneinandergelehnt, Gemälde in schweren Rahmen auf dem Boden.

»Ich weiß ein lustiges Spiel für uns«, schlug Cord mit verschmitztem Blick vor. »Es heißt ›Original oder eingeheiratet‹, und du musst raten, wer ein echter Stockton ist und wer eingeheiratet hat.«

»Okaaaay«, stimmte Sasha zu, grinste und nahm einen Schluck Wein.

»Nummer eins: dieser Typ hier.« Cord hob das Ölporträt eines älteren Herrn im Anzug mit einem Irish Setter zu seinen Füßen auf. Er hatte Cords dunkle Augen und Brauen und die gleiche elegante Nase.

»Original.« Sasha verdrehte die Augen.

»Richtig! Das ist mein Großvater, Edward Cordington Stockton. Gut, zweitens: diese Dame.« Cord zog ein kleineres Porträt hervor, das ein vielleicht achtjähriges Mädchen in blauem

Kleid mit Peter-Pan-Kragen und mit Schleife im Haar zeigte. Sie hatte Georgianas Lockenpracht, Georgianas süßen Schmollmund.

»Original.« Sasha lachte.

»Treffer! Die Schwester meines Großvaters, Mary hieß sie. Gut, jetzt diese Dame.«

Cord zog ein großes Gemälde im Goldrahmen heraus. Die porträtierte Person war hübsch, lächelte kokett und hielt ein Buch im Schoß. In ihren runden Wangen, der Stupsnase erkannte Sasha weder Darley noch Chip noch überhaupt einen der Stocktons.

»Angeheiratet?«, vermutete Sasha.

»Keine Ahnung«, sagte Cord lachend. »Das Bild hier hab ich noch nie gesehen! Wahrscheinlich hat es Pip auf eBay ersteigert.«

Sasha verzog das Gesicht. Wenn man kein geborener Stockton war, interessierte nicht mal der Name. Sie bahnte sich einen Weg zum Schreibtisch und sah sich die Ordner an. Durch mattiertes Plastik an oberster Position eines Stapels erkannte Sasha ein Gesicht. Sie schlug den Deckel auf und sah Darleys und Malcolms Vermählungsanzeige, aus der *New York Times* ausgeschnitten. Hochelegant sahen die beiden auf der kleinen Porträtaufnahme aus, Darley mit glitzernden Diamantohrringen, Malcolm in Anzug und Krawatte. Sie überflog den Text.

»Darley Colt Moore Stockton, Tochter von Mr Charles Edward Colt Stockton und Mrs Matilda Baylies More Stockton, wird am kommenden Samstag …«

»Was ist das?« Cord spähte ihr über die Schulter.

»Darleys Hochzeitsanzeige.«

»Ach.« Er rümpfte die Nase.

»Du wolltest ja keine«, erinnerte ihn Sasha. Sie hatte es einmal erwähnt, als sie verlobt waren, und er hatte den Vorschlag sofort weit von sich gewiesen.

»Das ist total versnobt. Ekelhaft eigentlich.« Cord starrte auf das Foto seiner Schwester. »XYs reiche Eltern sind im Investmentbanking tätig und YZs reiche Eltern im Private-Equity-Geschäft, und alle verheiraten ihre Kinder miteinander, bis sie so inzüchtig sind wie Tutanchamun.«

»Cordington Stockton, Sprössling der alteingesessenen New Yorker Immobilienfirma Stockton, heiratet ein Mädchen aus Rhode Island, das von Kneipenhockern und Fischern abstammt«, scherzte Sasha.

»Die Trauung findet in der Cap Club Bar am Bahnhof statt, und vollzogen wird sie vom Bruder der Braut, der stockbetrunken ist, weil er ein Fass Narragansett geleert hat.«

»Zu essen gibt es Berge von Muscheln am All-you-can-eat-Büfett für alle, die wissen, wie man in Rhode Island einen Trinkbrunnen nennt.«

»Haha! *Bubblah*! Und die Muschelsuppe heißt *Chowda*!«, johlte Cord.

»Vielleicht sollten wir unseren Kindern Rhode-Islandisch beibringen?«, sinnierte Sasha.

»Auf keinen Fall, Tilda streicht sie aus ihrem Testament.« Cord gab ihr einen Kuss.

»Wir können nichts von dem Zeug wegwerfen, oder?« Sasha blickte sich mit hoffnungsloser Miene in Cords Zimmer um.

»Definitiv nicht. Tut mir leid. Aber jetzt, wo wir ein bisschen Wein getrunken und ein bisschen aufgeräumt haben, könnten wir unserer anderen Lieblingsbeschäftigung nachgehen …« Cord klapperte scherzhaft mit den Lidern und griff nach Sashas Hand. Sie wurde sofort weich. Nur im Hinterkopf hielt sich der heimliche Vorsatz, nach und nach wenigstens ein paar Zeitungsausschnitte durch den Schredder wandern zu lassen, während er im Büro war. Damit ließ sie sich von Cord durch den Flur zu ihrem Schlafzimmer und dem Himmelbett führen, das in ihren Augen immer das seiner Eltern bleiben würde.

Im ersten Collegejahr hatte Sasha panische Angst gehabt, schwanger zu werden. Sie und Mullin hatten wieder mal kurz vor der Trennung gestanden, und die Stimmung war entsprechend angespannt. Zu Thanksgiving wollte sie nach Hause kommen, und sie hoffte, dass es in altvertrauter Umgebung einfacher für sie beide wäre. Denn sie wurde das Gefühl nicht los, dass es New York war, was Mullin so gereizt machte, dass er sich in der Umgebung der mondänen, oft aus reichem Haus stammenden jungen Leute, die sie am College kennengelernt hatte, unsicher und unwohl fühlte.

Zu Hause war es Tradition, dass man am Vorabend, dem Mittwoch, in den Cap Club ging. Ganz besonders die Collegekids, die nicht mehr zu Hause wohnten, aber über das lange Wochenende heimkamen, wollten protzen, wie gut es ihnen außerhalb der kleinstädtischen Enge ging, wie souverän sie sich in der großen Stadt bewegten. Der Captain's Club war nichts Besonderes – ein langes Backsteingebäude gegenüber dem Bahnhof, in dem es Bier und Cocktails gab, und wenn man unbedingt darauf bestand, notfalls auch Wein, der aber sauer wie Essig und höchstwahrscheinlich voller Korkstückchen war. Entlang der Bar standen rote Barhocker, im hinteren Bereich gab es die typischen Tischnischen, eine Jukebox und eine Dartscheibe. Sashas Cousins waren da, die meisten unter einundzwanzig, doch die Barkeeper, alles Freunde der Familie, sahen höflich über das Alkoholverbot hinweg. Das Kleinstadtleben hatte durchaus seine Vorteile.

Mullin war in seltsamer Stimmung, lachte zu laut, trank zu schnell. Sashas jüngerer Bruder Olly war stockbesoffen und benahm sich wie ein Idiot, trug ein T-Shirt mit der Aufschrift EAT PUSSY, ALLES BIO, wollte im Lokal rauchen und beschwerte sich, als Sasha ihn ins Freie bugsierte. Es waren noch andere da, mit denen sie auf der Highschool gewesen waren und die jetzt in Boston, in Maine oder Connecticut das College besuchten, und Sasha merkte, dass es Mullin peinlich war, noch immer zu Hause zu wohnen. Er hatte mehr auf dem Kasten als die meisten anderen, lebte aber nicht in einem Studentenheim in New Haven oder Princeton, sondern teilte sein Kinderzimmer mit seinem nichtsnutzigen Bruder, fuhr zum Unterricht hin und her, mähte frühmorgens fremde Gärten und beseitigte die leeren Flaschen, die sein Vater in der Küche zu hinterlassen pflegte. Sasha schlang ihm den Arm um die Taille und flüsterte in sein Ohr: »Lass uns irgendwohin gehen, wo wir allein sind. Ich hab Sehnsucht nach dir.«

Da sie nur ein halbes Bier getrunken hatte, setzte sie sich ans Steuer und fuhr zur Dammbrücke, wo sie auf dem Kies parkten und auf das Meer hinausschauten. Zum Aussteigen war es zu kalt; sie küssten sich im Auto und kletterten dann nach hinten auf den Rücksitz, um sich auszuziehen. »Ich habe kein Kondom. Du?«, fragte sie.

»Nein, aber ich hör vorher auf«, versprach Mullin. Sie be-

gannen mit dem Sex, und es fühlte sich zuerst wunderbar an –
bis Sasha sich Sorgen zu machen begann.

»Bitte zieh ihn rechtzeitig raus«, flüsterte sie, aber Mullin bewegte sich schneller und schneller, und gleich war es so weit, er stöhnte und kam in ihr. Sie schob ihn von sich weg.

»Verdammte Scheiße.«

»Sorry, sorry. Du hast dich so gut angefühlt.« Er strich sich die Haare aus den Augen.

»Mullin, ich nehme nicht die Pille.«

Sasha zog sich rabiat wieder an, wütend auf Mullin und wütend auf sich. Als sie Mullin bei ihm zu Hause abgesetzt hatte und wach im Bett lag, fragte sie sich, ob es wirklich ein Versehen war oder ob Mullin es absichtlich getan hatte, um sie zu zwingen, in ihre Heimatstadt zurückzukehren und sie hierzubehalten.

Ihre Periode kam nicht wie erwartet, und nach zwei Tagen rannte sie verzweifelt zur Krankenstation auf dem Campus, um einen Schwangerschaftstest zu machen. Das Ergebnis war negativ, und sie brach sofort in Tränen aus, ein heftiges Schluchzen der Erschöpfung, der Wut und der Erleichterung und womöglich auch der Hormone, denn am nächsten Tag war die Periode da.

Natürlich erzählte sie diese Geschichte niemandem. Ihre Mutter wäre fuchsteufelswild geworden, weil sie ungeschützten Sex gehabt hatte, und hätte Mullin aus dem Haus verbannt. Wie hätten ihr Vater und ihre Brüder reagiert? Sie hatte keine Ahnung, vermutete aber, dass sie ihr die Schuld gegeben hätten, wäre sie schwanger geworden. Es war ja auch ihre Schuld: Sie schenkte einem Mann ihr Vertrauen, der nicht unbedingt das Beste für sie wollte.

Es schmerzte Sasha, dass ihre Familie offenbar nicht willens war, ihre Trennung von Mullin zu akzeptieren. Andererseits war sie gerührt, wie sie ihn bei sich aufnahmen. Wie sie erkannten, dass seine Herkunftsfamilie defizitär war – gelinde gesagt –, und ihn kurzerhand zu einem Familienmitglied machten, zu Weihnachten einen Strumpf für ihn aufhängten, immer seine Leibspeisen vorrätig hatten und ihm versicherten, dass er jederzeit willkommen war. Und so hatte Sasha ursprünglich gedacht, dass es in einer Ehe auch so wäre und auch sie würde, wenn sie mit Cord verheiratet wäre, von seiner Familie als eine der ihren aufgenommen werden. Weit gefehlt. Ihre Herkunftsfamilie war wie eine Eckbank in der Küche – man konnte immer zusammenrücken und einem weiteren Gast Platz machen. Cords Familie war ein Tisch in der Mitte des Raums mit einzelnen Stühlen, und die Stühle waren am Boden festgeschraubt.

Einen Monat vor der Hochzeit läutete es an der Tür. Sasha war allein zu Hause, saß Joghurt essend am Rechner und war mit Layoutentwürfen beschäftigt, nachdem sie von einem kleinen Museum für zeitgenössische Kunst in Manhattan den Auftrag erhalten hatte, ein neues Logo, Stofftaschen und Anzeigen zu designen. Sie warf einen Blick auf den Überwachungsmonitor und sah einen Mann mit Anzug vor der Tür stehen. FedEx war das nicht. Sie huschte ins Schlafzimmer, um sich einen BH drunterzuziehen, bevor sie aufmachte.

»Sind Sie Sasha Rossi?«

»Ja«, antwortete sie mit fragendem Lächeln.

»Ich bin Anwalt bei Fox Allston, wir verwalten den Familientrust der Stocktons. Wir haben den Ehevertrag für Sie aufgesetzt. Ich schlage vor, dass Sie unseren Entwurf mit Ihrem eigenen Anwalt oder Ihrer Anwältin besprechen und er oder sie sich dann mit uns in Verbindung setzt.«

»Ein Anwalt?«, fragte Sasha verwirrt.

»Für diese Art von Verträgen sollte man immer einen Anwalt oder eine Anwältin einschalten. Ich kann Ihnen leider niemanden von uns empfehlen, Sie müssen sich an eine andere Kanzlei wenden.« Damit reichte der Mann Sasha einen Umschlag, wünschte ihr einen schönen Tag und ging durch den Flur davon zu den Aufzügen.

»Was zum Teufel …«, murmelte Sasha vor sich hin. Sie ging mit dem Umschlag in die Küche und rief Cord an. »Cord, es ist etwas sehr Seltsames passiert. Eben stand ein Anwalt vor der Tür und überreichte mir einen Ehevertrag! Als hätte ich was bestellt!«

»Hey, können wir heute Abend darüber reden? Wir sind hier gerade in einer Besprechung«, antwortete Cord.

»Ach ja, klar. Dann bis heute Abend.« Sasha beendete das Gespräch. Doch am Abend, nachdem sie in seiner Wohnung gegessen hatten, war Cord wortkarg.

»Geh einfach zu einem Anwalt und lass dich beraten, die klären das dann untereinander«, sagte er achselzuckend.

»Ja, das mach ich, aber hattest du die Absicht, mit mir darüber zu reden?«, fragte sie.

»Was gibt's da zu reden? Ist nur Papierkram. Die Anwälte lassen sich was einfallen, du unterschreibst, und die Sache hat sich.«

»Ich meine, du hättest zum Beispiel sagen können: ›Ich liebe dich, mein Schatz, und will mich niemals scheiden lassen‹ …«

Cord verdrehte die Augen. »Diesen Zusatz kannst du zum Beispiel von deinem Anwalt einfügen lassen.«

»Oha«, sagte Sasha und war beleidigt.

»Schau, ich kann doch auch nichts daran ändern. Jeder unterschreibt solche Verträge. So läuft das beim Heiraten. Ehe ist eine rechtliche Vereinbarung. Der Vertrag gehört dazu. Es ist keine große Sache.«

»Vielleicht läuft es in *deiner* Welt so, aber nicht in meiner. Glaubst du vielleicht, meine Eltern hätten einen Ehevertrag?«

»Ich weiß nicht, warum du versuchst, mir deswegen ein schlechtes Gewissen einzureden«, sagte Cord.

»Weil es *mir* damit schlecht geht.«

»Es ist doch nur eine Formsache!«

»Wenn es nur eine Formsache ist, warum hast du mir dann nichts davon gesagt?«

»Eben weil es nichts bedeutet!«

»Es bedeutet sehr viel, das weißt du. Ich will ein Leben mit dir aufbauen, und du teilst mir mit, dass du einen Notausstieg haben willst. Dass ich nie Teil deiner Familie sein werde, ganz gleich, was passiert.«

»Wir heiraten. Was willst du denn noch von mir?«, fragte Cord kalt.

»Was ich noch von dir will? Ich will, dass du mich an die erste Stelle setzt. Ich will der wichtigste Mensch in deinem Leben sein. Ich will, dass du mir sagst, du wirst immer auf meiner Seite stehen, egal, was ist. Dass du mich über deine Familie stellst.«

»Die Forderung ist absurd. Ich würde niemals jemanden über meine Familie stellen.« Cord stand auf und verschwand im Schlafzimmer. Sasha ging. Stolperte aus dem Apartment und durch die Lobby hinaus ins Freie und übernachtete in ihrer eigenen Wohnung, um am nächsten Morgen früh aufzustehen und nach Rhode Island zu fahren, nach Hause. Sie hätte es nicht ertragen, Cord anzusehen, konnte sich nicht vorstellen, noch einmal mit jemandem ins Bett zu gehen, für den ihre Bedürfnisse an letzter Stelle standen.

Ihr Vater war außer sich, als sie ihren Eltern erzählte, was passiert war. »Er lässt einen Anwalt mit Papieren aufmarschieren, als wärst du auf Bewährung aus dem Knast? Unfassbar. Wenn die Reichen sich *so* aufführen, willst du keine von denen sein.«

Ihre Mutter brachte mehr Verständnis auf. »Ich hab mir schon gedacht, dass so was passieren wird, mein Schatz. Diese Familien sind oft sehr sonderbar, wenn es ans Heiraten geht. Du musst davon ausgehen, dass seine Eltern dahinterstecken, nicht Cord.«

Sasha war sich allerdings nicht sicher. Vielleicht steckte doch Cord dahinter. Vielleicht kam es auch von Chip und Tilda. Wie auch immer – sie hatten die Sache miteinander besprochen und einen Plan geschmiedet, wie man sie, Sasha, abwehren konnte, wie man sich, statt sie mit offenen Armen aufzunehmen, gegen sie abschirmte, und sie fühlte sich gedemütigt.

Sie rief ihre Freundin Jill an, die in Providence Anwältin war, und sie trafen sich auf einen Kaffee. Sasha übergab ihr den Umschlag, und Jill sah sich den Vertragsentwurf an, nickte, machte sich ein paar Bleistiftnotizen auf einem Block. »Das ist eigentlich ein ziemlich großzügiger Ehevertrag, Sasha. Es gibt ein paar Klauseln, die wir routinemäßig hinterfragen würden, aber gemessen am Standard ist der Vertrag eher besser. Vorteilhafter für dich.«

»Aber wie standardmäßig ist so was überhaupt? Wie oft machen Leute Eheverträge?«

»In der Allgemeinbevölkerung, würde ich sagen, sind es fünf bis zehn Prozent, aber unter den Reichen ist es gang und gäbe.«

»Mir fällt es schwer, *nicht* gekränkt zu sein. So als ginge er davon aus, dass ich hinter seinem Geld her bin.«

»Für seine Familie ist ein Ehevertrag bestimmt so normal wie eine Zahnspange oder gestochene Ohrringe, einfach ein Schritt auf dem Weg zum Erwachsenwerden. Du solltest nicht zu viel hineininterpretieren«, sagte Jill, und Sasha wollte ihr glauben, wollte es auf sich beruhen lassen, aber wenn sie nachts nicht schlafen konnte, hörte sie immer wieder seine Stimme, leise, aber vollkommen unmissverständlich: »Ich würde niemals jemanden über meine Familie stellen.«

Von Sashas Studienfreundinnen und -freunden wohnte niemand in Brooklyn Heights. Die allermeisten lebten in Gegenden, in die man nur mit der U-Bahn oder dem Bus kam, wo es im Minimarkt höllisch scharfe Chips in Kegelform gab und das Wasser im Kanal einen düster metallischen Farbton hatte. Vara, Sashas Mitbewohnerin im ersten Collegejahr, zog nach Red Hook, das sich wie hundert Meilen (oder hundert Jahre) von der Pineapple Street entfernt anfühlte, obwohl es mit dem Fahrrad nur zehn Minuten waren. Varas riesiges Künstlerloft in der Ferris Street lag nur einen Steinwurf vom Hafen, wo eine Zuckerraffinerie und eine Werft an den Buttermilk Channel grenzten. Auf dem Gelände nebenan wurden Schiffscontainer von Baukränen verschoben, die Pflastersteine der Gehwege verschwanden unter Graffiti, und in den Lagerhäusern der Umgebung fanden jedes Wochenende hippe Hochzeiten statt.

Mittwochs veranstaltete Vara eine Zusammenkunft für ehemalige Studienkollegen, die sie *Drink and Draw* nannte. Wer zehn Dollar lockermachen konnte, bekam dafür scheußlichen Wein und ein Aktmodell zur Verfügung gestellt. Cord arbeitete sowieso immer lange, und Sasha vermisste ihre Leute, daher setzte sie auch jetzt wieder den Helm auf und radelte hügelabwärts. Sie war fünf Minuten zu früh da, warf ihren Zehner in die Kaffeedose neben der Tür und belegte Hocker und Staffelei in der Mitte, direkt neben Vara, damit sie beim Zeichnen quatschen konnten.

Vara war wie immer extravagant gekleidet, diesmal mit einem Leinenkittel über einer pinkfarbenen High-Waist-Seidenhose und bauchfreiem Oberteil. Das lange schwarze Haar fiel ihr in Locken über den Rücken, und sie trug eine Brille mit Goldrahmen, die Sasha noch nicht kannte.

»Hey, Babe, lass mal sehen«, sagte Sasha und streckte ungeniert die Hand nach Varas Brille aus.

»Nein, nein, kommt nicht infrage, ohne die bin ich blind.« Vara zog den Kopf ein und entwich rechtzeitig Sashas Zugriff.

»Aber die ist doch nicht echt, oder? Du brauchst doch gar keine Brille!«

»Dringend brauch ich sie, geh bloß weg!«, quiekte Vara.

»Na gut, wirst du jetzt immer die Brille aufhaben, wenn wir uns sehen?«

»Vielleicht nicht unbedingt *diese*«, schränkte Vara ein. »Hängt vom Outfit ab.«

»Hm, okay, verstehe.« Sasha grinste.

Unterdessen war schon eine stattliche Gruppe zusammengekommen. Tammie, Varas Freundin, war damit beschäftigt, die bereitstehenden Rot- und Weißweinflaschen zu öffnen, beroch jeden herausgezogenen Korken und verzog dabei das Gesicht. Simon, ein Maler mit kahlrasiertem Kopf, drückte Sasha zur Begrüßung einen Kuss auf die Wange und warf seinen Obolus in die Dose. Zane, mit strähnigem Haar und Skateboardschuhen, war ein gefragter Schrift- und Grafikdesigner, und Allison hatte, wie häufig, ihren Hund mitgebracht, einen uralten, schläfrigen Labrador, der sich sofort zu ihren Füßen fallen ließ und einnickte. Sasha schenkte sich einen Becher Weißwein ein, nahm einen Schluck und erschauderte prompt. Wirklich ein furchtbares Gesöff, aber es gehörte zum Zauber des Abends.

Immer mehr einstige Kommilitoninnen trafen ein und belegten ihre Plätze. Vara, zunehmend nervös, schaute ständig auf ihr Handy und runzelte die Stirn.

»Ich habe für heute ein neues Modell engagiert, und der Typ geht nicht ans Telefon. Wo treibt der sich rum?!«

Sasha stöhnte. An den Abenden, an denen das Modell nicht auftauchte, musste einer von ihnen einspringen. Der oder die Beklagenswerte, den das Los ereilt hatte, erhielt dafür die Hälfte des Kaffeedoseninhalts, aber es war nicht annähernd eine angemessene Entschädigung dafür, dass man anderthalb Stunden in irgendeiner abartigen Position ausharrte und sich nicht rühren durfte, während einem die Füße einschliefen und alle Muskeln zu schreien anfingen. Der steife Hals, den sich Sasha beim letzten Mal eingefangen hatte, blieb ihr eine knappe Woche.

Um Viertel nach sieben gab Vara die Hoffnung auf und steckte ein Dutzend Pinsel, von denen einer eine blaue Spitze hatte, in ein Gefäß. Das Gefäß ging reihum, alle zogen einen Pinsel. Sasha seufzte erleichtert auf, als sie ihren Pinsel sah. Den blauen hatte Zane erwischt, der sich sofort beschwerte.

»Verdammt, ich war schon im Februar dran, ich will nicht

schon wieder!«, protestierte er, während er sein langärmeliges Hemd auszog und rasch seinen Wein leerte. Im Gehen schälte er sich aus seiner Jeans und warf sie hinter sich. Er war stinksauer, und Sasha verkniff sich ihr Grinsen. Nichts ist so inspirierend wie jemanden anzustarren, der neunzig Minuten lang splitternackt, aber schäumend vor Wut mitten im Raum stillstehen muss. Doch genau in dem Moment flog die Tür auf, und ein großer, üppig tätowierter Typ stürmte herein, stellte seinen Rucksack ab und entschuldigte sich zerknirscht.

»Yes!«, brüllte Zane, fuhr hastig in seine Jeans, flitzte zurück zu seinem Platz und zog sein Hemd wieder an. Alle applaudierten, und Vara klopfte ihm auf die Schulter. Eigentlich sonderbar, dachte Sasha. Sie hatte die meisten hier irgendwann einmal nackt gesehen, und doch war das Modellstehen das Unsexuellste der Welt. Dennoch war es ihr bei Weitem lieber, wenn sie ein professionelles Modell hatten. Häufig waren es Schauspieler, die ihre jeweilige Pose mit besonderer Energie füllten; manchmal waren sie deutlich älter und ihre Körper so anders als Sashas eigener, dass sie fasziniert Haut und Formen und Falten studierte und vor lauter Staunen fast das Zeichnen vergaß. Wie gern zeichnete sie Männer mit gewaltigen Muskeln oder schlaffen Bäuchen, Frauen mit Narben, mit hängendem Gesäß – alles, was anders aussah, von der Norm abwich, sie zwang, die menschliche Gestalt mit neuem Blick zu sehen.

Sasha stellte ihren Plastikbecher beiseite und begann zu skizzieren. Binnen Minuten war es im Raum ganz still bis auf das Schrammen und Scharren von Stiften, nur unterbrochen von einem gelegentlichen Murmeln oder dem Rascheln von Papier. Während sie zeichnete, dachte Sasha belustigt, wie fremd ihre Welt für Cords Familie wäre. Hatte Tilda je einen nackten Körper außer dem ihres Mannes gesehen? Hatte sie überhaupt ihren Mann jemals nackt gesehen?

Als Sasha am späten Abend leicht beschwipst mit dem Rad nach Hause fuhr, dachte sie an ihre Heimat. Vielleicht liebte sie Varas Viertel Red Hook deshalb so sehr, weil es sie an Rhode Island erinnerte. Im Gegensatz zu Brooklyn Heights, wo es von Touristen und überspannten Helikoptereltern wimmelte, war Red Hook so angenehm bodenständig, geradezu proletarisch.

Im Rhode Island ihrer Kindheit hatte es unweit des Flusses, wo Sashas Eltern wohnten, einen speziellen Uferstreifen gegeben, an dem Mike Michaelson sein kleines Boot liegen hatte. Die meisten Leute hatten ihre Jollen im eigenen Garten oder zahlten für einen Liegeplatz am Steg, doch Mike Michaelson war mindestens achtzig, und niemand mutete ihm zu, dass er das Ding einen Block weit zu seinem Haus schleppte. Daher lag es seit Jahr und Tag hier am Ufer. Eines Tages aber kaufte eine Familie das riesige Haus auf der anderen Straßenseite und behauptete nach dem Einzug, der grasbewachsene Uferstreifen sei in ihrem Kaufvertrag enthalten und gehöre ihnen. Bald hatten sie ein Schild aufgestellt, auf dem stand: PRIVATGRUND, BOOTE ABSTELLEN VERBOTEN. Mike Michaelsons Boot blieb liegen, wo es war, und am nächsten Tag tauchte daneben ein zweites auf. Tags darauf ein drittes. Bald drängten sich dreißig Boote an diesem Uferstreifen, und wer hier vorbeikam, machte ein Foto und lachte. Die neuen Eigentümer lachten nicht, aber eines Tages war das Schild wieder fort.

Je mehr Sasha versuchte, sich in Cords Familie zu integrieren, desto mehr musste sie an diese Boote denken. Jede Gesellschaft hat ihre Traditionen, ihr institutionelles Wissen, einen eigenen, angeborenen Sinn dafür, was man wie macht. Wenn man mit schneereichen Wintern aufwächst, weiß man, dass man, wenn Schnee vorhergesagt ist, am parkenden Auto die Scheibenwischer hochklappt. Wenn man in der Lower Road das Auto freigeschaufelt hat, stellt man einen Liegestuhl an die Stelle, damit der Parkplatz noch frei ist, wenn man zurückkommt. Wenn man mit dem Boot den Fluss hinauffährt, muss man darauf achten, dass die roten Bojen rechter Hand liegen und dass man mit der Heckwelle nicht die kleineren Boote ringsum zum Kentern bringt. An der Bar bedeutet ein Bierdeckel auf dem Glas, dass der Platz besetzt ist und das Bier noch getrunken wird. Diese Regeln waren in Sasha so tief verwurzelt, dass sie nicht darüber nachdenken musste, mit Cord aber war sie einem Spektrum völlig anderer gesellschaftlicher Gepflogenheiten unterworfen: Nach einem Match beseitigte man die Spuren im Sand des Tennisplatzes; man trug niemals Jeans, überhaupt keinen Jeansstoff im Club; man zeigte sich nicht mit nassem Haar; man sagte »Schön, Sie zu sehen«, auf keinen Fall aber »Schön, Sie kennenzulernen«, auch wenn völlig ausgeschlossen war, dass man einander je zuvor begegnet war.

In neunzig Prozent der Fälle hatte Sasha das Gefühl, wieder mal in ein Fettnäpfchen getreten zu sein, und gleichzeitig fühlte sie sich ahnungslos wie Molly Ringwald in einem Film aus den Achtzigern, umgeben von intriganten Schnöseln. Cords Welt war voller Perlenmädchen, alle trugen die Ohrringe ihrer Großmütter, dazu Button-down-Blusen und Loafers, und waren ebenso austauschbar wie geschlechtslos. Sasha hatte oft den Verdacht, dass sie, wären sie nackt, glatte und fade, verwechselbare Barbiekörper hätten, und schwor, dass sie sich an dem Tag, an dem sie auf die Idee käme, sich einen Pulli mit Zopfmuster um die Schultern zu binden, erschießen würde.

Sie hatte gezögert, als Cord den Vorschlag gemacht hatte, nach ihrer Hochzeit in die Pineapple Street zu ziehen. Sicher, das Haus war groß und schön, aber wohlgefühlt hatte sie sich dort noch nie. Sasha liebte ihre Wohnung, einen Glaskasten in einem Hochhaus mit Portier in Downtown Brooklyn. Die Fenster reichten vom Boden bis zur Decke, und sie konnte ganz Manhattan auf der anderen Seite des Flusses sehen. Es war ein Neubau mit weißen Wänden und chromblitzenden Haushaltsgeräten, und Sasha liebte den modernen Minimalismus. Sie hielt immer alles perfekt sauber, es durfte kein Buch herumliegen, keine Vase irgendwo stehen, sie hängte nicht einmal ein Bild an die Wand, denn nach einem ganzen Tag am Bildschirm, meist mit Photoshop, empfand sie die weißen Flächen als reinste Wohltat für die Augen.

Die Wohnung in der Pineapple Street war alles andere als minimalistisch. Manchmal fühlte sich Sasha von dem ungeheuer vielen Zeug, von dem sie hier umgeben war und das sie bedrängte wie ein Stroboskoplicht, derart überwältigt, dass sie fürchtete, auszurasten und sich in epileptischen Zuckungen auf dem Boden zu wälzen. Sasha versuchte, Cord mit moderner Urbanität zu ködern. »Wie wär's, wenn wir stattdessen beide in meine Wohnung ziehen?«

»Deine Wohnung hat nur ein einziges Schlafzimmer, und wir wollen doch Kinder. In einem Jahr ist sie uns zu klein. Das wär einfach idiotisch, Sasha. Meine Eltern *schenken* uns ein vierstöckiges Haus zum Wohnen.«

Sie konnte sehen, dass er dieses Haus liebte und unbedingt dort leben wollte. Sie sagte Ja. Obwohl es ihr das Herz brach, ihren Glaskasten mit Blick über Manhattan aufzugeben.

Sie spürte sofort, dass Spannungen mit Darley und Georgiana unausweichlich waren. Sie konnte nicht sagen, ob die Schwestern wütend waren, weil ihr Elternhaus nicht mehr von ihren Eltern bewohnt wurde oder weil Sasha, die Außenseiterin, die Hinzugekommene, in das Heiligtum einziehen sollte, aber die kühle Stimmung, die sich sofort ausbreitete, wann immer die Sprache auf den Umzug kam, die spürte sie überdeutlich. Anfangs war Sasha verständnisvoll, aber mit der Zeit ging es ihr zunehmend auf die Nerven. Ja, sie waren hier aufgewachsen, aber jetzt hatten beide eine eigene Wohnung. Es gab das Landhaus in der Spyglass Lane. Es gab die Maisonettewohnung in der Orange Street. Über die Firma gehörten der Familie Stockton halb Downtown Brooklyn und Dumbo. Die Familie hatte derart viel Immobilienbesitz, dass sie den Überblick verlor, aber machte Stunk, weil die angeheiratete Schwiegertochter und Schwägerin in einer Wohnung lebte, die ein chaotisches Zwischending aus Antiquitätenhandel und Messiehaushalt war. Verwöhnte Gören waren sie. Anders konnte man es nicht nennen.

Sasha nahm ihnen nicht den Reichtum übel, in dem sie aufgewachsen waren – sie hatte selbst ein glückliches Leben geführt. Sie hatte nie eine Klassenfahrt versäumt, hatte Klavier- und Gymnastikunterricht gehabt und Softball in der städtischen Mannschaft gespielt. Aber sie putzte ihr Zimmer selbst, stellte nach dem Essen das Geschirr in die Spülmaschine, brachte den Müll hinaus, wenn sie an der Reihe war. Cord machte nicht einmal nach dem Rasieren das Waschbecken sauber, weil er selbstverständlich davon ausging, dass jemand dafür zuständig war. Als Teenager hatte Sasha nach der Schule und in den Sommerferien gejobbt. Sie hatte im Gartencenter Pflanzen verkauft, hatte im E-Werk Telefondienst gemacht, ihre Brüder trugen Zeitungen aus und lieferten Bootsteile in den Yachthafen. Währenddessen hatten Cord und seine Schwestern Sport getrieben, waren im Ferienlager gewesen und hatten nach dem Studienabschluss Praktika gemacht. Für die Stockton-Kinder dienten die Sommer der Bereicherung von Geist und Körper, während Sashas Sommer der Finanzierung des Colleges dienten.

Aber Sasha hätte im Leben nicht mit ihnen tauschen wollen. Die Arbeit im Gartencenter war wunderbar (der im E-Werk etwas weniger atmosphärisch), und selbst wenn ein Job von Anfang bis Ende reinste Nerverei war, lernte sie etwas dabei. Sie lernte zu arbeiten. Sasha wollte erfolgreich sein und hatte verstanden, dass sie es selbst in der Hand hatte, Bedeutendes zu erreichen. Jetzt arbeitete sie als Grafikdesignerin, bestritt ihren Lebensunterhalt mit ihrer Arbeit, und niemand musste sie unterstützen. Und doch wohnte sie in dem hochherrschaftlichen Haus in der Pineapple Street, kam sich vor wie ein Störenfried und sah Georgiana ein Boot nach dem anderen herbeischleppen und Sashas winzigen Uferstreifen damit füllen.

Sasha schob ihr Fahrrad den steilen Hügel von Dumbo hinauf, und als sie vor ihrem Haus stand, trug sie es die Treppe hinunter in den Keller und schloss die Tür hinter sich ab. Sie ließ die Schlüssel auf den Tisch im Wohnzimmer fallen und kämpfte gegen die seltsame Stimmung an, die sie ergriffen hatte. Aber sie hörte leise Jazzmusik. Sie roch Knoblauch und Tomaten aus der Küche und merkte, wie hungrig sie war. Cord kam aus der Küche, einen Strauß Besteck in der Hand, und als er sie sah, leuchtete seine Miene auf. »Mein kleiner van Gogh!«, rief er und schlang die Arme um sie. »Was macht das Ohr?« Er tat, als müsste er ihr Ohr untersuchen, küsste sie aber auf den Hals. Es war nicht zu Hause, und es war nicht Red Hook, aber, dachte sie, als sie sich von Cord mit Nudeln füttern und anschließend ins Bett tragen ließ, es war auch kein blauer Pinsel.

8

Georgiana

Wenn Georgianas Mutter *eine* Schwäche hatte, dann waren es Klamotten … Und Wein. Und Bälle auf die Seitenstreifen des Platzes zu schlagen, wenn sie Doppel spielte. Und Verdrängung. Und Klatsch und Tratsch. Und nächtliches Onlineshopping. Und einmal hatte Georgiana gesehen, wie ihre Mutter auf einer Party versuchte, einen Zug von einer Zigarre zu nehmen, und dabei aussah wie ein Kugelfisch, der sich vergeblich im Pfeifen übt. Tatsache war, dass Tilda eine unvorstellbare Sammlung an Kleidung besaß, und weil Georgiana nicht selten zu Kostümpartys eingeladen war, war der mütterliche Kleiderschrank ihre Schatztruhe.

Aus deren Tiefen hatte sie schon folgende Looks zusammengestellt: »Yummy Mummy« (hautenges weißes Kleid mit mehreren Zuckerperlenketten um den Hals und vorne hineingestopftem Kissen, das einen Babybauch mimte), »Sexy Pope« (goldener Pashminaschal als Bandeautop über einer weißen Schlaghose, mit einer Art Tiara aus einer King-Arthur-Mehltüte) und »Ruth Baby Ginsburg« (ihre Mutter besaß tatsächlich, aus unerfindlichen Gründen, einen Spitzenkragen, aber der Schnuller stammte vom Drogeriemarkt). Als Georgiana erfuhr, dass ihr Highschoolfreund Sebastian für seine Geburtstagsparty das Motto »Oligarchen-Chic« ausgegeben hatte, war sie fast überwältigt von der Fülle der Möglichkeiten. Ihre Mutter besaß mehr Pelze als der Bronx Zoo, zahlreiche Kleider mit Federn und sogar ein Diadem. (Sie hatte Darley zu überreden versucht, das Diadem zur Hochzeit zu tragen, war aber knallhart abgeblitzt.)

Georgiana kam am Mittwochabend nach der Arbeit, um sich ein Kostüm zurechtzulegen. Ihre Eltern waren zu Hause, Berta hatte Ente mit Jasminreis gekocht, und Tilda schenkte ihnen beiden ein Glas Rotwein ein, um sich für die Plünderung ihres Kleiderschranks zu wappnen. (Sie bot ihrer Tochter einen Strohhalm an, das bewährte Mittel gegen verfärbte Zähne, doch die lehnte ab und schlürfte ihren Rotwein banausenhaft einfach aus dem Glas.) Georgiana entdeckte ein bodenlanges Paillettenkleid, das perfekt gewesen wäre, doch leider viel zu warm für eine Party. Sie entdeckte ein kurzes weißes Kaninchenfelljäckchen, das so weich war, dass sie nicht aufhören konnte, es zu streicheln. Es gab sogar Diamantohrringe in Gestalt zweier Panther, die so herrlich protzig waren, dass Georgiana sich gegenüber ihrer Mutter ungehemmt darüber lustig gemacht hätte, wären sie nicht echt gewesen und so viel wert wie ein Mittelklassewagen.

»Kommt dein Freund auch?«, fragte ihre Mutter beiläufig, während sie einen weißen Seidenoverall zutage förderte und auf der Ottomane ausbreitete.

»Nein, nur Leute aus der Highschool. Lena und Kristin und die ganze Truppe.«

Georgiana zwängte sich in ein Lederkleid und begann augenblicklich zu schwitzen. Es hieß immer, man solle ab September keine weißen Schuhe mehr tragen, aber warum sagte niemand etwas über Lederkleider nach dem 1. April? Die waren noch viel unpraktischer. Georgiana schälte sich wieder aus dem Kleid, ließ es achtlos auf den Boden fallen und durchstöberte die Paillettenkleider im hinteren Teil des Schranks. Sie war sich, weil nur in BH und Slip, ihrer weitgehenden Nacktheit in Gegenwart ihrer Mutter deutlich bewusst und amüsierte sich über die körperliche Ähnlichkeit zwischen ihnen – während sie zugleich so verschieden waren. Sie hatte ihre Mutter am Strand gesehen und bei der Anprobe von Kleidern beobachtet und konnte sich ausrechnen, wie sie selbst in vierzig Jahren aussehen würde. Sie hatten die gleiche Statur, waren beide groß und schmalhüftig, beide mit breiten Schultern und kleinen Brüsten. Der Bauch ihrer Mutter war weich und faltig; wo drei Babys herangewachsen waren, war nichts mehr straff, während Georgianas Bauch jugendlich flach war – die kleinen Fettpölsterchen stammten allenfalls von zu viel Bier am Wochenende. Georgiana hatte naturgemäß mehr Kraft, wusste aber, dass ihre Mutter für ihr Alter in bemerkenswert guter Form war; ihre schlanke Figur war das Ergebnis eisernen Willens, und der wiederum rührte zu einem großen Teil von der Weigerung her, sich von einer in vierzig Jahren zusammengetragenen Kleiderkollektion zu trennen.

Georgiana entschied sich am Ende für ein tief dekolletiertes Goldkleid, Riemchenschuhe mit hohen nietenbesetzten Absätzen, eine überdimensionierte Chanel-Sonnenbrille und einen Hut mit Leopardenmuster. Sie hätte sich auch gern etwas Schmuck ausgeliehen – da gab es einen Ring mit einem Rubin von anderthalb Zentimetern Durchmesser –, doch die Großzügigkeit ihrer Mutter hatte ihre Grenzen.

Sebastian hatte seine Gäste vor dem Essen in sein Apartment im East Village bestellt, von wo aus man mit einem Partybus nach Brighton Beach fahren würde. Das Fest fand in einem russischen Ballsaal statt, und Georgiana staunte, wie ernst die Partygesellschaft das Festmotto genommen hatte. Die Jungs trugen das Hemd so weit aufgeknöpft, dass die halbe Brust sichtbar war und – vor allem – die dicken Goldketten prächtig zur Geltung kamen. Die Mädchen waren – pfeif auf die Hitze! – in Pelz und Leder aller Art erschienen. Teilweise aber war der vorgegebene »Oligarchen-Chic« einem allgemeineren Neunziger-Club-Look gewichen: Viele Augen waren kleopatrahaft geflügelt mit flüssigem Liner, viele Frisuren eine aufgebauschte Wolke, viele Absätze zwölf Zentimeter hohe Waffen.

Im hinteren Teil des Busses gab es eine Bar mit Wodka, Mixern, etlichen Magnumflaschen Champagner, und als der Fahrer die farbigen Blinklichter einschaltete und der Bus über holprige Straßen fuhr, fühlte sich Georgiana, als wäre sie schon um sieben Uhr abends betrunken. Mit Lena und Kristin hatte Sebastian den üblichen Freundeskreis eingeladen, dazu seinen Mitbewohner aus Studententagen, Curtis McCoy. Georgiana kannte Curtis nicht gut, erinnerte sich aber an einen Besuch mit Lena im Haus seiner Familie auf Martha's Vineyard, bei dem die Mädchen festgestellt hatten, dass die Familie ein herrschaftliches Anwesen mit ummauertem Park besaß und dass in Nebengebäuden auf dem Grundstück die Clintons und die Obamas öfter mal den Sommer verbrachten. Mit anderen Worten, stinkend reich. Curtis' Vater war CEO eines Rüstungskonzerns, und das hatte sie in Curtis' Gegenwart immer unterschwellig nervös gemacht, als verliehe ihm die Tatsache, dass sein Vater mit der Herstellung von Tomahawk-Marschflugkör-

144

pern zu tun hatte, eine gefährliche Macht, von der sie sich besser fernhielt.

Am Ziel angelangt, quollen die Partygäste aus dem Bus und strömten ins Foyer. Beim Anblick der großen Gruppen von Familien, herausgeputzten Jugendlichen im Anzug und Frauen fortgeschrittenen Alters in gerüschtem Satin kam sich Georgiana auf einmal vor wie Teil einer Meute, die uneingeladen eine Hochzeit stürmte. Ein Mann in gestärktem weißem Hemd führte sie zu einer langen Tafel in der Mitte des Saals, und ein Schwarm Kellner schenkte Wodka ein und trug riesige Platten mit Essiggemüse und Räucherfisch, Blinis mit eisgekühltem rosafarbenem Kaviar, Rindfleisch in Scheiben und käsegefüllten Blintzen auf. Sebastians Freunde ließen das Essen aus und tranken stattdessen mit zielstrebiger Hingabe, doch Georgiana wusste, dass es ein böses Ende mit ihr nähme, wenn sie nicht aufpasste, und häufte sich Blintze mit Sauergemüse auf den Teller.

Es mussten wohl dreihundert Menschen im Saal sein, die aßen und tranken, während die beiden Sängerinnen in Jessica-Rabbit-Cocktailkleidern, die auf der Bühne standen und im Duett Miley Cyrus' »The Climb« vortrugen, größtenteils ignoriert wurden. Im Lauf des Abends betraten weitere Künstler die Bühne, und Paare strebten zur Tanzfläche. Die Jungs, inzwischen schon sehr betrunken, machten Selfies vor den Türmen leerer Wodkaflaschen auf ihrem Tisch. Lena und Kristin wollten tanzen, und Georgiana folgte ihnen auf die Tanzfläche; als sie sich unter die schwitzende Menge mischte, war sie froh, dass sie ohne Pelz gekommen war. Es fühlte sich an wie eine überdimensionierte Bat-Mizwa-Party, wie eine Super-Bowl-Halbzeitshow. Dass alle anderen hier wirklich Russen waren und in einer ganz anderen Gegend von New York lebten, nahm ihnen die Hemmungen, und sie tanzten wie die Verrückten, ließen den Schweiß rinnen, wohin er wollte, und spürten das sorgfältig aufgetragene Make-up zerfließen.

Irgendwann musste Georgiana aufs Klo und verließ die Tanzfläche auf der Suche nach einer Toilette, ging eine marmorne Treppe hinauf und fand eine prächtige Lounge mit Polsterstühlen und goldgerahmten Spiegeln. Am Schminktisch stehend, tupfte sie mit einem Papiertuch ihr Gesicht ab und erneuerte ihr Make-up. Den Hut hatte sie längst abgelegt, die Chanel-Sonnenbrille trug sie ins Haar gesteckt. Weil ihre Füße schmerzten und sie am Verdursten war, kehrte sie nicht auf die Tanzfläche zurück, sondern folgte dem Labyrinth teppichbelegter Flure bis zu der langen Tafel, wo sie Curtis vorfand, der allein an einem Ende saß. Leicht angeheitert und in gesprächiger Stimmung, nahm sich Georgiana ein Wasser und setzte sich zu ihm.

»Hey, Curtis, amüsierst du dich?«, fragte sie lächelnd.

»Nein, nicht besonders.« Mit gerunzelter Stirn sah er sie kurz an und blickte dann über ihren Kopf hinweg.

»Was ist denn?«

»Allein, dass du fragst, heißt ja, es lohnt sich nicht, darüber zu reden«, schnauzte er.

»Wie bitte?«, fragte Georgiana verwirrt. Warum war er so grob?

»Siehst du nicht, wie beschissen die ganze Veranstaltung ist? Ich frag mich, was ich hier verloren habe.«

»Wie beschissen eine Geburtstagsparty ist? Nein, ich glaube, das sehe ich nicht«, antwortete Georgiana genervt.

»Du findest es cool, dass sich ein Haufen reicher weißer Jugendlicher, die sich von einer sauteuren Privatschule her ken-

146

nen, in Kostüme wirft, um eine Gruppe von Migranten in deren eigener Wohngegend lächerlich zu machen? Findest du das in Ordnung?«

»Oligarchen-Chic macht sich nicht über Russen lustig, sondern über Reiche. Außerdem sind Russen auch weiß«, sagte Georgiana mit gerunzelter Stirn.

»Wie gesagt – dass du fragen musstest, heißt für mich, es lohnt sich nicht, mit dir darüber zu reden. Schicke Sonnenbrille.« Curtis wandte sich ab und griff nach seinem Telefon.

»Leck mich, Curtis. Du kennst mich doch überhaupt nicht.«

»Doch, natürlich kenne ich dich. Du bist eine reiche Immobiliengöre, die vom Familienvermögen lebt, und bist dir allenfalls schwach bewusst, dass außerhalb des verhätschelten einen Prozents Superreicher noch eine ganze Welt existiert.«

»Ach ja, und du schläfst auf der Parkbank, wie? Und deine Schule war die Straße? Du warst nicht in Princeton?«

»Und du lebst *nicht* von deinem Trust?«

»Ich arbeite für eine gemeinnützige Organisation, die das Gesundheitswesen in Entwicklungsländern ausbaut«, antwortete Georgiana eisig.

»Und wer zahlt deine Miete?«

»Ist eine Eigentumswohnung.«

»Und gekauft haben sie deine reichen Eltern.«

»Meine Großeltern haben mir Geld vererbt. Nicht dass dich das etwas angeht.«

»Und wie sind *die* zu der Kohle gekommen?«

»Zum Teil geerbt …«

»Mit anderen Worten, deine Familie ist reich geworden, weil sie von Haus aus reich war. Der Teufel scheißt immer auf den größten Haufen.«

»Nein, mein Großvater hat hart gearbeitet.«

»Was hat er gemacht?«

»In Immobilien investiert.«

»Gentrifizierung.« Curtis nickte selbstgefällig, als sei damit etwas bewiesen.

»Du bist ein Idiot.«

»Möglich. Immerhin bin ich selbstkritisch genug, um es zu zuzugeben. Viel Spaß dabei, Leute lächerlich zu machen, die nicht mit der *Mayflower* nach Amerika gekommen sind.« Und damit schob Curtis seinen Stuhl zurück und marschierte aus dem Speisesaal. Georgianas Wangen standen in Flammen, und zu ihrem Entsetzen spürte sie, wie ihr eine Träne Richtung Mundwinkel rann. Sie wischte sie rasch fort, nahm sich das nächstbeste leere Glas und goss sich Wodka ein. Sie nahm einen Schluck. Was für ein Arschloch.

Spätnachts, auf der Rückfahrt mit dem Partybus, sah Georgiana sich um. Natürlich waren sie alle vom Glück gesegnet, natürlich hatten sie völlig unverdiente Privilegien, aber sie kannte ihre Leute, sie waren anständige Menschen. Lena und Kristin würden sich für sie eine Hand abhacken lassen. Sie wählten die Demokraten, spendeten für Planned Parenthood, waren Mitglieder in Museen. Ihre Familien saßen in Vorständen, bezahlten Tische bei Benefizveranstaltungen, gaben großzügige Trinkgelder. Georgianas Eltern hatten sogar Bertas zwei Kindern das College bezahlt. Curtis McCoy war ein aufgeblasener Heuchler. Dennoch hatte das Gespräch sie aufgewühlt, und als sie am Morgen mit dem Geschmack von Wodka und Essiggurken im Mund aufwachte, hätte sie nicht sagen können, wie viel von ihrem Kater Restalkohol war und wie viel der Nachhall von Curtis' gehässigen Äußerungen.

Diese Stimmung hielt sich hartnäckig. Den ganzen Sonntag lief sie in einem Zustand herum, als hätte sie eine schlimme Nachricht erhalten, etwa dass ihre Wohnung abgebrannt sei oder die Wissenschaft entdeckt habe, dass Avocados Krebs verursachten. Dabei war es doch idiotisch, oder? Ein Trottel von Milliardärssöhnchen, dessen Vater Massenvernichtungswaffen an den Staat lieferte, wollte ihr ein schlechtes Gewissen einreden. Es war wirklich absurd.

An diesem Abend ging Georgiana hinüber in die Pineapple Street und gab das Seidenkleid ihrer Mutter in der Reinigung ab. Die Regel lautete, dass sie sich alles ausleihen durfte, solange sie es gereinigt zurückbrachte. Georgiana hatte allerdings ein Hintertürchen entdeckt: Die Firma hatte die Kreditkarte ihrer Mutter gespeichert und lieferte das jeweilige Kleidungsstück zu ihr nach Hause, sodass Georgianas Aufgabe so gut wie erledigt war, sobald sie die Sachen einfach abgegeben hatte.

Cord und Sasha hatten die ganze Familie zum Essen in die Pineapple Street eingeladen, und Georgiana überlegte kurz, vorher noch eine Flasche Wein zu kaufen, verwarf den Gedanken aber wieder – ihre Mutter hatte gewiss reichlich besorgt. Weil sie noch den Schlüssel zum Haus hatte, sperrte sie auf, ohne zu läuten, und zog an der Tür die Schuhe aus.

»Cord! Darley! Ich bin da!«, rief sie, schon unterwegs Richtung Küche. Sasha rotierte – holte ein gebratenes Hähnchen aus dem Ofen, streute Mandelsplitter auf einen Salat, leerte dampfenden Reis in eine Schüssel, alles mehr oder weniger gleichzeitig. Tilda hingegen war die Ruhe selbst, saß vor ihrem geliebten Le-Creuset-Topf und bewachte etwas, das wie eine Lammkeule inmitten eines Ragouts aussah, während Darley Fischstäbchen auf Alufolie auslegte. Es war heiß und hektisch, und Georgiana spürte die Spannungen wie ein unsichtbares Kraftfeld, das sie sofort in die Flucht schlug, fort aus der Küche und durch den Flur zu ihrem Vater ins Wohnzimmer. Auch Malcolm hatte dort Zuflucht gesucht, während Poppy und Hatcher darüber stritten, wer beim Monopoly die Hundespielfigur nehmen durfte.

»Hi, Daddy, hi, Malcolm, hi, Leute.« Georgiana gab allen einen Begrüßungskuss und ließ sich zu den Kindern auf den Boden plumpsen. Mit halbem Ohr hörte sie, wie ihr Vater Poppy und Hatcher die Spielregeln nahezubringen versuchte, hauptsächlich aber gingen ihr wieder Curtis' Worte durch den Kopf: *Deine Familie ist reich geworden, weil sie von Haus aus reich war.* Natürlich stimmte das. Aber konnte man ihrem Vater deshalb einen Vorwurf machen? Er war nicht faul, er war nicht selbstsüchtig; er investierte in Immobilien, um Orte zu schaffen, an denen Menschen leben und arbeiten konnten. Was wäre denn die Alternative gewesen – alte Gebäude verfallen zu lassen? Er brachte die Stadt voran, das war sein Job. Seine Geschäftspartner lagen ihm am Herzen, er sorgte sich um sie, wenn der Markt sich drehte, er arbeitete bis spät in die Nacht, stand morgens früh auf. Es war ihm ein persönliches Anliegen; er wusste, dass es in seiner Macht stand, die Stadt schöner zu machen; er hinterließ seinen Fußabdruck. Es ließ sich leicht behaupten, dass Geld die Wurzel allen Übels ist, aber Geld erkaufte Würde, Gesundheit, Bildung.

Georgiana sah ihrem Schwager zu, der mit seinen Kindern spielte. Malcolm hatte nicht geerbt, doch sein Vater war Chemiker, der Sohn im Wohlstand aufgewachsen und arbeitete jetzt in der Finanzwirtschaft. Er war bei einer Bank beschäftigt; zwar rettete er nicht jeden Tag Menschenleben, doch sein Wissen und sein Engagement trugen zum Funktionieren der Luftfahrt bei und ölten die Mechanik eines Sektors, der im Grunde nichts Geringeres bewerkstelligte, als Menschen auf der ganzen Welt zusammenzubringen. Das war ehrenvoll. Und niemand konnte Malcolms Arbeitseinsatz in Zweifel ziehen. Soweit sie es beurteilen konnte, gab es für Malcolm nichts anderes als seine Arbeit und seine Familie. Er überhäufte Darley und die Kinder mit seiner Liebe. Er war vielleicht der netteste Mann, den sie je kennengelernt hatte, und wäre er nicht mit ihrer Schwester verheiratet, hätte sie sich vielleicht selbst ein bisschen in ihn verliebt.

Eine Ehe, wie die beiden sie führten, wollte Georgiana auch eines Tages haben, und auch für ihren Bruder hätten sich beide Schwestern eine solche Ehe gewünscht, weshalb sie Sasha schwer verzeihen konnten, welchen Zirkus sie um den Ehevertrag gemacht hatte. Sasha würde nie eine von ihnen sein, und nie würde man ihr das Vertrauen entgegenbringen, das sich Malcolm innerhalb der Familie Stockton erworben hatte. Seitdem Cord und Sasha in die Pineapple Street gezogen waren, nannten sie Sasha, wenn sie unter sich waren, »die Goldgräberin«, kurz »GG«. Klar – nett war das nicht, aber verdient.

Als Cord seine Gäste zu Tisch rief, musste Georgiana lachen. Nichts passte zusammen; es gab zwölf verschiedene Gerichte in jeweils winzigen Portionen, die Tischdekoration war erbärmlich, alle wirkten angespannt, und anscheinend hatte niemand Lust auf die ganze Veranstaltung. Tilda wirkte besonders pikiert. Georgiana bediente sich strategisch, nämlich mit einer großen Portion Lamm und nur einem kleinen Stück Hähnchen, und lobte ihre Mutter ostentativ für das Ragout.

Die Kinder vertilgten je ein Fischstäbchen und verschwanden erst unter dem Tisch, dann in eines der Schlafzimmer, zum Spielen.

Während des Essens unterhielten sie sich über die isländische Sängerin Björk, die ihre Wohnung in der Henry Street für neun Millionen Dollar auf den Markt warf (sie und ihr Ex, Matthew Barney, hatten ihre schwarze Riesenyacht im East River geparkt); über die Tennispartnerin ihrer Mutter (Frannie hatte sich das Handgelenk verstaucht, und es sah so aus, als fiele sie für mehrere Wochen auf dem Platz aus, und Tilda stünde allein da); über die Tunnels, die viele ehemalige Grundstücke der Zeugen Jehovas miteinander verknüpften (die Tunnels mochten sinnvoll gewesen sein, als sämtliche Anwesen ein und derselben Organisation gehörten, aber was fing man jetzt mit einem unterirdischen Kaninchenbau aus Waschkellern und Lagerräumen an, der das eigene Wohnhaus mit dem fremder Leute verband?). Als sie nach Sebastians Geburtstagsfeier gefragt wurde, erzählte Georgiana vom Tanzpalast, von der Musik, vom Essen und erwähnte Curtis mit keinem Wort.

»Eine Sache frage ich mich allerdings«, fügte sie nachdenklich hinzu. »Das Motto war ›Oligarchen-Chic‹. Findet ihr das beleidigend?«

»Als ich in der Mittelstufe war, mussten ein paar Schüler vor den Disziplinarausschuss, weil sie eine Cinco-de-Mayo-Party mit Sombreros gefeiert hatten«, sagte Cord, der sich gleichzeitig ein Stück Hühnchen in den Mund schob. »Damals fand ich die Disziplinarmaßnahme übertrieben«, fuhr er kauend fort, »aber heute würde ich so eine Party auch nicht mehr veranstalten.«

»In meinem ersten Jahr gab es eine ›Zuhälter und Nutten‹-Party, die Frauen kamen mit Tanktops und Kreolen, und die

Jungs versuchten, sich Küsse zu erkaufen«, sagte Darley mit aufgerissenen Augen. »Damals hat es niemand gemeldet, aber ich bin heute noch entsetzt, wenn ich nur daran denke.«

»Warst du dabei?«, fragte Sasha.

»Ja, aber nicht kostümiert«, sagte Darley und biss sich auf die Lippe. »Ich hab einfach ein klassisches Sweatshirt getragen.«

»Aber was meint ihr denn, ist ›Oligarchen-Chic‹ politisch inkorrekt?«, drängte Georgiana.

Malcolm unternahm einen Vorstoß. »Ich denke, es ist vielleicht so, wie wenn das Motto ›Mobsters und Mafiabräute‹ oder so lauten würde«, sagte er. »Das Problem ist wohl weniger, dass der Mafioso oder der Oligarch aufs Korn genommen werden, sondern eher das Weitertragen negativer Vorurteile über Italo-Amerikaner oder russische Einwanderer.«

»Leuchtet mir ein«, stimmte Georgiana zu, insgeheim beschämt, dass ausgerechnet der einzige Nichtweiße in der Familie ihr ethnische Stereotype erklären musste. Von da wanderte das Gespräch weiter zu den Serien *The Sopranos* und *The Americans*, bis Chip, wie immer, wenn es um Film und Fernsehen ging, der Tischrunde erklärte, dass er Woody Allen noch nie witzig gefunden hatte, so als hätte er die Missetaten des Regisseurs von Anfang an mit gottgegebener Allwissenheit vorausgesehen. Er hätte auch einfach zugeben können, dass er Allens Humor nicht mochte und mit dem *Stadtneurotiker* nichts anfangen konnte.

Georgiana und Cord verdrehten einträchtig die Augen, und in dem Moment kam Poppy schreiend ins Zimmer gerannt. »Hatcher kotzt!«

Darley sprang auf und schoss aus dem Raum, und alle anderen stürmten hinterher zu Darleys früherem Schlafzimmer, wo

Hatcher über einer Pfütze aus Erbrochenem mit einem nass glänzenden weißen Stein in der Mitte kniete und jämmerlich weinte.

»Was, um Himmels willen, ist das?«, fragte Tilda.

Darley, die als Mutter gegen die Schrecken der meisten Körperflüssigkeiten immun geworden war, nahm den weißen Stein und hielt ihn ans Licht. »Ein Zahn.«

»Ein Zahn?«, wiederholte Malcolm alarmiert, während er Hatcher auf den Rücken klopfte. Die Kinder waren fünf und sechs und hatten noch alle Milchzähne. »Lass sehen, Kumpel. Welcher war es?« Er blickte forschend in Hatchers aufgesperrten Mund. »Ich sehe aber nichts.«

»Moment, ich mach dir Licht.« Georgiana schaltete ihre Handytaschenlampe ein und leuchtete Hatchers Mund nach einem ausgefallenen Zahn aus.

»Alle vollzählig.« Malcolm runzelte die Stirn.

»Wir haben ihn in der Schublade gefunden«, flüsterte Poppy.

»Was habt ihr in der Schublade gefunden?«, fragte Darley. »In welcher Schublade?«

»Wir dachten erst, es ist Kaugummi. Da drin.« Poppy zeigte auf eine Kommodenschublade, die einen Spalt offen stand. Malcolm griff hinein und fischte ein altes Plastiktütchen mit weißem Inhalt heraus.

»Sind das Zähne?«, fragte er entsetzt.

»Oh.« Darley biss sich verlegen auf die Unterlippe. »Ja. Das sind meine Milchzähne.«

»O mein Gott.« Georgiana spürte tief in ihrem Inneren ein Lachen aufsteigen und bemühte sich, es zu unterdrücken. »Dein Sohn hat deine dreißig Jahre alten Milchzähne in einer Tüte gefunden, für Kaugummi gehalten, einen verschluckt und wieder ausgespuckt. O mein Gott, Dar, das ist *irre*.« Ihre Beherrschung war dahin, und sie brach in schallendes Gelächter aus. Alle Sorge war verflogen. Sie blickte in die Gesichter ihrer Familie, sah Poppy und Hatcher unsicher kichern, sah Malcolms und Tildas leichten Ekel und Darleys beschämte Miene, und zuletzt begegnete sie Sashas Blick. Der war triumphierend. Überhaupt kein Zweifel.

Am Dienstag, als Georgiana mit Brady zu den Tennisplätzen ging, berichtete sie von ihrem Wochenende, vom Tanzpalast und der Streiterei mit Curtis, doch den Zahn verschwieg sie. Die Sache war zu ekelhaft, als dass sie einem Mann, mit dem sie weiter Sex haben wollte, davon erzählen konnte.

»Also, das kam so. Mein Schulfreund Sebastian hat am Samstag seine Geburtstagsparty in Brighton Beach gefeiert, und eingeladen war auch ein gewisser Curtis McCoy.« Georgiana blieb an der Ampel stehen, und Brady beugte sich vor und nahm ihr die schwere Tasche von der Schulter. Das tat er ständig – trug ihre Sachen oder bezahlte ihren Kaffee, und jedes Mal machte ihr Magen einen Glückssprung. Sätze wie »Ich liebe dich« fielen nicht zwischen ihnen, nichts dergleichen, aber sie liebte ihn fraglos, und allmählich glaubte sie, dass er sie vielleicht ebenfalls liebte. »Curtis ist ein Arsch, wirklich. Seine Familie lebt in Wilton und hält Pferde. Viele. Sein Vater ist CEO in der Rüstungsindustrie, bei einem der größten Unternehmen des Landes. Die Familie besitzt circa die Hälfte von Martha's Vineyard und …«

»Ähm, George? Willst du mich eifersüchtig machen? Mit

deiner Geschichte vom gutaussehenden Milliardär, mit dem du das Wochenende verbracht hast?«, stichelte Brady.

»Nein!« Georgiana stieß ihn leicht in die Seite. »Ich will nur sagen, dass der Typ im Grunde aufgewachsen ist wie Prinz Harry, der sich als Nazi verkleidet, und sich dann aufführt wie Prinz Harry, der mit Meghan verheiratet ist.«

»Ich fürchte, ich komme nicht mehr mit«, lachte Brady.

Georgiana hatte jedoch keine Lust, das gesamte Fass »Kulturelle Aneignung am Beispiel russischer Oligarchen« aufzumachen, und entschied sich für die Kurzfassung. »Dieser Curtis ist in größerem Reichtum aufgewachsen als jeder mir bekannte Mensch, dann hatte er eine Stinklaune auf der Party, und als ich ihn – leider – gefragt habe, was er hat, ging er total auf mich los. Warf mir vor, ich sei eine reiche Immobiliengöre mit Familienkohle im Rücken, die auf Kosten der kleinen Leute angehäuft wurde. Hörte sich an, als sei ich Marie Antoinette!«

»Lustig, deine Freunde«, sagte Brady trocken.

»Er ist kein Freund«, protestierte Georgina. Sie war sich nicht sicher, was sie mit diesem Gespräch bezweckt hatte, aber Brady ihre privilegierte Kindheit vor Augen zu führen und gleichzeitig über ihren Freundeskreis zu jammern, war jedenfalls nicht die beste Idee.

»Schau, wenn er nicht sieht, was für ein wunderbarer Mensch du bist – umso besser für mich. Dann muss ich mir keine Sorgen machen, du könntest zu ihm auf seine Pferdefarm abhauen oder auf seine Hälfte von Martha's Vineyard«, sagte Brady und versetzte Georgiana mit dem Tennisschläger einen spielerischen Klaps auf den Hintern.

Aber es nagte doch etwas an Georgiana, und sie wollte es Brady klarmachen. »Ich wäre gern ein wunderbarer Mensch, das stimmt, aber das geht doch kaum, oder? Selbst ein überwiegend guter Mensch zu sein, ist schwer. Ich meine, was wir beruflich tun, ist eine Sache. Wir arbeiten für gemeinnützige Organisationen, weil wir Gutes tun wollen.«

»Ich nicht«, sagte Brady mit gerunzelter Stirn.

»Was, du nicht?«

»Das ist nicht der Grund, warum ich im globalen Gesundheitswesen arbeite.«

»Nein? Warum dann? Warum bist du nicht Anwalt für Gesellschaftsrecht oder Investmentbanker?«

»Ich bin so aufgewachsen. Meine Eltern haben es mir vorgemacht, wie es ist, in alle möglichen Länder zu reisen, Tausende Leute kennenzulernen, immer auf Achse zu sein – für mich ist das normal. Als ich klein war, haben wir drei Jahre in Ecuador gelebt, zwei Jahre in Haiti, längere Zeit in Indien …«

»Seid ihr zu Hause unterrichtet worden?«

»Nein, meistens waren wir in den lokalen Schulen. In Ecuador hat uns Dad hinten in den Geländewagen gesetzt und jeden Tag mit uns einen Fluss durchquert. Das war unser Schulweg. Irgendwie schwer, sich danach noch für einen Schulbus zu begeistern.«

»Wie außergewöhnlich«, sagte Georgiana.

»Das war es. Gut, es gab auch Nachteile. Einmal hatten wir eine ziemlich ekelhafte Hautinfektion, die mit Antibiotika behandelt werden musste, und es dauerte Wochen, bis die lokale Apotheke das Zeug besorgt hatte. Und manchmal war es auch beängstigend. Einmal, in Haiti, wollte Mom mit uns Kindern zu einem Wasserfall fahren. Wo Dad an diesem Tag war, weiß ich nicht mehr. In dem Moment, als wir mit dem Jeep losfahren wollten, kamen zwei Frauen mit Kindern den Weg herauf und hatten Macheten am Gürtel. Wir dachten, sie wollten nur eine Mitfahrgelegenheit – dort trampen alle –, aber das war's nicht, sie wollten unsere Klamotten. Sie bedrohten uns nicht mit dem Messer, und das mussten sie auch nicht, denn wir zogen alle freiwillig unsere Hemden aus und gaben sie her, außerdem unsere Rucksäcke, unsere Mützen und Sonnenbrillen. Mom tat ganz cool, so als freute sie sich, ihnen Geschenke zu machen, aber mein Bruder und ich rasteten fast aus vor Schiss.«

»Wolltet ihr danach in die USA zurück?«

»Eigentlich nicht. Ich meine, jedes Kind, das in den Achtzigern in New York aufgewachsen ist, wurde auch irgendwann überfallen. Ist wahrscheinlich nichts anderes.«

Georgiana lachte.

»Jedenfalls ist es für mich ein ganz normaler Job. Und er kommt mir vor allem deshalb entgegen, weil ich sehr gern unterwegs bin. Mir wird schnell langweilig«, fügte Brady entschuldigend hinzu.

War das Tiefstapelei? Sie sah doch, wie engagiert er war – weil sie ihm öfter und länger, als sie zugeben wollte, hinterherspioniert und seine Auslandseinsätze verfolgt und Fotos von ihm in örtlichen Kliniken betrachtet hatte. Als sie bei den Tennisplätzen angelangt waren, wechselten sie die Schuhe und begannen zu spielen, doch ein Satz von Brady ging Georgiana nicht aus dem Kopf: »Mir wird schnell langweilig.«

Eine von Georgianas Aufgaben war es, den Auftritt der Organisation auf der Weltgesundheitskonferenz in Washington vorzubereiten. Sie war noch nie beruflich verreist, und in den Wochen vor der Konferenz ließ sie in den Unterhaltungen mit ihren Freundinnen so oft den Satz »Ich gehe auf Dienstreise« einfließen, dass die anderen sie aufzuziehen begannen.

»Hey, George, wie cool ist das denn, du wirst ja auch endlich erwachsen«, lachte Lena, die beruflich viel mit ihrem Chef unterwegs war und zu dem Zweck in ihrem Bad einen gepackten Kulturbeutel bereitstehen hatte, den sie schnell ins Handgepäck werfen konnte.

Georgiana hatte tatsächlich Überstunden gemacht, um den Präsentationsstand für die Konferenz vorzubereiten. Sie hatte den Platz reserviert, die Beschilderung ans Kongresszentrum geschickt, aktualisiertes Infomaterial in die Druckerei gebracht und riesige Hochglanzvergrößerungen von neuesten Dokumentationsbildern ihrer Arbeit an den Einsatzorten in Auftrag gegeben, wobei Brady nur auf einem einzigen zu sehen war. (Insgeheim fragte sie sich, ob es auffiele, wenn sie das Plakat nach der Konferenz mitgehen ließe.)

Da sie nicht gewinnorientiert arbeiteten, musste die Konferenzteilnahme kostenbewusst geplant werden, weshalb alle Teilnehmer, vom niedrigsten Neuling (Georgiana) bis zum obersten Chef, sich das Hotelzimmer mit einem Kollegen beziehungsweise einer Kollegin teilen mussten – Georgiana mit Meg aus dem Bereich Fördermittel. Meg war ein paar Jahre älter als sie und eine unglaublich intensive Person, die neben ihrem Computer stets ein Fläschchen Ibuprofen stehen hatte, aus dem sie im Verlauf des Nachmittags ostentativ drei Stück einnahm, weil der Stress ihrer Fristen so überwältigend war. Meg trug immer lange Hosen, flache Schuhe und hochgeschlossene Blusen und hatte ihr blondes Haar zu einem praktischen

Pferdeschwanz zusammengebunden. Make-up lehnte sie ab, sie lächelte selten und benahm sich generell so, als plane sie, irgendwann als US-Präsidentin zu kandidieren, und müsse jetzt schon darauf achten, nicht durch einen Tippfehler oder sprachlichen Ausrutscher zu Fall gebracht zu werden.

Auch Brady würde nach D.C. reisen, und Georgiana gab sich ausgiebigen Tagträumen hin, wie sie lachend miteinander die Stufen des Lincoln Memorial hinaufrannten und oben Selfies machten, hinter ihnen die National Mall. In Wirklichkeit fürchtete sie, dass sie ihn kaum zu Gesicht bekäme, ganz zu schweigen von dem überlebensgroßen Abraham Lincoln. Georgiana hatte Standdienst, sie würde Broschüren verteilen und Leute zu Diskussionsforen weisen, während Brady Vorträge über Führungstechniken, politische Herausforderungen in verschiedenen Regionen und Erfolgsmethoden aus anderen Sektoren besuchen würde. An einem Tag hielt er sogar selbst einen Vortrag im Rahmen eines kleinen Panels zum Thema »Überwindung von Sprachbarrieren im Gesundheitswesen«. Es versprach also alles echt sexy zu werden.

Am Wochenende vor der Konferenz kam Brady mit zu ihr, nachdem sie gemeinsam laufen waren, und als er ihren sorgfältig gepackten Koffer sah, fing er an zu lachen. »Hast du echt schon vier Tage vor der Abreise gepackt?«

»Ist schließlich meine erste Geschäftsreise«, sagte sie verteidigend und beschämt zugleich.

»Schreibst du dir das auf dein Namensschild oder erzählst es einfach jedem, den du triffst?«

»Ach, ich bin davon ausgegangen, dass sie eine Art Zeremonie für mich veranstalten, war das falsch?« Georgiana zog ihr nassgeschwitztes T-Shirt aus und schlug damit nach ihm.

»Oder dass ich am Stand eine Torte kriege, auf der steht: ›Babys erste Konferenz‹.«

»Das wird das Budget nicht hergeben. Eine Torte kostet mindestens fünfzehn Dollar, und wir müssen jeden Cent zweimal umdrehen.« Brady riss ihr das feuchte Shirt aus der Hand und warf es in den Wäschekorb.

»Ist schon unglaublich, dass es nur Doppelzimmer gibt. Völlig absurd. Schade, dass nicht wir beide uns das Zimmer teilen können.« Georgiana zog Brady das T-Shirt über den Kopf.

»Ich teile mir das Zimmer mit Pete, und der hat verlauten lassen, dass er womöglich gleich nach seinem Panel abreist. Das heißt, die Chancen stehen gut, dass ich das Zimmer in der zweiten Nacht für mich allein habe. Du könntest deine Pyjamaparty mit Meg sausen lassen und mir Gesellschaft leisten. Es sei denn, ihr habt schon Pläne für gegenseitige Pedikuren und Gesichtsmasken gemacht?«

»Ich glaube nicht, dass Roboter Zehen haben«, witzelte Georgiana. »Das wird ein Spaß! Ein heimliches Rendezvous in D.C.! Super.« Sie küsste ihn, und sie machten sich nicht die Mühe, sich den Schweiß abzuduschen, bevor sie ins Bett gingen. Liebe kennt eben keinen Ekel.

Als sie am Dienstag, ihren perfekt gepackten Koffer hinter sich herziehend, im Kongresszentrum ankam, sah sie mit Erleichterung, dass ihre Poster den Versand überlebt hatten und der Stand genauso aufgebaut war, wie im Angebot aufgeführt. Sie machte sich ans Werk, stellte die Schautafeln auf, legte die dreifach gefalteten Flyer aus, ordnete Bücher und Prospekte auf den Tischen an und heftete die vergrößerten Bilder an die Korkwand. Sie ging streng nach den Angaben ihrer Vorgängerin vor, erlaubte sich keinerlei Eigenmächtigkeit, sondern hielt sich gewissenhaft an die Anweisung und hoffte auf das Beste. Als sie fertig war, fühlte sie sich verschwitzt und staubig von der Zugfahrt und dem Standaufbau und machte sich auf den Weg ins Hotel, um sich umzuziehen und das restliche Team zu treffen.

Meg aus dem Bereich Fördermittel hatte das gemeinsame Zimmer bereits bezogen und war dabei, ihre Reisetasche auszupacken und Anzüge und Blusen in den kleinen Kleiderschrank zu hängen.

»Hey, Mitbewohnerin«, begrüßte Georgiana sie fröhlich und ließ sich auf das freie Bett am Fenster plumpsen.

»Ich habe nur die Hälfte der Bügel genommen, damit du genug Platz für deine Sachen hast«, antwortete Meg und blickte nur kurz auf. »Außerdem dusche ich gern am Abend, sodass du das Bad am Morgen haben kannst. Oder wir einigen uns, wer zuerst geht.«

»Oh, gut. Ich habe den Stand hergerichtet und bin so verschwitzt, dass ich vor dem Essen gern noch duschen würde. Weißt du, ob jemand von uns vorhat auszugehen?«

»Gail und ich treffen uns mit ein paar Kolleginnen von Peace Works, aber sicher ist später noch jemand in der Hotelbar.« Mit gerunzelter Stirn staubte Meg die Oberseite eines fransenverzierten Mokassins ab und deponierte ihn sorgfältig neben seinem Kollegen auf dem Schrankboden.

Als Georgiana aus der Dusche kam, war Meg schon fort. Sie zog Jeans und eine bestickte Bluse an und ging mit ihrer derzeitigen Lektüre, einer Roger-Federer-Biografie, in die Bar hinunter. Sie bestellte einen Wodka Soda und ein Clubsandwich mit Truthahn, und während sie aß, las und beobachtete sie im

Wechsel die anderen Leute. Anscheinend waren die meisten Hotelgäste ebenfalls wegen der Konferenz hier. Eine Menge weiße Frauen waren im Sari gekommen – eine im Büro grassierende Mode, seitdem die Leute mit Meterware Seide aus Indien zurückkehrten und damit durch New York liefen. Dazu trugen sie Clogs und das Haar entweder grau oder hennarot. Georgianas Mutter wäre eher im Bademantel im Colony Club erschienen als irgendwo in Sari und Clogs.

Um neun Uhr hatte sie fertig gegessen und getrunken und keine Lust mehr, allein in einer Hotelbar abzuhängen. Sie kehrte ins Zimmer zurück, zog ihren Pyjama an und las im Bett weiter, bis gegen zehn Uhr Meg aufkreuzte und sie mit den beim Essen geknüpften, ach so exzellenten Kontakten langweilte. Für Georgiana war der Mythos Geschäftsreise innerhalb eines einzigen Tages verpufft.

Der nächste Tag am Stand verging wie im Flug, und Georgiana fühlte sich wie eine Stewardess, während sie immer wieder mit unentwegt lächelnder Miene dieselben Sätze sagte und ihre Füße vom Stehen auf dem dünnen Teppichboden, der kaum den darunter liegenden Beton dämmte, zu brennen begannen. Das ganze Konferenzzentrum kam ihr vor wie ein Flughafen. Alles Zeitempfinden war ausgelöscht, die Leute rannten ameisenhaft durcheinander, klammerten sich an Wasserflaschen und hatten Tragebänder mit laminierten Schildchen um den Hals. Der Unterschied zum Flughafen waren die fehlenden Bars – Georgiana hätte ein Jahr ihres Lebens für ein Glas Wodka gegeben, nur um die Langeweile zu töten.

Brady bekam sie den ganzen Tag nicht zu Gesicht. Aber um fünf Uhr nachmittags schickte er ihr eine Nachricht:

Pete abgereist. Zimmer 643 um 10?

Sie antwortete mit einem Daumen nach oben, und ihre Füße schmerzten etwas weniger. Im Zimmer machte sich Meg für den Abend schick, das hieß, sie tauschte Bluse und Hose des Tages gegen eine fast identische Garnitur für den Abend. Georgiana überlegte, wo sie vor dem Treffen mit Brady noch etwas essen gehen sollte, und scrollte zu diesem Zweck auf ihrem Telefon, als sie Meg laut fluchen hörte.

»*Ach du Scheiße!* Jetzt krieg ich tatsächlich einen Pickel! Na, das ist ja professionell.« Meg stand vor dem Spiegel über der Kommode und starrte finster auf ihr Kinn.

»Ich hab etwas zum Abdecken, wenn du magst«, sagte Georgiana und griff nach dem Schminktäschchen neben ihrem Bett.

Meg drehte sich um, interessiert und zugleich erfüllt von schlechtem Gewissen, als hätte Georgiana ihr Drogen angeboten. »Kannst du das für mich machen?«, fragte sie.

Georgiana wunderte sich, wie es Meg bis zu ihrem dreißigsten Lebensjahr geschafft hatte, ohne jemals einen Pickel abdecken zu müssen, doch sie kramte bereitwillig nach dem Abdeckstift, betupfte damit den rosafarbenen Fleck und verwischte sorgfältig alles mit dem Zeigefinger. »Bitte sehr, fertig.«

»Wow, man sieht praktisch nichts mehr«, staunte Meg und bewunderte ihr Spiegelbild.

»Jaja, es hat Gründe, warum man mit Make-up viel Kohle macht.«

»Na ja, ich brauch das ja nur, weil es beruflich wichtig ist«, rechtfertigte sich Meg. »Ich habe nicht vor, mir regelmäßig Chemikalien ins Gesicht zu schmieren.« Sie zog ihre praktischen Schuhe an und war schon durch die Tür.

Georgiana nahm ein Blatt Hotelbriefpapier und schrieb eine Nachricht darauf: »Übernachte heute bei einer Collegefreundin, mach dir keine Sorgen!« Sie legte das Blatt auf Megs Kopfkissen. Schriftlich lügt es sich leichter. Sie schmierte sich einige Chemikalien ins Gesicht, zog ein langes, fließendes grünes Kleid an und suchte einen Buchladen mit Café auf, wo sie zwei angenehme Stunden verbrachte, in denen sie las, Wein trank und Artischockennudeln aß. Dann kehrte sie ins Hotel zurück, um Brady zu treffen.

Am Morgen sprang Brady um sieben Uhr aus dem Bett, um einen frühen Zug nach New York zu erwischen. Georgiana musste den Stand abbauen und alles Material für den Versand fertig machen. Daher kehrte sie in ihr eigenes Hotelzimmer zurück, um Jeans und Turnschuhe anzuziehen, und als sie behutsam an die Tür klopfte, sah sie, dass Meg schon auf war, ihre Sachen packte und aus einem Pappbecher Kaffee trank.

»Wo warst du denn?«, fragte Meg, während sie eine Kostümjacke mittig faltete, eine gepolsterte Schulter in die andere steckte und das Paket vorsichtig in die Tasche bettete.

»Hab ich dir doch geschrieben, ich habe bei einer Collegefreundin übernachtet«, antwortete Georgiana fröhlich, nahm ihre Ohrringe ab und verstaute sie in ihrer Kosmetiktasche.

»Pass auf, Georgiana«, sagte Meg und richtete zum ersten Mal den Blick direkt auf sie. Einen Moment lang sahen sie einander nur schweigend an. Glaubte Meg etwa, sie habe sich einen Kerl aufgerissen und mit ihm die Nacht verbracht? Oder war es ein Verstoß gegen eine obskure Firmenregel, an einem freien Abend eine Freundin zu treffen?

»Womit?«, fragte Georgiana verunsichert.

»Mit Brady«, sagte Meg. »Er ist verheiratet.«

Georgiana empfand den Schock wie einen körperlichen Schlag. »Okay«, flüsterte sie, wandte den Blick ab und zog ihre Sportschuhe unter dem Bett hervor.

»Kommst du klar mit dem Stand? Ich muss unbedingt noch am Nachmittag ins Büro, zum Call mit der Weltbank. Bist du denn ganz allein eingeteilt?«, fragte Meg.

»Ja, ist aber kein Problem. Ich habe alle Unterlagen ...« Georgiana verstummte. In ihrem Kopf drehte sich alles.

»Okay, bis irgendwann im Büro.« Mit einem Nicken als Gruß zog Meg ihre Reisetasche auf Rollen hinter sich her zur Tür und hinaus. Georgiana blieb wie vom Donner gerührt zurück.

9

Darley

Darley würde, das wusste sie, keine gute Figur machen, wenn sie im Gefängnis säße. Was sie alles vermissen würde! Allein der Milchkaffee ... Und die Kinder! Nach Malcoms geplatztem Deal mit American Airlines war sie sicher, dass sich für die Fusion mit der brasilianischen Fluggesellschaft Azul sehr schnell ein neuer Kandidat fände. Einen Nachmittag lang befasste sie sich mit der Konkurrenz und kam zu dem Schluss, dass es United sein würde, denn deren Anteil am südamerikanischen Markt war verbesserungswürdig. Darley sah sich die Aktienkurse an. Im Geist machte sie ihren Zug und tätigte einen substanziellen Kauf. Eine Woche später gab CNBC bekannt, dass United 100 Millionen Dollar für eine fünfprozentige Beteiligung an Azul gezahlt hatte. Der Aktienkurs schnellte in die Höhe. Und Darley hätte ein fettes Geschäft gemacht ...

So schlimm es war, dass Malcolm gekündigt worden war – unvergleichlich schlimmer wäre es, wenn wegen Insiderhandels gegen ihn ermittelt würde. Malcolms Vertrag bei der Deutschen Bank lief noch drei Monate. Auch wenn er nicht mehr dort arbeitete, waren ihm Börsengeschäfte im Flugsektor streng untersagt, und das galt natürlich auch für seine Ehefrau. Er würde also noch drei Monatsgehälter plus seine ausstehenden Bonuszahlungen erhalten, danach nichts mehr. Sie waren jetzt also angezählt, und Malcolm brauchte unbedingt einen neuen Job, bevor der Geldhahn zugedreht wurde.

Sein unermüdliches Networking zahlte sich schließlich aus, und er wurde vom Private-Equity-Unternehmen Texas Pacific Group zum Vorstellungsgespräch eingeladen. Es war ein prestigeträchtiger Job; hier würde er wesentlich lieber arbeiten als bei einer der eher unterdurchschnittlich performenden Banken, die ihm die Headhunter schmackhaft machen wollten. Doch nach dem ersten Interview war klar, dass Malcolm, falls er eingestellt würde, seinen Einsatzort in der Zentrale Dallas hätte.

»Würdest du denn nach Dallas ziehen?«, fragte er Darley, an seinem Daumennagel kauend, was bei ihm ein Zeichen von Nervosität war. Sie wusste, dass er nicht die geringste Lust hatte, nach Texas umzuziehen, die Kinder aus ihrem gewohnten Umfeld zu reißen, so weit entfernt von seinen Eltern zu wohnen.

»Wir leben dort, wo du lebst, mein Schatz«, antwortete Darley. Er brauchte einen Job, und sie musste ihn unterstützen. An einem Donnerstagmorgen flog er nach Dallas zu einer zweitägigen Vorstellungsrunde und anschließendem Golfwochenende mit einem ehemaligen Kommilitonen, der dort arbeitete. Darley wünschte ihm Glück und wusste weder, was in diesem Fall unter »Glück« zu verstehen war, noch, wie fest sie wirklich die Daumen drücken wollte.

An dem Sonntag, an dem Malcolm in Texas war, begann Darley mit dem Kinderbespaßungsprogramm bereits im Morgengrauen. Sie gingen zum Fußballtraining im Plaza Park, anschließend zum Bagelladen, wo es ein zweites Frühstück gab, sie besuchten das Karussell in Dumbo und ritten für je zwei Dollar auf antiken Pferden, verspeisten danach auf dem Time Out Market einen Riesenteller Käsemakkaroni, für die Darley sechzehn Dollar zahlte, weil sie mit Gruyère und Speckstreifen gemacht waren, eine kulinarische Feinheit, die an ihren gefräßigen kleinen Sprösslingen leider spurlos vorüberging. Die Kinder benahmen sich dann am besten, wenn sie knapp an der Erschöpfungsgrenze waren. Daher ging Darley danach nicht mit ihnen nach Hause, wo sie, wie immer, Zeichentrickfilme auf dem iPad würden sehen wollen, was unleidliche Zombies aus ihnen machte, sondern nahm sie direkt nach dem Mittagessen mit in ihr Sportstudio. Denn ein Wochenende ohne Kinderbetreuung war ein Marathon, der des Iron Man würdig war.

Das Sportstudio, in dem sie Mitglied war, befand sich im Hotel St. George, dem ehemals größten und glanzvollsten Hotel von New York City, in dem US-Präsidenten und Promis von Frank Sinatra bis Cary Grant gewohnt hatten. Das Gebäude nahm einen ganzen Block ein; in seiner Blütezeit hatte das Hotel über tausend Mitarbeiter gehabt, ein riesiges Salzwasserbecken mit verspiegelten Decken und Wasserfällen und einen Ballsaal, in dem Hochzeiten gefeiert wurden. In den 1980er Jahren wurde es stückweise an diverse Bauunternehmer verkauft, der berühmte Pool wurde abgelassen. In einem Teil des Gebäudes entstanden Studentenwohnungen, im Hochhaus Luxuseigentum, in die Lobby zogen ein Minimarkt, ein Metzger und eine Spirituosenhandlung ein, und aus dem riesigen Herz des Gebäudes – dem Bereich, in dem früher das Schwimmbad gewesen war – wurde eben das Sportstudio. Vom ursprünglichen Hotel waren hier und dort noch Relikte übrig, etwa die grünen Balkone, die einst das Becken überragt hatten: Dort standen nun etliche Crosstrainer, auf denen Ältere und Collegestudenten mit Stöpseln im Ohr vor sich hin steppten. Dicker Teppichboden bedeckte einen sonderbaren Wartebereich neben den Squashcourts, und der Weg von der Umkleide zum neuen, sehr kleinen Schwimmbad führte über mehrere Treppen, durch Türen und labyrinthische Flure, in denen man sich vorkam wie im Untergrund der Penn Station. Und das alles im nassen Badeanzug.

In der Frauenumkleide zogen Darley und die Kinder ihre Badesachen an, L.L.Bean-Einteiler für Mutter und Tochter, Badehose und langärmeliges Schwimmshirt für Hatcher, der so dünn war, dass er blau anlief und zu schlottern anfing, wenn er nicht im Schwimmbad eine zusätzliche Schicht trug. Poppy war so an Hatcher im Hemd gewöhnt, dass sie, als sie im Schwimmbad zum ersten Mal einen Mann mit nacktem Oberkörper erblickte, unüberhörbar rief: »Schau, Mommy, der Mann da ist NACKIG«, was eine kleine Szene mit der Bademeisterin heraufbeschwor.

Sie verstauten Turnschuhe und Kleidung in den Spinden, schlüpften in Flip-Flops, wickelten sich dünne weiße Handtücher um den Körper und machten sich auf die Wanderung zum Schwimmbad, Darley mit der Tasche voller Schwimmbrillen, Nasenklammern, Taucherhaien und Badekappen hinterher. Sie durchquerten die Damenduschen, gingen an den Dampfbädern entlang, durch eine Hintertür und über eine mit ramponierten grünen Kacheln gefliste Treppe abwärts, um mehrere Ecken einen kühlen Flur entlang bis zur Schwimmhalle, wo die Luft zwanzig Grad wärmer war und intensiv nach Chlor roch. Die Kinder warfen ihre Handtücher von sich und sprangen sofort ins Wasser. Darleys Bitte, auf sie zu warten, verhallte ungehört. Beide waren ausgezeichnete Schwimmer, und Darley staunte oft, dass die spindeldürren Kinderarme tatsächlich stark genug waren, um die kleinen Körper wie Pfeile durchs Wasser zu befördern. Die zwei sahen aus wie kleine Elasthan-Aale im hellblauen Wasser.

Es gab noch eine Handvoll andere Schwimmer, alles Eltern und Kinder, und Darley hielt sich an die unausgesprochene Badeetikette, stieg über die Leiter ins Wasser und wahrte einen Meter Abstand zu den anderen Eltern, die ihre winzigen Sprösslinge auf angeschlagenen Schaumstoffbrettern durchs Wasser zogen. Poppy und Hatcher kannten diesen Anstand nicht, sondern schossen froh kreuz und quer durchs Becken, drängten sich zwischen Eltern und Kindern hindurch, tauchten zu Füßen anderer Leute nach Spielsachen und schlugen Spritzfontänen auf, die jeden im weiteren Umkreis übergossen. Darley sah sich um und war wieder einmal fassungslos, wie heruntergekommen alles hier war. Die Fliesen waren stellenweise rissig, mitten im Raum hing ein Duschkopf an einer Kette von der Decke herab, wie im Gefängnis, und unweit des Bademeisterstands befand sich ein mit Senioren gefüllter Whirlpool. Die Senioren lebten im Betreuten Wohnen direkt nebenan und vertrieben sich gern die Zeit hier, und wenn Darley ihnen beim Planschen im Whirlpool zusah, fühlte sie sich an Szenen aus *Cocoon* erinnert.

Sie war wieder herausgeklettert, um die Schwimmbrillen der Kinder zu holen, und kehrte dem Becken den Rücken, als sie die Trillerpfeife der Bademeisterin hörte. »Umdrehen! Los!«

Darley fuhr herum und sah Hatcher mit dem Gesicht nach unten im Becken treiben. Sie stürzte auf ihn zu, doch er hatte den Pfiff gleichfalls gehört, hob schnell den Kopf und drehte sich auf den Rücken.

»Hatcher, was machst du?«

»Toter Mann spielen, Mom«, lachte er.

»Mach das nicht. Das ist irritierend für die Bademeisterin, lass es bitte.«

»Na guuut«, kicherte er und kraulte zum Beckenrand, um seine Schwimmbrille zu holen.

Fünf Minuten später ertönte abermals ein schriller Pfiff. Diesmal trieb Poppy mit dem Gesicht nach unten im Wasser. Darley packte sie und drehte sie um. »*Lass das!*«, fauchte sie, und Poppy kringelte sich vor Lachen. So ging das noch dreimal, bis die Bademeisterin genug hatte und sie zum Gehen aufforderte.

Gedemütigt wickelte Darley wieder die dünnen Handtücher um ihre schlotternden Kinder und zerrte sie hinter sich her zum Flur. An einem anderen Tag hätte sie die Kinder am Beckenrand abgetrocknet und für den Weg zu den Kabinen in frische Handtücher gewickelt, doch jetzt war sie sauer. »Was ist denn in euch gefahren? Warum tut ihr das, obwohl die Bademeisterin es verbietet?«

»Aiden sagt, Ertrinken ist die schlimmste Todesart«, erklärte Hatcher ernst, und seine Stimme hallte durch den gefliesten Flur.

»Er sagt, dass sich die Lunge mit Wasser füllt«, pflichtete Poppy bei.

»Ihr könnt doch schwimmen. Genau deshalb haben wir es euch beigebracht. Damit ihr nicht ertrinkt. Habt ihr Angst, zu ertrinken? Das müsst ihr nicht.«

»Nein, wir haben keine Angst.«

»Wir wollten nur wissen, wie es sich anfühlt. Das Sterben«, sagte Poppy mit süßem Lächeln.

»Ihr sterbt frühestens mit hundert«, antwortete Darley entschieden und ging mit ihnen die letzte Treppe hinauf zu den Duschen, wo sie das warme Wasser aufdrehte und beide Köpfe shampoonierte. Dann schickte sie die Kinder in den Umkleideraum, damit sie sich schon einmal anzogen, schälte sich aus dem nassen Badeanzug und ließ sich warmes Wasser über das Gesicht laufen. Wenn der Eastern Athletic Club ihr wegen ihrer Kinder kündigte, wäre sie stinksauer. Noch peinlicher als im heruntergekommensten Sportstudio Brooklyns Mitglied zu sein, war es, wegen asozialen Verhaltens ausgeschlossen zu werden.

Als Darley aus der Dusche kam, saßen die Kinder fertig angezogen auf einer Bank und starrten die nackten alten Frauen an, die eben aus dem Aerobic-Kurs gekommen waren und sich über die Trainerin unterhielten und über eine aus dem Kurs, die Verwandtschaft aus New Jersey zu Besuch hatte und deshalb nicht hatte teilnehmen können, über eine andere, deren Mann krank war und die sie mit Kuchen und Blumen besuchen wollten, und so weiter, und währenddessen falteten sie feuchte Oberteile zusammen und verstauten sie in Plastiktüten, ließen ihr aufgeplüschtes weißes Haar unter Duschhauben verschwinden, schoben ihre Turnschuhe unter die Bank und präsentierten dabei ihren nackten Po. Darley wandte leicht entsetzt den Blick ab. Sicher, sie hatte zwei Kinder geboren, und ihr Körper sah nicht mehr so aus wie vor sechs Jahren, aber wenn sie diese runzeligen Frauen betrachtete, die tief hängenden, auf dem Bauch aufliegenden Brüste, die cellulitegefurchten Oberschenkel, die Krampfadern und hervortretenden Narben, konnte sie sich nicht vorstellen, dass sie jemals selbst so uralt aussähe. Oder, wenn doch, dass sie bereit wäre, sich dann nackt in der Öffentlichkeit zu zeigen.

»Starrt nicht«, flüsterte Darley, und die Kinder fuhren zusammen, als seien sie aus einer Trance erwacht.

»Sind die schon hundert?«, fragte Poppy laut.

»Pssst.« Darley starb innerlich tausend Tode. »Keine Ahnung! Hier, nehmt mein Handy, und schaut Netflix, während ich unsere Sachen hole.« Kinder zu haben, bescherte ihr die vermutlich peinlichsten Situationen ihres Lebens.

Bis zum Abendessen lagen noch Stunden vor ihnen, und Darley zog die beiden Roller unter der Treppe des Sportstudios hervor und scheuchte die Kinder vor sich her zum Pierrepont-Spielplatz. Dort fand sie eine leere Bank und schottete sich mit ihrem Telefon ab, während Poppy und Hatcher die ekelhaftesten Ecken des Parks zu erkunden begannen, den Stapel feuchter Zweige neben der öffentlichen Toilette, die weggeworfenen Plastiktüten im Abfluss des Brunnens, die Ginkgofrüchte, die aufgeplatzt am Fuß des Baums lagen und stanken. Sie würde die zwei noch einmal baden müssen, wenn sie heimkämen, aber sei's drum – solang nur die Zeit verging, wieder mal ein Sonntag um war und sie dann eine ganze Woche Schule und Freiheit vor sich hatte.

Darley scrollte sich mit gequälter Miene im Netz durch die Karriereschritte ihrer ehemaligen Kommilitoninnen und Kommilitonen, bis unversehens ihr Blick auf eine Bank jenseits des Eisenzauns fiel – dort saß ihre Schwägerin. »Sasha!«, rief sie erfreut und winkte ihr. Sasha schrak erst zusammen, sammelte dann ihre Papiere ein und kam herüber auf den Spielplatz.

Sie trug Jeans, offenbar Männerjeans, dazu ein schwarzes T-Shirt, und Darley war sicher, dass sie selbst in diesem Outfit wie ein Johnny-Cash-Imitator gewirkt hätte, Sasha aber sah tatsächlich gut darin aus. Sie trug ihr glänzendes kastanienbraunes Haar kinnlang geschnitten, hatte helle sommersprossige Haut, hübsche rote Lippen und eine zierliche, schlanke Figur, die sie zu einer guten Squashspielerin gemacht hätte. Nach Jahren des Zusammenlebens mit Mutter und Schwester konnte auch Darley nicht mehr anders, als den Körperbau einer Frau nach deren idealem Sport zu beurteilen. Dagegen war sie machtlos. Auch wenn es verrückt war.

»Oh, hi!«, lachte Sasha, als sie auf sie zukam. »Ich habe euch gar nicht kommen sehen.«

»Wir sind wegen vorgetäuschtem Ertrinken aus dem Schwimmbad des Eastern Athletic geflogen«, sagte Darley beschämt.

»Tja, du sollst eben nicht so tun, als würdest du ertrinken, was ist das denn für ein Vorbild für deine Kinder?!«

»Man schwimmt einfach schlecht, wenn man sich vorher betrunken hat«, sagte Darley kichernd und klopfte einladend neben sich auf die Bank. Sasha wirkte etwas überrumpelt, doch Darley sehnte sich derart nach einem Gespräch mit einem erwachsenen Menschen, dass sie Sasha ihr strahlendstes Lächeln schenkte. Dann saßen sie nebeneinander, die Blicke auf den Spielplatz gerichtet, wo Poppy und Hatcher über dem Gully neben dem Brunnen kauerten und abwechselnd mit Stöcken in den Schlitzen stocherten und feuchte Materie herauszogen, wahrscheinlich vermodertes Laub.

»Was hast du gemacht?«

»Ach, ein bisschen gezeichnet.« Sasha hielt ihren spiralgebundenen Skizzenblock hoch.

»Darf ich sehen?«

Sasha reichte ihr den Block, und Darley blätterte darin. Es waren hauptsächlich Porträts von Menschen. Sie betrachtete einen alten Mann, der Trompete spielend auf einer Parkbank saß, ein zusammengekuscheltes Paar auf einer Treppe, eine Raucherin, die sich aus dem Fenster beugte. Sie blätterte weiter und sah ihren Bruder mit hochgelegten Füßen, lesend. Es war geradezu unheimlich, wie gut Sasha Cords seltsame Mundbewegung beim Lesen wiedergab, auch seine Art, ein Buch zu halten – so lässig, als fiele es ihm im nächsten Augenblick aus der Hand. Wie sonderbar, einen geliebten Menschen auf einmal durch die Augen eines anderen zu sehen.

»Du bist unglaublich gut, Sasha. Du warst auf der Cooper Union, stimmt's?«

»Ja. Und jetzt verbringe ich meine Tage damit, dass ich mit Kunden diskutiere, welche Fotos des Kissenbezugs sie für ihren Weihnachtskatalog nehmen sollen. Dafür hab ich Kunst studiert ...«

»Während ich mal Firmenzusammenschlüsse vermitteln wollte und meine Tage jetzt damit verbringe, dass ich mit Kindern diskutiere, ob Chicken Nuggets und Chicken Fingers zwei verschiedene Lebensmittelgruppen sind«, sagte Darley. Sie fühlte sich, wie sie sich immer fühlte, wenn sie ihr Studium erwähnte: stolz, dass sie es mit Bravour abgeschlossen hatte, und zugleich beschämt, dass sie nichts daraus machte. Sie war nicht sicher, warum sie sich ausgerechnet ihrer Schwägerin anvertraute.

»Irgendwie schon, oder?«, sagte Sasha. »Nuggets sind Schulessen, und Chicken Fingers isst man in der Sportbar, wenn man merkt, dass man betrunken ist, aber erst Halbzeit ist.«

»Hmm, ja, die fünf Lebensmittelgruppen: betrunken, nüchtern, verkatert, Schulessen und Baressen.«

»Es fehlt noch die Montagskategorie, glaube ich.«

»Was ist das?«

»Gesundes Essen. Wenn du dich und deine Umwelt mit Reis, Brokkoli und Salat nervst, weil dir die Pizza und Donuts vom Wochenende zu den Ohren herauskommen.«

»Stimmt, die Montagskategorie. Das ist die trübseligste von allen, bestehend aus Roten Rüben und Reue.« Darley schaute auf den Spielplatz und lachte leise. »Ich kenne eine, die auf Insta ihren täglichen Kalorienverbrauch neben Bildern von schleimigen Kichererbsen und gekochter Hühnerbrust postet.«

»Wie peinlich«, sagte Sasha entsetzt.

»Absolut. Ich musste einen Screenshot davon machen und ihn an alle meine Freundinnen schicken und fragen, ob der Post wirklich für die Öffentlichkeit gedacht war. Wir wollten schon eingreifen!«

»Habt ihr aber nicht?«

»Nö, wir fanden es netter, weiter hinter ihrem Rücken Screenshots von ihren Posts auszutauschen.«

»Ach ja! Das finde ich auch, unbedingt.« Sasha nickte ernst. Ihr Telefon piepste, und sie blickte auf das Display. »O Gott, was ist das denn?«

»Was?«

»Meine Mom schreibt, dass sich eine Fledermaus in den Keller verirrt hat und mein Dad sie zu fangen versucht. Der Hund rastet aus.«

»Können Fledermäuse nicht Tollwut übertragen?«

»Ich schreib ihr zurück. ›MOM. LASS DAD NICHT IN DEN KELLER. HOL JEMANDEN, DER SICH AUSKENNT.‹«

Eine Sekunde später piepste Sashas Telefon erneut, und sie stöhnte. Ihre Mutter hatte ihr ein Bild von jemandem geschickt, der Hockeytorwartmaske und Handschuhe trug und einen Kescher hielt.

»Ist das dein Vater?«

»Mein Bruder. Zum Glück.«

Ein Regentropfen landete auf Darleys Arm. Unmittelbar darauf rannten Poppy und Hatcher herbei, zogen ihre schleimigen Stöcke hinter sich her und schrien: »Mom! Es regnet!«

»Ja«, seufzte Darley. »Setzt eure Helme auf, wir gehen heim.« Jetzt wären sie den Rest des Tages in der Wohnung eingesperrt. Der Nachmittag lag vor ihr wie eine Autofahrt quer über den Kontinent oder eine Vorladung als Geschworene.

»Hey, kommt doch mit zu mir!«, schlug Sasha vor.

»Wollen wir in die Pineapple Street?«, fragte Darley die Kinder und fürchtete im ersten Moment, sie könnten sozialunverträgliche Schrecklichkeiten loslassen wie: »Nö, da riecht es so komisch« oder »Nur wenn es dort Chips gibt«. Aber nichts dergleichen. Zu ihrer Überraschung sprangen die Kinder auf und ab und strahlten Sasha an. Natürlich – sie liebten es, in ihren alten Sachen zu wühlen.

Zu viert verließen sie den Spielplatz und gingen die Willow Street entlang bis zur Pineapple. Die Kinder stellten die Roller im Eingang ab, schälten sich aus den schlammigen Turnschuhen und legten wohlerzogen draußen vor der Tür ihre Stöcke ab, während Darley die Schwimmtasche an einen Haken hängte, bevor sie eintrat.

»Kinder, ich habe jede Menge Malsachen oben in meinem Zimmer, falls ihr malen wollt.« Sasha war schon mit den Kindern auf dem Weg nach oben. »Ist es in Ordnung für dich, wenn sie malen?«

»Na klar.« Darley lächelte. Sie hatte nichts dagegen, dass ihre Kinder selbständig spielten. Kurz darauf kam Sasha wieder herunter und ging Darley voraus zur Küche. Sie nahm eine Flasche Weißwein aus dem Kühlschrank und schenkte beiden ein. Der Regen prasselte an die Glastüren zum Hof.

»Ich muss Malcolm schreiben.« Darley zog ihr Handy hervor. »Die Golferei sollte ja allmählich vorbei sein.« Darley schickte eine kurze Nachricht, in der sie ihm mitteilte, dass die Kinder aus dem Schwimmbad rausgeflogen waren und dass sie jetzt alle in der Pineapple Street seien. Dann legte sie das Telefon mit dem Bildschirm nach unten auf den Tisch. »'tschuldigung.«

»Malcolm spielt Golf?«

»Ja, mit Studienfreunden in Texas.«

»Schreibt ihr euch viel, wenn er unterwegs ist?«

»Circa vierhundertmal am Tag«, sagte Darley lachend. »Wie ist es bei euch?«

»Ich glaube, Cord hört auf, Mensch zu sein, sobald er das Büro betritt. Er vergisst alle leiblichen Bedürfnisse. Am Abend kommt er mit einem Wolfshunger heim, weil er keine Zeit zum Essen hatte, und verschlingt dann noch vor dem Abendessen eine ganze Tüte Chips.«

»Arbeitet er gern mit unserem Dad zusammen?«

»Und wie. Die beiden sind sich ja ähnlich wie ein Ei dem anderen.« Sasha lächelte. »Ist es hart für dich, dass Malcolm beruflich so viel unterwegs ist? Fehlt er dir?«

Darley zögerte. Es war schon viele Wochen her, seit die Deutsche Bank ihn entlassen hatte, doch in der Familie wusste niemand davon. Darley hielt es für das Beste so. Aber das Wochenende war so lang und so einsam gewesen, und es machte ihr schon eine ganze Weile zu schaffen, Stillschweigen wahren zu müssen. »Schwörst du, dass du kein Wort zu Cord sagst? Malcolm wurde rausgeschmissen. Jetzt ist er in Texas, weil er sich für einen neuen Job vorstellt.«

»Wie bitte!?«, fragte Sasha entgeistert und stellte hart ihr Weinglas auf der steinernen Platte ab.

»Er ist unschuldig – ein Kollege hat einen Deal platzen lassen, und Malcolm musste den Kopf hinhalten.«

»Oh, Shit. Er ist bestimmt am Boden zerstört, oder? Ich weiß doch, wie sehr er seinen Job geliebt hat.«

Zu ihrer eigenen Überraschung stiegen Darley die Tränen in die Augen. Sie fühlte sich in ihrer Angst tatsächlich verstanden. »Das stimmt. Und das Bankgeschäft ist brutal. Ein einziger Fehler, und du bist weg vom Fenster.«

»Bewirbt er sich wieder bei einer Bank?«

»Nein, Private Equity. Aber er hat eben dort keine Beziehungen.« Darley nahm einen großen Schluck Wein.

»Können nicht deine Eltern was für ihn tun – oder kennen Leute, die was tun können?«

»Wir haben es ihnen nicht gesagt«, gestand Darley.

»Warum nicht?«

»Ach, das ist kompliziert.« Darley wollte nicht von ihren Eltern reden. Von ihrem Verdacht, dass die Eltern auf irgendeiner tiefen Ebene, die ihnen selbst nicht so ganz bewusst sein dürfte, Malcolm vielleicht nur deshalb mit offenen Armen aufgenommen hatten, weil er so gut verdiente. Wären sie auch dann noch so nett zu ihm, wenn sein Geld weg war und der Glanz des Erfolgs verblasst? »Versprich mir, dass du Cord nichts sagst. Wir erzählen ihm alles, wenn Malcolm wieder einen Job hat. Aber diesen Druck braucht er jetzt nicht auch noch.«

»Natürlich.« Sasha nickte. »Keine Frage. Bestimmt hat er in kürzester Zeit was Neues. Er ist ein Genie.« Wieder piepste ihr Telefon, und wieder blickte sie auf das Display. »Ach, du lieber Himmel.« Sie zeigte Darley das Foto, auf dem ihr Vater und ihr Bruder den Kescher mit einer kleinen braunen Fledermaus darin siegreich in die Kamera hielten.

»Unglaublich«, murmelte Darley und versuchte vergeblich, sich Chip vorzustellen, wie er irgendetwas mit einem Kescher einfing – außer vielleicht ein paar welke Blätter aus dem Swimmingpool in der Spyglass Lane.

»Vielleicht muss Malcolm bei seinem nächsten Job nicht mehr so viel reisen«, sagte Sasha hoffnungsvoll.

»Kennst du meine Freundin Priya Singh? Sie und ihr Mann arbeiten beide bei Goldman, und ich habe keine Ahnung, wie sie überhaupt zum zweiten Mal schwanger werden konnte. Ich glaube nicht, dass die beiden sich je sehen.«

»Klingt sehr einsam.«

»Und an der Henry Street School kenne ich eine andere Mom, die mit diesem NBA-Star verheiratet ist, der nach Los Angeles verkauft wurde. Die Kinder sehen ihren Dad nur noch im Fernsehen.«

»Aber trotzdem ziemlich cool, oder?«, sagte Sasha. »Ich hätte nichts dagegen, mit einem Basketballstar verheiratet zu sein.«

»Stimmt. Sie machen einen Haufen Kohle, gehen Mitte dreißig in Rente und haben für den Rest ihres Lebens ausgesorgt.«

»Ich kann mir nicht vorstellen, wie Cord jemals in Rente gehen soll. Er liebt seine Arbeit.«

»So viele Leute wollen ins Bankengeschäft und haben tolle Pläne, wie sie das große Geld machen und mit dreißig aufhören können, aber egal, wie viel Kohle sie schon haben – es könnte immer noch mehr werden, wenn sie weitermachen. Der Zeitpunkt, an dem sie sagen: *Jetzt habe ich zehn Millionen, und das reicht*, der kommt einfach nie.«

»Nein, denn jeder, den sie kennen, verdient genauso viel und gibt genauso viel aus, und selbst wenn man mehr hat, als man realistischerweise jemals ausgeben kann, scheint es einfach nie genug.«

»Ganz genau«, stimmte Darley zu und leerte ihr Glas.

Sasha schenkte nach. Dann schaltete sie den Ofen ein und nahm zwei Pizzen aus dem Tiefkühlschrank. »Pizza und Salat?«

»Die Kinder essen nichts anderes.«

Als die Pizza fertig war, rief Darley die Kinder herunter, und dann saßen alle vier an der granitenen Kücheninsel und verspeisten ein Stück nach dem anderen, und die Kinder diskutierten angeregt über Tarnumhänge. Hatcher glaubte an ihre Existenz, Poppy nicht, und eine Einigung war unmöglich. Nach dem Abendessen gingen sie hinüber ins Wohnzimmer, verteilten sich auf den Sofas, und Sasha legte Musik auf. Die Kinder sprangen herum, stapelten Kissen auf dem Boden und spielten Heiße Lava, während Darley und Sasha lachten und Wein tranken und gelegentlich einem übermütigen Kind ein Kissen zurückwarfen. Ihre Mutter, dachte Darley, hätte sie alle umgebracht, wenn sie gesehen hätte, wie hier mit der Einrichtung des Gouverneurs umgegangen wurde.

Dann war es auf einmal halb neun, und Darley wurde klar, dass sie die Badezeit verpasst und die Schlafenszeit überschritten hatte und der gefürchtete Sonntagnachmittag kurzweilig vergangen war. Sie setzte den Kindern die Helme auf und packte die Stöcke ein, und als die beiden in den warmen Abend hineinfuhren, drückte sie Sashas Arm und sagte ernst: »Das war ein wunderschöner Nachmittag. Vielen Dank.«

»Wie gut, dass sie euch aus dem Schwimmbad geschmissen haben, sonst hätte er nicht stattgefunden«, antwortete Sasha mit breitem Grinsen.

Als sie auf dem feuchten Bürgersteig zu ihrer Wohnung zurückkehrten, zog Darley wieder ihr Handy heraus. Sie hatte einen verpassten Anruf von Malcolm und eine Nachricht.

Hoffentlich überstehst du den schrecklichen Sonntag …

Darley war ein bisschen betrunken und sah die Buchstaben leicht verschwommen. Sie kniff ein Auge zu und schrieb zurück:

Total lustig. Wein getrunken. Rote Rüben und Reue morgen.

Familienangehörigen konnte man einiges zumuten, was man Freunden niemals zugemutet hätte. Zum Beispiel konnte man sich ihnen drei Tage hintereinander in denselben Klamotten zeigen. Man konnte sie zum Mittagessen einladen und dann weitgehend ignorieren, weil man nach Stunden in der Warteschleife des Internetanbieters endlich zu einer leibhaftigen Person durchgedrungen war. Man konnte mit Zahnaufhellerstreifen im Mund ein komplettes Gespräch führen. Seit Beginn ihrer neuen Freundschaft mit Sasha warf Darley alle Vorsichten über Bord. Sasha war lustig und locker, und man spürte, dass es ihr wirklich Spaß machte, mit Poppy und Hatcher zusammen zu sein. Sie war ja Freiberuflerin und konnte sich die Zeit einteilen, und so kam es, dass sie sich oft mit Darley und den Kindern im Park traf oder zu einem zweiten Frühstück mit Bagels, zum Eisessen oder Karussellfahren. Sie alberte mit den Kindern genauso herum wie Cord, behauptete, ihre Sonnenbrille sei in Wirklichkeit eine Röntgenbrille, mit der sie durch alles hindurchschauen konnte, außerdem verstand sie, was bellende Hunde mitteilten, wenn sie vorbeirannten, und führte lange und ernste Gespräche über die jeweiligen Vor- und Nachteile eines Pegasus oder Einhorns als Haustier.

Darley sah, wie sehr sich Cord über die neue Freundschaft zwischen seiner Frau und seiner Schwester freute, und er weihte Darley in ihre Welt der privaten Witze und dämlichen Theorien ein. Zum Beispiel in ihren gemeinsamen Verdacht, dass die schreckliche Metzgerei im Hotel St. George in Wirklichkeit die Tarnung eines Drogenhandels war, wofür er gleich mit allerlei Beweisen aufwarten konnte.

»Die Auswahl, die sie im Laden haben, besteht aus circa vier Stücken Fleisch und einer Tüte trockener Nudeln. Das ist doch kein Geschäftsmodell«, sagte Cord.

»Und der Typ, der hinter der Ladentheke steht, ist voll genervt, wenn man ihn behelligt und was kaufen will. So, als würden ihm die Kunden bei seinem wahren Geschäft dazwischenfunken«, stimmte Sasha zu.

»Ihr spinnt doch«, sagte Darley kopfschüttelnd. »Wir sind in New York! Niemand braucht hier eine Tarnung für Drogenhandel. Wenn ihr Drogen wollt, bestellt ihr sie per Handy-App.«

»Ach ja?«, fragte Cord scherzhaft. »Was für eine App ist denn das?«

»Weiß ich doch nicht! Ich meine ja nur!«, musste Darley einlenken.

Sasha hatte noch nie koreanisches Barbecue gegessen, und daher schlug Darley vor, sie könnten in das neue Lokal gehen, das in Gowanus aufgemacht hatte – ein edles, holzgetäfeltes Restaurant, das sich zwischen eine Umzugsfirma und eine Autowerkstatt quetschte; dort gab es Tiki-Bar-Cocktails und koreanische Blutwurst, und Malcolm schwärmte von den Rippchen. Es brauchte sechs Anrufe, bis Darley eine der begehrten Samstagabendreservierungen für vier Personen ergattern konnte. Doch dann stellte sich heraus, dass Cord am selben Abend eine Cognacverkostung im Union Club hatte, die er nicht absagen konnte. Sie rief wieder an und bekam nach langem Bitten und Betteln einen Tisch drei Wochen später, nur um dann zu erfahren, dass Malcolm Pläne für den Geburtstag seiner Mutter hatte. »Als wären sie Clark Kent und Bruce Wayne«, beschwerte sich Darley bei Sasha.

»Mom, sie können doch nicht beides sein«, belehrte Poppy sie altklug. Sie saßen auf der Bank vor Joe Coffee und warteten auf ihre Bestellungen.

»Genau! Weil sie nämlich insgeheim ein und dieselbe Person sind! Wie ein Superheld und sein Alter Ego!«

»Nein, Mom, Clark Kent ist Superman und Bruce Wayne ist Batman. Das sind zwei verschiedene.«

»Aha. Und wer von beiden ist Daddy?«

»Wahrscheinlich Bruce Wayne«, sagte Poppy nachdenklich. »Und du bist Pennyworth.«

»Wer ist Pennyworth? Die niedliche Reporterin?«

»Nein, Pennyworth ist sein Butler. Er ist alt«, sagte Hatcher.

»Ah ja, verstehe.« Darley nickte und schnitt eine Grimasse über Hatchers Kopf hinweg. »Weil ich alt bin.«

Erst jetzt spürte sie, wie einsam sie die ganze Zeit gewesen war. So viele ihrer Freundinnen rieben sich zwischen Job und Mutterschaft auf, die Wochenenden gefüllt mit Fußball und schnellen Mails für die Arbeit zwischen Tür und Angel, und doch waren sie immer mit allem im Verzug. Sie, Darley, hatte ihren Bruder und ihre Schwester, sie hatte ihre Eltern und ihre Schwiegereltern und Malcolm, wenn er zu Hause war, aber die hatten alle noch alles Mögliche andere, hatten Geschäftsessen und Tennismatches, Mottopartys und Golfpartien und eine Million Dinge, die weitaus mehr Spaß machten, als Kinder zu beaufsichtigen, die stundenlang mit dem Fahrrad im Squibb Park im Kreis fuhren. Natürlich hatte auch Sasha Interessanteres zu tun. Sasha hatte Arbeit, sie hatte ihre Freunde von der Kunsthochschule, aber sie wohnte nur ein paar Minuten entfernt, und statt mittags allein am Schreibtisch zu essen und dabei in den Computer zu starren, kam sie jetzt lieber am einen oder anderen Mittwochnachmittag mit einem Salat bei Darley vorbei.

An warmen Wochenenden luden Darley und Malcolm die Kinder in den Land Rover, Cord und Sasha quetschten sich in die hinterste Reihe, und dann ging es hinaus ins Haus an der

Spyglass Lane, dem Landsitz der Familie, wo Tennis gespielt und Hot Dogs gegrillt wurden. Wenn die Kinder im Bett waren, blieben die Erwachsenen noch lange auf, tranken Wein und spielten Karten. Chip und Tilda waren auch oft da, doch immer von irgendwelchen Dinnerpartys oder anderen Veranstaltungen im Country Club in Anspruch genommen, sodass sie erst gegen Mitternacht zurückkamen, durchaus angeheitert, was sie nicht daran hinderte, den Cognac hervorzuholen, denn man musste sich ja noch gegenseitig auf den neuesten Stand bringen. Tilda brachte von diesen Partys immer jede Menge wunderbaren Klatsch mit – über lokale New Yorker Berühmtheiten, über Vorstandsmitglieder verschiedener Privatschulen, über Hollywood-Schauspielerinnen und -Schauspieler, die wie Sittiche farbenfroh und laut und ganz und gar nicht in ihrem Element die baumbewachsenen Straßen von Brooklyn Heights fluteten, weil sie Aufnahme in die Wohnungsbaugenossenschaften begehrten, die ihnen aber stillvergnügt verweigert wurde.

Seitdem Darley im Team Sasha war, sah sie, wie unbeholfen, vielleicht peinlich ihre Familie auf Außenstehende womöglich wirkte, wie schwierig es sein mochte, diese verschworene Sippe zu verstehen. Sie wusste von dem kleinen Insiderwitz »NMF«, den Sasha und Malcolm einander zuflüsterten, wenn sie sich ausgeschlossen fühlten, doch jetzt erkannte Darley, dass sie Sasha einfach die Hand reichen konnte, um sie einzubeziehen – sie hätte es schon vor Ewigkeiten tun können. Sie erinnerte Sasha daran, für die Spyglass Lane ihre Tennissachen einzupacken. Sie reichte ihr einen Untersetzer, wenn sie sah, dass Sasha im Begriff war, auf dem Couchtisch ihrer Mutter ein Glas abzustellen. Und sie machte eine rasche Reißverschlussgeste vor dem Mund, als Sasha einmal in Gegenwart ihres Vaters von einer Immobilien-Reality-Show anfangen wollte.

Eines Abends traf sich die ganze Familie bei Cecconi's in Dumbo zum Essen. Die Gemüsesuppe wurde in einer essbaren Schale aus Brot serviert. Als Sasha ein Stück von der Schüssel abbrach, um es zu essen, sah Darley, wie ihrer Mutter fast die Augen aus dem Kopf fielen.

»Du wirst doch nicht etwa das Geschirr aufessen?«, sagte Tilda fassungslos. Soweit Darley wusste, hatte ihre Mutter seit den Siebzigerjahren kein Brot mehr gegessen.

Sasha erstarrte, das Brotstück, von dem Suppe tropfte, auf halbem Weg zu ihrem Mund.

»Die Suppe hat das Brot aufgeweicht«, sagte sie zögernd, während die ganze Tischgesellschaft erstarrte.

Darley hatte die gleiche Suppe bestellt, und in der Gewissheit, dass nur sie die Lage retten konnte, brach sie ebenfalls ein großes Stück von ihrer Brotschale ab. »So ist es gedacht«, sagte sie. »Und es schmeckt super.« Mit der Grazie einer Balletttänzerin im Lincoln Center wandte sie sich an die anderen und fragte: »War jemand von euch schon in dem neuen italienischen Restaurant in der Henry Street? Ich habe gehört, das Essen ist schrecklich, aber der neue James Bond ist dort Investor.« Mit großer Überzeugung aß sie weiter ihre Brotschale, Tilda schluckte den Köder und begann mit einer weitschweifigen Schilderung der Probleme, die Daniel Craigs Frau bei der Renovierung ihres Hauses hatte, und Cord warf seiner großen Schwester einen Blick der Dankbarkeit zu, bei dem sich ein Mundwinkel zu einem kleinen Lächeln hob.

10

Sasha

Mit zehn Jahren schwärmte Sasha derart für Harrison Ford, dass sie manchmal abends im Bett lag und vor Kummer weinte, weil sie niemals würden zusammen sein können. Sie wusste, dass das nicht normal war. Er war ein erwachsener Mann und berühmter Schauspieler und sie ein Kind mit lediglich einer Ahnung vom Erwachsenwerden (in Form erster kleiner Härchen an den Beinen), und das Ganze wuchs sich zu einer Tragödie von so verheerendem Ausmaß aus, dass sie es kaum ertrug, ihn in einem Film zu sehen, wenn noch jemand im Raum war. Ihren Brüdern war natürlich nicht entgangen, dass sie sich nach ihm verzehrte, und sie verspotteten sie gnadenlos. Jahre später, als sie im Nagelstudio in einer Promizeitschrift sah, dass Harrison einen Ohrring trug, überkam sie neuerliche Scham, dass sie von einem so viel älteren Mann besessen gewesen war.

Sasha war bereits ziemlich in Cord verliebt gewesen, doch endgültig um sie geschehen war es, als er ihr von seinem Kindheitsschwarm erzählte. Sie lagen im Bett, leicht angetrunken, und sie hatte ihm gerade ihre kindliche Harrison-Liebe gestanden.

»Hast du als Kind auch so was erlebt?«, fragte sie. »So was Intensives und Verpeiltes?«

189

»Ja, absolut. Ich war in Little Debbie verliebt«, bekannte er.

»Wer ist das?« Sasha fuhr mit einem Finger über seine nackte Brust. »Ein Nachbarskind?«

»Nein, schlimmer. Das kleine Mädchen mit Hut auf der gleichnamigen Keksschachtel.«

Sasha setzte sich auf. »Sag bloß. Du warst verliebt in eine Werbefigur? Ich erinnere mich an so Schokoladendinger, wie Biskuitrollen, aber dunkelbraun und mit einem Geschmack wie Wachs.«

»Ich fand sie bezaubernd. Sie hatte dieses braune Wellenhaar und ein so süßes Lächeln …«

»Vielleicht hattest du einfach nur Hunger?«

»Kann auch sein«, räumte Cord ein. »Auf jeden Fall war ich heiß auf ihre Haferkekse mit Cremefüllung.«

Sasha bog sich vor Lachen. Gemeinsam erstellten sie eine Liste von Cartoon-Maskottchen aus der Werbung, geordnet nach ihrer Tauglichkeit als Objekt der Begierde. Sasha hielt Tony den Tiger für den klaren Sieger, weil er mit seiner breiten, muskelstrotzenden Brust und seiner grenzenlosen Begeisterung cis-männlich scharf aussah. Die Rosinenlady Sun-Maid war mit ihren Rosenwangen, ihrer Bauernbluse und ihrer roten Haube natürlich auch sehr reizvoll. Chester Cheetah, der Gepard, der für Käsesnacks aller Art warb, wäre ein lustiges Date, aber einer wie er nähme nicht mal beim Sex die Sonnenbrille ab, da waren sie sich einig. Der Jolly Green Giant war womöglich noch schärfer als Tony der Tiger, aber als Freund wäre er untragbar, meinte Sasha, weil seine gesamte Freizeit für Krafttraining draufginge, Mr Universum war nichts dagegen. »Ah, dann lieber diesen Teigknaben – wie heißt er? Pillsbury Doughboy?«, fragte Cord. »Ist der niedlicher?«

»Nein, der ist weiß wie ein Mehlwurm. Unsexy!«

»Colonel Sanders?«

»Bäh, nein! Auch zu weiß, und überhaupt: der Ziegenbart!«

»Der Quaker-Oats-Typ vielleicht?«

»Hör bloß auf! Alle menschlichen Figuren sind alte weiße Männer! Warum kriegen nur die Jungs die scharfen Mädels?«

»Zum Beispiel?«

»Miss Chiquita?«, schlug Sasha vor.

»Stimmt. Eine Granate«, gab Cord zu.

»Wendy?«

»Auf keinen Fall.« Cord verzog das Gesicht.

»Moment, Little Debbie war deine große Liebe, aber Wendy nicht? Die sind doch gleich.«

»Von wegen!« Cord rüttelte spielerisch an ihrer Schulter. »Little Debbie ist nichts als Nettigkeit und cremegefüllte Kekse. Wendy sieht aus wie Conan O'Brien mit Zöpfen und riecht nach Hamburgerfett.« Nachdem das geklärt war, schalteten sie das Licht aus und kuschelten sich aneinander, und kurz bevor sie einschliefen, flüsterte Cord ihr ins Ohr: »Du bist suuuper!«, und Sasha wusste, dass er der Richtige war.

Wo Mullin Donner und Düsternis gewesen war, war Cord ungetrübter Sonnenschein, immer gut gelaunt, emotional unkompliziert, ein Mann schlichter Freuden. Er genoss so vieles. Beim ersten Bissen irgendeines Gerichts, ob Schinkensandwich oder gebratene Jakobsmuschel, hielt er stets inne und legte glückselig kauend den Kopf zurück. »Ooooh«, seufzte er dann anerkennend. »Ist das gut. Das ist irrsinnig gut.« Wurde ihm im Restaurant sein Essen serviert, stieß er ein leises Wimmern aus, das fast unanständig klang, so voller Lust und unbefangener

Verehrung. Er freute sich auch über das federnde Gefühl neuer Laufschuhe, über die Wärme der Sonne im Gesicht. Er sang bei allem mit, was er im Radio hörte, auch wenn er den Text nicht kannte, auch wenn es der mieseste Teenagerpop war. Ebenso wahllos war er bei Filmen, ihm gefiel absolut alles, was Sasha sehen wollte, weshalb sie miteinander jeden einzelnen Film mit Catherine Keener sahen, dann alles, bei dem Nancy Meyers Regie geführt hatte, und bei *Der Vater der Braut* einträchtig weinten und zurückspulen mussten, um noch einmal zu sehen, wie Steve Martin mit seiner Tochter Basketball spielte.

»So eine Sorte Vater möchte ich sein«, sagte Cord und wischte sich mit einer Decke die nassen Wangen trocken. »Allerdings wahrscheinlich mit Tennis statt Basketball.«

»Du bist der Steve Martin des Country Clubs.«

»Aber nicht so lustig.«

»Stimmt«, pflichtete Sasha betrübt bei, und Cord schmollte.

Sasha war vollkommen sicher, dass er ein wunderbarer Vater würde. Seine Nichte und sein Neffe beteten ihn an. Cord blödelte mit ihnen und ließ sich alle möglichen lustigen Sprechweisen einfallen, er redete ihnen ein, dass er eng mit dem Osterhasen befreundet sei, er tat, als hielte er die Sprungfeder in einer Scherzdose für eine echte Schlange, öffnete sie mindestens zwölfmal hintereinander und schrie jedes Mal entsetzt auf. Solche Sachen. Poppy und Hatcher beteten ihn an.

Sasha und Cord waren sich zwar einig, dass sie unbedingt Kinder wollten, aber darüber gesprochen wurde nur in vagen Andeutungen, und erst recht war nicht klar, wann es denn so weit sein sollte. Doch nachdem das Baby von Cords bestem Freund Tim auf der Welt war, wurde Cord brütig. Sasha hatte von diesem Phänomen nur bei Frauen gehört – und natürlich bei Hennen; nun hatte es auch ihren Mann ereilt. Cord wollte ein Baby. Wenn er die Straße entlangging, begutachtete er Kinderwagen wie andere Männer Frauen oder Motorräder, stieß gelegentlich einen leisen Pfiff der Bewunderung aus und drehte sich sogar nach dem einen oder anderen um. Und ließ Bemerkungen los wie: »Sieh an, das ist ja der neue YOHO, der sich auf Koffergröße zusammenfalten lässt.« Oder: »Schau, das ist der UPPA-baby Vista. Da kannst du einen Notsitz für ein zweites Kind anbringen.« Er nötigte Sasha, ihn zu Picnic in Cobble Hill zu begleiten, wo er ein Babygeschenk kaufen wollte, und brachte eine ganze Stunde damit zu, einen Schlafanzug und eine kleine Rassel in Form eines Taxis auszusuchen. Als sie Tim und seine Frau besuchten, ging Cord sogar mit ins Kinderzimmer, um beim Windelwechseln zuzusehen; schließlich könne er gleich mit dem Üben anfangen, meinte er.

Tims Frau sah Sasha mit großen Augen an, und die schüttelte belustigt den Kopf.

»Nein, wir sind nicht schwanger«, sagte Sasha. »Er ist nur begeistert.«

»Von Windeln?«, fragte die junge Mutter.

»Cord ist ein enthusiastischer Mensch«, antwortete Sasha kichernd. »Er begeistert sich für alles.«

Worüber Sasha nicht nachgedacht hatte, war die berufliche Seite. Was würde aus ihren Auftraggebern, wenn sie ein Baby bekam? Sie war selbständig und hatte keine Kolleginnen, die sie vertreten konnten; es bliebe ihr nichts anderes übrig, als eine Pause zu machen und zu hoffen, dass ihre Kunden später zu ihr zurückkämen. Für einen, ein Brooklyner Unternehmen, das Bettwäsche herstellte, arbeitete sie seit Beginn ihrer Selbständigkeit, hatte sein Logo entworfen, die Webseite gestaltet, die Verpackungen und sämtliche Werbeauftritte. Für einen anderen Kunden, ein Luxushotel in Baltimore, hatte sie das gesamte Corporate Design gemacht, von den Speisekarten und Streichholzbriefchen bis hin zum drei Meter hohen Schild über dem Eingang. Außerdem betreute sie eine Brauerei, die Craftbeer herstellte, einen Lieferservice für Bio-Babynahrung, einen 3D-Druck-Anbieter und ein (zugegeben schräges) chinesisch-schwedisches Restaurant. Sie stellte sich vor, dass sie ihre Auftraggeber noch durch die Kampagnen zum Jahresende begleitete und im Frühjahr, wenn es ruhiger wurde, in Mutterschutz ginge. Fürchterliche Aussicht, aber wie sollte es anders gehen?

»Ich stell mir dich einfach als heldenhafte Mutter vor«, sagte Cord abends zu ihr. »Du arbeitest mit umgebundenem Baby.«

»Und bringe ihm am besten gleich Photoshop bei?«, fragte Sasha.

»Wir bringen ihm unsere beiden Jobs bei, damit wir den ganzen Tag kuscheln können«, sagte Cord und steckte die Nase in ihr Haar.

»Du bist so weit, oder?«

»Bin ich. Du?«

»Allmählich, ja.« Sashas Freundinnen bekamen inzwischen auch alle Kinder. Auf einmal schien es nicht mehr verrückt oder verantwortungslos, und der Gedanke, dass es demnächst einen winzigen Menschen gäbe, der halb Cord und halb sie war, hatte etwas Unwiderstehliches. Sie sah Cord schon vor sich, wie er mit dem Baby seine Späße machte, Grimassen schnitt und Tierstimmen nachahmte, wie er aus der Badewanne ein wildes Meer machte, wie er mit dem Kind im Arm durchs Wohnzimmer tanzte. Wie er seine ganze natürliche Albernheit und Überschwänglichkeit in die Elternschaft einbrachte und ihr Zuhause ein erfülltes, glückliches Heim wurde.

Sasha rief ihre Mutter an, um die Sache mit ihr zu besprechen. »Sasha, den einen richtigen Zeitpunkt für ein Baby gibt es nicht«, sagte ihre Mutter. »Dein Vater und ich waren völlig blank, als wir Nate bekamen, und dann hat doch alles geklappt. Du bist gesund, du bist verliebt, und du bist unter vierzig. Zu meiner Zeit hat man jede Frau über fünfunddreißig als ›Spätgebärende‹ bezeichnet und ihr in der Klinik ein diskriminierendes Papierarmband umgebunden. Komm in die Gänge.«

Sie einigten sich darauf, in die Gänge zu kommen. Sasha kannte Frauen, die sofort nach getroffener Entscheidung aller Welt davon erzählten, indem sie Sprüche losließen wie »Wir haben den Torwart abgezogen«, worüber Sasha immer lachen musste, denn hauptsächlich teilten sie ihrer Umgebung ja mit, dass sie andauernd Sex hatten. Sie selbst hielten es anders; statt die gesamte Familie Stockton über ihr Liebesleben zu informieren, notierten sie sich den Beginn ihrer letzten Periode und hatten zwei Wochen später fünf Tage hintereinander Sex. Beim ersten Mal klappte es nicht, und Sasha war selbst überrascht, wie enttäuscht sie beim Anblick des roten Flecks in ihrem Slip war, doch im zweiten Monat, als ihre Periode sich nur einen einzigen Tag verspätete, eilte sie in die Drogerie und besorgte vier Schwangerschaftstests.

»Das zeigt sich nicht sofort«, sagte Cord, der mit zusammengekniffenen Augen die 3-Punkt-Schrift der Gebrauchsanweisung zu entziffern versuchte.

»Aber ich bin zu zappelig, um zu warten!« Sasha pinkelte vorschriftsmäßig auf das Stäbchen, und neben der Kontroll-linie zeigte sich das geisterhafte Rosa einer zweiten Linie.

»Das ist keine Linie«, sagte Cord kopfschüttelnd. »Das ist nur ein Schatten.«

»Doch, das ist eine eigene Linie. Nur halt sehr blass.«

»Na, ich weiß nicht. Lass uns abwarten, vielleicht wird sie dunkler.« Sie legten den Test im Badezimmer ab, aßen zu Abend und kamen eine Stunde später wieder.

»Immer noch blass, aber ich glaube, es ist eindeutig eine Linie«, sagte Sasha.

»Oh, aber schau mal.« Cord studierte noch einmal die An-leitung. »Da steht, dass die Ergebnisse nur in den ersten dreißig Minuten verlässlich sind.«

»Mist. Na gut, dann mach ich es morgen früh noch mal. Morgens ist der Urin konzentrierter als tagsüber.«

Am nächsten Morgen zeigte sich die geisterhafte Linie aber-mals, am übernächsten war sie etwas dunkler, und als Sasha den vierten Schwangerschaftstest machte, war sie eindeutig magentafarben. Sasha war schwanger.

Cord kam ihr wie eine brütige Henne vor, doch auch Sasha spürte jetzt eindeutig den Nestbautrieb. Worin sie zuvor im Haus nur Chaos wahrgenommen hatte, witterte sie nun echte Gefahren, etwa in dem alten Couchtisch mit scharfkantiger Glasplatte, dem italienischen Barwagen mit Quasten, auf dem lauter Flaschen mit reinstem Gift aufgereiht standen, den Lam-pen aus zerbrechlichstem Porzellan mit ausgefransten Kabeln, die sich weit über den Boden schlängelten. Es gab Hunderte und Aberhunderte Möglichkeiten, sich zu verletzen oder am

Stromschlag zu sterben, und allein bei dem Gedanken sträubten sich Sasha die Haare.

»Cord, was meinst du – richten wir Georgianas Zimmer als Kinderzimmer ein?«, schlug sie eines Morgens beim Frühstück vor. Cord trank Kaffee und aß Müsli – zusammengemischt aus drei verschiedenen Sorten, mit Milch und Zucker zu einem Brei verrührt, den er sich mit einem servierlöffelgroßen Besteck in den Mund schaufelte.

»Nehmen wir lieber mein altes Zimmer«, sagte er kauend. Die Milch sah grau aus.

»Aber das ist im dritten Stock. Wollen wir unser Baby nicht bei uns im zweiten Stock haben?«

»Steht das Kinderkörbchen nicht sowieso bei uns im Zimmer, jedenfalls in den ersten Monaten? Meine Mutter sagt, wir hätten auf dem Boden des Elternschlafzimmers in einem Körbchen geschlafen.«

Sasha stellte sich vor, wie Tilda das Baby in einen Korb auf dem Boden bettete und anschließend mit Blumen und passenden Servietten dekorierte. *Das Motto des heutigen Abends lautet »Schnullerparty«!* »Na gut.« Sasha wechselte zu einem anderen Thema. »Übrigens habe ich gehört, dass man einen Berater engagieren kann, der ins Haus kommt und die Wohnung babysicher macht. Sie weisen einen auf alle potenziellen Gefahrenquellen hin.«

»O mein Gott«, sagte Cord lachend. »Das wissen wir aber von allein, wir müssen niemanden engagieren, der uns sagt, dass wir in einer Todesfalle leben. Aber das eilt jetzt nicht. Gefährlich wird's erst, wenn das Kind krabbeln kann, und bis dahin dauert es leicht noch ein Jahr.« Cord hielt die Müslischale mit beiden Händen und trank den letzten Rest der sirupartigen Milch aus. Ein Choco Krispie haftete an seiner Unterlippe.

»Ein Jahr?«

»Mindestens. Lass uns einfach die Schwangerschaft genießen.«

Die Schwangerschaft genießen. Der männliche Anteil an der Schwangerschaft war tatsächlich oft ein Genuss. Sasha ging nicht weiter darauf ein. Sie war viel zu müde für Auseinandersetzungen, die Schwangerschaft raubte ihr jetzt schon alle Energie. Sie hatte einmal gelesen, dass Ameisen täglich zweihundert kurze Nickerchen machen, und das schien ihr jetzt enorm reizvoll. Sie war einfach erschöpft. Und im Netz stand, sie dürfe nicht mal zuckerfreien Red Bull trinken.

Am folgenden Mittwoch radelte Sasha zu Varas Loft, wo wieder mal ein *Drink and Draw* stattfand. Der erste Teil des Mottos war ihr in der nächsten Zeit verboten – andererseits erforderte es keine besondere Selbstdisziplin, auf Varas Wein zu verzichten. Sie stellte ihre Staffelei neben ihrem Freund Trevor auf und lauschte dem Getratsche der anderen. Eine ehemalige Kommilitonin schlief seit Neuestem mit einem prominenten Innenarchitekten, und seitdem verkauften sich ihre Bilder wundersamerweise in der ganzen Upper East Side. Eine andere war Artist in Residence am Studio Museum in Harlem geworden, und alle überschlugen sich mit Lobesworten, während sie innerlich vor Eifersucht brodelten. Sasha hatte nicht viel beizusteuern; in letzter Zeit lebte sie in ihrer eigenen Welt, war aber froh, einfach zuhören zu können.

Als das Aktmodell eintraf, ging beifälliges Gemurmel durch den Raum. Das Modell war hochschwanger, mindestens im achten, vielleicht schon neunten Monat. Alle waren begeistert – einen Körper in einem derartigen Ausnahmezustand zeichnen zu können, war ungemein spannend –, nur Sasha wurde sich bewusst, dass sie den Körper der Frau auf andere Weise betrachtete. Statt des perfekten Basketballs, den sie sich vorgestellt hatte, war der Bauch tiefhängend und eiförmig, und der Bauchnabel stand heraus wie ein Fingerhut. Die Adern in ihren Brüsten zeichneten sich deutlich sichtbar blau und violett unter der Haut ab. Als Sasha zu zeichnen begann, fühlte sie sich wacher als während der ganzen zurückliegenden Woche. Der Anblick dieser fremden nackten Frau ließ ihr die eigene Schwangerschaft realer werden.

»Na, so still?«, sagte Vara leise, als sie hinter ihr auftauchte.

»Ich zeichne«, antwortete Sasha und verwischte mit dem Daumen die Bleistiftlinien im Haar des Modells.

»Und trinkst nichts«, fuhr Vara fort.

»Ach Gott, Vara«, seufzte Sasha.

»Glaubst du, deine Titten werden auch so groß? Wahrscheinlich nicht. Aber Umstandskleidung ist *so krass* hässlich. Wirst du eine dieser furchtbaren Schwangeren werden, die plötzlich gepunktete Klamotten tragen? Versprich mir, dass du dich nicht wie ein erwachsenes Baby anziehst.«

»Vara, sobald ich einen Grund habe, mit dir über die Kleiderwahl werdender Mütter zu diskutieren, lass ich es dich wissen. Jetzt hör auf damit«, sagte Sascha. Vara lächelte nur süffisant und ging.

In der achten Woche war Sasha bei einer Ärztin, die ihr die Schwangerschaft bestätigte und sie das kleine Kolibriherz über Ultraschall hören ließ. Danach rief Sasha ihre Mutter an, um ihr davon zu erzählen.

»Oh, Sasha! Das ist so aufregend! Bitte erzähl mir alles! Wie ist es passiert?«

»Hey, Mom! Wie so was passiert, weißt du ja wohl …«

»Um Gottes willen, nein! So meine ich das ja nicht. Natürlich weiß ich. Entschuldige. Ich meine einfach: Gratuliere! Gratuliere euch beiden! Wie geht's dir, ist dir schlecht? Kannst du schlafen?«

»Mir geht's gut, Mom, ich bin nur furchtbar müde. Aber ich freu mich total. Und wie geht's dir? Und Dad?«

»Oh, gut, uns geht es gut. Warte, Schatz, ich geh nur schnell nach unten.« Sasha hörte das dumpfe Geräusch von hastigen Schritten auf dem Teppich der Treppenstufen und anschließend im Flur. Eine Tür öffnete sich knarzend und schloss sich wieder, gefolgt von einem zweiten Knarzen und einem Zuschlagen. Der Hund bellte nervös. »So. Ich wollte nur nicht, dass dein Dad mithört.«

»Wo bist du?«

»In der Speisekammer.«

Sasha lachte. Die Vorratskammer ihrer Eltern quoll notorisch über von Konserven aller Art, eingelegtem Essiggemüse und Tomatensoße, und sie stellte sich vor, wie ihre Mutter sich zwischen die gefüllten Regale quetschte. »Warum denn?«

»Dein Dad will nicht darüber reden, aber in letzter Zeit ist er sehr kurzatmig. Der Inhalator gegen sein Asthma hilft nicht.«

»O Gott, Mom! Was ist denn los?«

»Neulich abends war ich zu Tode erschrocken, als er eine Stunde lang nicht mehr zu husten aufhören konnte und nur noch geröchelt hat.«

»Wann war das, an welchem Tag? Und warum sagst du mir nichts?«

»Ach, weißt du, ich wollte dich nicht unnötig aufregen. Die Jungs sitzen uns ohnehin schon im Nacken, das Letzte, was wir brauchen, ist, dass du dir auch noch Sorgen machst.«

»Natürlich mache ich mir Sorgen, Mom. Gehst du mit ihm zum Arzt?«

»Ich habe für morgen einen Termin gemacht, ich muss ihn nur überreden, dass er auch geht.«

»Kann ich mitkommen?«

»Nicht nötig, Schatz. Dein Vater würde nicht wollen, dass wir Wind darum machen. Er sagt immer, er ist einfach nicht in Form. Wenn er den Motor des Boots anlässt, kriegt er keine Luft. Du weißt ja, das Ding springt nur mit Schnelligkeit und Kraft an. So, wie er am Anlasser reißt, hab ich immer Angst, er verpasst einem von uns ein blaues Auge«, sagte sie und kicherte. »Na gut, ich komm wieder raus aus der Speisekammer. Sag deinem Dad nicht, dass ich es dir gesagt habe. Und ich bin ungeheuer aufgeregt über deine Neuigkeiten, Sasha. Tut mir leid, dass ich das Thema gewechselt habe – das sollte doch ein fröhliches Gespräch über *deine* Freudennachricht sein!«

»Oh, ich weiß, dass du dich für mich freust, Mom. Und ich freu mich drauf, wenn du kommst und mir beim Einrichten des Kinderzimmers hilfst.«

»Wann immer du mich brauchst, bin ich da.«

Sie verabschiedeten sich und beendeten das Gespräch; Sasha runzelte die Stirn. Auf einmal war sie so weit weg von zu Hause. In plötzlichem Frust holte sie sich einen Müllsack, marschierte ins Wohnzimmer, suchte zwei Dutzend alte CDs zusammen und warf sie in den Sack. Sie zog die schmale Schublade eines Beistelltischchens mit Marmorplatte heraus und leerte sämtliche darin verwahrten Kugelschreiber, historischen Post-its,

Büroklammern und sonstigen Kram ebenfalls hinein. Wie eine Getriebene hastete sie kreuz und quer durch den Raum und stopfte alte Zeitschriften, ein verstaubtes besticktes Kissen, eine Fernbedienung ohne passendes Gerät, einen Plastikbeutel mit alten Batterien und ein kleines Segelschiff in einer Flasche, das nach Stocktonschen Vorstellungen ein Vermögen, real aber bestimmt gar nichts wert war, in den Abfallsack. Es war ihr alles egal. Bevor sie auf frischer Tat ertappt werden konnte, schleppte sie den prallen Sack in den Keller hinunter, sperrte die Tür zur Hintergasse auf und versenkte den Müll in Nachbars Tonne.

11

Georgiana

Nach der Konferenz in D.C. schickte Georgiana Brady eine einzige Nachricht: »Ich weiß, dass du verheiratet bist.« Danach schaltete sie ihr Telefon aus und verbrachte drei Tage im Bett, nicht schlafend, aber auch nicht ganz wach, tief verletzt, völlig kraftlos. Am Montagmorgen konnte sie sich nicht länger verstecken; sie stand um sieben Uhr auf, duschte, zog sich an, packte sich ein Mittagessen ein. Als sie das Haus verließ, stand Brady auf den Stufen, zwei Pappbecher Kaffee in den Händen. Sie nahm einen entgegen, war aber kaum in der Lage, ihm ins Gesicht zu sehen, weil es so wehtat. Sie gingen zur Promenade und setzten sich dort auf eine Bank. Es war ein wolkenloser, warmer Tag, Jogger zogen an ihnen vorüber, Nannys schoben Sportwagen vor sich her und fütterten ihre kleinen Schützlinge mit Croissants aus Wachspapiertüten. Unterhalb des Steilufers, jenseits der Anlegestellen, tuckerten die Fähren den Fluss entlang, und ein großer orangefarbener Lastkahn gab einen schwermütigen Signalton von sich – als wolle er darüber klagen, dass das Leben einfach weiterging, während Georgianas Herz gebrochen war.

Sie fühlte sich ausgehöhlt, in ihren Schläfen pochte es, ihr Magen war zugeschnürt, sie hielt den Kaffee auf dem Schoß und konnte ihn nicht trinken. Sie hatte nicht die Kraft, den Becher an den Mund zu heben.

»Es tut mir so leid, George«, fing Brady an. »Erst dachte ich, du weißt es. Als mir dann klar wurde, dass du es nicht weißt, hatte ich keine Ahnung, wie ich es dir sagen soll. Es war irgendwie schon zu spät.«

»Woher hätte ich es denn wissen sollen? Du hast ja nichts gesagt.«

»Ja. Das stimmt. Aber ich dachte, jeder im Büro weiß es, weil Amina früher bei uns gearbeitet hat. Sie war Projektmanagerin; vor ein paar Jahren bekam sie einen Job bei der Gates Foundation in Seattle und konnte unmöglich absagen. Geplant war, dass ich mich ebenfalls um einen Job bei der Stiftung bemühe oder um einen anderen in der Nähe, um dann zu ihr zu ziehen, aber ich wollte nicht. Ich liebe New York. Ich liebe meinen Job. Wir haben es einfach so gelassen, wie es ist. Ich lebe hier, sie lebt in Seattle, an manchen Wochenenden kommt sie her, an anderen Wochenenden besuche ich sie.«

»Deine Malariakonferenz in Seattle war also in Wirklichkeit eine Reise zu ihr?«

»Nein, ich war schon auf der Konferenz, aber gewohnt habe ich bei ihr.«

»Und im Büro wissen alle Bescheid. Deswegen weiß niemand von uns.«

»Es tut mir so leid, Georgiana. Ich kann dir nicht erklären, warum ich dir nicht die Wahrheit gesagt habe. Ich wollte einfach nicht, dass es mit uns zu Ende ist.«

»Liebst du sie?«

»Ja. Aber dich liebe ich auch.« Brady sah sie eindringlich an und umklammerte mit weißen Fingerknöcheln die Kante der

Bank. Georgiana schüttelte den Kopf und stand auf. Sie lief allein die Columbia Heights entlang zum Büro. Blindlings stolperte sie die Treppe zum Haus hinauf, durchquerte die große Halle, ging vorbei an der Fördermittelabteilung und hinauf in ihre Dienstmädchenkammer, wo sie den Rechner einschaltete und die nächsten Stunden damit zubrachte, auf ein welkes Blatt zu starren, das am Fenster klebte.

Sie stand den ganzen Tag nicht vom Schreibtisch auf, riskierte nicht einmal einen Gang in die Küche oder aufs Klo, um ihn nur ja nicht versehentlich zu treffen. Am nächsten Tag, wieder einem Dienstag, verließ sie das Büro früher als sonst, und statt wie üblich mit Brady Tennis zu spielen, zog sie ihre Laufsachen an. Sie rannte durch die Endlosbaustelle Dumbo in Richtung Marinewerft und blendete ihre Gedanken mit dröhnender Musik aus ihren Ohrstöpseln aus. Sie konnte nicht schlafen, fühlte sich buchstäblich krank vor Verzweiflung, und so ging sie jetzt frühmorgens vor der Arbeit immer laufen, absolvierte fünf Meilen noch vor sieben Uhr, lief abends weitere drei oder vier Meilen, bis sich in Schienbeinen und Hüften ein Dauerschmerz breitmachte.

Lena war die ganze Woche mit ihrem Chef unterwegs gewesen, doch am Freitagabend kam sie mit zwei Flaschen Wein und einer Pizza von Fascati zu ihr. Sie saßen auf der Dachterrasse und betrachteten den Sonnenuntergang über Staten Island, Lena legte den Kopf an ihre Schulter.

»Es tut mir so leid, Georgiana. Der Typ ist ein Arsch.«

»Die Sache ist die, dass ich mir das irgendwie nicht vorstellen kann. Oder will. Ich war mir so sicher, dass er mich auch liebt.«

»Aber er hat dich belogen. Die ganze Zeit hat er diese riesige Sache vor dir geheim gehalten. Hast du ihn getroffen?«

»Heute ein paarmal im Büro, aber ich hab den Kopf wegge-
dreht. Ich kann ihn nicht anschauen. Nicht aus Wut, sondern
weil ich nicht aufhören kann, ihn zu lieben. Es ist demütigend.
Wie kann ich nur so erbärmlich sein?«

»Du bist nicht erbärmlich, Georgiana. Du hast Liebeskum-
mer.«

Natürlich war Amina eigentlich nicht zu übersehen gewesen,
wenn Georgiana nur genauer hingesehen hätte. In ihrem Mini-
büro war sie umgeben von stapelweise alten Ausgaben des Or-
ganisations-Newsletters, Jahr um Jahr angefüllt mit unzähligen
Berichten über Tuberkulosetests auf den Salomoninseln, über
Müttergesundheit auf Haiti und Cholera-Impfkampagnen in
der Demokratischen Republik Kongo. Georgiana durchforstete
das Archiv und entdeckte ungezählte Fotos von Amina, ent-
zifferte ihren Namen in den winzigen Bildunterschriften, sah
Amina unterrichtend in einem Klassenzimmer, auf eine far-
bige Anatomiezeichnung deutend, Amina mit einem Klemm-
brett, über eine Kühlbox gebeugt, wo sie zusammen mit einem
Mann in khakifarbener Weste Medikamentendosen abzählte.
Hatte Georgiana auf irgendeiner tieferen Ebene von Amina
gewusst? Hatte Brady ihr etwas vorgemacht, oder hatte sie das
allein bewerkstelligt? Am folgenden Dienstag holte Brady sie
nach der Arbeit ein, als sie entlang der Hicks Street nach Hause
ging. »Können wir reden?«

Georgiana spürte, wie ihr das Blut ins Gesicht strömte und
schmerzhafte Sehnsucht von der Kehle bis in ihren Unterleib
schoss. Sie nickte und nahm ihn mit in ihre Wohnung. Kaum
war die Tür hinter ihnen geschlossen, begannen sie, sich zu
küssen. Ausgehungert begegnete sie seinen Lippen, die Tränen

liefen ihr dabei übers Gesicht, aber aufhören konnte sie nicht. Sie weinte und küsste ihn und zog ihr Shirt aus, ihren BH und ihren Slip. Er küsste ihren Hals und ihren Bauch, legte sie aufs Bett und sich zu ihr. Sie war vollkommen überwältigt, von ihm, seinem Körper, seinen Berührungen – wo sie doch so sicher gewesen war, dass zwischen ihnen alles vorbei war. Er drang in sie ein, und sie küsste ihn wieder, und als es vorbei war, lagen sie erschöpft und schweigend auf dem Bett, während draußen die Sonne unterging. Sie aßen Käse und Kräcker zum Abendessen, wie Kranke auf dem Wege der Besserung, und schliefen ineinander verschlungen ein, und Georgiana hatte das Gefühl, dass sie zum ersten Mal seit anderthalb Wochen wieder richtig zur Ruhe kam.

Bald war es, als sei nichts geschehen, aber etwas hatte sich doch verändert. Auf einmal war eine seltsame Intensität, ein neuer Ernst zwischen ihnen. Sie spielten nicht mehr miteinander Tennis – es kam ihnen vor wie Verschwendung, wenn sie in der Zeit auch miteinander allein sein konnten; stattdessen verbrachten sie viele Stunden im Bett. Brady war zärtlich zu ihr, strich ihr das Haar aus dem Gesicht und sah sie manchmal an, als fürchtete er, sie könnte ihm zwischen den Händen dahinschwinden. Sie konnten nicht sagen, wo es hinführte. Ob er sich irgendwann von seiner Frau trennte? Ob sie ihre Jugend damit zubrächte, verzweifelt einen Mann zu lieben, dessen Herz nicht nur bei ihr war, sondern auch Tausende Meilen entfernt? Sie sprachen nie darüber. Wenn sie zusammen waren, hatte Georgiana zu viel Angst, sie könnte den Zauber zerstören und müsste zusehen, wie Brady sich vor ihren Augen in Rauch auflöste.

Nichts an Bradys Apartment erinnerte Georgiana an die Wohnung einer anderen Frau. Als sie zum ersten Mal zu ihm ging, war sie nervös, erwartete eine Kommode voller Parfümflaschen, gerahmte Fotos auf einem Regal, Tampons und Makeup im Bad. Zwar gab es tatsächlich Tampons unter dem Waschbecken, aber es war nicht die Wohnung einer Frau, eindeutig. Sie war ganz klar Bradys. Voller Landkarten und marokkanischer Teppiche, dazwischen ein Messingbuddha aus Kambodscha, neben der Tür etliche Paare Basketball- und Laufschuhe in Reih und Glied. Der Kühlschrank gefüllt mit Bier und scharfer Soße. An einer Wand hing ein Fahrrad, auf dem Bett lag eine hübsche blaue Tagesdecke, auf dem Nachttisch stapelten sich Biografien. Georgiana fragte sich, wie es wohl vor Aminas Auszug hier ausgesehen hatte. Hatten sie Hochzeitsgeschirr gehabt, das sie nach Seattle mitgenommen hatte? Sektflöten? Einen kristallenen Tortenständer, den sich ein allein lebender, nicht kochender, sondern sich von Takeouts ernährender Mann im Leben nicht zugelegt hätte? Ob die Wohnung in Seattle wohl Spuren von Brady trug? Gab es dort einen Old-Spice-Deostick, einen Rasierapparat, eine Schachtel mit Kondomen?

Letzteres war ein unerträglicher Gedanke. Dass der Mann, den sie liebte, auch mit einer anderen Frau schlief. Sie hüteten sich beide davor, darüber zu reden, aber es war eine Gewissheit, mit der Georgiana lebte. Als Brady von einem Wochenende in Seattle zurückkam, musste sie sich auf die Zunge beißen, musste sich kneifen, um die Vorstellung zu verscheuchen, wie er mit seiner Frau im Bett lag, ihr Gesicht küsste, ihre Hand hielt, beide schweißüberströmt.

Manchmal hatte Georgiana das Gefühl, dass sie versuchte, sich Brady einzuprägen, weil sie insgeheim darauf gefasst war, dass er eines Tages fort wäre und sie nur noch von den kleinen Sommersprossen auf seinem Rücken träumen konnte. Dann wieder schien ihr, sie hätten eine endlose Zukunft vor sich, und sie sah, dass auch Brady mit dem Gedanken spielte. Sie hatten entdeckt, dass sie beide die gleiche Schlafhaltung hatten, nämlich den großen und den zweiten Zeh des einen Fußes über die Achillessehne des anderen Fußes gesteckt. »Wenn wir Kinder hätten, würden die garantiert auch so schlafen«, sagte Brady.

»Wenn wir Kinder hätten, wären sie ziemlich begeisterte Sportler.« Georgiana lächelte versonnen.

»Ich würde mir wünschen, dass sie deine Haare haben.«

»Ich würde mir wünschen, dass sie dein Gesicht haben.«

»Ich würde mir wünschen, dass sie deine Brüste haben.«

»Im Fall von Jungs wär das vielleicht ein bisschen peinlich. Winzige männliche Babys mit den Brüsten einer Frau.«

»Ich würde sie trotzdem lieben«, versicherte Brady feierlich.

»Unsere winzigen männlichen Babys mit schönen Brüsten und langen braunen Haaren und Männergesichtern mit Bartstoppeln.«

Wenn Amina zu Besuch kam und Georgiana das Wochenende nicht mit Brady verbringen konnte, ächzte ihr ganzer Körper vor Trübsal. Sie ging mit Kristin und Lena essen und bemühte sich zuzuhören, wenn sich das Gespräch um Kristins Chef drehte, der AirPods bei Meetings trug; sie spielte mit ihrer Mutter im Casino Tennis, aß anschließend bei ihr zu Mittag und saß schweigend da, während ihre Mutter Cords Ehemaligenmagazin aus Yale studierte, einen Textmarker in der Hand, weil sie nach den Kindern von Bekannten suchte. Wenn Darley sie nach Brady fragte, zuckte sie die Achseln und murmelte etwas wie »Die Luft ist raus«, weil sie ihrer eigenen Schwester nicht sagen konnte, dass Brady verheiratet war. Sie konnte nicht sagen, dass sie wissentlich mit dem Ehemann einer anderen Frau schlief.

Am Montag danach erwachte Georgiana mit Glücksgefühlen: Amina reiste ab, und Brady gehörte wieder ihr. Wenn sie ihm auf dem Weg zur Bibliothek im Flur begegnete, streckte er die Hand aus und drückte kurz ihren Arm, sie strahlten einander an wie Idioten und entfernten sich hastig in entgegengesetzte Richtungen.

Seitdem sie sensibilisiert war, begegnet sie Aminas Spuren überall. Beim Mittagessen redeten Bradys Freunde dauernd von Seattle; sie fragten nach ihnen als Paar: »Fahrt ihr am Memorial Day wieder mal nach Maine?« oder: »Euer Prius, ist der eigentlich geleast?« Seine Kollegen waren mit Brady eng vertraut, während sie von ihr wahrscheinlich nicht einmal den Namen wussten.

Niemand im Büro fragte Georgiana je nach ihren Plänen fürs Wochenende oder kommentierte wenigstens einen neuen Pulli. Alle waren freundlich zu ihr, aber Freunde waren sie nicht. Es war eigentlich verrückt, in mehrerlei Hinsicht. Sie war ja hier aufgewachsen, in genau dieser Gegend von Brooklyn, und doch hatten ihre Kollegen und Kolleginnen fast nichts mit den Menschen gemeinsam, die sie aus ihrem sonstigen Leben kannte. Sie machten Yoga, während Georgianas Eltern Golf spielten. Sie reisten nach Ecuador und Costa Rica, während ihre Eltern und deren Freunde in Florida Urlaub machten. Es war wie BMW neben Subaru. Wie Whole Foods neben Bauernmarkt, glänzende genähte Lederschuhe neben Birkenstocks mit Socken. Im Erdgeschoss arbeitete eine gewisse Sharon. Sie hatte kurzes graues Haar – kein modisches Eisgrau, sondern das ungepflegte Gelbgrau, das von allein entsteht; sie trug gern Leinen, das um die Taille und unter den Achseln immer Falten warf und knitterte; und sehr gern trat sie auf Leute zu und massierte ihnen unaufgefordert die Schultern. Sie war nett, das wusste Georgiana, und doch wartete sie jedes Mal wie vor Schreck erstarrt, bis Sharon mit ihren Schultern fertig war und sich nach dem nächsten Paar umsah. Eine andere, Mary, trug ihr Haar als glänzenden blonden Bob und roch stets nach französischem Parfüm, kleidete sich aber ausschließlich nepalesisch – seidene Pluderhosen mit tiefem Schritt und bestickte Oberteile, die sie aus Nepal mitgebracht hatte. Und an der Jacke einen Anstecker mit der Botschaft FREE TIBET. Auf ihrem Schreibtisch stand ein kleiner Plastikbuddha, der das Mobiltelefon hielt. Es gab Männer mit langen grauen Pferdeschwänzen und kleinen John-Lennon-Brillen, und es gab auch Frauen in Georgianas Alter mit gepiercter Nase und astrologischen Tattoos. Georgiana hätte sich eher den Kopf rasiert, als sich ein Tattoo stechen zu lassen.

Nun hätte sie die Tatsache, dass sie im Büro keine Freundschaften hatte, einfach auf soziokulturelle Unterschiede zurückführen können, aber es lag auch an Brady. Wie konnte sie hier eine Freundschaft pflegen, wenn ihr gesamtes Arbeitsleben eine Farce war, der eine Ort, an dem sie am meisten aufpassen, sich am meisten verstellen musste, weil hier die Fäden von ihrem und Bradys schrecklichen Geheimnis zusammenliefen? Seit der Konferenz in D.C. hatte sie das Gefühl, dass Meg von den Fördermitteln sich mit ihr anzufreunden versuchte. Wenn Meg sie am Mittagstisch entdeckte, setzte sie sich zu ihr; dann plauderten sie über Megs Abgabetermine, über Megs Zeitplan, über Megs bevorstehende Reise nach Pakistan. Normalerweise waren nur die Projektleiter vor Ort, aber weil die Organisation sich um einen umfangreichen neuen zehnjährigen Zuschuss von USAID für den Bereich Frauengesundheit bewarb, sollte Meg mitkommen, um der Bewerbung mehr weibliches Gewicht zu verleihen. Es war das erste Mal, dass sie ins Ausland reiste, noch dazu in den Nahen Osten, was für sie einen enormen Karrieresprung bedeutete. Natürlich fiel Georgiana auf, dass sich das Gespräch ausschließlich um Meg drehte, aber das machte es auch leichter; es machte den Einstieg in eine Freundschaft einfacher. Keine Ausreden und Finten waren nötig, denn Georgiana wurde ohnehin nicht gefragt, was sie am Wochenende vorhatte (»Oh, ich plane viermal Sex mit anschließendem Thai-Essen nackt im Bett, mit unserem Kollegen Brady, weißt du?«). Die Beziehung mit Brady errichtete auch kleine Barrieren zwischen ihr und ihren engsten Freundinnen. Lena und Kristin glaubten, sie habe mit ihm Schluss gemacht, nachdem sie von seiner Ehe erfahren hatte. Und jetzt log sie. Sie log, wenn sie einen Samstagabend mit ihm verbrachte, schützte Babysitten bei Poppy und Hatcher vor, behauptete, sie sei zu müde zum Ausgehen. Lena und Kristin argwöhnten schon eine Depression bei ihr und versuchten, sie mit allen Mitteln zum Mitkommen zu überreden, doch sie schottete sich ab und schaltete ihr Telefon auf stumm. Darley anzulügen, war logistisch einfacher, denn die war viel zu sehr mit ihren Kindern beschäftigt, als dass sie auf die Idee gekommen wäre, mit ihr am Wochenende auf eine Party zu gehen; aber Georgiana schämte sich, weil sie wusste, wie sehr ihre Schwester ihr Tun verurteilt hätte, und gleichzeitig war sie wütend, weil sie sich schämte. Nur weil Darley das Glück gehabt hatte, schon als Studentin die Liebe ihres Lebens zu treffen, hieß das nicht, dass es für den Rest der Welt ähnlich einfach war. Es war leicht, von der Heiligkeit der Ehe zu schwadronieren, wenn man noch nie tief und schmerzhaft die falsche Person geliebt hatte.

Als Georgiana erfuhr, dass Brady nach Pakistan reisen würde, war sie frustriert. »Warst du nicht gerade erst weg?«, fragte sie mit klagendem Unterton.

»Ich war seit Monaten bei keinem Projekt mehr dabei. Das ist doch das Beste an meinem Job – der Einsatz an der Front.«

»Wie lang wirst du fort sein, was denkst du?«

»Wahrscheinlich einen Monat?«

»Das ist das Schlimmste, was mir je passiert ist«, sagte Georgiana schmollend.

»Dann kannst du dich aber glücklich schätzen.« Brady küsste sie auf die Nase. »Lad dir WhatsApp herunter, und wir können die ganze Zeit in Kontakt sein.«

Am Wochenende vor Bradys Abreise kamen sie kaum aus dem Bett. Lachend sagten sie sich, sie seien Sexkamele und müssten vor der Durchquerung der Wüste so viel Sex wie möglich im Höcker speichern. Am Sonntag, als Georgiana aus der Dusche kam, stand Brady wie ertappt vor ihr und versteckte etwas hinter seinem Rücken.

»Was machst du?«, fragte sie.

»Ich schreibe dir kleine Nachrichten«, gestand er. »Die will ich überall in deiner Wohnung verstecken, damit du sie findest, während ich weg bin. Jetzt mach entweder die Augen zu oder geh zurück ins Bad.«

Georgiana grinste und kehrte ins Bad zurück, wo sie sich vor dem Spiegel kämmte, während sie den Geräuschen aus dem Wohnzimmer lauschte, wo Brady Kissen aufhob und Schubladen öffnete und schloss. Spätabends, als er gegangen war, fand sie einen an den Brotkasten geklebten Zettel, auf dem stand: »Du hast schöne Rundungen.«

Ein paar Tage nach ihrem Abschied bestellte der oberste Chef, der Gründer ihrer Organisation, alle Mitarbeitenden in den Versammlungsraum im ersten Stock. Georgiana spürte gleich beim Eintreten, dass etwas Schreckliches geschehen war, in allen Gesichtern standen Erschütterung und Entsetzen. Sharon, die Rezeptionistin, betupfte sich mit einem Taschentuch die Nase, doch unter ihrer Brille rannen die Tränen ungehindert. Eine dumpfe Ahnung sagte Georgiana, dass es um Brady ging. Es war ein Gefühl wie kalter Schmerz, der durch ihren Körper rauschte, ihre Arme lähmte, ihre Kehle zuschnürte. Heiser begann der Gründer zu sprechen und musste sich wieder unterbrechen, weil ihm die Stimme versagte. Meg, die Projektmanagerin Divya und Brady, sagte er schließlich, hätten im ostpakistanischen Lahore ein Flugzeug nach Karachi bestiegen. Der Pilot habe technische Schwierigkeiten gemeldet und seine Absicht bekundet, nach Lahore zurückzukehren. 35 Meilen vor der Stadt stürzte das Flugzeug ab. Es gab keine Überlebenden.

Bei den Worten »keine Überlebenden« musste sich Georgiana mit der Hand an der Wand abstützen. Ihr wurde schwarz vor Augen, ihr Gesichtsfeld schrumpfte auf einen kleinen Lichtpunkt, und unter ihren Füßen schwankte der Boden. Sie spürte die alte Tapete unter der Handfläche und konnte nichts sehen, wusste nicht, ob sie stand oder fiel. Als ihre Sicht allmählich zurückkehrte, sah sie Menschen ringsum, die sich entsetzt die Hand vor den Mund hielten, aber sie konnte mit niemandem sprechen, konnte niemanden ansehen. Sie konnte auch nicht zu ihrem Schreibtisch zurück. Sie wandte sich ab und ging die Treppe hinunter und durchs Foyer hinaus auf die Straße. Sie wusste nicht, wohin.

Brady war tot. Sein Körper, sein sommersprossiger Rücken, die im Schlaf um den Knöchel gehakten Zehen waren an einem Ort, an dem Georgiana nie gewesen war, den sie wahrscheinlich nie sehen würde, zu Asche verbrannt. Nie mehr würde sie ihn umschlingen; nie mehr würde sie sein Gesicht sehen, seinen Mund küssen, sie konnte nicht einmal um den Körper trauern, den sie mit solcher Leidenschaft geliebt und begehrt hatte. Instinktiv hatten ihre Schritte sie zu ihrem Elternhaus geführt. Sie stolperte die steinernen Stufen hoch und sperrte mit ihrem Schlüssel die Haustür auf. Sie weinte so heftig, dass sie nichts wahrnahm, ja kaum noch Luft bekam. Im Flur vor ihrem Zimmer ließ sie ihre Tasche fallen und kroch in den Kleiderschrank. Sie riss Sachen von den Bügeln und vergrub das Gesicht im muffig riechenden Stoff. Sie trat gegen den hölzernen Biber, den sie hier versteckt hatte. Sie war ein Kind gewesen, ein dummes Kind, aber Brady hatte sie gesehen. Ihre Liebe zu ihm hatte sie mit Scham erfüllt, aber auch mit einer Kraft, die hell und heiß glühte. Und jetzt war er tot. Sie würde diese Kraft nie wieder spüren.

Georgiana weinte, bis ihr Magen schmerzte, bis ihre Augen zugeschwollen waren, das Gesicht aufgedunsen und fleckig. Sie wusste nicht, seit wie vielen Stunden sie hier saß.

Irgendwann hörte sie draußen ein dumpfes Geräusch, und gleich darauf öffnete sich vorsichtig die Schranktür. Vor ihr stand Sasha.

»Georgiana, was ist denn los?«

»Es ist etwas Schreckliches passiert«, sagte Georgiana. Und sie erzählte alles.

12

Darley

Bevor ich geboren wurde, hatte ich einen Schwanz«, sagte Poppy ernst und blickte Darley tief in die Augen. Sie saßen im Tutt's, einem kleinen Restaurant in der Hicks Street, und Poppy hatte Tomatensoße am Kinn.

»Wie, du hattest einen Schwanz?«, fragte Darley, die momentan nicht wusste, ob sie im Reich der Fantasie oder in der Wirklichkeit unterwegs waren.

»Ich hatte einen Schwanz wie eine Kaulquappe.«

»Wir hatten beide Schwänze wie Kaulquappen«, bestätigte Hatcher, während er sorgfältig jede Olive und jedes Stück Paprika aus seinem Salat klaubte und auf den Tisch legte.

»Ich konnte *wahnsinnig schnell* schwimmen, und dann war ich ein Ei«, fuhr Poppy fort.

Darley sah Malcolm fragend an.

»Aber du weißt, dass du eigentlich keinen Schwanz hattest, oder? Menschen haben keine Schwänze«, erklärte Malcolm.

»Doch! Ich schon! Ich hatte einen Schwanz wie eine Kaulquappe, und dann war ich ein Ei, und dann bin ich in Mamas Bauch gewachsen!«, widersprach Poppy entrüstet.

Darley fing an zu lachen und flüsterte Malcolm zu: »Sie meint die Zeit, als sie ein Spermium war.«

Vor einiger Zeit hatte die Schule sie wissen lassen, dass im Biologieunterricht demnächst die Themenbereiche Gesundheit und menschliche Sexualität zur Sprache kämen. Offenbar war es jetzt so weit. Darley wollte nicht altmodisch sein, aber Vorschulkinder fand sie eindeutig zu jung dafür – in ihrer Jugend hatte Sexualkunde erst in der fünften Klasse auf dem Lehrplan gestanden. Allerdings war es wohl besser, sie lernten es in der Schule und nicht durchs Internet. Man konnte nur hoffen, dass Poppy nicht im Tennisclub von Spermien anfing.

Seit Darleys eigener Schulzeit vor dreißig Jahren veranstaltete die Henry Street School jeden Herbst eine Auktion, um Geld für den Stipendienfonds zu sammeln. Dann warfen die Eltern sich in Schale, strömten in die Turnhalle und boten Zehntausende Dollar für Mahlzeiten von Starköchen, Tickets für die New York Knicks, Logenplätze in Konzerten, Wochen auf einer Yacht, einmal sogar die Chance, dem eigenen Kind Schwimmunterricht bei einem bekannten Olympiasieger zu erkaufen. Über die Jahre hatten die Stocktons eine Skireise erstanden, eine Fahrt mit dem Heißluftballon, eine Familienfotosession mit einem Fotografen des *National Geographic* und ein abscheuliches Gemälde, ein Gemeinschaftswerk von Cords fünfter Klasse, das sie viertausend Dollar gekostet hatte.

Die Familien wurden gebeten, großzügig zu spenden und kompetitiv zu bieten, und natürlich war es eine ideale Gelegenheit, um mit den überragenden Beziehungen zu protzen, die man so hatte. Hatte man einen Schwiegersohn im Management des Baseballverbands MLB, bot man ein Fantreffen mit den

Yankees an. War man im Vorstand der Mark Morris Dance Group, sorgte man dafür, dass einige Spitzentänzer zum glücklichen Ersteigerer nach Hause kamen und dort eine Vorstellung gaben. Ein Ausflug nach Long Island oder ins Litchfield County war nicht spektakulär genug, denn fast alle Schülereltern hatten dort einen Zweitwohnsitz, aber wenn man vielleicht einen Drittwohnsitz in Aspen, Nantucket oder St. John hatte, konnte man einen Aufenthalt dort zum jährlichen Geschenk an die Schule machen. Noch besser war es, man stellte für den Transport dorthin das eigene Privatflugzeug zur Verfügung.

Als Darley in der Mittelstufe war, hatte die Familie jüngst weitere Grundstücke am Wasser erworben, und nun hatten die Stocktons etwas, womit sie sich einbringen konnten: Themenpartys in einem der leer stehenden Gebäude – eine Oscar-Party im aufgegebenen Kino von Brooklyn Heights, ein Maskenball am einstigen Standort von Jane's Carousel, ein Krimiabend in einem ehemaligen Teil der Marinewerft.

In diesem Jahr hatte Tilda sich selbst übertroffen und sich eine Old-Hollywood-Nacht im ehemaligen Hotel Bossert in der Montague Street einfallen lassen. Das Hotel gehörte zu den Objekten, die verkauft wurden, als die Zeugen Jehovas sich 2008 von ihren Immobilien in Brooklyn Heights zu trennen begannen, und die Stocktons hatten sich an dem fünfjährigen Bieterkrieg um die Immobilie beteiligt. (Gerüchten zufolge lagen die Gesamtkosten bei knapp hundert Millionen.) Es war ein umwerfendes Gebäude mit Marmorlobby, mächtigen Kronleuchtern und auf dem Dach einem Restaurant über zwei Etagen, das seit den 1950ern berühmt war, nachdem Spieler der Dodgers hier einen Sieg der World Series gefeiert hatten. Das Hotel war dreißig Jahre nicht mehr öffentlich zugänglich gewesen, und die Nachbarschaft platzte vor Neugier. Das Haus war hochherrschaftlich und stand stolz und selbstbewusst in seiner Umgebung, und wahrscheinlich hätte Tilda auch einfach einen Abend auf dem Fußboden der Lobby mit Erdnussbuttersandwiches spenden können, die Leute hätten trotzdem wie verrückt geboten, nur um das Haus einmal von innen zu sehen.

Die Schulauktion bestand aus zwei Teilen, der Liveauktion und der stillen Auktion. Letztere war vor einigen Jahren auf eine App umgestellt worden, damit die Leute plaudern und trinken und gleichzeitig über Handy mitbieten konnten. Darley hatte sich im Voraus mit ihrer Mutter den Katalog angesehen, und sie hatten überlegt, bei welchen Angeboten sie nur aus Höflichkeit mitbieten würden und was sie tatsächlich haben wollten. Sie einigten sich darauf, dass Tilda bei der Liveauktion um das Zehngängemenü mit dem Starkoch Tom Stork mitbieten würde, weil Toms Kinder in Poppys Klasse waren; manchmal sah man ihn sogar, wenn er sie brachte. Bei der stillen Auktion würde sie den Aufenthalt in einem Ferienhaus auf Nashaun, der Privatinsel unweit von Martha's Vineyard, zu ersteigern versuchen, weil sie Freunde in der Familie Forbes hatte, die dort ebenfalls ein Haus besaßen, und es nett wäre, wenn man sich dort träfe. (Auf Nashaun gab es nur dreißig Häuser, und alle gehörten den Forbes. Solange sie nicht eines ihrer Kinder durch Heirat in die Forbes-Familie einschleuste, war die Auktion Tildas einzige Chance auf ein Haus dort.) Höflichkeitshalber würden sie natürlich bei den Werken mitbieten, die Poppy und Hatcher mit ihrer jeweiligen Klasse erarbeitet hatten – das eine ein Quilt mit den Gesichtern der Kinder siebgedruckt auf den einzelnen Quadraten, das andere ein Segeltuchstuhl, den die Kinder mit ihren wackeligen Unterschriften verziert hatten. Sie hofften, ungeschoren davonzukommen, aber es war klar, dass die Lehrer sehr gekränkt wären, wenn die Sachen nicht mindestens einen vierstelligen Betrag erzielten.

Eröffnet wurde die Auktion alljährlich mit dem Verkauf eines kleinen Teddybären, der in einem T-Shirt mit dem Logo der Henry Street School steckte. Sein Wert betrug allenfalls zehn Dollar, doch es war ein Zeichen guten Willens, den Abend mit einem Paukenschlag einzuleiten und den Bären möglichst hoch zu ersteigern: Je höher der Preis, desto besser liefe die gesamte Spendenaktion. An diesem Bieterkrieg beteiligten sich Chip und Tilda nie – der Teddybär war reine Protzerei, die überließen sie gern den echten Schwergewichten der Schule, deren Namen einen Gebäudeflügel der New York Public Library oder die Sportanlagen des Harvard College zierten.

Am Auktionsabend blieb Malcolm zu Hause bei den Kindern, und Darley ging mit ihren Eltern zu Fuß zur Schule. Ihre Mutter sah umwerfend aus, hatte ihr blondes Haar zu einem French Twist aufgesteckt, und ihr Make-up war professionell. Sie trug ein langes grünes Kleid und eine so kleine Handtasche, dass Darley sich fragte, ob da überhaupt ein Telefon hineinpasste. Darley hatte sich für die in ein paar Wochen anstehende Hochzeit ihres Cousins Archie ein neues Outfit gekauft, eine hochtaillierte Seidenhose mit passendem Oberteil, und da keine Überschneidung der Gäste zu erwarten war, hielt sie es für vertretbar, das Teil zweimal zu tragen. Vorausgesetzt, es postete niemand Bilder von der Auktion auf Social Media.

Bei der Einlasskontrolle am Schultor ließen sie sich von einem Team junger Partyplaner zeigen, wo man die App auf das Handy herunterlud, wie man Gebote abgab und welche

Einstellungen zur Verfügung standen – zum Beispiel eine, die jedes Fremdgebot automatisch überbot. »Die ist zu empfehlen, wenn Sie was unbedingt haben wollen; dann müssen Sie nicht den ganzen Abend auf Ihr Telefon starren, nur damit Ihnen niemand zuvorkommt!«, wurde ihnen erklärt.

»Machen wir das für das Haus auf Nashaun?«, fragte Tilda ihre Tochter.

»Besser nicht – was, wenn jemand durchdreht und total übertreibt? Lass uns lieber in den letzten zwanzig Minuten genau beobachten, wie sich die Sache entwickelt«, riet Darley. Der Gedanke, dass Chip und Tilda bei einer Schulauktion mit Geld um sich warfen, während sie selbst ihre Eltern aller Wahrscheinlichkeit nach am Ende des Semesters um das Schulgeld für die Kinder anflehen musste, stresste sie.

»Lasst uns vernünftig sein«, sagte Chip stirnrunzelnd. »Wenn ich sehe, wie eine von euch den Pinot Grigio in sich hineinschüttet und auf dem Handy herumhämmert, konfisziere ich es.«

»Chip, du machst wohl Witze«, lachte Tilda. »Weißt du nicht, dass ich ausschließlich Chardonnay trinke?«

Eine Handvoll anderer Eltern aus Poppys und Hatchers Klassen waren schon da, und Darley, Chip und Tilda stellten sich zu ihnen an die Bar auf einen Cocktail. So viele Familien der Henry Street School kannten einander, weil ihr Nachwuchs schon im Kindergarten der Grace oder der Plymouth Church zusammen gewesen war und die Eltern ungezählte gemeinsame Bespaßungsaktionen veranstaltet hatten.

Während sie auf ihre Getränke warteten und plauderten, scrollte sich Chip durch die Angebote für die stille Auktion und entdeckte etwas, das Darley anscheinend übersehen hatte.

»Hey, Darley, schau mal.« Er deutete auf ein Angebot: »High Flighers aufgepasst! Begleiten Sie einen erfahrenen Piloten in einer Cirrus SR22 bei einer Nachmittagsexkursion. Von Montauk bis Hot Springs liegt Ihnen die Welt zu Füßen – vier Stunden Flug mit Luxuspicknick zu zweit.«

»Hab ich nicht gesehen!«, sagte Darley erstaunt. »Das ist vielleicht erst heute dazugekommen.«

»Wer stiftet es?« Tilda spähte mit zusammengekniffenen Augen auf Chips Handy.

»Keine Ahnung – ich kenne keine Eltern der Unterstufe, die eine SR22 haben. Meines Wissens benutzen die meisten Eltern von Poppys Klasse Firmenflugzeuge oder fliegen einfach mit NetJets.« Darley sah sich neugierig um. »Ich forsche mal nach, okay?«

Chip nickte, und sie steuerte auf eine Gruppe von Frauen zu, die mit iPads in den Händen unweit der Bühne standen. Sie wurde an Cy Habib verwiesen, einen gutaussehenden Mann mit Hermès-Krawatte, der mit einer Gruppe von Oberstufeneltern zusammensaß.

Darley trat zu ihm und tippte ihn am Ellenbogen an. »Entschuldigung, darf ich kurz stören? Ich bin Darley Stockton, meine Kinder sind in der Unterstufe. Sind Sie derjenige, der den Flug mit der SR22 stiftet?«

»Ja, genau, bieten Sie mit?« Er stand auf, um ihr die Hand zu schütteln, und sein breites Lächeln offenbarte blendend weiße Zähne.

»Ja, vielleicht. Erst mal wollte ich den Besitzer kennenlernen.«

»Schuldig im Sinn der Anklage. Total irre, dass ich das Ding gekauft habe. Sie kennen ja den Spruch: Wenn es fliegt oder schwimmt, miete es.«

Ganz richtig war er so nicht, der Spruch … Darley kannte ihn, hatte ihn eine Million Mal gehört, eigentlich lautete er: »Wenn es fliegt, schwimmt oder fickt, miete es.« Für ein Flugzeug, ein Boot, eine Frau zu bezahlen, sei Geldverschwendung. Der Anstand des ihr unbekannten Mannes, den Spruch nicht vollständig zu zitieren, gefiel ihr.

»Es ist ein wunderschönes Flugzeug. Innen luxuriös wie ein Sportwagen – so viel Leder!«, sagte Darley.

»Als ich zum ersten Mal die Flügeltüren gesehen habe, war ich hin und weg. Und die Bordelektronik …« Cy schüttelte stumm vor Bewunderung den Kopf.

»Und der Fallschirm. Ich finde es super, dass ein Flugzeug einen eigenen Fallschirm hat!«

»Dann kennen Sie sicher ihren Werbeslogan: ›Chute Happens.‹« Sie lachten einmütig.

»Arbeiten Sie in der Branche, oder sind Sie Wochenendkrieger?«

»Ich arbeite bei einer Fluggesellschaft. Dann komme ich aus dem Büro und gehe fliegen. Was soll ich sagen? Schön wär's, ich hätte vielseitigere Talente, aber im Golf bin ich eine Null.« Cy grinste, und Darley lächelte zurück. »Und Sie? Sind Sie in der Branche?«

»Oh, nein«, wehrte Darley ab. »Mein Mann. Ich bin nur Flugzeugfreak.«

»Die Hälfte der Leute in diesem Raum hat schlimmere und teurere Laster. Bei uns geht es, finde ich.«

Sie unterhielten sich noch ein paar Minuten, und zum Abschluss gab ihr Cy seine Karte und sagte, sie und Malcolm seien jederzeit willkommen mitzufliegen. Freudig erregt kehrte Darley zu ihren Eltern zurück.

»Und? Wem gehört das Flugzeug?«, fragte Tilda verschwörerisch. Eine Cirrus SR22 war mindestens eine Million Dollar wert, und Tilda hatte es sich zur Aufgabe gemacht, stets im Bilde zu sein, wer so viel Geld für seine Hobbys flüssig hatte.

»Er heißt Cy Habib. Sie wohnen drüben am Gardner Place.«

»Was ist das für ein Name, Habib?«, fragte Chip stirnrunzelnd.

»Arabisch«, antwortete Darley.

»Aha!«, sagte Chip und nickte, als würde das seinen geistreichen Verdacht bestätigen.

Darley schnaubte genervt. Allerdings war es keine Überraschung für sie, dass ein Elternteil mit Pilotenschein eine Person of Color war. Sie und Malcolm hatten schon öfter darüber gesprochen, dass ausgerechnet die Welt der amerikanischen Luftfahrt so divers war. Oft fing es ja schon in ganz jungen Jahren an, weil Einwandererkinder fliegen mussten – nach Indien, Singapur, Südafrika –, wenn sie ihre Großeltern sehen wollten, und lange Interkontinentalflüge nichts Besonderes für sie waren, während Darley ihre Großeltern zu Fuß hatte besuchen können, weil sie gerade mal drei Blocks entfernt wohnten. Malcolm war nach Südkorea geflogen, hatte auf jedem Flug den Kopf ins Cockpit gestreckt, um die Piloten zu begrüßen, und sich Plastikflügel an sein sorgfältig gebügeltes Hemd geklebt. Überseeflüge hatten etwas Glanzvolles – hatte man erst einmal Kerosin im Blut, kam man nicht mehr davon los. Wer früh das Fliegen lieben gelernt hat, ist süchtig für immer.

Die Liveauktion begann, und Darleys Eltern stellten ihre Cocktailgläser ab und nahmen ihre Gebotsschilder zur Hand. Als der Auktionator den Henry-Street-Teddybären vorstellte und die Versteigerung mit dem untersten Gebot von tausend

Dollar eröffnete, überlief Darley ein kleiner Schauer der Erregung. War es abartig, mit Begeisterung anderen beim Geldausgeben zuzuschauen? Wahrscheinlich war es nichts anderes, als wenn man Leute im Nachtclub mit Dollarscheinen um sich werfen sah. Schaut nicht jeder gern zu, wenn mit vollen Händen Geld aus dem Fenster geworfen wird?

Der NBA-Spieler und seine Frau hoben immer wieder ihr Gebotsschild, und schließlich gehörte der Teddy für achttausend Dollar ihnen. Der Abend war also gut angelaufen. In rascher Folge wurden eine Nebenrolle in einer Soap, eine Gitarre von Bruce Springsteen, eine von Arnold Palmer signierte Masters-Fahne von 1959, Logenplätze für ein Billie-Eilish-Konzert und ein von Stan Lee signiertes Spider-Man-Kostüm für Kinder verkauft.

»Mist, das hätten wir für Hatcher ersteigern sollen«, sagte Tilda leise zu Darley.

Darley verdrehte die Augen. »Ach, Mom, du hast ihm doch vor drei Jahren eins gekauft. Wir haben es weggeschlossen, damit er nicht auf die Idee kommt, es zu tragen.«

Als der Auktionator das von Tom Stork gekochte private Essen ausrief, hielt Tilda ihr Gebotsschild parat und wurde einige Zentimeter größer. Der Starkoch saß an einem Tisch in der Nähe, und Tilda lächelte breit in seine Richtung. Darley wand sich innerlich, als Tom sein Glas leerte, aufstand und ging – als wollte er zur Bar, um sich Nachschub zu holen, aber offensichtlich wollte er sich nur den Blicken entziehen.

»Was bringt es, zu bieten, wenn er es gar nicht mitkriegt?«, maulte Tilda.

Sie erhöhte ihr Gebot auf fünftausend Dollar, stieg dann aber aus und überließ den Sieg einem Paar auf der anderen

Seite des Raumes. »Hoffentlich sagt ihm seine Frau, dass wir mitgeboten haben.« Beleidigt zog Tilda ihr Telefon aus ihrem Miniaturtäschchen. »Gott, Darley, auf dieser App sieht man ja überhaupt nichts. Wie weit ist die stille Auktion für das Haus auf Nashaun?«

»Hast du keine Lesebrille dabei?«, fragte Darley, die ihrer Mutter über die Schulter schaute.

»Die passt nicht in meine Handtasche.« Tilda hielt das Telefon mit ausgestrecktem Arm so weit wie möglich von sich weg und tippte mit der anderen Hand.

Der Rest der Party verschwamm in einem Nebel aus Wangenküssen und leicht anzüglichen Gesprächen mit Lehrerinnen und Schulvorständen. Darley beneidete sie nicht, wie sie resigniert an einem einzigen Glas mit warm gewordenem Weißwein nippten, um nüchtern genug zu bleiben, dass sie sich an die Namen der Eltern erinnern konnten. Als es auf neun Uhr zuging und die letzte Runde gleich mit einem Glockenschlag eingeläutet werden würde, gingen die Stocktons hinüber zu den Werken der Klassen, um den Quilt und den Stuhl persönlich zu begutachten. Ein paar Eltern, die sie kannten, standen bei den Auktionsobjekten der Kindergarten- und Vorschulkinder. Auf dem Leinwandstuhl mit den Unterschriften hatte sich inzwischen eine hochschwangere Frau niedergelassen.

»Ich habe ihn schon in Besitz genommen!«, lachte sie, als die Stocktons ihr entgegenkamen. »Das ist die einzige Sitzgelegenheit, in der mir zum ersten Mal in neun Monaten *nicht* der Rücken wehtut. Ich habe meinen Mann gezwungen, ihn zu ersteigern und sich ja nicht überbieten zu lassen!«

»Wenn ihn jemand verdient hat, dann Sie«, sagte Darley, insgeheim begeistert, dass sie damit aus dem Schneider waren.

Hoffentlich wuchs auch der Quilt jemandem derart ans Herz, dass er ihnen weggeschnappt wurde. Die Minuten vergingen, der Glockenschlag rückte näher, und die Gäste blickten immer öfter auf ihre Telefone, um sich zu vergewissern, dass ihnen niemand in letzter Sekunde das Objekt der Begierde vor der Nase wegkaufte.

»Bestimmt kriegen wir Nashaun«, raunte Tilda aufgeregt in Darleys Ohr.

»Bei dem Stuhl ist mir jemand dicht auf den Fersen«, sagte der Ehemann missmutig zu seiner schwangeren Frau.

»Wer sollte das tun, wenn sie doch schon darin sitzt?«, fragte Darley und sah sich um, halb in der Erwartung, eine zweite Schwangere zu sehen, die mit finsterer Miene zu ihnen herüberblickte.

Die Uhr schlug neun, die Anwesenden brachen in Jubelgeschrei und Stöhnen der Enttäuschung aus. »Wir haben Nashaun!« Tilda schwenkte froh ihr Telefon durch die Luft und geriet dabei auf ihren hohen Absätzen ein wenig ins Taumeln.

»O nein! Jemand hat mir den Stuhl genommen«, klagte der Ehemann theatralisch.

»Waaas?« Seine Frau sah aus, als kämen ihr gleich die Tränen. »Ich muss ihn hergeben?«

Assistiert von Chip, zog der Ehemann sie behutsam aus dem weichen Segeltuchsitz. Sie trug flache Schuhe, und Darley sah ihre von der Schwangerschaft geschwollenen Knöchel. Unterdessen teilte die App ihr mit, dass die von ihrer Mutter angebotene Party im Hotel Bossert für 4400 Dollar verkauft worden war. Unglaublicher Preis! Tilda ging, um sich ihr Zertifikat für den Urlaub auf Nashaun abzuholen, und kam kurz darauf mit betretener Miene zurück. »Lasst uns gehen«, sagte sie leise.

»Warum, was ist denn? Hast du das Zertifikat für das Haus bekommen? Hast du die Kreditkartennummer angegeben?«, fragte Chip mit gerunzelter Stirn.

»Ja, aber wir haben leider auch den Stuhl gewonnen.«

»Wie bitte? Wieso das denn?«

»Ich hatte das Kästchen für automatische Überbietung markiert. Wir sind dreitausendzweihundert Dollar los.«

»Für einen vollgekritzelten Stuhl aus Segeltuch?«, fragte Chip und lief rot an.

Tilda zuckte die Achseln. »Wir können ihn ja Cord und Sasha geben.« Darley sah ihren Vater mitfühlend an und wollte etwas sagen, doch Tilda kam ihr zuvor. »Sei nicht so, Chip. Es ist alles für einen guten Zweck.« Damit war das Thema erledigt, das Gewissen zum Verstummen gebracht. Tilda stöckelte ihnen voraus durch die Tür und nach Hause, gefolgt von Darley und Chip, der den windigen Stoffstuhl voller Kinderunterschriften trug.

Als Darley las, dass Bill Gates seinen Kindern weniger als 1 Prozent seines Vermögens hinterlassen wollte, also nur zehn Millionen Dollar pro Kind, war ihr erster Gedanke: *Immer noch zu viel.* Erbschaften hatten das Potenzial, den Begünstigten zugrunde zu richten. In Armut geboren zu werden, war natürlich unvergleichlich schlimmer, aber da sowohl Darleys Mutter als auch ihr Vater aus reichen Familien stammten, hatte Darley jede Menge Vettern und Cousinen ersten und zweiten Grades, die lebende Beweise für die Zerrüttungsmacht des Geldes waren. Gewiss, einige hatten Jura, Politik, Medizin studiert, aber es gab andere, die Mehrheit, die nur die Hände in den Schoß legten. Die durch die Welt reisten und Party machten und nur so taten, als gingen sie einer Arbeit nach, dabei ihre Shopping-Neigungen als »Sammler«-Interessen kaschierten, die tagsüber mit ihrem vielen Geld Daytrading trieben und nachts beim Onlinepoker alles wieder verzockten. Eine Cousine hatte einen Künstler geheiratet und sah ihm seither bei der Arbeit zu, denn sie bezeichnete sich ganz im Ernst als seine »Muse«. Ein anderer hatte sein ganzes Geld in ein Start-up gesteckt, das Trampoline für Yachten herstellen wollte.

Darleys Kernfamilie war mit ihrer enormen Privilegiertheit auf maximal anständige Weise umgegangen. Cord war seiner großen Schwester nach Yale gefolgt und später nach Stanford gewechselt, Georgiana hatte die Brown University besucht und danach an der Columbia ihren Master in russischer Literatur gemacht. Darley fand es unerträglich, dass ihre eigene teure Ausbildung vergeudet wurde und sie ihre blendende Startposition nur dafür nutzte, zu Hause herumzusitzen, Termine beim Kinderzahnarzt zu vereinbaren oder die Sachen ihres Mannes aus der Reinigung zu holen. Aber das Problem war, dass sie ihre Kinder so schnell nacheinander bekommen hatte – das war der Karrierekiller schlechthin.

Die erste Schwangerschaft und die Rückkehr aus dem Mutterschaftsurlaub waren brutal gewesen. Darley hatte anfangs unter lähmender morgendlicher Übelkeit gelitten. Damals hatte sie bei Goldman Sachs gearbeitet, und es wurde erwartet, dass sie jeden Morgen um sieben Uhr im Büro war. Wie Malcolm war sie im Investment Banking tätig. Sie engagierte sich über alle Maßen, machte Überstunden, bat darum, so viele Projekte wie möglich zugewiesen zu bekommen, nur um sich von der Masse abzuheben, in die Industry Coverage Group aufzusteigen und sich dann auf Fluggesellschaften konzentrieren zu können. Ihre erste Schwangerschaft kam überraschend, aber sie war entschlossen, sich nicht entmutigen zu lassen. Weil ihr auf Autofahrten schlecht wurde, verzichtete sie aufs Taxi und fuhr morgens mit der U-Bahn ins Büro, doch auf der langen Strecke von der High Street mit der Linie A wurde ihr so elend, dass sie oft an der Canal Street ausstieg und sich in einen Mülleimer am Bahnsteig übergab. Dann kam sie blass und verschwitzt ins Büro und hatte den Geschmack nach Erbrochenem im Mund. Die einzige Maßnahme gegen den Brechreiz waren saure Drops, von denen sie einen Vorrat in ihrer ledernen Handytasche bei sich hatte, um sich verstohlen eines in den Mund zu stecken, wenn sie sich unbeobachtet fühlte. Sobald man ihr die Schwangerschaft ansah, waren ihre männlichen Kollegen zunehmend alarmiert und sichtlich angewidert. »Bist du sicher, dass es nicht Zwillinge werden?« Oder, schlimmer: »Stress ist doch Gift für ein Baby. Ich würde meiner Frau nie erlauben, dass sie Nachtschichten schiebt, wenn sie schwanger ist.« Darley hatte derart Panik vor einem Blasensprung im Büro, dass sie unter ihrem Schreibtisch eine Sporttasche mit Handtüchern und Ersatzunterwäsche stehen hatte.

Sechs Wochen nach Poppys Geburt war Darley wieder im Büro. Sie musste sich fragen lassen, ob sie ihren »Urlaub« genossen habe, hörte unablässig Klagen über die zusätzliche Arbeit, die man ihretwegen habe übernehmen müssen, und wenn sie sich ins Krankenzimmer fortzuschleichen versuchte, um ihre Milch abzupumpen, lachten alle und imitierten die Bewegungen des Melkens, begleitet von entsprechenden Geräuschen.

Darley hielt sechs Monate durch. Sie pumpte überall Milch ab, wo es ging, auch in Flugzeugtoiletten auf Langstreckenflügen. Sie ließ Poppy bei Soon-ja, lagerte ihre abgepumpte Muttermilch in der Hotelrezeption und schickte sie mit FedEx nach Hause. Sie verpasste Schlafenszeit und Badezeit und Poppys erstes Krabbeln. Sie polsterte ihren BH mit Baumwollpads, damit man keinen Fleck auf der Seidenbluse sah, wenn einmal eine Sitzung länger dauerte und sie nicht rechtzeitig abpumpen konnte. Wenn sie ehrlich war, wollte sie am liebsten gleich noch einmal schwanger werden. Dieses Leben brachte sie um. Sie schaffte es nicht mehr. Sie war völlig erledigt, und ein zweites Baby wäre der perfekte Absprung. Jeder würde verstehen, warum sie gekündigt hatte.

Malcolm war begeistert, als sie ihm von der zweiten Schwangerschaft berichtete. Jetzt konnte sie mit der Arbeit aufhören und die Kinder großziehen. Natürlich wären sie dann erst einmal für längere Zeit eine Familie mit nur einem Einkommen. Erst spät wurde Darley bewusst, was es für sie als Frau bedeutete, dass sie bei der Eheschließung auf das Geld aus ihrem Treuhandfonds verzichtet hatte. In ihrer Kindheit und Jugend hatten natürlich ihre Eltern für Skiausflüge, neue Klamotten, Abendessen, Sonnenbrillen und Friseurbesuche bezahlt, als Studentin hatte sie dann ihren Fonds angezapft, um ein Auto zu leasen, sich einen neuen Laptop zu kaufen und Mitglied in einem teuren Fitnessstudio zu werden, wo es ein Dampfbad gab. Nun war diese Quelle versiegt, ihr Geld in zedernholzduftenden Dampfschwaden verpufft, und sie hatte kein Bankkonto mehr außer dem gemeinsamen mit Malcolm.

In der *New York Times* hatte sie gelesen, die glücklichsten Paare seien die mit dem gemeinsamen Konto, doch überzeugt war sie nicht – schließlich war Malcolm derjenige, der jeden Monat das Geld nach Hause brachte; nicht sie. Stattdessen hatten sie einfach Partnerkarten bei American Express, die an dieselbe Kreditlinie geknüpft waren: Malcolms. Wann immer Darley achthundert Dollar beim Dermatologen, tausend Dollar im Luxuskaufhaus Bergdorf Goodman, vierhundert beim Friseur in SoHo ausgab, erfuhr Malcolm zwangsläufig davon. Es kam ihr vor wie Pinkeln bei offener Tür: Manche Paare taten es, sie, Darley, fand es gefährlich unsexy.

Es hatte aber über Jahre hinweg funktioniert. Sie hatten eine tolle Wohnung, sie machten schöne Urlaube, die Kinder bekamen alle Chancen, und in den Nächten, in denen Darley und Malcolm im selben Bett schliefen, schmiegten sie sich aneinander wie zwei Silberlöffel in einer Schublade. Aber seitdem Malcolm arbeitslos war, konnten sie sich dieses Leben nicht mehr leisten. Er brauchte einen Job. Sie brauchte ebenfalls einen. Oder sie musste ihren Eltern sagen, dass ihre Pläne nicht aufgegangen waren.

13

Sasha

Sasha hatte gehofft, dass sie allein kraft des Umstands ihrer Geburt einhundertzwanzig Jahre nach dem amerikanischen Bürgerkrieg von Kanonendonner in nächster Nähe verschont bliebe, doch leider heiratete Cords Cousin Archie in einem Yachtclub in Greenwich, und die ganze Familie fuhr hin. Zur Unterbringung war ein weitläufiges Haus am Wasser mit sechs Schlafzimmern gemietet, und weil Poppy und Hatcher sowieso in einem Zimmer schliefen, konnte auch Berta mitkommen und sich nach der Trauungszeremonie um die Kinder kümmern. Darley und Malcolm fuhren mit einem Auto voraus, auf dem Rücksitz die Kinder, in die ein endloser Strom Disney+-Filme eingespeist wurde. Cords Eltern kamen mit Berta, sodass Cord und Sasha Georgiana anboten, sie mitzunehmen. Sasha hatte, seitdem sie ihre Schwägerin im Schrank gefunden hatte, immer wieder den Kontakt zu ihr gesucht, aber es war auch klar, dass Georgiana ihren Geständnisdrang bitter bereute. An jenem Tag hatte Sasha sie umarmen wollen, doch Georgiana hatte sich rasch an ihr vorbeigedrängt und war geflohen. Am nächsten Morgen hatte Sasha sie angerufen, um zu fragen, wie es ihr ging, doch Georgiana antwortete nicht und rief auch nicht zurück. Sasha wollte sich mit ihr auf ein Bier verabreden, erhielt aber wieder keine Antwort auf ihre Nachricht. Danach war sie ratlos. Wie soll man jemandem helfen, der ganz offensichtlich keine Hilfe will?

Sie trafen sich im Parkhaus in der Henry Street. Georgiana warf ihren Dufflebag auf die Rückbank und zerdrückte dabei Sashas sorgfältig aufgehängten Kleidersack mit dem Festkleid darin. Sasha bot ihr an, vorne zu sitzen, doch Georgiana verdrehte nur wortlos die Augen, stieg hinten ein, setzte sich Kopfhörer auf und schaute aus dem Fenster. Während der Fahrt brachte Sasha Cord auf den neuesten Stand bezüglich ihrer Familie. Die Atemprobleme ihres Vaters hatten sich offenbar gebessert, weshalb sich ihre Eltern eine kurze Auszeit gönnten und Nate gebeten hatten, die neurotische Hündin für eine Nacht aufzunehmen. Als Nate sie am nächsten Tag zurückbrachte, rannte sie schwanzwedelnd ins Haus und war so verrückt vor Freude, wieder daheim zu sein, dass sie sofort in die Küche kotzte, doch statt des üblichen Breis aus halb verdautem Trockenfutter erbrach sie einen schwarzes Spitzenslip, woraus Sashas Mutter den Schluss zog, dass Nate eine neue Freundin hatte.

»Warum sind Hunde so heiß auf Unterwäsche?«, fragte Cord lachend.

»Weil sie pervers sind«, antwortete Sasha mit gerümpfter Nase.

»Allerdings«, stimmte Cord zu. »Aber ich kann es irgendwie auch verstehen.«

Sasha prustete und wollte ihm einen Klaps geben, hielt aber inne, als sie an Georgiana dachte, die hinter ihnen saß und in ihrer eigenen traurigen Welt versunken war.

Als sie ankamen, hatten Cords Eltern bereits die Suite im ersten Stock in Besitz genommen und Berta im Zimmer mit Bad am Ende des Flurs untergebracht. Die Kinder mussten entweder neben oder gegenüber dem Zimmer ihrer Eltern schlafen, weshalb Cord und Sasha sich das kleinste Zimmer nahmen, in dem ein Doppelbett unter der Dachschräge stand; wenn Sasha auf dem Rücken lag und die Beine in die Höhe streckte, konnte sie die Decke berühren. Sie hatte für die Hochzeit ein neues Kleid gekauft, ein langes, eng anliegendes eisblaues Seidenkleid mit Spaghettiträgern, das leicht knitterte, sodass sie es flach aufs Bett legte und sich noch in Unterwäsche schminkte, um es erst im letzten Moment anzuziehen. Das Babybäuchlein war noch zu klein, um aufzufallen.

Gerade noch rechtzeitig kamen sie zur Trauung und mussten in der letzten Reihe sitzen. Gleißend hell spiegelte sich die Nachmittagssonne im Wasser, und die Gäste beschirmten sich die Augen mit den Programmen. Archie war offenbar ein begeisterter Segler, und nachdem das Ehegelübde gesprochen war, wurde die gefürchtete Kanone abgefeuert. Es traten einige Männer in Uniform auf (die wahrscheinlich nur alte Clubmitglieder waren) und gaben einundzwanzig Salutschüsse über der Bucht ab. Sasha malte sich erheitert aus, wie sie versehentlich eine Jolle versenkten, aber vermutlich kamen ohnehin nur Platzpatronen zum Einsatz.

Archies Braut stammte aus Grosse Pointe, und die Familie Stockton kannte sie von ihrem Club auf Jupiter Island. Sie war die jüngere Schwester von Archies Teenagerfreundin, und Cord fragte sich, ob dieses Thema tabu war oder ob die Familie wusste, dass Archie zeitweise mit beiden Schwestern gleichzeitig zusammen gewesen war und mal der einen, mal der anderen nachts draußen beim Pavillon Knutschflecken verpasst hatte. Die Schwester, jetzt Schwägerin, war jedenfalls anwesend, mitsamt Mann und drei kleinen Mädchen, alle mit riesigen Haarschleifen; der Familienfrieden war offenbar ungetrübt.

Mehr als die Hälfte der Hochzeitsgäste waren Mitglieder im Jupiter Club (die übrigen waren wahrscheinlich alle Mitglieder desselben Golfclubs), und als die Hochzeitsgesellschaft durch den Mittelgang wallte und sich draußen auf dem Steg für den Fotografen aufstellte, wurde Sasha sich plötzlich bewusst, was für ein langer Abend ihr bevorstand. Bis zur ersten Ultraschalluntersuchung wollte sie ihre Schwangerschaft geheim halten und hatte außer ihrer Mutter niemandem davon erzählt. Das bedeutete, sie musste während des gesamten Empfangs so tun, als tränke sie fröhlich mit, und auf Meeresfrüchte ganz verzichten, weil sie nicht wusste, welche sie essen durfte und welche nicht. *Es gibt weitaus Schlimmeres*, sagte sie sich. *Kopf hoch.* Es war ein schöner, klarer Abend, die Boote schaukelten auf dem schillernden Wasser, die heiteren Klänge eines Streichquartetts schwebten über der Menge, und zwischendurch knallten Champagnerkorken.

Archies Mutter kam mit dem Hochzeitsplaner herbei und bat die Familie Stockton zusammenzubleiben – der Fotograf werde in Kürze Bilder von der Verwandtschaft des Bräutigams machen. Sasha und Cord waren am Verhungern und lauerten den Kellnern auf, die bereits mit den Vorspeisen anrückten – gebackene Kokosnussshrimps und winzige Filets Wellington, Hähnchenspieße und Thunfischtartar auf Gitterchips. Weil Cord sich schon früh in der fragwürdigen Kunst spezialisiert hatte, sich auf Hochzeiten rücksichtslos den Bauch vollzuschlagen, hatte er schnell heraus, wo die Kellner aus dem

Zelt kamen, sodass er sich in der Nähe postierte, um jedes vorbeigetragene Tablett abzufangen und zu inspizieren. Er war schambefreit. Er konnte skrupellos auf eine Gruppe unbekannter Leute zugehen, die sich an goldenen Dreiecken aus luftigem Blätterteig bedienten, und rufen: »Oh, was haben wir denn hier?«, auch wenn er schon ein halbes Dutzend davon intus hatte. Georgiana war sonst genauso schlimm. Bruder und Schwester aßen wie wilde Tiere und machten sich zum Entsetzen ihrer Mutter einen Spaß daraus, Kellner zu jagen. An diesem Abend jedoch starrte Georgiana nur mit glasigem Blick aufs Wasser. Sasha wünschte sich verzweifelt, sie könnte Cord das Geheimnis seiner Schwester verraten, damit wenigstens er versuchen konnte, ihr beizuspringen, aber sie hütete sich, ein Wort zu sagen. Georgiana würde den Vertrauensbruch nicht verzeihen.

Cord hatte Georgiana ein mit Krabbenbeinen gefülltes Martiniglas in die Hand gedrückt, als ein Kellner mit einem Tablett klirrender Champagnerflöten aus dem Zelt eilte. Georgiana wich rückwärts aus und stieß dabei mit dem Ellenbogen gegen eine Zeltstange, was dazu führte, dass sich der Inhalt des Glases über die Vorderseite ihres Kleids entleerte. Krabben und Cocktailsoße rannen an ihr herab

»Ach, du Scheiße!«, fluchte sie. Die Soße durchtränkte tomatenrot ihr Kleid und ruinierte die obere Partie. Cord kam mit einem Stapel weißer Servietten, aber zu spät. Kein noch so gutes Abtupfen konnte sie retten.

»Oh, Georgiana, in fünf Minuten werden wir fotografiert«, sagte ihre Mutter bestürzt.

»Schauen wir mal, ob sie auf der Damentoilette Fleckentücher oder so was haben«, sagte Sasha und eilte ins Haus. Im

Vorraum der Toilette standen kleine Körbchen mit Pfefferminzbonbons, Haarnadeln, Haarspray und Taschentüchern. Georgiana tauchte hinter ihr auf.

»Irgendwas dabei?«

»Nur Haarspray und Minzbonbons.«

»Na gut, ich versuche es mit einem nassen Papiertuch.«

»Kein Wasser auf Seide«, warnte Sasha. »Sonst ist das Kleid komplett hinüber.«

»Na, schlimmer kann's ja nicht werden«, sagte Georgiana niedergeschlagen.

»Wenn du es in die Reinigung bringst, bekommen sie es wahrscheinlich wieder hin. Aber ein nasses Papiertuch macht einen Wasserfleck, und der geht nie mehr raus.«

»Scheiße.« Georgiana blickte verdrossen in den Spiegel.

»Komm, wir tauschen.« Sasha griff nach hinten und zog an ihrem Reißverschluss.

»O mein Gott, nein, auf keinen Fall.«

»Ich habe ein zweites Kleid dabei. Du kannst dieses hier für die Familienfotos anziehen, und ich fahre mit einem Uber zu unserer Unterkunft und ziehe mich um. Bis zum Abendessen bin ich wieder da. Ich kenne hier sowieso keinen Menschen. Ist völlig okay.« Sasha schlüpfte aus ihrem blauen Seidenkleid und stand in BH und Unterwäsche da. Erwartungsvoll hielt sie Georgiana das Kleid hin.

»Bist du sicher?«

»Ja, jetzt zwing mich nicht, nackt hier herumzustehen!«, sagte Sasha lachend. Georgiana zog sich das feuchte, nach Tomaten riechende Kleid über den Kopf. »Das war schlau, einen Ersatz einzupacken. Auf die Idee wäre ich im Leben nicht gekommen.«

»Ach, bei deiner Familie weiß ich nie, was ich anziehen soll, deswegen habe ich gern eine Alternative parat.«

Georgiana schlüpfte in das blaue Kleid und drehte sich so, dass Sasha den Reißverschluss zuziehen konnte. Es war ein bisschen eng, aber es ging, und Sasha empfand einen Anflug von Glück und schwesterlicher Wärme. Sie zog sich das lavendelfarbene Kleid über den Kopf, drehte sich mit einer Hüfte dem Spiegel zu und grinste. Der Fleck war jetzt noch scheußlicher als zuvor. »Okay, ich warte vorn in der Einfahrt auf mein Uber. Sag Cord, dass ich in zwanzig Minuten zurück bin.«

»Danke, Sasha.« Georgiana beugte sich vor und küsste sie auf die Wange; dann eilte sie hinaus und zurück auf den Rasen für das Familienfoto.

Als Sasha in dem gemieteten Haus ankam und ihr kleines Zimmer betreten hatte, ließ sie sich aufs Bett fallen – vorsichtig, um nicht gegen die niedrige Decke zu stoßen. Wie lange durfte sie sich vor der Hochzeit drücken? Sie zog ihr Telefon hervor und überlegte, ob sie sich eine halbe Stunde Netflix gönnen durfte. So lange würde sie bestimmt niemand vermissen. Sie legte die Hand auf ihren flachen Bauch. *Hallo, du da drin.* Doch das schlechte Gewissen trieb sie an; sie stand auf, zog sich um und bestellte wieder einen Wagen, der sie zum Fest zurückbrachte.

Bis sie Cord gefunden hatte, war die Fotosession vorbei, die Cocktailstunde ging zu Ende. Die Sitzordnung beim Abendessen riss die Stockton-Geschwister auseinander. Darley und Malcolm saßen auf der anderen Seite des Raums mit den Verwandten aus D.C., Georgiana war mit einigen von den Jüngeren platziert worden, zu ihrem Glück auch mit der einen

Cousine, mit der sie am besten befreundet war, Barbara, die nur Bubbles genannt wurde; Sasha und Cord wiederum saßen an einem Tisch mit Bankern. Sasha gab jedem am Tisch die Hand und tauschte Wangenküsse aus, nahm dann neben Cord Platz, verstaute ihre kleine Handtasche hinter ihrem Rücken und drapierte ihren Schal über die Stuhllehne.

»Endlich«, grinste der Mann zu ihrer Rechten, der eine, den sie noch nicht begrüßt hatte, und streckte ihr die Hand entgegen. »Wurde aber auch Zeit, dass ich Cords bessere Hälfte kennenlerne.«

»Oh, hallo.« Sasha lachte unsicher. Sie fand es immer bemerkenswert, wenn ein Mann eine Frau als seine »bessere Hälfte« bezeichnete. Man sagte es im Scherz, so wie man hätte sagen können: »Meine Frau ist der Boss«, und es war klar, dass es nicht ernst gemeint war; grundsätzlich aber sprach die Formulierung den Status in der Ehe an: Die eine Hälfte war besser, die andere schlechter. Sasha war sich bewusst, dass für die Mehrzahl der Gäste hier eindeutig Cord die bessere Hälfte von ihnen beiden war.

»Tut mir total leid, dass ich nicht auf eurer Hochzeit war«, sagte der Mann. Er war etwas älter als Cord, hatte aber genau die gleiche Nase, und Sasha starrte sie wie hypnotisiert an, während er die Erklärung für seine Abwesenheit nachschob: »Ich wollte ja kommen, aber meine Frau war mit unserem vierten Kind im neunten Monat, und ich hatte zu viel Angst, ich könnte den großen Moment verpassen.«

»Oh, dann habt ihr jetzt ein neues Baby! Herzlichen Glückwunsch.« Sasha lächelte.

»Vielen Dank. Es ist so wie bei diesen Rabattkarten, die man jetzt überall kriegt – der zehnte Kaffee, die zehnte Massage, alles Mögliche, jedenfalls, Nummer zehn ist umsonst. Ich habe also fast die Hälfte.«

»Noah, flirte nicht mit meiner Frau«, sagte Cord, der sich vorbeugte.

»Cord, stör du mich nicht beim Flirten«, sagte Noah mit einer wegwerfenden Handbewegung. »Sasha, ich höre, du bist selbständige Unternehmerin. Erzähl doch mal.«

Sasha sah sich eigentlich selten als Unternehmerin, aber selbständig war sie natürlich. Nach der Kunsthochschule hatte sie in einer kleinen Medienagentur als Grafikdesignerin angefangen. Sie hatte Buchumschläge und Anzeigen entworfen, Jahresberichte und Kataloge gestaltet. Mit der Zeit rückte sie auf, bis sie irgendwann genug vom Angestelltendasein hatte und sich mit einem eigenen Designbüro selbständig machte. So verdiente sie mehr und konnte sich auf Aufträge konzentrieren, die ihr Spaß machten, konnte sämtliche Aspekte eines Konzepts ausarbeiten und ein umfassendes Erscheinungsbild samt visueller Geschichte entwickeln. Sie mietete ein kleines Büro in Dumbo, wo sie einen Computer stehen hatte und Post empfangen und verschicken konnte, und mit fünfunddreißig verdiente sie mehr Geld, als ihre beiden Eltern je verdient hatten. Nach ihrer privaten Definition war sie erfolgreich.

Es war allerdings nicht die Art von Erfolg, mit der andere viel anfangen konnten. Ihre Eltern und ihre Brüder wussten natürlich, dass sie ihr eigenes Unternehmen hatte, und die Marken, für die sie designte, waren ihnen ein Begriff – das Transit Museum, Brooklinen, die Sixpoint Brewery, die New Yorker Philharmoniker –, aber was genau sie tat, war so abstrakt, dass sich niemand die Mühe machte, sie eingehender danach zu befragen. Ihre Schwiegereltern waren womöglich noch weniger beeindruckt als ihre eigene Familie. Sie bewegten sich in Kreisen, in denen man anscheinend ausschließlich im Finanz-, Immobilien- und Rechtswesen tätig war, und was es sonst noch so gab, war unerheblich, vielleicht sogar minderwertig. Ja, Sasha wollte Künstlerin sein. Und ja, am liebsten hätte sie den ganzen Tag gezeichnet und gemalt. Immerhin hatte sie ihre *Drink and Draw*-Sitzungen, und inzwischen hatte sie einen Weg gefunden, Kunst in ihr Leben einzubinden und ihr kreatives Talent zu nutzen, um auch Geld zu verdienen.

Wie sich zeigte, war Cords Cousin passionierter Kunstsammler, kannte einen ihrer ehemaligen Professoren an der Cooper Union und war sehr davon fasziniert, wie sie ihre klassische Ausbildung dazu nutzte, ein Markenimage zu erschaffen. Sie sprachen über Lieblingsfotografinnen und -fotografen und Lieblingsgalerien in Chelsea, und er war ein derart bezaubernder und anregender Gesprächspartner, dass das ganze Abendessen wie im Flug verging.

Nach dem Essen wurde getanzt, und zu ihrer eigenen Überraschung ging Sasha unerschrocken mit Cord auf die Tanzfläche. Die Männer seiner Familie waren, so ihr Eindruck, derart gezeichnet von den Tanzkursen, zu denen sie als Jugendliche gezwungen worden waren, dass sie kein natürliches Verhältnis zum Tanz mehr hatten, sondern sich bei Hochzeiten und sonstigen Anlässen hinter der Bar verschanzten und zügig betranken. Cord war die Ausnahme von der Regel: Er ließ keine Gelegenheit aus, sich zum Trottel zu machen, schwenkte sie durch den Saal, ließ sie scheinbar theatralisch fallen, vergrub ebenso scheinbar das Gesicht zwischen ihren Brüsten, während sie ihn lachend an der Krawatte herumführte wie an einer Leine. Aus dem Augenwinkel sah Sasha auch Darley und Malcolm tanzen, und sogar Chip und Tilda legten einen kurzen Auftritt zu einem Beatles-Song hin.

Nach der Hochzeitstorte begannen sich die älteren Gäste in einem Geflirr aus Küssen und angeheiterten Umarmungen zu verabschieden, die Band kam zum Ende, und die Jüngeren verlagerten sich vom Zelt in den Club, wo die Bar noch offen hatte; wieder wurden Tabletts herumgetragen, diesmal mit Minihamburgern und Pommes in kleinen Pappkegeln. Georgiana, längst schuhlos, hatte sich auf einer Ledercouch zusammengerollt, neben ihr lag ausgestreckt ihre Cousine Bubbles. Darley und Malcolm, beide mit geröteten Wangen und glücklicher Miene, gesellten sich zu ihnen. Malcolm hatte sich kühn seiner Krawatte entledigt, die jetzt die Tasche seines Sakkos bauschte.

Empfangen von Jubelgeschrei, kamen Archie und seine Angetraute herein, und es dauerte nicht lang, bis der Bräutigam seine Lieblingsgeschichte über das Haus in der Spyglass Lane zum Besten gab. Sasha hatte die Geschichte bestimmt ein halbes Dutzend Mal gehört, und bis jetzt wurde sie nicht langweilig. Sie ging so: Archie und seine Liebste hatten in Telluride Skiurlaub gemacht, und nach einem langen Tag auf der Piste hatten sie etwas Wein getrunken und wollten sich dann im Hotelzimmer einen Porno anschauen. Fünf Minuten nach Filmbeginn wurde Archie klar, warum ihm alles so vertraut vorkam: Die Darsteller trieben es auf der Chaiselongue in der Spyglass Lane. Es war unverkennbar das Stockton-Haus, im Hintergrund der Irrgarten und die Tennisplätze. Weil Archie erhebliche Zweifel hegte, dass Onkel Chip und Tante Tilda ihr Landhaus absichtlich, womöglich aus einem finanziellen Engpass heraus, als Filmkulisse vermieteten, rief er Cord an und informierte ihn. Cord wiederum war damit in der recht unangenehmen Lage, seinen Eltern sagen zu müssen, dass ihr Landhaus Schauplatz eines Pornos war, und nein, er habe ihn nicht gesehen, aber er kenne jemanden, der ihn gesehen habe, und sie müssten wahrscheinlich ihren Anwalt verständigen.

Es stellte sich heraus, dass die Gärtner, die sich unter der Woche um die Anwesen ihrer Kunden kümmerten, seit Jahren diverse Wochenendhäuser für ihre Zwecke benutzt hatten, ohne dass man ihnen je auf die Schliche kam, doch die Frage war natürlich, wie viele Leute die Filme gesehen und die Kulisse erkannt hatten, es aber zu peinlich fanden, das zuzugeben, sodass das Geheimnis nie gelüftet wurde. Tilda ließ vorsichtshalber sämtliche Chaiselongues durch den Hausmeister entsorgen, kaufte neue mit hübscheren Bezügen, ließ das Haus gründlich reinigen und kippte genügend Chemie in den Pool, um Chlamydien und alles benachbarte Leben auszurotten.

Während sich Archie und Cord wieder einmal vor Lachen in den Armen lagen, ging Sasha auf die Damentoilette, um sich zu erleichtern und ihr Make-up zu erneuern. Als sie zurückkam, war Cord verschwunden und Darley in ein Gespräch vertieft, und Sasha nutzte die Gelegenheit, um sich in einen abseits stehenden Sessel zu verdrücken, wo sie sich ungestört ihrem Smartphone widmen konnte. Während sie sich durch ihre E-Mails scrollte, hörte sie mit halbem Ohr, wie Bubbles von einer geplanten Reise auf die Kaimaninseln erzählte und Darley ihr plötzlich ins Wort fiel und verdutzt fragte: »George, hattest du nicht vorhin ein violettes Kleid an?«

»Doch«, sagte Georgiana schläfrig. »Aber dieses hier trage ich schon seit der Fotosession.«

»Moment, du hattest ein anderes Kleid?«, fragte Bubbles. Sie war angetrunken und redete lauter, als sie es in nüchternem Zustand getan hätte.

»Ein lavendelfarbenes. Aber ich habe mir ein Glas Krabben und Cocktailsoße drübergekippt, und Sasha hat mit mir getauscht.«

»Sasha hat mit dir getauscht?«, wiederholte Darley, verblüfft, weil Sasha durchaus makellos gekleidet war.

»Moment, wer?«, fragte Bubbles dazwischen.

»Sasha hat ihr Kleid ausgezogen und mir gegeben«, begann Georgina.

»Oh, das ist ja witzig! Sasha! Ich hatte keine Ahnung, wen du meinst! Sonst nennt ihr sie doch immer die Goldgräberin!«, gackerte Bubbles dazwischen. Auch Georgiana lachte, offenbar zum ersten Mal an diesem Abend, und Sasha spürte, wie das Blut aus ihrer Haut wich. Leise stand sie auf und ging auf den Parkplatz hinaus.

Sasha erzählte Cord nichts von dem Zwischenfall auf der Hochzeit in Greenwich. Auf der Rückfahrt nach Brooklyn am nächsten Tag verschanzte sie sich hinter einer Sonnenbrille und dem Vorwand einer Migräne. Danach war ihr klar, dass sie keinen Versuch mehr machen würde, sich mit Cords Schwestern anzufreunden. Keine Essenseinladungen in die Pineapple Street mehr, keine Bagels zum Brunch in die Orange Street, keine Spyglass-Wochenenden und kein Mittagessen mit Darley in deren Wohnung. Bestimmte Anlässe, Geburts- und Feiertage, ließen sich nicht vermeiden, doch davon abgesehen würde sie

Abstand halten. Ja, Georgiana trauerte. Sie hatte sich mit einem verheirateten Mann eingelassen, und der war jetzt tot. Das war schlimm. Ja, Darley machte sich Sorgen wegen Malcolm und fürchtete das endgültige Aus seiner Karriere. Auch schlimm. Aber Sasha war jetzt klar, dass ihre Schwägerinnen sie nur ins Vertrauen gezogen hatten, weil sie einen seelischen Mülleimer gebraucht hatten; was sie dachte, war ihnen letztlich egal. Sie gehörte nun mal nicht zur Familie; sie war keine, deren Urteil irgendwie von Belang war. Sasha war ein Auffangbehälter für Gefühlsausbrüche gewesen, im Grunde nichts anderes als ein menschliches Kissen, in das man hineinschreit.

14

Georgiana

Nach Archies Hochzeit verschanzte sich Georgiana eine ganze Woche in ihrer Wohnung. Sie hatte sich die Tage freigenommen; wenn Cord anrief, leitete sie ihn an die Mailbox weiter und schrieb ihm nur »Magenvirus«. Dieselbe Nachricht schickte sie Lena. Sie schlief und schlief, und ihre Träume waren seltsam und aufwühlend. Sie war auf einem Flughafen und wusste, dass Brady dort irgendwo war, sie rannte durch endlose Flure, um ihn zu finden, wurde von Sicherheitsleuten aufgehalten, geriet in Menschenmengen, die sich nicht von der Stelle rührten und sie nicht durchließen. Schweißgebadet wachte sie auf und fühlte sich, als hätte sie tatsächlich einen Magenvirus. Sie aß trockene Cornflakes und versuchte, sich durch hirnloses Fernsehen abzulenken, doch immer wieder fand sie, hier und dort verteilt, Bradys Liebesnachrichten. Bei den Teetassen einen Zettel, auf dem stand: »Deine Rückhand ist toll – aber deine Rückseite ist noch viel toller.« Unter einem Sofakissen: »Lass uns Babys mit Brüsten machen.«

Am Montag danach ging Georgiana wieder ins Büro, nicht nur weil sie fürchtete, gekündigt zu werden, wenn sie noch länger krankmachte, sondern weil sie mehr über Brady erfahren wollte; sie wusste gar nicht genau, was eigentlich passiert war. Im Büro herrschte Grabesstimmung. Die Leute trugen dunkle Farben, und von ihrem Dienstmädchenzimmer aus konnte Georgiana auf Megs Schreibtisch blicken; sie saß da und sah zu, wie Kolleginnen Megs Habseligkeiten in eine Schachtel packten: eine Strickjacke, eine silberne Schale für Büroklammern, eine kleine Stoffbulldogge, die ein Hemd mit der Aufschrift GEORGETOWN trug, das Glas mit den Kopfschmerztabletten. Der Gedanke an Megs glühenden Ehrgeiz, an alles, was sie in ihrem Leben noch vorgehabt hätte, stürzte Georgiana in düstere Trauer. Aus ihren gelegentlichen gemeinsamen Mittagessen schlossen die anderen, dass sie Freundinnen gewesen waren, und als sie sahen, wie Georgiana mit tränenüberströmtem Gesicht die Räumung von Megs Arbeitsplatz beobachtete, machten sie mitfühlende Bemerkungen und versorgten sie mit Papiertaschentüchern. Sie hatten selbst bereits die ganze letzte Woche lang geweint.

Bradys Arbeitsplatz wurde von Amina geräumt, die ins Büro kam, um zu packen und ihre gemeinsamen Freunde zu sehen. Als Georgiana von Aminas Anwesenheit erfuhr, wusste sie, dass sie ihr Dienstmädchenzimmer nicht verlassen durfte – es wäre ihr Zusammenbruch, wenn sie Bradys Frau leibhaftig gegenüberstünde, ihre unangemessen große Trauer würde sie verraten, und dann wäre Aminas Kummer verdoppelt. Unerträglich war der Gedanke, dass Amina Bradys Wohnung, sein Fahrrad, seine blaue Tagesdecke, seine Landkarten und seinen Stapel Biografien einpacken und mitnehmen würde. Sicher würde sie die Wohnung verkaufen, und damit wäre jeder Beweis, dass Brady jemals in Brooklyn gelebt hatte, vernichtet.

Georgiana bewegte sich durch die Woche wie ein Zombie,

nahm morgens vor der Arbeit eine halbe Valium und ließ sich davon betäuben. Sie verschickte und beantwortete kaum E-Mails; wahrscheinlich verpasste sie dadurch den Abgabetermin für den neuen Newsletter, aber es interessierte niemanden, das ganze Büro schleppte sich wie durch Schneeverwehungen. Private Nachrichten – Cord fragte, ob seine Ersatz-Squashbrille bei ihr sei, Lena versuchte, sie zu einer Party am Samstag zu überreden – beantwortete sie nicht. Georgiana bereute ihr Geständnis gegenüber Sasha. Ausgerechnet der Goldgräberin hatte sie sich geöffnet, warum nur? Aber Cord erwähnte Brady mit keinem Wort, woraus sie immerhin schließen konnte, dass Sasha dichtgehalten hatte.

Am Freitag nach der Arbeit zog Georgiana um halb sieben Uhr abends ihren Schlafanzug an, ließ sich Tacos nach Hause liefern und schaute fünf Stunden Netflix, bis sie einschlief. Das Valium machte sie müde, sie schlief wie betäubt und erwachte zehn Stunden später am Samstagmorgen mit Kopfschmerzen und dem Gefühl, dass sie sich nachmittags auf jeden Fall wieder hinlegen musste. Sie schlief noch, als es gegen fünf an der Tür läutete. Sie taumelte zur Sprechanlage, drückte auf den Knopf und bedauerte im selben Moment, dass sie überhaupt reagiert hatte. »Hallo?«

»George, ich bin's, lass mich rein.« Es war Lena.

»Hey, ich schlafe.«

Lena ließ sich nicht abwimmeln. »Mach mir die Tür auf, Süße«, sagte sie. Seufzend drückte Georgiana auf den Knopf, der unten die Haustür öffnete, ließ ihre Wohnungstür einen Spalt offen und kehrte zurück ins Schlafzimmer und ins Bett. Zwei Minuten später stand Lena in der Tür und sah unglaublich braun und gesund aus.

»Was ist los mit dir, Schatz?«, fragte sie fassungslos und sah sich um. Georgiana folgte ihrem Blick, um allfällige Alarmzeichen zu erkennen, aber nein. Sie lebte keineswegs in völliger Verwahrlosung; während ihrer Abwesenheit war Berta hier gewesen und hatte gesaugt und ein bisschen Ordnung gemacht; aber die Jalousien waren heruntergelassen, auf dem Bett lag eine leere Kräckerschachtel, auf dem Boden war ein Glas Wasser umgekippt, und sie hatte es nicht einmal aufgewischt; und verstreut auf dem Kopfkissen lagen Bradys Liebesnachrichten. Georgiana raffte sie schnell zusammen und ließ sie im Nachttisch verschwinden.

»Ich hatte eine Magen-Darm-Sache. Die hat mich fertiggemacht.«

»Magen-Darm-Sachen dauern vierundzwanzig Stunden. Du bist seit zwei Wochen in der Versenkung verschwunden. Du siehst beschissen aus.«

»Ich war auf der Hochzeit meines Cousins.«

»Und die hat zwei Wochen gedauert?«

»Tut mir leid. Ich hatte einfach keinen Bock auf irgendwas.«

»Du verkommst zum Einsiedler, und das lasse ich nicht zu. Du tust nicht nur dir weh, sondern auch mir. Kristin und ich langweilen uns und brauchen deinen trockenen Humor und deine snobhafte Ironie. Jetzt geh duschen und zieh dich an, denn wir gehen essen und dann zu Sams Geburtstagsparty.«

»Zum Essen gehe ich mit, aber nach Party ist mir nicht.«

»Das werden wir sehen.«

Unter der Dusche spürte Georgiana, wie eine Welle der Beklemmung ihr den Magen zusammenschnürte. Als sie herauskam, nahm sie noch eine halbe Valium, föhnte und schminkte sich.

Beim Abendessen trank Georgiana zwei Margaritas und verspürte zum ersten Mal seit Wochen wieder eine gewisse Leichtigkeit. Zucker und Alkohol pulsierten durch ihre Brust, und sie konnte sogar lachen, als Kristin von einer früheren Mitschülerin erzählte, die sich in einen argentinischen Polospieler verliebt hatte und seither das ganze Geld ihrer Familie für Pferde ausgab. Lena wiederum erzählte von der Frau ihres Chefs, die das Schwimmbad im Erdgeschoss ihres Hauses hatte zurückbauen lassen, weil sie es leid war, sieben Tage in der Woche die Bademeisterin für ihre Kinder und deren Freunde zu machen. Georgiana stocherte in einem Salat mit Mangostücken und leckte das Salz vom Glasrand. Ihre Freundinnen verlangten so wenig von ihr. Sie fragten sie nicht aus und bedrängten sie nicht, sondern brachten sie einfach zum Lachen, erzählten Geschichten und bestellten eine weitere Runde süßer Getränke.

Dann bezahlten sie, bestellten ein Uber und ließen sich zu Sams Wohnung fahren; im Spiegel des Aufzugs hübschten sich alle drei noch rasch auf. In der Küche und im Wohnzimmer drängten sich an die fünfzig Leute, Musik dröhnte, der Esstisch bog sich unter Wein und Spirituosen und Mixern. Kristin schenkte drei Plastikbecher Tequila mit Soda ein – mehr ging nicht, denn der Eiskübel war leer, und jemand hatte die Schale mit Limetten umgekippt –, und sie stürzten sich ins Gedränge. Als Georgiana Curtis McCoy in der Küchentür stehen sah, war es, als hätte sie im Voraus gewusst, dass er da wäre. Als hätte seit jenem Abend in dem russischen Ballsaal ein Puzzlestück gefehlt, das jetzt seinen Platz gefunden hatte. Sie ging auf ihn zu und stieß kalt lächelnd ihren Plastikbecher gegen seinen, womit sie ihn so erschreckte, dass er ein wenig Bier auf seinen Arm und den Boden verschüttete. »Du hier? Was für eine

Überraschung. Ich hätte nicht gedacht, dass dein strenger Moralkodex dir Geburtstagspartys gestattet.«

»Hi, Georgiana.« Curtis wischte sich Bier vom Ärmel. »Eigentlich hatte ich gehofft, wir begegnen uns mal zufällig in der Gegend.«

»Ach! Wieso denn? Finden sich keine Leute mehr, die sich von dir zusammenscheißen lassen?«

»Ich wollte mich entschuldigen. Ich war in mieser Stimmung, und die Situation war mir auch unangenehm. Ich hab meine Laune an dir ausgelassen, das war nicht okay.«

Georgiana stutzte. Er sah aus, als meinte er es tatsächlich ernst. »Und das mit der Sonnenbrille war übrigens auch nicht in Ordnung«, sagte sie und runzelte die Stirn.

»Entschuldigung. Es war eine hübsche Sonnenbrille«, sagte er zerknirscht. Er wirkte so schuldbewusst und verlegen, dass Georgiana weich wurde.

»Hey, lass dich nicht verarschen. Die Sonnenbrille ist urhässlich. Ich hab sie von meiner Mutter geliehen.« Sie lachte.

»Na gut.« Curtis lächelte schief. Er hatte einen schönen Mund, ebenmäßige weiße Zähne, weiche Lippen, ein Grübchen am Kinn. Die Leute auf dem Weg von der Küche ins Wohnzimmer quetschten sich an ihnen vorbei, und Georgiana wurde gegen Curtis gedrängt. Sie legte ihm eine Hand auf die Schulter. Es war heiß, alles drehte sich ein bisschen, und im nächsten Moment beugte Georgiana sich vor und küsste Curtis auf den Mund. Erst hielt er sich zurück, aber sie bedrängte ihn derart, dass er nachgab und den Kuss erwiderte.

Plötzlich stand Lena hinter ihr. »Hey, hey, hey, George, geht's noch? Ihr seid nicht allein auf der Welt!«

Georgiana taumelte zurück, ihr Gesicht prickelte, und als sie merkte, wie betrunken sie war, durchflutete sie eine heiße Welle der Scham. Sie griff nach Lenas Hand und zog sie durch das Esszimmer. »Ich muss nach Hause.«

Als sie am nächsten Morgen erwachte, war sie voller Selbstekel. Ihr Kopf dröhnte, ihr Magen war gereizt, ihre Erinnerungen an den Abend waren lückenhaft und verschwommen. Sie blickte an sich hinab und sah, dass sie noch in Jeans und Bluse war, das Haar zu einem Zopf geflochten. In der Küche stand die Mikrowelle weit offen, die Beleuchtung war an, eine Tiefkühlpizza lag auf ihrer Papphülle, aufgetaut, aber im Rohzustand.

»Scheiße«, flüsterte sie. Sie ging ins Bad, schaute in den Spiegel, putzte sich die Zähne. Sie glaubte nicht, dass sie sich übergeben hatte, erinnerte sich jedenfalls an nichts, doch ihre Kehle fühlte sich wund an, und der Geschmack im Mund war abscheulich. Am einen Unterarm war ein blauer Fleck, dessen Ursache ihr völlig unklar war. Sie versenkte Jeans und Bluse im Wäschekorb und zog sich ein altes Fußballtrikot an. Cord hatte dreimal geschrieben, weil sie zum Tennis verabredet waren; er hatte einen Platz für zwölf Uhr reserviert. Jetzt war es elf. Sie schrieb an Lena.

Habe ich Curtis McCoy geküsst?

Lena schrieb sofort zurück. *Ich bin so froh, dass du nicht tot bist. Du hattest nur drei Drinks, warst aber TOTAL HINÜBER. Magenvirus?*

LENA, HABE ICH CURTIS MCCOY GEKÜSST???

Ähm, ja.

Aber ich hasse ihn, schrieb Georgiana zurück und warf sich auf die Couch. Warum, zum Teufel, sollte sie Curtis McCoy küssen? Sie hatte eine sekundenkurze Erinnerung daran, wie sie ihr Gesicht dem seinen genähert hatte und er zurückgewichen war. Sie verdrängte das Bild, es war zu schrecklich, daran auch nur zu denken. Sie aß vier Scheiben Toast und trank zwei Vitaminwasser, dann zog sie ihre Tenniskleidung an. Cord hatte sie quasi gestalkt – zwar hatte er noch immer kein Wort über Brady verloren, aber wenn sie Tennis jetzt absagte, wäre er imstande, bei ihr aufzutauchen und sie auszuquetschen. Sie war aber nicht in der Verfassung für Gespräche, vor allem nicht für eines, das Verschleierung oder behutsames Lügen erforderte.

Sie traf ihn im Casino, und sie spielten eine Stunde lang, Georgiana mit miserabler Beinarbeit; sie verpasste die leichtesten Bälle, und ihre Aufschläge gingen fast alle daneben. Als die Stunde um war, zog Cord sie auf: »Bisschen verkatert, George? Schwere Nacht gehabt?«

»Wie kommst du drauf?«, antwortete sie eisig, während sie ihre Tennisschuhe auszog.

»Ähm, vielleicht weil du nach Alkohol riechst und weil deine Wange mit Wimperntusche verschmiert ist? Hast du dir überhaupt das Gesicht gewaschen letzte Nacht?«

»Nö«, sagte sie, peinlich berührt.

»Hast du bei einem Typen geschlafen?«, forschte Cord weiter. »Läuft was?«

»Nein, um Gottes willen.« Georgiana spürte Hitze im Gesicht aufsteigen.

»Ich glaub dir kein Wort. Natürlich hattest du Sex. Du hast einen Maaaaaann …« Er fing tatsächlich zu singen an.

»Hör doch auf, Cord!«, sagte Georgiana entsetzt. Grinsend verstaute Cord seinen Schläger in der Tasche.

Sie gingen die Steintreppe hinunter zur Montague Street. Georgiana fühlte sich elend. Ihr Gesicht war rot, ihr Haar schmutzig, und zu allem Überfluss hatte sie anscheinend auch noch Wimperntusche auf der Wange. Auf der Straße hakte Cord sie unter, als wären sie ein promenierendes Liebespaar aus elisabethanischer Zeit. Er wusste, dass er übertrieben hatte, und wollte es wiedergutmachen. Als sie an der Ecke der Montague in die Hicks Street einbogen, stießen sie fast mit einem anderen Paar zusammen, Mann und Frau mit einem großen Windhund an der Leine. Georgiana sah dem Mann in die Augen. Es war Curtis McCoy. Für den Bruchteil einer Sekunde erstarrten beide, und die Zeit blieb stehen. Ein Schwindel ergriff Georgiana, sie war wie betäubt vor Scham. Und im nächsten Moment sagte Cord: »Ups, hey, großer Hund!«, und führte sie am Ellenbogen weiter, und Curtis wandte rasch den Blick ab. Er und die Frau gingen samt Hund die Hicks Street hinunter, und Georgiana ließ ihren Bruder plaudern, ohne etwas zum Gespräch beizutragen, bis sie bei ihrer Wohnung angelangt waren, wo sie auf der Couch liegen und für den Rest des Tages in einem stinkenden Sumpf aus Wut und Selbstvorwürfen dahinvegetieren würde.

Ihre erste Panikattacke hatte Georgiana im Sommer vor dem College gehabt. Damals hatte sie gedacht, sie hätte einfach zu viel Gras geraucht; im Nachhinein aber waren der Schwindel, die getrübte Sicht, das Herzrasen alles Symptome des Gefühls, dass ihr das Leben außer Kontrolle geriet; sie musste aus ihrer gewohnten Umgebung fort, musste ihre Freunde zurücklassen, war sich bewusst, dass der Status ihrer Eltern fern der Heimat kein Trumpf mehr war, und das bisschen Glitzer und Feenstaub, das von ihren älteren Geschwistern auf sie abgefallen war, half auch nicht mehr. Jetzt, in den Wochen nach Bradys Tod, spürte sie wieder die alte Panik nach ihr greifen. Wenn sie im Büro an Besprechungen teilnahm, hatte sie auf einmal das Gefühl, sich nicht mehr aufrecht halten zu können, im nächsten Moment vom Stuhl zu fallen. Wenn sie vor Publikum etwas sagen musste, war ihr Mund ausgedörrt, und ihr Gesicht wurde taub. Am Telefon musste sie mitten im Gespräch auflegen, weil sie plötzlich kein Wort mehr herausbrachte. Sie besaß eine Flasche mit Valiumpillen, die ihre Mutter in einer Handtasche vergessen hatte, und rationierte die Tabletten, indem sie immer nur eine halbe nahm, doch als sie am Klang der Flasche hörte, dass ihr Inhalt zur Neige ging, rief sie bei ihrer Hausärztin an. Die sei leider diese Woche nicht da, teilte man ihr am Empfang mit, und Georgiana brach in Tränen aus, was ihr einen Termin noch am selben Tag bei dem Arzt eintrug, der die Vertretung machte. Er war alt und gütig, und als Georgiana ihre Symptome beschrieb, zog er ein großes Arzneibuch aus dem Regal und ging mit ihr verschiedene Optionen durch. In der Regel, sagte er, dauere es rund zwei Wochen, bis angstlösende Medikamente ihre Wirkung entfalteten. Er schrieb ihr ein Rezept für sechzig Stück Klonopin. Je eine Tablette morgens und abends, fügte er hinzu.

An dem Tag, an dem die Gedenkfeier für Brady stattfand, nahm sie morgens eineinhalb Klonopin, zog ein schwarzes Kleid an und fuhr mit der Subway zur Upper East Side. Sie saß zusammen mit einigen Kolleginnen in einer der letzten Reihen und sah Bradys Eltern, von Trauer gebrochen, zusammen mit

Verwandten in der vorderen Reihe. Beide Eltern arbeiteten bei Oxfam; er war in ihre Fußstapfen getreten. Brady war seiner Mutter derart ähnlich gewesen, dass es Georgiana kaum ertrug, sie anzusehen. Bei der Trauerfeier sprachen sein bester Freund, sein älterer Bruder und zuletzt Amina. Amina war klein und elegant, Anfang dreißig, und Georgiana konnte den Blick nicht von ihr wenden. Dies war die Frau, der die Hälfte von Bradys Herz gehört hatte. Sein Freund, sein Bruder, seine Frau – sie alle standen auf und erhoben Anspruch auf Bradys Andenken. Aber er hatte auch Georgiana geliebt. Sie war sich ganz sicher; und doch litt sie allein, war benebelt und benommen von den Tabletten, die sie geschluckt hatte, saß stumm in ihrer Kirchenbank und sah, wie Bradys Frau weinte und seine Angehörigen umarmte.

Ohne Brady im Büro, ohne Brady am Dienstagabend, ohne Brady am Wochenende hatte sie nichts mehr, worauf sie sich freuen konnte, und sie maß ihre Tage nur in gelaufenen Kilometern und geschlafenen Stunden. Darley hatte in der Zeitung eine Nachricht über den Flugzeugabsturz gelesen, doch Georgiana antwortete nur ausweichend, als sie danach fragte. »Sie waren Projektmanager in Pakistan, ich kannte sie nicht«, log sie, denn sie war sicher, dass ein Damm brechen würde, wenn sie Bradys Namen laut aussprach. Cord wiederum wurde nicht müde, Georgiana am Wochenende zum Tennisspielen zu schleppen; er brachte es zwar nicht über sich, sie trotz der unübersehbaren Anzeichen zu fragen, was ihr fehlte, doch wie jeder WASP war er überzeugt, dass alle Leiden durch körperliche Bewegung kurierbar seien. Lena war die Einzige, die sie direkt nach den Tabletten fragte, nachdem sie festgestellt hatte, dass Georgiana, wenn sie tranken, in kürzester Zeit nicht einfach nur angeheitert, sondern völlig hinüber war. »Süße, was immer es ist, das du einwirfst, es verträgt sich nicht mit Alkohol. Du musst dich entscheiden, womit du dich vergiftest«, riet sie. Georgiana empfand nach wie vor Scham, wenn sie daran dachte, dass sie Curtis auf der Party vor so vielen Leuten geküsst hatte, aber dass er sie tags darauf auf der Straße ignoriert hatte, machte es sonderbarerweise etwas leichter. Im Geist sah sie seine eingefrorene Miene, seine Freundin und seinen Hund, und dabei empfand sie, trotz einer gewissen Peinlichkeit, interessanterweise auch ein jähes Gefühl von Macht.

Sie saß in der Wohnung ihrer Eltern am Esstisch, vor sich einen Teller mit Räucherlachs und Pumpernickel, und las den Sportteil der Zeitung, als ihre Mutter plötzlich die *Style*-Seiten der *New York Times* hochhielt. »Kennst du jemanden namens Curtis McCoy? Er war dein Jahrgang an der Henry Street School.«

Georgiana erschrak. »Was?«, entfuhr es ihr. Wie konnte ihre Mutter von Curtis wissen?

»Da ist ein Artikel über junge Milliardäre, die ihr Erbe verschenken, und er wird interviewt. Sein Vater ist Jim McCoy. Bei der Winterspendenaktion fand ich ihn immer ziemlich unangenehm.« Mit leicht gerümpfter Nase reichte sie Georgiana den Zeitungsteil.

Es ist August, und ein Großteil von Curtis McCoys Kohorte hat sich bereits nach Martha's Vineyard abgesetzt, wo der McCoy-Clan eine beachtliche Anzahl von Anwesen besitzt; ein ganzer Teil der Insel ist in ihrem Privateigentum, wo schon Rockstars und Präsidenten zu Gast waren und wo Fahrzeugkolonnen, die leise durch steinerne Tore gleiten, kein ungewöhnlicher Anblick sind. Die Familie McCoy ist seit drei Generationen Eigentümer von Taconic, dem zweitgrößten Rüstungskonzern Amerikas, der Marschflugkörper und Lenkwaffensysteme herstellt und nicht nur die US-Regierung, sondern brisanterweise auch Saudi-Arabien beliefert. Curtis McCoy, 26, will sich von den Waffengeschäften seines Vaters distanzieren – aber sein großes Vermögen abzustoßen, ist komplizierter, als man denkt.

»Ich kann nicht auf legale Weise innerhalb eines Tages mein Erbe weggeben – und das will ich auch gar nicht. Ich bin noch dabei, mich zu informieren, wie ich dieses Blutgeld am besten loswerden kann.« Curtis McCoy gehört einer wachsenden Bewegung von Millennials an, die als Superreiche aufgewachsen, aber nicht bereit sind, die Systeme, die sie dorthin gebracht haben, aufrechtzuerhalten. »Leute wie mich sollte es eigentlich nicht geben«, sagt McCoy in seiner Wohnung in Brooklyn. »Ich bin sechsundzwanzig. Es gibt keinen logischen Grund, weshalb ich mehrere hundert Millionen Dollar besitzen sollte.« McCoy und seine Mitstreiter lehnen ererbten Reichtum als solchen ab und engagieren sich für die Abschaffung der Bestimmungen, die ihre Situation überhaupt erst ermöglicht haben. McCoy sieht sich keineswegs als Wohltäter, obwohl man ihn so sehen könnte (»Sich den Mantel des Philanthropen umzuhängen, hat etwas krass Elitäres«), sondern bemüht sich in Zusammenarbeit mit den Familienanwälten, schneller an mehr von seinem Erbe heranzukommen, um sein Vermögen auf eine Vielzahl gemeinnütziger Organisationen verteilen zu können. »Dieses Geld ist Ergebnis von Kriegstreiberei, und ich will es jetzt dafür einsetzen, den Frieden in der Welt zu fördern. Zugleich möchte ich mit meinem Beispiel andere in meiner Lage – Menschen mit ererbtem Vermögen jeglicher Art – ermutigen, in sich zu gehen und zu erkennen, was dieses Geld bedeutet und wie es sich einsetzen lässt, um vergangenes Unrecht wiedergutzumachen.«

Garniert war der Artikel mit einem Foto von Curtis, wie er in seiner Wohnung auf einem Holzstuhl saß und ernst in die Kamera blickte. Das Grübchen an seinem Kinn war gerade noch zu erahnen.

»Bäh!«, stieß Georgiana erstickt hervor.

»Was? Ich finde, er kommt gut rüber. Du solltest ihn kontaktieren. Ihr habt euch wahrscheinlich viel zu sagen«, sagte Tilda.

»Ganz sicher nicht«, krächzte Georgiana und griff nach ihrem Telefon, um Lena und Kristin den Link zu dem Artikel zu schicken; dann schaufelte sie grimmig Lachs im Wert von vierzehn Dollar in sich hinein. Ihr Vater kam herein und setzte sich zu ihnen an den Tisch. Er hatte die rosafarbene Samstagsausgabe der *Financial Times* mitgebracht, schenkte sich ein Glas Tomatensaft ein und stupste Georgianas Zeitung an.

»Echte Männer lesen rosa Zeitungen«, scherzte er.

»Georgianas Schulfreund ist auf der Titelseite der Sonntagsbeilage«, warf ihre Mutter ein.

»Er ist kein Freund«, sagte Georgiana mürrisch.

»Um was geht's?«

»Seiner Familie gehört Taconic, und jetzt, wo er Zugang zu seinem Erbe hat, verschenkt er es, als Wiedergutmachung für alle Opfer, die der Familienkonzern auf dem Gewissen hat.«

Chip runzelte die Stirn. »Das dürfte ziemlich viel sein«, sagte er.

»Er kann nicht auf alles zugreifen.«

»Das kann ich mir auch nicht vorstellen. Solche Vermögen werden ja über Jahre hinweg aufgeteilt. Niemand würde einem Kind unter dreißig Hunderte Millionen auf einmal vererben.«

»Ist mein Vermögen aufgeteilt, oder könnte ich alles auf einmal abheben?«

Ihr Vater sah sie beunruhigt an. »Das würdest du niemals wollen.«

»Aber könnte ich legal darauf zugreifen?«

»Sicher, aber es ist nicht vergleichbar mit dem, was der Taconic-Knabe erbt.«

»Wie viel ist denn auf meinem Konto?«, drängte Georgiana.

»Siehst du dir deine Kontoauszüge nicht an? Du wirst wie alle Investmentkunden regelmäßig informiert.«

»In letzter Zeit nicht«, gab Georgiana zu. Tatsache war, dass sie sich keinen Kontoauszug mehr angesehen hatte, seitdem die Firma auf papierlose Kommunikation umgestellt hatte. Das war vor fünf Jahren gewesen.

»Außerdem hast du zwei Treuhandkonten. Das eine von Geegee und Deedee, das andere von Pip und Pop.«

Von den Trusts ihrer Großeltern wusste Georgiana. Das Konto, das die Eltern ihrer Mutter bei ihrer Geburt für sie eingerichtet hatten, war das bedeutendere der beiden; mit den Zinserträgen finanzierte sie die Kreditzahlungen für ihre Wohnung. Natürlich hätte sie die Zweizimmerwohnung auch direkt kaufen können, doch waren die Hypothekenzinsen derart niedrig, dass es, wie ihr die Assistentin ihres Vaters erklärt hatte, günstiger war, eine Hypothek aufzunehmen und abzubezahlen und das Kapital selbst auf dem Aktienmarkt arbeiten zu lassen. Auch das Vermächtnis von Pip und Pop war bei ihrer Geburt auf einem Treuhandkonto angelegt worden und vervielfachte sich nach dem Tod der Großeltern exponentiell, doch da der Reichtum der Familie auf Immobilien beruhte, war Georgianas Vermögen zum größten Teil an Liegenschaften gebunden, die ihr Vater verwaltete, sodass dieser Trust nur siebenstellig war. Der Trust von Geegee und Deedee hingegen leicht achtstellig.

Peinlicherweise musste Georgiana zugeben, dass sie niemals einen Gedanken an Geld verschwendet hatte. In ihrem Job verdiente sie rund 45 000 im Jahr, die Hypothekenzahlungen gingen automatisch von ihrem Treuhandkonto ab, und die Assistentin ihres Vaters überwies ihr jedes Quartal einen ordentlichen Batzen, mit dem sie Ausgaben wie Reisen und Kleidung bestritt. Nie war die Rede davon gewesen, den Treuhandfonds etwa für die Studiengebühren in Anspruch zu nehmen – für die Großeltern war es steuerlich günstiger, College und Hochschule aus anderen Mitteln zu bezahlen.

»Aber wie viel könnte ich heute abheben, wenn ich wollte, Dad?«, hakte sie noch einmal nach.

»Heute ist Sonntag, also kriegst du wahrscheinlich zweitausend Dollar oder was immer der Geldautomat der Chase Bank herausrückt«, antwortete er lachend.

»Dad!«, sagte Georgiana genervt.

»Dir kurzfristig größere Bargeldbeträge auszuzahlen, wäre problematisch. Deine Treuhandfonds sind in viele kleine Unternehmen investiert, und die brächtest du in Bedrängnis, wenn du plötzlich substanzielle Auszahlungen verlangst. Problematisch wäre es auch für die anderen Konten, die das Team verwaltet. Wofür willst du das denn überhaupt? Denkst du über eine größere Wohnung nach? Ich gehe davon aus, dass du dich vergrößern wirst, wenn du heiratest und eine Familie gründest, aber bis dahin …«

»Nein, ich liebe meine Wohnung, ich ziehe nicht aus.« Georgiana liebte ihre Wohnung wirklich. Sie war geräumig genug für eine Person, sie war sonnendurchflutet – und Brady hatte dort geschlafen. »Sind Cord und Darley in denselben kleinen Unternehmen investiert wie ich? Sehen unsere Konten gleich aus?«

»Nun, Cords Investmentfonds sind praktisch identisch mit deinen, aber Darley hat keine mehr, seitdem sie verheiratet ist.«

»Wie bitte?«, fragte Georgiana verwundert.

»Das hat sie so entschieden. Sie wollte Malcolm nicht dazu bringen, einen Ehevertrag zu unterschreiben, und hat damit die Gewinne aus ihrem Anlagevermögen verwirkt.«

»Hat sie überhaupt kein Geld?« Georgiana hatte eine dumpfe Ahnung von dieser Vereinbarung, doch die Details explizit zu hören, schockierte sie.

»Sie hat genug. Malcolm verdient ja sehr gut.«

»Aber was ist aus ihrem Geld geworden?«

»Es geht direkt an ihre Kinder. Wenn ein Begünstigter – Darley in dem Fall – ohne Ehevertrag heiratet, kommen dieselben Regeln zur Anwendung, wie wenn jemand stirbt. Das Geld geht dann an die nächste Generation.«

»Ah. Warst du sauer, dass sie Malcolm keinen Ehevertrag hat unterschreiben lassen?«

»Darley ist Romantikerin«, sagte ihr Vater seufzend. »Sie

war überzeugt, dass ein Ehevertrag die definitive Vereinbarung zur Scheidung ist.«

»Aber Sasha hat doch auch keinen Ehevertrag unterschrieben, oder?«

»Doch, warum? Deshalb profitiert Cord ja nach wie vor von seinem Treuhandvermögen.«

Georgiana stutzte. Warum hatte Cord behauptet, Sasha habe sich geweigert? Oder hatte er es gar nicht behauptet? Sie wusste lediglich, dass es Aufruhr gegeben hatte; Cord war aufgebracht gewesen und Sasha kurzzeitig ausgezogen. »Hat Cord einen großen Batzen aus seinem Trust genommen, um Pineapple Street zu kaufen?«

»Nein, das Haus gehört ihm nicht. Er und Sasha wohnen zwar dort, aber die Eigentümer sind immer noch deine Mutter und ich.«

»Dann kriegt Sasha nicht die Hälfte unseres Hauses, wenn sie sich scheiden lassen?«

»Georgiana!«, mischte ihre Mutter sich ein. »Das ist ja furchtbar, was du da über deinen Bruder und seine Frau sagst. Niemand lässt sich scheiden. Und ehrlich gesagt, das geht dich auch gar nichts an. Warum müssen wir jetzt über Geld reden? Das ist doch kein Thema fürs Mittagessen, meine Güte. Jetzt gib mir mal den Immobilienteil. Ich habe gehört, dass Fannie Keaton ihre Immobilie für zehn Millionen verkaufen will und sie heute in die Zeitung gesetzt hat.«

Georgiana zog den Immobilienteil heraus und reichte ihn weiter; den Rest der Mahlzeit verbrachten sie in weitgehendem Schweigen, das sie nur unterbrachen, um Fannies kolossales Brownstonehaus zu betrachten und den fürchterlichen Grundriss zu beklagen. (»Man sollte meinen, für zehn Millionen be-

käme man einen eigenen Raum für die Wäsche«, sagte Tilda
und schüttelte traurig den Kopf.)

Kaum hatte Cord die E-Mail mit der Einladung zum Abendes-
sen an die Familienmitglieder verschickt, wusste Georgiana:
Sasha war schwanger. »Bitte kommt zum Festessen zu uns.«
Was sonst gäbe es zu feiern?

»Ich gehe nicht hin«, mailte Georgiana an Darley.

»Du musst! Bestimmt geben sie bekannt, dass Nachwuchs
unterwegs ist«, mailte Darley zurück.

»Meinst du, sie wird mit blauen und rosa Rauchbomben das
Geschlecht verkünden, sodass nachher das ganze Haus
brennt?«

»Sei doch nicht kindisch«, gab Darley zurück.

Als Georgiana in der Pineapple Street eintraf, war die Familie
schon vollzählig versammelt und trank Champagner. »Was feiern wir?«, fragte Georgiana, darauf gefasst, Überraschung zu
mimen.

»Wir haben nur noch auf dich gewartet«, sagte Cord fröhlich und führte sie in den Salon, wo mit mürrischer Miene
Sasha steif auf dem Sofa saß. Er klopfte mit einem Löffel an
sein Glas, obwohl ohnehin alle ganz Ohr waren. »Also …« Er
hielt dramatisch inne, seine Augen funkelten. »Wir bekommen
ein Baby!«

»Herzlichen Glückwunsch!«, jubelten alle, und Georgiana
sah, dass ihre Eltern mit Abstand die schlechtesten Schauspieler waren, die sie je erlebt hatte.

»Habt ihr es schon gewusst?«, fragte Cord denn auch prompt mit leiser Enttäuschung.

»Nun ja, Berta hat es mir gesagt«, räumte Tilda ein.

»Und woher wusste es Berta?«

»Vorahnung. Frauen spüren so was«, sagte Tilda weisheitsvoll.

»Oh, ich glaube, sie hat mich über der Kloschüssel hängen sehen«, sagte Sasha.

»Hast du dich oft übergeben?«, wollte Darley wissen.

»Jeden Tag.«

»Oje! Weißt du, was ich gemacht habe? Ich hatte kleine Packungen Salzkräcker im Nachttisch und aß immer welche, wenn ich nachts aufwachte, damit mein Magen am Morgen nicht so leer war. Darum geht's doch hauptsächlich – vermeiden, dass der Magen komplett leer wird.«

»Wir hatten so viele Salzkörner und Krümel im Bett«, ergänzte Malcolm, »dass es sich anfühlte wie das reinste Ganzkörperpeeling.«

»Außerdem habe ich die besten sauren Drops gegen Schwangerschaftsübelkeit entdeckt.« Darley hatte sogleich ihr Handy parat, suchte nach dem Link und schickte ihn an Sasha weiter. Die wiederum schien Darleys Begeisterung kaum zur Kenntnis zu nehmen. Sie wirkte gänzlich angeödet von der Veranstaltung, und Georgiana fühlte Ärger in sich aufkeimen. Da waren sie alle zusammengekommen, um Sasha hochleben zu lassen, und die sah drein, als sei die ganze Gesellschaft die reinste Zumutung.

»Oh! Wir haben doch noch das Kinderkörbchen, in dem ihr alle als Babys gelegen habt!« Tilda sprang auf und verließ geschäftig das Wohnzimmer. Drei Minuten später war sie wieder da und brachte ein Babykörbchen aus Weidenrohr. Das Geflecht sah scharfkantig aus und roch modrig. »Darin habt ihr alle drei geschlafen«, sagte Tilda gerührt.

»Wie erstaunlich«, kommentierte Cord mit glänzenden Augen.

»Ob das Schimmel ist?«, fragte Sasha und untersuchte eine grünliche Beschichtung auf dem Boden des Körbchens. Niemand beachtete sie.

Berta hatte Brathähnchen und Kürbis zubereitet und für die Kinder »Nudeln mit nichts«. Sie streckte den Kopf durch die Tür und teilte mit, dass das Abendessen fertig sei; Georgiana griff rasch nach der Champagnerflasche und leerte den Rest in ihr Glas, ehe sie den anderen folgte. Zum Abendessen gab es Wein, außer für Sasha, die Limonade aus der Dose trank, was ihr einen entsetzten Blick von Tilda eintrug. (»Am Strand sind Getränkedosen in Ordnung, aber bei Tisch verdient alles Moussierende ein Stielglas!«) Je mehr sie über das Baby sprachen, desto mehr schnürte es Georgiana die Kehle zu. Es war nur ein Scherz gewesen, als sie und Brady von einem Baby gesprochen hatten, aber ein winziges Stück Hoffnung hatte sich dennoch in ihr festgesetzt. Es musste doch einen Grund geben, warum er und Amina keine Eltern waren, er aber mit ihr, Georgiana, darüber gesprochen hatte. Sie wusste, dass er sie beide liebte, tief in ihrem Inneren aber fragte sie sich, ob seine Liebe zu Amina vielleicht mit der Zeit verblasst wäre und von der Liebe zu ihr, Georgiana, verdrängt worden wäre. Die Freude der werdenden Eltern zu sehen, ließ die Sehnsucht nach dem Baby, das sie mit Brady nie haben würde, schmerzlich wieder erwachen.

Nach dem Essen verschwand Malcolm mit den Kindern im Fernsehzimmer, und Sasha stand auf, um Berta beim Tischabräumen zu helfen. Georgiana tat, als müsste sie auf die Toilette, ging aber hinauf in ihr früheres Zimmer. Sie war benommen und müde vom Wein und hielt es nicht länger aus, mit sachlicher Miene den Diskussionen über die Vor- und Nachteile einer im Haus wohnenden Säuglingsschwester zu folgen. Darley hatte dieselbe Säuglingsschwester eingestellt, die bei all ihren Freundinnen beschäftigt gewesen war, und obwohl die Frau einige Spleens hatte – sie trug jeden Tag gestärkte weiße Schwesterntracht (Darleys Bitten, einfach in Jeans zu kommen, wurden überhört), sie las ausschließlich Promizeitschriften, sie hatte in Las Vegas mit einer Celine-Dion-Mottoparty geheiratet, und sie redete nonstop mit dem Baby in einem nicht endenden Strom von Tierstimmen –, hatte sie Darley gemeinsam mit Malcolms Mutter in den ersten Wochen nach der Geburt der Kinder das Leben gerettet.

Georgiana schloss die Tür hinter sich. Ihr war leicht schwindlig, und sie kniff ein Auge zu, um schärfer zu sehen. Im Bücherregal entdeckte sie ihr Highschooljahrbuch. Aus einer Eingebung heraus zog sie es hervor, ließ sich damit aufs Bett fallen und blätterte zu einer bestimmten Seite. In der Mitte, im Abschnitt M, fand sie, was sie suchte: Curtis McCoy. Es war ihr zuwider, dass er einen so großen Teil ihres Denkens beanspruchte, aber es fiel ihr schwer, den in der *New York Times* porträtierten superreichen Wohltäter mit dem grüblerischen, leicht Furcht einflößenden Teenager in Einklang zu bringen, den sie in Erinnerung hatte. Doch da stand er wie zum Beweis, siebzehn Jahre alt, die Haare fielen ihm in die Augen, mit Hemd und Pullover, und blickte leicht blasiert in die Kamera. Daneben waren ein unscharfes Foto von ihm mit drei Freunden um ein Lagerfeuer am Strand, ein Actionfoto von ihm auf dem Fußballplatz und zuletzt ein Zitat: »Die Frage ist nicht, wer mich lässt, sondern wer mich aufhalten wird.«

»Arschloch«, flüsterte Georgiana vor sich hin. Offenbar war sie gleich darauf eingeschlafen, denn zu Bewusstsein kam sie durch Darley, die sie aus einem Traum wachrüttelte. Sie war mit Curtis einen Pfad durch eine Wiese entlanggegangen. Krass. Bleich und verdrossen setzte sie sich auf, und dabei fiel das Jahrbuch zu Boden.

»Wieso liegst du hier und pennst?«, fuhr Darley sie an. »Wie viel hast du getrunken?«

»Nicht so viel, ich bin nur müde«, sagte Georgiana abwehrend.

»Sogar Mom hat bemerkt, dass du betrunken warst, und das sagt einiges.«

»Scheiße.«

»Sie hat auch gesagt, dass du dünn aussiehst, aber ich schätze, das war ein Kompliment. Was ist los mit dir?«

Georgiana erwog kurz ein Geständnis gegenüber ihrer Schwester. Wenigstens ein Teilgeständnis. Sie könnte ihr sagen, dass sie mit Brady Schluss gemacht hatte, nachdem sie von seiner Ehe erfahren hatte, und dass er einer der drei Toten des Flugzeugabsturzes sei. Aber die halbe Wahrheit würde sie umbringen. Darley glauben zu machen, sie könne ihren Verlust nachfühlen, während er in Wahrheit so viel größer war – unmöglich.

»Es ist nichts, Dar. Ich habe Stress im Büro und eine Tablette genommen, und das hat sich nicht mit dem Wein vertragen.«

»Du sollst nicht Tabletten und Alkohol mischen!«, schimpfte Darley. »Du bist doch kein Teenager mehr! Muss man dir die Gefahren von Alkohol und Drogen erklären?«

»Nein, ich habe mich nur so für Cord gefreut, dass ich mich habe gehen lassen. Ist schon alles gut.«

»Okay. Sei bitte kein Idiot. Jetzt geh und sag Mom, dass du eine Tablette gegen Völlegefühl genommen hast, und sag gute Nacht. Wir müssen sowieso die Kinder nach Hause bringen. Hatcher hat sich Kaugummi in die Haare geklebt, und Poppy hat versucht, ihn rauszupopeln, und ihm dabei ein Büschel Haare ausgerissen, und jetzt weint er, weil er eine winzige kahle Stelle hat.«

»Jesus.« Georgiana klemmte sich das Jahrbuch unter den Arm, und sie verließen gemeinsam den Raum.

Den Gründer ihrer Organisation kannte Georgiana nur vom Sehen, gesprochen hatte sie mit ihm nie. Er war der Chef ihres Chefs, und sie hatte immer gedacht, um je ein Wort mit ihm zu wechseln, müsste sie schon etwas gigantisch vermasselt haben. Umso überraschter war sie, als er an einem Mittwochmorgen in ihr Dienstmädchenzimmer kam. Sie hörte ihn nicht kommen; sie kniete auf dem Boden und sortierte Schachteln mit druckfrischen Newslettern und schreckte auf, als er an den Rahmen der offenen Tür klopfte.

»Oh, hi, Peter!« Zu spät überlegte sie, ob es okay war, ihn Peter zu nennen. Hätte sie ihn als Mr Perthman ansprechen sollen? Nein. Das hätte nicht zur Organisation gepasst. Und er war ihr Chef, nicht der Schuldirektor.

»Georgiana. Wie geht's so?«

»Großartig!« Mit übertriebenem Überschwang stand sie federnd auf.

»Ich hätte ein Anliegen an Sie. Wie Sie ja wissen, haben wir nächsten Monat unsere Wohltätigkeitsveranstaltung, und wir versuchen, den Kreis unserer Einzelspender und Familienstiftungen zu erweitern.«

»Auf jeden Fall. Ich bin schon mit dem Museum in Kontakt, das uns die Räume zur Verfügung stellt, und arbeite eng mit Gabrielle zusammen, um die Gästeliste zusammenzutragen.«

»Wenn ich es richtig in Erinnerung habe, waren Sie auf der Henry Street School hier in Brooklyn, richtig?«

»Ja.« Hatte er ihren Lebenslauf gelesen? Anscheinend hatte es jemand ihm gegenüber erwähnt.

»Ich habe neulich in der *Times* gelesen, dass ein ehemaliger Schüler der Henry Street, ein gewisser Curtis McCoy, sehr viel Geld für gemeinnützige Zwecke spendet. Offenbar stimmen seine Ziele mit unserer Arbeit überein, und daher habe ich mich gefragt, ob Sie ihn vielleicht wegen unserer Veranstaltung ansprechen könnten.«

Man nannte es das Baader-Meinhof-Phänomen, auch bekannt als Frequenzillusion: Wenn einem etwas zum ersten Mal aufgefallen ist, begegnet es einem plötzlich auf Schritt und Tritt. War Curtis McCoy schon immer an der Peripherie ihres Lebens zugange gewesen, und sie hatte ihn nur nicht zur Kenntnis genommen? Auf einmal schien er allgegenwärtig. In der Mittelstufe hatte eine Freundin Georgiana darauf aufmerksam gemacht, dass das Schloss in *Arielle, die Meerjungfrau* genau wie ein Penis aussah, als hätte ein gelangweilter Zeichner sich einen Scherz erlaubt. Sobald sie es einmal so gesehen hatte, konnte sie es nicht mehr anders sehen. Es war die ganze Zeit da gewesen, direkt vor ihrer Nase, und sie hatte es nicht bemerkt. So ging es ihr jetzt mit Curtis.

»Ich kenne Curtis«, sagte Georgiana. »Nicht gut, aber wir waren im selben Jahrgang.«

»Das ist ja großartig«, lächelte Peter Perthman. »Ich werde Ihnen einen Brief schicken, den Sie ihm bitte weiterleiten. Und dann stellen Sie mich ihm hoffentlich nächsten Monat vor! Sie sind so eine Bereicherung, Georgiana. Sie haben sich in der kurzen Zeit, die Sie hier sind, wirklich profiliert.« Damit senkte er den Kopf und fegte aus dem Dienstmädchenzimmer, während sich Georgiana zu ihren Kisten auf den Boden sinken ließ.

Sie leitete Curtis die Einladung mit dem geringstmöglichen Maß an Engagement weiter. Peter (oder seine rechte Hand) hatte ein elegantes Vorstellungsschreiben verfasst, in dem er die Arbeit der Organisation präsentierte und auf den jüngst erlittenen Verlust dreier KollegInnen in Pakistan hinwies, das natürlich ein Land sei, dessen Bevölkerung den USA mit einigem Misstrauen begegne. In dem Brief stand zwar nicht explizit: »Weil bei Tausenden Angriffen gegen den Nordwesten Pakistans die Drohnen aus der Produktion des Konzerns Ihrer Familie eingesetzt wurden, um Menschen zu töten, sollten Sie uns jetzt Geld geben, damit wir den Überlebenden Hilfe zur Selbsthilfe leisten können«, doch im Kern war die Aussage genau diese. Georgiana entnahm Curtis' private Mailadresse der Einladung zur Geburtstagsparty im russischen Tanzsaal und setzte nur einen kurzen Text in die Mail, der sie Perthmans Brief als Anhang beifügte: »Mein Chef bittet mich, dir sein Schreiben weiterzuleiten. Ich hoffe, es geht dir gut.« Eine Stunde später antwortete Curtis:

Wirst du versuchen, mich zu küssen, wenn ich zu dieser
Spendenaktion komme?

Georgiana prallte von ihrem Bildschirm zurück, als hätte sie ein Schwall kaltes Wasser getroffen. Auf der Stelle schrieb sie zurück: »Das ist meine Büroadresse!«

Die Antwort kam ebenso postwendend. »Na gut. Steht die Party unter einem Motto? Dritte-Welt-Chic vielleicht?«

Georgiana schnaubte. Was für ein Arsch. »Du musst nicht kommen. Ich sage meinem Boss einfach, dass du vor lauter Philanthropie keine Zeit hast.«

»Stellst du mir nach? Verfolgst mich in der Presse?«

»Es war in den *Style*-Seiten. Sieht aus, als hättest du den Artikel platziert, um Frauen zu beeindrucken. Gibt doch bestimmt einfachere Wege, um an Dates heranzukommen, oder? Hat der Fotograf dir gesagt, du sollst so finster schauen, oder hast du vergeblich versucht, einen verführerischen Blick aufzusetzen?«

»Offenbar hast du das Foto lang und gründlich studiert.«

»Leider gehört es zu meinem Job, mit der antikapitalistischen Jugend Verbindung aufzunehmen.«

»Na gut, ich bin gern bereit, Verbindung aufzunehmen. Ich komme zu eurem Event. Frag deine Mutter, ob ich mir ihre Sonnenbrille ausleihen kann.«

»Wow, Curtis McCoy mit geistreichem Mailgeplänkel«, lachte Lena. Sie saßen in einem italienischen Restaurant an der Atlantic Avenue, Lena und Kristin steckten über Georgianas Telefon die Köpfe zusammen.

»Hat er eine Freundin?«, fragte Georgiana.

»Keine Ahnung! Bist du interessiert?«

»Nein! Ich will nur wissen, ob ihn alle für einen Kotzbrocken halten oder ob es auch jemanden gibt, der einen Menschen in ihm sieht.«

»Ein Kotzbrocken, der hundert Millionen Dollar im Namen des Friedens verschenkt. Echt ein Arsch.«

»Im Ernst, findet ihr das nicht komplett irre?«, fragte Georgiana. »Entweder er ist ein Vollidiot oder ein Heiliger, und ich kann nicht entscheiden, was.«

»Man kann ein schrecklicher Mensch sein und trotzdem Gutes tun«, sinnierte Kristin. »Zum Beispiel hat bin Laden seine Enkelkinder geliebt.«

»Superhilfreiche Erkenntnis. Vielen Dank.«

»Schau dir die Leute an, mit denen ich arbeite«, fuhr Kristin fort. »In der Techbranche wimmelt es von Männern mit großen Träumen von gesellschaftlichen Utopien, und was in der Realität herauskommt, ist noch mehr Hass, als man sich vorher hat vorstellen können, meistens wegen Geld.«

»Es kann aber doch auch andersrum gehen, oder? Wie Angelina Jolie? Die trägt erst Blut von Billy Bob Thornton um den Hals und nimmt massenhaft Drogen, aber dann wird sie erwachsen und wird UN-Sonderbotschafterin? Ähnlich wie Curtis, oder? Der versucht auch, erwachsen zu werden«, sagte Lena.

»Curtis ist also Angelina Jolie. Cool. Jetzt kapiere ich es endlich.« Georgiana lachte. Es war nicht vergleichbar, aber ein Körnchen Wahrheit enthielt die Aussage doch. Er war für die Sünden seiner Vorgänger nicht verantwortlich. Und auch nicht für seine Überzeugungen in der Highschool. Menschen ändern sich. Menschen entwickeln sich weiter. Wer war sie, dass sie eine so absurd hohe moralische Messlatte anlegte? Ihr eigenes Selbstbild war in Scherben zerfallen, als sie sich in Brady verliebt hatte. Man kann ein netter Mensch sein und trotzdem Mist bauen.

Als sie ihrer Schwester Darley erzählte, dass sie Curtis McCoy zum Wohltätigkeitsevent eingeladen hatte, packte Darley Georgiana am Arm und lachte schallend. »Wer ist jetzt die Goldgräberin?«, gackerte sie. Lauthals. Sie hatten sich zum Tennis im Casino getroffen, und Georgiana krümmte sich innerlich, weil jetzt jeder, der mitgehört hatte, sie für einen Emporkömmling halten musste.

Sie starrte ihre Schwester finster an. »Halt die Klappe«, fauchte sie.

»Worüber streitet ihr?« Cord und ihre Mutter kamen auf den Platz und reichten Georgiana eine Dose mit Tennisbällen.

»Georgiana hat ein Date mit Curtis McCoy!«, quiekte Darley.

»Oh, das habe ich in die Wege geleitet«, kommentierte Tilda zufrieden und strich sich mit den Händen über die Hüften. Sie hatte sagenhafte Beine, und man hatte gelegentlich den Eindruck, dass sie nur wegen der Röcke Tennis spielte.

»Wie bitte? Nein, absolut nicht, Mom!«

»Habe ich dir nicht den Artikel über ihn gegeben und dir geraten, ihn zu kontaktieren?«

»Wer ist Curtis McCoy?«, fragte Cord.

»Das ist der Milliardär, der sein ganzes Geld verschenkt, Sohn des Eigentümers von Taconic«, sagte Darley.

»Er ist kein Milliardär«, murmelte Georgiana.

»Nicht, wenn er alles verschenkt«, trällerte Tilda.

»Oh, ich habe von ihm gelesen.« Cord legte den Kopf schief. »Scheint mir ein Bernie-Sanders-Fan zu sein.«

»Ist er nicht.« Georgiana klappte den Deckel der Balldose auf und stopfte sich drei Bälle in den Rock. »Er hat vom Verkauf von Tomahawk-Raketen, die Syrer umgebracht haben, Millionen geerbt, und statt auf einer Yacht zu versanden, will er versuchen, die Welt besser zu machen. Das ist sehr ehrenwert und alles andere als lächerlich.«

»Aber eine Yacht hat er doch noch, oder?«, fragte Tilda. »Ich kann im neuesten Who's Who nachsehen.«

Georgiana verdrehte die Augen. »Darum geht's doch nicht, Mom! Können wir jetzt bitte Tennis spielen?«

Doppel spielten sie immer in gleicher Konstellation, Georgiana und Darley gegen Cord und Tilda. Ärgerlicherweise war Cord stärker und schneller als beide Schwestern und glich damit aus, dass Tilda nicht mehr ganz so wendig war wie früher. Darley war stark, wenn auch leicht unberechenbar, und mit Georgiana waren die beiden Teams ebenbürtige Gegner. Auch Chip war ein passabler Spieler, aber er ging schon lange nicht mehr mit seiner Frau auf den Platz – nachdem sie sich regelmäßig verkracht hatten, fassten sie irgendwann in den Neunzigern den Entschluss, ihre Ehe zu retten und dafür ihre jeweiligen Tennisaktivitäten strikt zu trennen.

Georgiana staunte oft, wie unterschiedlich »Ehe« gelebt wurde. Ihre Eltern teilten Tisch und Bett, doch trotz der räumlichen Nähe schienen sie getrennte Leben zu führen. Sie hatten ganz unterschiedliche Interessen, unterschiedliche Freunde, lasen unterschiedliche Bücher und sahen unterschiedliche Filme. Wenn sie miteinander Urlaub machten, verbrachten sie die Tage getrennt, Tilda ging shoppen, zur Maniküre, zum Sport, Chip las Zeitung, spielte Golf, trank mit Freunden. Darley und Malcolm waren das genaue Gegenteil. Sie waren mehr getrennt als zusammen, dabei aber den ganzen Tag im Gespräch, waren sich in fast allem einig, und manchmal saßen sie auf verschiedenen Kontinenten im Bett, aßen das gleiche Takeaway-Essen und sahen gemeinsam einen Film. Georgiana ärgerte sich mitunter über Darleys uneingeschränkte Loyalität gegenüber Malcolm und wünschte, Darley fände wenigstens ein einziges Mal an ihrem Mann etwas auszusetzen, an seiner Art, sich die Zähne zu putzen, seiner Art, beim Lesen die Lippen einzuziehen – irgendetwas. Aber nein. Ihre Ehe war wie ein Ei, Dotter und Eiweiß zusammengehalten von einer Schale. Darley mochte als eine Stockton am Familientennis teilnehmen, aber im tiefsten Inneren, vermutete Georgiana, verwandelte sie sich allmählich in eine Kim und ließ Georgiana allein zurück.

Die Wohltätigkeitsveranstaltung fand in der ersten Etage des Brooklyn Museums statt. Wo sonst die Eintrittskarten verkauft wurden, war eine Bühne aufgebaut, und ein DJ bereitete seine Anlage vor, denn nach dem Essen sollte getanzt werden. Georgiana hatte beim Arrangement der Tische mitgearbeitet und wusste daher, dass Curtis für 20 000 Dollar einen Zehnertisch reserviert hatte. Zusätzlich bestand natürlich die Hoffnung, dass er von den Ereignissen des Abends so ergriffen wäre, dass er in dem vorsorglich unter seinem Teller platzierten kleinen Umschlag eine signifikante Spendenzusage hinterließ. Georgiana kannte keinen der Namen, die er als seine Gäste angegeben hatte, aber das war auch nicht weiter verwunderlich. Natürlich war nicht zu erwarten, dass er mit einer Truppe von Highschoolfreunden zu der als nobles Dinner getarnten Präsentation einer internationalen Entwicklungshilfeorganisation aufkreuzte.

Georgiana erwog kurz, sich für die Veranstaltung die Chanel-Ohrringe ihrer Mutter zu borgen – zwei riesige Cs, die bis auf die Schultern herabhingen –, aber sie zweifelte, ob Curtis den Witz verstehen würde, und ohnehin war protziger Schmuck dieser Sorte, wenn die Vortragenden über Kinder ohne Zugang zu sauberem Wasser berichteten, wohl etwas geschmacklos. Sie entschied sich stattdessen für das Missoni-Kleid ihrer Mutter und Absätze, die sie absurd groß machten.

Sie war früh da und bezog Position an der Tür, um die Gäste zu begrüßen, doch als Curtis eintraf, begleitete sie gerade einen ihrer großzügigsten Spender zur Garderobe. Curtis, sah sie später, war mit einer schönen Frau gekommen, die unverkennbar seine Mutter war, was Georgiana eigenartig froh stimmte, denn sie war stillschweigend davon ausgegangen, dass seine öffentlichen Äußerungen über Taconic einen Konflikt mit seinen Eltern heraufbeschworen hätten. Während der gesamten Cocktailstunde registrierte sie ihn aus dem Augenwinkel, schaffte es aber nicht, zu ihm durchzudringen, denn es ergaben sich diverse Krisen, die gelöst werden mussten – so musste für Tisch drei eine Erweiterung improvisiert werden, der Fotograf wusste nicht, auf wen er sein Objektiv richten sollte, das iPad, mit dem Gabrielle die Anmeldungen verwaltete, war abgestürzt.

Dann war die Cocktailstunde vorüber, die Servierkräfte baten die Gäste, ihre Plätze einzunehmen, und Georgiana eilte hinter die Bühne, um sich zu vergewissern, dass das Mikro funktionierte, wenn Peter gleich seine Ansprache hielt. Als sie zehn Minuten später ihren Platz am Bühnenrand einnahm, sah sie, dass inzwischen Curtis' übrige Gäste eingetroffen waren, auch die Frau mit dem Hund, die sie mit ihm vor dem Casino gesehen hatte; sie saß zu seiner Linken. Curtis begegnete Georgianas Blick, lächelte und nickte kurz zur Begrüßung. Georgiana fühlte ihre Wangen heiß werden; sie winkte zurück und kam sich prompt idiotisch vor.

Den Film über die Arbeit und die jüngsten Projekte der Organisation hatte sie noch nicht gesehen, und als er begann, wurde ihr klar, dass das ein schlimmer Fehler war. In Großaufnahme erschien Bradys Gesicht auf der Leinwand. Dann stand er neben Meg und Divya auf einem kleinen Flughafen, den Rucksack am Riemen über eine Schulter gehängt, die Sonnenbrille in die Stirn geschoben. Die Aufnahme musste am Tag vor seinem Tod entstanden sein. Im weiteren Verlauf sah man ihn eine Sitzung im Konferenzraum eines Krankenhauses leiten, um den Hals ein blaues Band mit seinem Ausweis und in den Händen drei der orange markierten Boxen, in denen die Impfstoffe transportiert wurden; man sah ihn und das weitere Team in Pakistan, über einen Laptop gebeugt, und Georgiana spürte Tränen über ihre Wangen laufen. Hätte ihr nicht jemand sagen können, dass so viel Brady in diesem Film war! Sie riss den Blick von der Leinwand los und rang um Fassung, atmete bewusst und langsam, und als sie in die Menge blickte, sah sie abermals Curtis' Augen auf sich gerichtet. Verstohlen stand sie auf und schlich sich davon zur Toilette, wo sie sich ein Blatt Toilettenpapier ans

Gesicht drückte. Als ihr Atem sich beruhigt hatte, wischte sie mit befeuchteten Fingern die Mascaraspuren unter den Augen fort. Sie strich ihr Kleid glatt, schob das Haar hinter die Ohren, brach eine Klonopin entzwei und zerkaute eine Hälfte im Mund. Alles wieder gut. Sie konnte sich zusammennehmen.

Danach machte sie sich an der Peripherie der Party zu schaffen, bis die Salate, die Vorträge, die Hauptgerichte überstanden waren. Als der Kaffee serviert wurde, kam sie wieder hinter der Bühne hervor und sah die Leute aufstehen; ein Teil der Gäste, der nicht tanzen wollte, strebte zur Garderobe, wo rasch eine Schlange entstand. Als jemand ihr auf die Schulter tippte, fuhr sie zusammen.

»Hey, tolle Veranstaltung, Glückwunsch«, sagte Curtis.

»Vielen Dank, dass du gekommen bist. Dein Kalender platzt sicher vor solchen Events.« Die alte Schamesröte wärmte ihre Wangen, und sie war sich der Stelle an ihrer Schulter, die sein Finger berührt hatte, seltsam deutlich bewusst.

»Das stimmt, aber solche Events sind zurzeit auch mein Job. Ich will mir von so vielen gemeinwohlorientierten Organisationen wie möglich ein Bild machen.« Er trug einen eng anliegenden dunkelblauen Anzug, der seine Augen blauer als sonst wirken ließ, sein blondes Haar war sauber gekämmt, das Gesicht frisch rasiert, und er roch leicht nach Kaffee.

»Wer waren die anderen an deinem Tisch?«, fragte Georgiana mit einem Blick in die Richtung und sah leere Stühle und unberührte Dessertteller.

»Ich arbeite jetzt mit einem Team zusammen. Mit Leuten, die Erfahrung im Bereich Unternehmensspenden haben.«

»Das ist bestimmt sinnvoll.« Georgiana lächelte, und endlich wich die Röte aus ihrem Gesicht. »Wie findest du uns?«

»Sehr gut. Mir gefällt, dass ihr den Schwerpunkt auf die Ausbildung von medizinischem Personal im Land selbst legt. Man
braucht ja nachhaltige Strukturen, die sich von allein tragen,
wenn kein Geld mehr fließt.«

Sie nickte. »Das ist wohl einer der Gründe, warum die Arbeit in Pakistan so wichtig ist. So viele Frauen gehen nicht zu
männlichen Ärzten, weil die Religion oder der Ehemann oder
die Schwiegermutter es nicht erlauben. Deshalb bilden wir in
erster Linie Frauen aus, die dann in ihrer Gemeinde die Kinder impfen und mit den Müttern über Familienplanung sprechen.«

»Ja, das ist sehr vernünftig.« Curtis legte eine Pause ein.
Dann holte er Luft. »Vorhin, als der Film lief, hast du sehr mitgenommen ausgesehen. Warst du befreundet mit den Leuten,
die bei dem Flugzeugabsturz umgekommen sind?« Er sah sie
so aufmerksam an, und seine Augen waren so voller Licht, dass
es ihr einen Stich versetzte. Er sah abartig gut aus.

»Äh, ja«, stotterte Georgiana. »Meine Freundin Meg war
eine der drei, die gestorben sind.« Sie konnte mit Curtis McCoy
nicht über Brady sprechen. Sie fing sonst sofort wieder an zu
weinen.

»Das tut mir sehr leid. War sie in unserem Alter?«

»Ein paar Jahre älter, aber ja, sehr jung. Es war das erste Mal,
dass sie sich vor Ort mit einem Projekt befasste, und sie hat
sich ungeheuer gefreut. Sie wusste so viel, war sehr engagiert
und fleißig, sie hätte es weit gebracht, weißt du?«

»Ja. Es ist schrecklich.« Curtis verstummte; in dem eingetre-
tenen Schweigen sah er sich um. »Soweit ich weiß, ist das Erdgeschoss des Museums für Gäste geöffnet. Drehen wir eine
Runde?«

»Sehr gern«, sagte Georgiana. Der DJ legte auf, und in den farbigen Lichtern tanzten ihre Kolleginnen und Kollegen miteinander und mit Ehepartnern. Georgiana und Curtis gingen durch den verglasten Korridor, an deckenhohen Wandgemälden aus den 1980ern entlang. »War das deine Mutter, an deinem Tisch?«

»Ja. Sie ist momentan in der Stadt, und ich habe sie überredet mitzukommen.«

»Ich hab mich gefragt, ob du dich mit deinen Eltern verstehst oder ob sie sauer auf dich sind.«

»Meine Mutter hat mehr Verständnis als mein Vater«, räumte Cutis ein.

»Das tut mir leid.« Sie blieben vor einem sechs Meter hohen Bild mit dickem, fast reliefhaftem Farbauftrag stehen.

»Taconic ist sein Lebenswerk, und er ist wirklich stolz darauf. Er hat eine völlig andere Weltanschauung als ich. Die Landesverteidigung ist für ihn Ausdruck von Patriotismus, und nach seiner Meinung hat er, hat die Familie einen bedeutenden Beitrag zum Wohl der USA geleistet, fast so, als wären wir vom Militär.«

»Was ärgert ihn mehr – dass du dein Erbe verschenkst oder dass dein öffentliches Auftreten dem Konzern schaden könnte?«

»Er findet, dass ich mich als Moralapostel aufführe. Er nennt mich Genosse Stalin und wird nicht müde, mir zu versichern, dass ich es eines Tages, wenn ich selber Kinder habe, bereuen werde.«

»Weil er davon ausgeht, dass du deinen Kindern ein großes Erbe hinterlassen willst?«, fragte Georgiana.

»Ja, er gehört der Generation an, die überzeugt ist, dass finanzielle Stabilität das größte Geschenk ist, das man der Fami-

lie machen kann.« Er neigte den Kopf, was Georgiana als Auf-
forderung zum Weitergehen deutete.

»Na ja«, sagte sie, »es besteht schon ein Unterschied zwischen finanzieller Stabilität und obszönem Reichtum.«

»Ein riesiger. Die Ungleichheit der Einkommen ist beschä-
mend und ein riesiges Problem. Ich will nicht, dass meine Kinder in einem Land aufwachsen, das sich von jeglicher Moral
verabschiedet hat, das Menschen hungern lässt und den Reichen Steuererleichterungen beschert.«

»Warren Buffett sagt, er glaubt nicht an dynastischen Reichtum, und nennt die Kinder der Superreichen Mitglieder im
›Club der glücklichen Spermien‹.« Das letzte Wort ließ Georgiana zart erröten.

Curtis lachte. »Weißt du, dass Warren Buffett, Bill Gates und
Jeff Bezos zusammen mehr Vermögen besitzen als die gesamte
untere Hälfte der Bevölkerung?«

»Tatsächlich?«, fragte sie.

Sie standen vor einem Wandgemälde von zwei gigantischen
Brüsten und täuschten beide kurzfristiges Interesse vor, ehe sie
zum nächsten weitergingen. Kunst war so peinlich.

»Wart ihr schon immer so unterschiedlicher Meinung, du
und dein Vater?«

Curtis schüttelte den Kopf. »Nein«, sagte er. »Zwar habe ich
schon in der Highschool angefangen, auch noch anderes zu lesen als das *Wall Street Journal*, aber erst auf dem College ist mir
bewusst geworden, dass ich im Grunde nichts anderes bin als
ein Komplize. Mitschuldig. Wir sind in einer Blase aufgewachsen.« Der Blick, mit dem er sie ansah, war fragend.

Sie nickte. »Aber manchmal ist es schwer, da rauszufinden«,
sagte sie und dachte an ihr kleines Stück Brooklyn Heights.

Wenn sie in ihrem Wohnzimmer laut genug nieste, konnten ihr wahrscheinlich ihre Eltern von ihrem Schlafzimmer in der Orange Street aus »Gesundheit!« wünschen.

»Du willst anscheinend raus?«, sagte Curtis, und Georgiana fühlte sich geschmeichelt und schämte sich gleich darauf, dass sie nach seiner Anerkennung gierte. Sie kehrten zurück in die Halle, in der getanzt wurde, und Georgiana sah, wie Kolleginnen die Umschläge von den jetzt verlassenen Tischen einsammelten.

»Ich muss wieder an die Arbeit«, sagte sie.

»Hey.« Curtis hielt sie am Arm fest. »Bist du mit jemandem zusammen?«

Sie lächelte. »Nein. Du?«

»Auch nicht. Aber ich dachte, dieser Typ, weißt du? Als wir uns auf der Straße begegnet sind? Nach dieser Party?« Georgiana gefiel die Mühe, die er sich gab, um auf keinen Fall etwas zu sagen wie: »… als du die Straße entlanggestolpert bist, als hättest du Klebstoff geschnüffelt, nachdem du mir am Abend vorher die Zunge in den Hals gesteckt hast.«

»Das war mein Bruder. Cord.«

Curtis sagte, sie sollten sich mal für einen Abend zum Essen verabreden, und er werde ihr schreiben, und Georgiana empfand ein glitzerndes Glücksgefühl, das bis zum Ende der Aufräumarbeiten anhielt, doch als sie nach Hause kam und das Medizinschränkchen öffnete, fand sie hinter dem Mundwasser einen Zettel von Brady, auf dem stand: »Kostenlose Nasen-OPs für Debütantinnen!«

Sie hielt den gefalteten Zettel in der Hand und dachte an die Aufnahmen von Brady und Meg. Sie sah ihn mit Rucksack neben dem Flugzeug stehen, Stunden vor dem Absturz. Er war tot, sein Körper nur noch Asche. Und sie war hier, lebendig und in einer bescheuerten Designerklamotte, flirtete auf einer Museumsgala und gab sich den Anschein einer reflektierten, charakterfesten Person, während sie in Wahrheit eine Lügnerin war.

15

Darley

Tilda veranstaltete für Cord und Sasha ein Festessen zur feierlichen Enthüllung des Geschlechts ihres Babys. Das Motto lautete »Teegesellschaft des verrückten Hutmachers«. Sie hatte die Wohnung in der Orange Street in ein psychedelisches Wunderland verwandelt, Teetassen stapelten sich zu beängstigenden Türmen, an einem Armleuchter, um dessen Sockel sich Spielkarten auffächerten, baumelten Taschenuhren, und aus den Blumenarrangements spähte hier und dort ein Porzellanhase. Es war leicht beunruhigend. Darley fühlte sich an Amsterdam erinnert, als sie zu viel mit Pilzen experimentiert und sich in eine Gracht übergeben hatte. Aber sie machte gute Miene und trug sogar, als sie mit Malcolm im Schlepptau zur Party erschien, einen federbesetzten Kopfputz, der von einer Party mit dem Motto »Old Kentucky Derby« stammte.

»Willkommen im Wunderland«, grüßte Tilda dramatisch. Auf ihrem Kopf saß ein Hut, der so ausladend war, dass die Krempe beiderseits die Flurwände berührte. Darleys Outfit fand ihre Anerkennung, Malcolm jedoch bekam sogleich einen schwarzen Zylinder mit Spielkarten im Hutband überreicht. »Jeder muss einen verrückten Hut tragen! Jetzt entscheidet euch für einen Drink. Pink Lady, wenn ihr auf ein Mädchen setzt, und Blue Arrow, wenn ihr glaubt, es wird ein Junge.«

»Blauer Pfeil?«, raunte Malcolm seiner Frau zu. »Was ist das?«

»Blue Curaçao mit Gin. Unbedingt vermeiden«, raunte Darley zurück.

Cord und Sasha waren schon da, Cord verschlang herz- und pikförmige Teesandwiches, Sasha, die mit rosigen Wangen neben ihm stand, trug eine Blumenkrone.

»Wunderhübscher Kopfschmuck«, sagte Darley, als sie Sasha zur Begrüßung auf die Wange küsste.

»Oh, deine Mutter hat ihn für mich machen lassen. Sie war gestern extra hier, um zu fragen, was ich anziehen will, damit es auch sicher passt.«

»Wie nicht anders zu erwarten«, sagte Darley und lachte.

Der Tisch bog sich unter Platten und Schüsseln – Gurke und Frischkäse auf federweichem Weißbrot, Geflügelsalat mit Trauben, Ei mit Brunnenkresse, und jedes Gericht war mit einem Schildchen garniert, auf dem »ISS MICH« stand. Die Schildchen auf dem Cocktailtisch hatten die Aufschrift »TRINK MICH«.

»O mein Gott, ›Iss mich‹?«, fragte Darley mit leisem Schaudern.

»Alles vom Besten, Dar«, grinste Cord. »Ist doch eine Familienfeier.«

»Also, was ist es, Junge oder Mädchen? Mir könnt ihr es verraten, ich sag’s nicht weiter«, schmeichelte Darley.

»Wir wissen es selber nicht«, antwortete Sasha. »Wir haben die Ärztin gebeten, das Geschlecht auf einen Zettel zu schreiben, den deine Mutter dann ihrem Konditor gegeben hat.

Wenn wir die Torte anschneiden, ist das Innere entweder rosa oder blau.«

»Unglaublich geschmacklos«, warf Georgiana ein, die an den Tisch trat und sich eine Kirschtomate in den Mund schob.

Sasha lachte steif. »Es war nicht unsere Idee.«

»NMF«, sagte Malcolm mit einem Augenzwinkern in Sashas Richtung, und Darley tat, als wüsste sie nicht, was der private Code bedeutete.

Georgiana hatte ihre beste Freundin Lena mitgebracht, und Darley freute sich, sie zu sehen. Sie kannte Lena von klein auf, seit sie in den Collegeferien Babysitterin für Georgiana und Lena gespielt hatte, ihnen die Nägel lackiert und sie ganze Eimer Keksteig hatte essen lassen, während sie Zac-Efron-Filme im Fernsehen sahen. Georgiana war in letzter Zeit derart launenhaft und unberechenbar, als wäre sie ständig angetrunken, und Darley war froh, dass auch Lena ein Auge auf sie hatte.

»Darf ich das probieren?«, fragte Malcolm, auf Georgianas Cocktail deutend, der wie Frostschutzmittel in einem Martiniglas aussah. Sie reichte ihm das Glas, er nahm einen kleinen Schluck und schüttelte sich. »Das haut einen ja um! Da weißt du nachher nicht mehr, ob du Männlein oder Weiblein bist.«

»Tja, Geschlechtsenthüllung meint nicht zwangsläufig das Baby«, scherzte Cord, schon leicht aufgedreht. »Haben wir gesagt, wessen Geschlecht enthüllt wird?«

Sasha hatte ein paar Freundinnen eingeladen, einige aus ihrem Arbeitsumfeld und einige von der Kunsthochschule, so auch Vara, und Darley legte Wert darauf, sich allen vorzustellen und sie, wenn möglich, vor dem blauen Getränk zu warnen. Sashas Eltern hatten in letzter Minute abgesagt. Ihr Vater fühlte sich nicht wohl – was Darley tief bedauerte, sie hätte sich so gewünscht, dass sie hätten dabei sein können, um Pink Ladys zu trinken und Sasha mit ihrer Blumenkrone zu bewundern. Tilda schwelgte in ihrer Rolle als Matriarchin, schwebte majestätisch unter ihrem grotesken Hut einher und verstieß gegen ihr eigenes Dekret, indem sie sich, um nur ja keine Einfärbung der Zähne zu verursachen, weder jungen- noch mädchenfarben, ein Glas Champagner genehmigte.

Nachdem man gegessen und getrunken hatte, scharten sich alle um die Torte, einen dreistöckigen Turm wie für eine Hochzeit, den weiße und gelbe Rosen zierten. Sashas Freundinnen hielten ihre iPhones parat, um den theatralischen Vorgang zu dokumentieren, während Sasha und Cord mit einem Tiffany-Messer den Turm anschnitten. Cord zog das erste Stück heraus und legte es auf einen Teller … Die Füllung war weiß.

»Was bedeutet Weiß?«, fragte Cord in die Runde. »Weder noch?«

»Schneide tiefer! Bestimmt kommt noch was!«

Sie schnitten tiefer, jetzt bis zur Mitte. Die Füllung blieb weiß. Dramatisch spießte Cord jede Schicht auf, wie ein Zauberer, der den Trick mit der Frau in der Kiste versucht. Das gesamte Torteninnere war weiß.

»Oh, verflixt, ich rufe die Konditorei an«, verkündete Tilda, schleuderte ihre Hutkrempe zurück und tippte die Nummer in ihr Smartphone. Es stellte sich heraus, dass die Konditorei an diesem Tag auch eine Bestellung für eine goldene Hochzeit ausgeliefert hatte, und nun war anzunehmen, dass irgendwo in der Stadt eine betagte Festgesellschaft leuchtend blauen oder rosafarbenen Lemon Curd verspeiste. Alle scharten sich um

Tilda und ihr iPhone, damit der Konditor die Nachricht von Saschas Frauenärztin verlesen konnte.

»Es ist ein Junge!«, tönte es von dem kleinen Display, und Tilda stieß einen Freudenschrei aus.

»Was für eine fabelhafte Nachricht!«

Cord und Sasha lachten und küssten sich, und alle, die ihre Leber mit Blauen Pfeilen gequält hatten, hoben siegreich ihr Glas. Ein Junge! Darley war glücklich. Das Baby wäre sechs Jahre jünger als Hatcher, aber ihre Kinder bekämen ihren ersten Cousin. Und Cord wäre ein fantastischer Vater. Als sie sich im Raum umsah und die über das Tortendebakel lachende Gesellschaft betrachtete, fiel ihr Blick auf Georgianas düstere Miene.

»Das ist völlig abgefuckt, was ihr da feiert«, sagte Georgiana in dem Moment laut, und alles verstummte wie in Erwartung eines Trinkspruchs. Georgiana schwankte leicht, als sie mit brennenden Wangen sagte: »Was spielt es denn für eine Rolle, ob Junge oder Mädchen? Geschlecht ist ein Spektrum.«

»Georgiana, Liebes, niemand weiß, wovon du redest«, rügte Tilda unter ihrem riesigen Hut. »Wir wären nicht weniger froh, wenn es ein Mädchen wäre.«

»Fuck, darum geht's doch überhaupt nicht«, stöhnte Georgiana entnervt.

»Georgiana, gehen wir in die Küche und reden?«, mischte Sasha sich ein, die plötzlich hinter sie getreten war und sie aus dem Raum lotsen wollte.

»Aber nein, es ist alles bestens, *Sasha*.« Georgiana stieß den Namen hervor wie eine Beleidigung.

»Es war in letzter Zeit ziemlich viel für dich«, sagte Sasha leise. »Ich kann verstehen, dass du zornig bist.«

»Glaub ja nicht, du wüsstest alles«, fauchte Georgiana. »Ganz sicher nicht.«

»Nein, natürlich nicht«, ruderte Sasha zurück. »Aber ich denke, du ruinierst gerade eine Familienfeier, während du in Wahrheit wegen etwas ganz anderem leidest.«

Wovon, zum Teufel, reden die zwei?, fragte sich Darley.

»Nichts ruiniere ich. Diese ganze Party ist so was von daneben. Geschlecht ist nicht binär. Geschlecht hat nichts mit den Genitalien zu tun!«

»Jesus, George, komm wieder runter.« Cords Beschwichtigungsversuch bewirkte das Gegenteil, denn Georgiana liefen plötzlich die Tränen über das Gesicht.

»Georgiana, lass mich dich nach Hause begleiten.« Sasha griff noch einmal nach Georgianas Ellenbogen.

»Lass mich!«, rief Georgiana und riss sich los.

»Ich glaube aber, es ginge dir besser …«, beharrte Sasha.

»Sasha, lass mich in *Ruhe*. Du bist hier nicht mal zu Hause.« Sasha sah aus, als wäre sie geohrfeigt worden, doch Georgiana kam erst in Fahrt.

»Das ist alles, was dich interessiert, oder? Dein millionenschweres Riesenhaus und dein Erbe! Das ist *so* peinlich. Ihr seid alle irrsinnig peinlich.« Wütend blickte sie von einem zum anderen, wie um eine Reaktion herauszufordern, und als niemand etwas sagte, stürmte sie aus dem Raum und den Flur entlang zum Schlafzimmer ihrer Eltern, wo sie die Tür hinter sich zuknallte.

»Was zum Teufel war das?«, fragte Darley, an niemanden im Bestimmten gerichtet.

»Tja, wer hätte gedacht, dass wir heute ein kleines Dinnertheater erleben?«, sagte Tilda lachend. »Jetzt nehmt euch bitte alle ein Stück Torte! Jedenfalls vom unversehrten Teil, den Cord nicht im Fechtkampf besiegt hat!«

Darley staunte immer wieder über ihre Mutter, die unangenehme Situationen sichtlich ungerührt überspielte. Das war entweder sehr raffiniert oder völlig abartig, aber Darley war in solchen Momenten eher dankbar. Die Gäste schaufelten ihr Tortenstück in sich hinein und verabschiedeten sich dann hastig. Lena hatte unterdessen draußen vor der Schlafzimmertür gestanden und versucht, mit Georgiana Kontakt aufzunehmen, doch die Tür blieb verschlossen.

»Was ist los mit ihr?«, fragte Darley.

»Ich hab keine Ahnung«, antwortete Lena und schüttelte den Kopf. »In letzter Zeit ist sie irgendwie chaotisch.«

»Wie chaotisch?«

»Sie wird in null Komma nichts betrunken. Offensichtlich deshalb, weil sie auch was Angstlösendes nimmt. Auf einer Party küsst sie einen Typen, den sie angeblich hasst, und macht sich gleich darauf Vorwürfe und suhlt sich in Selbstverachtung.«

Darley riss die Augen auf. »Ach du Schande«, murmelte sie. Was war alles an ihr vorübergegangen! Sie klopfte an die Tür. »George? Ich bin's. Was ist los, Süße? Bitte mach auf.«

Tilda kam zu ihnen und versuchte es ihrerseits. »Liebes, jetzt sind alle gegangen. Komm raus und lass uns darüber reden, was dich so aufgebracht hat. Wenn es mein Motto war, entschuldige ich mich.«

Drinnen hörte man einen dumpfen Lärm, dann wurde der Schlüssel herumgedreht und die Tür aufgerissen. Georgiana stand vor ihnen mit zerrauftem Haar und cocktailblauen Lippen. Bebend vor Wut.

»George, was ist mit dir?«, flehte Darley und spürte, wie ihr beim Anblick ihrer Schwester, die so offensichtlich litt, selbst die Tränen in die Augen stiegen.

»Frag doch die Goldgräberin«, sagte Georgiana mit zornigem Blick auf Sasha, die wie erstarrt am Ende des Flurs stand. »Frag die Scheißgoldgräberin.« Und damit stampfte sie zur Wohnungstür und verschwand und ließ ihre Familie sprachlos zurück.

16

Sasha

S asha sagte es ihnen. Sie saßen im Wohnzimmer, und Sasha berichtete, was Georgiana an dem Tag, an dem sie schluchzend im Kleiderschrank gesessen hatte, gestanden hatte. Sie habe sich verliebt; sie habe nicht gewusst, dass Brady verheiratet war. Nachdem es herausgekommen sei, habe sie das Undenkbare getan und weiter mit ihm geschlafen. Eine heimliche Affäre. Dann der Flugzeugabsturz, Bradys Tod, und Georgiana wurde mit ihrer Trauer nicht fertig.

»Das Geheimnis muss sie zerrissen haben«, sagte Lena. »Mir hat sie gesagt, dass sie mit ihm Schluss gemacht hat.«

»Aber der Flugzeugabsturz ist mehr als zwei Monate her«, wandte Darley bestürzt ein. »Zu mir hat sie gesagt, sie hat die Opfer gar nicht gekannt.«

»Brady ist gestorben. Und ihre Freundin Meg«, sagte Sasha leise.

»Du hast das die ganze Zeit gewusst?«, fragte Cord, und seine Miene sprach so deutlich von dem Gefühl, hintergangen worden zu sein, dass Sasha es kaum aushielt.

»Es tut mir leid«, flüsterte Sasha. »Sie hat es mir im Vertrauen gesagt.«

»Sie ist sechsundzwanzig«, fauchte Darley. »Sie ist ein Kind.

Sie hat etwas unglaublich Traumatisches erlebt. Sie hätte Hilfe gebraucht.«

»Ich habe versucht, für sie da zu sein. Aber – Überraschung – sie wollte nicht. Hat mich ausgeschlossen. So wie ihr alle«, gab Sasha abwehrend zurück. »Ich habe sie hundertmal angerufen, aber von einer Goldgräberin nimmt man natürlich keine Hilfe an.«

»Wieso sagen denn alle immer dieses Wort?«, warf Tilda dazwischen.

»Weil das Georgianas und Darleys Spitzname für mich ist: die Goldgräberin. Sie denken, ich hätte mich hochgeheiratet. Sie denken, es interessiert mich einen Scheißdreck, in welchen Clubs ihr seid oder wie man einen Tisch richtig deckt. Sie denken, ich wollte hauptsächlich in euer Familienmuseum für antiken Mist einziehen.«

»Hey, Sasha, fahr mal runter«, sagte Cord stirnrunzelnd.

»Nein, ich fahr nicht runter. Georgiana ist verzogen und egoistisch, und mir gegenüber war sie von unserer ersten Begegnung an grob und abfällig. Und du«, fuhr sie an Darley gewandt fort. »Bei dir ist es fast noch schlimmer, weil du eine ganze Weile Freundschaft gemimt hast, aber hinter meinem Rücken hast du Witze über mich gerissen.«

»Es geht hier nicht um dich, Sasha«, fuhr Darley sie an.

»Nein, es geht nie um mich, das ist mir klar geworden. Ich hab die Hoffnung aufgegeben. Ich hab's satt, dass alle von mir erwarten, dass ich vor lauter Dankbarkeit die verflohten Orientteppiche küsse, damit ich weiterhin in einer vollgestopften Bruchbude mit alten Zahnbürsten und verschimmelten Babykörbchen zusammenleben darf. Und übrigens, Tilda: Von der heiligen Gouverneurscouch habe ich einen *Ausschlag* bekommen!« Cord sah sie an und schüttelte den Kopf, *das geht zu weit*, aber Sasha hatte sich ohnehin verausgabt. Ihr Gesicht war rot und schweißfeucht, und mit ihrer welk gewordenen Blumenkrone sah sie wie eine wahnsinnige Medusa aus. Sie stand auf und marschierte mit so viel Würde, wie man in Gesellschaft einer Familie mit absurden Hüten aufbringen kann, aus dem Raum.

Nach der Teeparty rückte die Familie Stockton noch enger zusammen. Cord empfing Anrufe von Darley, verschwand mitsamt Telefon im Schlafzimmer und schloss die Tür hinter sich. Er begab sich in die Orange Street, um mit seiner Mutter zusammenzusitzen und das Problem Georgiana zu erörtern. Vermutlich in Kombination mit ödipaler Fußmassage.

Nach Cords Meinung hatte Sasha überreagiert. Gut, sie hatten einen Spitznamen für sie, na und? Georgiana hatte jemanden geliebt, der gewaltsam ums Leben gekommen war – was waren Sashas Probleme gemessen an diesem Leid? Er sah nicht, dass es um viel mehr ging, sah nicht, dass sie von Beginn an ausgegrenzt worden war. Mit jedem Tag, der seit dem Eklat verging, fühlte sie deutlicher, wie zwischen ihnen ein Vorhang zugezogen wurde, der ihr klarmachte, dass sie keine Stockton war und niemals eine werden konnte.

Zu ihrer Überraschung kam auch von Darley keine Reaktion. Keine Textnachricht, kein Anruf. Sasha war bewusst, dass Cord und seine Schwester ihr übel nahmen, was sie über das Haus gesagt hatte und dass sie Georgianas Geheimnis für sich behalten hatte, aber schämte Darley sich nicht, dass sie die Frau ihres Bruders hinter deren Rücken eine Goldgräberin nannte? Vielleicht hätte Sasha die Familie in Georgianas

Lage einweihen sollen – andererseits konnte sie sich nicht vorstellen, wie die Reaktion gewesen wäre, wenn sie vor zwei Monaten Alarm geschlagen hätte. Georgiana behandelte sie jetzt schon mit Verachtung – was wäre erst, wenn sie hätte feststellen müssen, dass Sasha ihr Vertrauen missbraucht hatte? Sasha hatte das Gefühl, unfreiwillig einen Blick hinter die Fassade geworfen zu haben, und das konnten die Stocktons ihr jetzt nicht verzeihen. Jetzt waren alle noch verschlossener ihr gegenüber. Geheimniskrämerisch. Bemüht, den Schein zu wahren und die Fassade zu reparieren. Sasha hatte die Risse darin gesehen und wurde dafür gehasst.

Je mehr Sasha darüber nachdachte, desto mehr wuchs ihr Zorn. Sie steckte in einer ausweglosen Situation, sie war in eine Familie geraten, in der sie nichts zu sagen hatte, ihre Stimme nicht gehört wurde, in der die Türen verschlossen und Umschläge versiegelt blieben, in der Geld der Strick war, der sie alle aneinanderfesselte und knebelte. Auf einmal wurde ihr klar, weshalb die Stocktons vor Jahrzehnten in diese Gegend von Brooklyn Heights gezogen waren, weshalb sie in denkmalgeschützten Häusern leben wollten: um nur ja nichts verändern zu müssen; alles sollte für immer bleiben, wie es seit jeher gewesen war.

Am Montagnachmittag saß Sasha an ihrem Schreibtisch und grübelte über diverse Nuancen von Cremeweiß, die in der Werbung für eine Bettwäsche zur Anwendung kommen sollten; in der engeren Wahl standen Kokosnuss, Crème double und Cannoli, und sie bekam allmählich Hunger. Ein Anruf ihrer Mutter (aus der häuslichen Speisekammer) riss sie aus ihren Überlegungen.

»Sie behalten Dad über Nacht, um ihn zu beobachten«, sagte ihre Mom, gedämpft durch die Reis- und Nudelvorräte, die sie umgaben.

»Warum denn? Haben sie bei der Untersuchung was entdeckt?« Es war die dritte innerhalb von sechs Wochen, und er war immer noch kurzatmig, der Inhalator half nicht. Sasha stand auf und klappte den Katalog mit Farbmustern zu, um klarer denken zu können.

»Nein, nichts. Ich bin sicher, es sind nur die letzten Ausläufer einer Erkältung. Dein Vater ist ziemlich unleidlich deswegen. Er wollte heute Abend heimkommen, aber ich habe ihn überredet zu bleiben, bis sie ihn regulär entlassen.«

»Wie hast du das denn geschafft?«, fragte Sasha ungläubig.

»Ich habe ihm gedroht, dass ich sein Boot versenke, wenn er wagt, das Krankenhaus ohne ausdrückliche ärztliche Erlaubnis zu verlassen.«

Sasha musste lachen. Ihre Mutter hatte einmal, als ihre Brüder vom Fischen drei Stunden zu spät zurückgekommen waren, zwei Paddel vom Steg ins Wasser geworfen; seither wurden ihre Drohungen ernst genommen. »Ich komme«, sagte Sascha.

»Ach nein, lieber nicht. Du kannst doch nichts tun. Ich würde mir nur riesige Sorgen machen, wenn ich dich nach Einbruch der Dunkelheit auf der Straße weiß, und morgen ist er ja sowieso wieder zu Hause.«

»Warum telefonierst du in der Speisekammer, wenn Dad gar nicht zu Hause ist?«

»Die Jungs meinen, ich soll dich nicht aufregen«, sagte ihre Mutter mit einem Anflug von Schuldbewusstsein.

Wie nervig. Noch eine Familie, die sie aus allem rauszuhalten versuchte. »Na gut«, seufzte Sasha, und sie verabschiedete sich von ihrer Mutter, nicht ohne ihr das Versprechen abzunehmen, dass sie am nächsten Morgen aus dem Krankenhaus anriefe. Doch ihr Vater wurde auch am nächsten Tag nicht entlassen, so wenig wie am übernächsten. Sasha bereute, dass sie sich hatte abwimmeln lassen. Wäre sie am Montag losgefahren, hätte sie die ganze Woche bei ihren Eltern sein können. Am Freitag überlegte sie hin und her, ob sie fahren sollte oder nicht. Eine Nachricht ihres Bruders Olly nahm ihr die Entscheidung ab: Hey, sie haben bei Dad Blutgerinnsel in der Lunge gefunden.

Sie warf einen Satz Kleidung zum Wechseln, ein Fläschchen Vitamine für Schwangere und ihren Laptop in eine Reisetasche und setzte sich ins Auto. Auf der ganzen Strecke bis Providence machte sie sich Vorwürfe. Seit Monaten hatte sie ihre Eltern nicht gesehen, weil sie sich viel zu sehr von der Arbeit, ihrem Haus, Cord und Darley und den bescheuerten Stockton-Familienfeiern und Einweihungen und irren Themenabenden hatte in Anspruch nehmen lassen. Sie hatte sich so bemüht, sich in eine Familie einzufügen, die sie nicht haben wollte, dass ihre eigene darüber in den Hintergrund gerückt war.

Als Sasha nach Providence hineinfuhr, hatte sie wieder einmal das sonderbare Gefühl, ihre einstige Heimat mit fremden Augen zu sehen. Angefangen hatte es in ihrem ersten Collegejahr, als jedes Mal, wenn sie von New York, der Stadt gigantischer Glastürme und unerschöpflicher Entdeckungen, nach Hause kam, der Kontrast alles hier klein und irgendwie schäbig aussehen ließ. Der Ein-Dollar-Laden, früher der Renner schlechthin, stand seit Jahren leer und fand keinen Pächter mehr, das

Farbengeschäft sah noch immer so aus, als könnte es einen neuen Anstrich brauchen – Sasha konnte sich kaum noch daran erinnern, wie es gewesen war, als diese Stadt ihre ganze Welt bedeutete.

Ihr Vater durfte immer nur drei Besucher auf einmal empfangen, und weil ihre Mutter und die beiden Brüder bei ihm waren, fuhr Sasha erst einmal zu ihrem Elternhaus. Dort angelangt, sah sie Mullins Wagen in der Einfahrt stehen. Weil die Haustür abgesperrt war und kein Licht brannte, angelte sie den Reserveschlüssel aus seinem Versteck und schloss die Tür auf. Sie ließ ihre Tasche zu Boden fallen, ging zum Kühlschrank und nahm sich eine Dose Cola. Sie hatte sie eben aufgerissen und setzte zum Trinken an, als sie draußen im Garten Mullin erblickte. Er war der letzte Mensch, mit dem sie jetzt reden wollte. Sie ignorierte ihn, sah stattdessen die ungeöffnete Post auf dem Küchentisch durch, räumte die Spülmaschine aus und bediente sich an einer Keksschachtel im Schrank.

Als Mullin an die Glasschiebetür der Küche klopfte, hatte sie ihn so weit vergessen, dass sie zusammenfuhr.

»Hey, ich wollte dich nicht erschrecken.« Er sah müde aus. Er hatte sich einen Bart wachsen lassen, und seine Jeans waren sehr schmutzig.

Sie beäugte ihn misstrauisch von der anderen Seite der Küche her. »Was ist los?«

Mullin zuckte mit den Schultern. »Ich versuche nur, mich zu beschäftigen, bis wir was Neues wegen der Blutgerinnsel hören.« Er ging zum Kühlschrank, nahm sich eine Dose Narragansett-Bier heraus und öffnete sie.

»Bedien dich ruhig«, sagte Sasha sarkastisch.

»Habe ich selber gekauft.«

»Dann bewahr es doch bei dir zu Hause auf.«

»Warum musst du so sein?«, fragte Mullin mit finsterer Miene.

»Wie denn?«

»Zickenhaft. Die ganze Zeit.«

»Weil ich dich nicht hierhaben will. Aber«, fügte sie nach einer Pause hinzu, »du bist immer hier. Die ganze Zeit.«

»Aber du nicht. Warum stört es dich?«

»Weil ich finde, du hättest längst weiterziehen sollen. Es sind mehr als fünfzehn Jahre, seit wir uns getrennt haben, aber immer noch muss ich dich ständig treffen. Ich versteh einfach nicht, warum.«

»Sicher nicht, weil ich dich zurückhaben will, so bezaubernd, wie du bist«, antwortete er scharf.

»Offensichtlich.« Sasha runzelte die Stirn. Es ärgerte sie, dass er hier aus und ein ging und den liebenden Sohn spielte, ohne zur Familie zu gehören. Nachdem er sie aus dem Weg gedrängt hatte. Sie ging durch die Glasschiebetür und die Terrassenstufen hinunter in den Garten. In der hinteren Ecke des Grundstücks stand ein neuer japanischer Ahorn, anderthalb Meter hoch, mit dunkelrot glänzenden Blättern. Ringsherum blühte Blaustern in leuchtend grünem Blattwerk, ein breiter Streifen fedriger Prachtspieren, eine Reihe kleiner Buchsbäume fasste das Ensemble ein. »Wow«, murmelte Sasha. Allmählich sah es hier aus wie in einer Gartenlandschaft aus *Cottages & Gardens*, nichts erinnerte mehr an die Betonziegelbeete, in denen sie als Kinder nach Würmern gegraben und Sandkuchen gemacht hatten. Sie ging zu dem Ahorn hinüber und sah ihn genauer an, betrachtete die sorgfältige Umwicklung des Stamms, die Tiere fernhalten sollte, den gepflegten

Rasen, wo früher eine teils kahle, teils unkrautüberwucherte Fläche gewesen war. Sie schloss die Augen und lauschte eine Zeit lang nur den Umgebungsgeräuschen, die so anders waren als in der Pineapple Street. Hier hörte sie in der Ferne einen Hund bellen, die sich knarzend öffnende Fliegengittertür eines Nachbarn, im Wind raschelnde Baumkronen. In Brooklyn Heights kam von der Straße unterhalb ihres Fensters das Brummen eines Kühlwagens, der Lebensmittel lieferte, man hörte Polizei- und Feuerwehrsirenen in der Henry Street und manchmal, am Sonntagmorgen, eine charmante Besonderheit des Viertels – die Klingel des Messerschleifers, der mit seinem Lieferwagen durch Cobble Hill, Carroll Gardens und die Heights kurvte und mit seiner Glocke verkündete, dass er für zwanzig Dollar Küchenmesser schärfte. Sasha ließ ihre Gedanken schweifen. War es möglich, dass sie nie wieder hier leben würde? Würde sie den Rest ihres Lebens in Brooklyn verbringen und dort ihr Kind aufziehen, Stunden entfernt von ihren Eltern? Sie wünschte sich so verzweifelt, dass ihr Vater wieder gesund würde, dass er ihrem Sohn beibrächte, wie man angelt und Pfannkuchen wendet, auf der Suche nach dem Anlegeplatz im Fluss herumwatet, auf einem Grashalm pfeift und stundenlang die handgeknüpften Fliegenköder begutachtet, die es bei Morgan's hinter der Bar zu kaufen gibt.

Warum war sie so wütend auf Mullin? Warum ärgerte es sie derart, ihn hier in ihrem Elternhaus zu sehen? Ja, als Freund war er eine Qual gewesen, aber das war lange her. Und sie hörte nicht auf, ihn dafür zu bestrafen. War sie genauso schlimm wie die Stocktons? Nur darauf bedacht, ihre Herkunftsfamilie gegen Außenstehende abzuschotten? Die Erkenntnis traf sie wie ein Schlag. Wie scheinheilig sie war! Sie war in das Haus in der

Pineapple Street eingezogen und warf Georgiana genau das vor, was sie selbst während der letzten anderthalb Jahrzehnte mit Mullin getan hatte. *Fuck.*

»Hey, Mullin?«, rief sie, und er trat oben an die Küchentür.

»Hast du das alles gepflanzt?«

»Yep«, sagte er und nahm einen Schluck aus der Bierdose.

»Sieht super aus.«

»Weiß ich. Die Leute zahlen mir einen Haufen Kohle dafür.«

»Na ja«, sagte Sasha zerknirscht, »mit gutem Grund. Mom und Dad wissen es bestimmt zu schätzen.«

Mullin kam lässig die Treppe herunter und sah sich im Garten um. »Ein Penny für deine Gedanken?«

»Die kosten heutzutage leider mehr«, antwortete Sasha im Scherz, und Mullin lächelte. »Ich habe Schuldgefühle, weil ich nicht gemerkt habe, wie es wirklich um meinen Vater steht.«

»Ich glaube, es hat alle überrascht«, sagte er tröstend.

»Ja, aber ich habe überhaupt nichts mitgekriegt, weil ich nur mit meinem eigenen Scheiß beschäftigt war. Eine schreckliche Tochter. Hoffentlich verzeiht mir Mom«, fügte sie leise hinzu.

Mullin dachte kurz nach. »Erinnerst du dich an unsere Tänze in der Mittelschule? In der Turnhalle?«

Natürlich. Das Tanzen war ihr das Liebste gewesen. Sie und ihre Freundinnen hatten sich schon Wochen im Voraus ihre Kleider zurechtgelegt, sie hatten sich vorher gemeinsam schön gemacht und mit Parfüm aus der Drogerie besprüht, hatten baumelnde Ohrringe aus Claire's Boutique angelegt und Ewigkeiten mit Lockenstab und Haarspray verbracht, nur damit der Pony saß, wie er sollte.

»In der Siebten hast du mit Andrew Bowalski getanzt, weißt du noch?«, fragte Mullin, und Sasha schüttelte den Kopf. Doch natürlich erinnerte sie sich an Andrew Bowalski, einen Klassenkameraden von der Vorschule bis zum Highschoolabschluss, der im Förderprogramm für Begabte gewesen war. Er hatte einen dunklen Bürstenhaarschnitt, eine Brille mit Drahtgestell, war schlaksig und streberhaft und über Jahre hinweg in Sasha verliebt gewesen. Das war ihr immer ein bisschen peinlich, aber er war ein netter Typ. Sie ging nie mit ihm aus, und irgendwann im Lauf der Highschool war er geheilt. Er war im Schachklub, studierte später an der Rutgers und ging schließlich mit einem Mädchen aus Boston. Wahrscheinlich waren sie inzwischen verheiratet.

»Andrew war total verknallt in dich, und an diesem Abend erzählte er allen, dass er dich bei ›Stairway to Heaven‹ zum Tanzen auffordern würde, weil es das längste Lied war.« Mullin lachte bei der Erinnerung. »Und du hast mitgemacht. Alle wussten, dass du ihn nicht auf diese Weise mochtest, aber du warst so nett und hast ihn die Hände auf deine Taille legen lassen und hast geschlagene sieben Minuten innig mit ihm auf der Tanzfläche herumgestanden. Das war der Moment, in dem ich mich in dich verliebt habe.«

»Mullin …«, unterbrach ihn Sasha, denn was immer er sagen wollte, sie wollte es nicht hören. Sie liebte Mullin nicht, und daran würde sich auch nichts ändern.

»Aber die Sache ist die«, fuhr Mullin unbeirrt fort, »ich habe dich geliebt, aber ich habe damals vor allem gesehen, wie sehr du geliebt wurdest. Du hattest eine wunderbare Familie, Eltern, die alles für dich taten, deine Mom ging mit dir genau die Kleider kaufen, die du für einen Tanzabend wolltest, dein Vater hat dein Softballteam trainiert. Du hattest Freundschaft, du hattest so viel Liebe um dich herum, dass es dir ein Leichtes war, sie zu teilen. Du konntest mit Andrew Bowalski tanzen und ihm den Abend versüßen. Du warst einfach so offen und leicht, und mir wurde mit einem Schlag klar, wie verschlossen und düster ich war. Ich war, keine Ahnung, zwölf vielleicht und wusste nur eins – dass ich so nicht leben wollte. Ich wollte auch diese Art von Liebe haben. So kam es, dass ich mich in dich verliebt habe. Gut, mit uns hat es nicht geklappt, und daran bin ich schuld, weil ich mich wie ein Idiot verhalten habe. Aber wer weiß – vielleicht hätte es sowieso nicht geklappt, auch wenn ich kein Idiot gewesen wäre, wir waren ja Kinder. Aber mit dir und mit deiner Familie zusammen zu sein, hat mich gerettet. Das weiß ich. Ich wusste es auch schon damals. Natürlich wird deine Mom dir verzeihen, denn so ist sie.«

Mullin blickte angestrengt in den Garten, und Sasha sah, wie viel Überwindung es ihn kostete, so zu reden – mit einer Frau, die ihn derart verletzt hatte. Und sie dachte, sie konnte jetzt aufhören, ihn zu verletzen. Sie konnte Mullin gegenüber freundlicher sein, als die Stocktons zu ihr waren. Sie konnte offen sein, wo die Stocktons verschlossen waren.

»Hast du gewusst, dass die Ananas Gastfreundschaft symbolisiert?«

»Ja.« Mullin warf ihr einen amüsierten Blick zu. »Matrosen brachten sie von ihren Reisen mit und stellten sie vor ihrem Haus auf.«

»Genau. Aber die Geschichte ist ein bisschen komplizierter. Kolumbus ist der Ananas zum ersten Mal in Brasilien begegnet und brachte eine für den spanischen König nach Europa. Sie war eine Prestigefrucht für die Ober-Oberschicht. Ein Statussymbol für die Allerreichsten. Wir sehen die Ananas als eine skurrile Frucht, aber tatsächlich ist sie ein Symbol für Kolonialismus und Imperialismus.«

»Gut zu wissen.« Mullin nickte lächelnd.

»Dafür würde ich einen Penny nehmen.«

»Komm.« Mullin breitete die Arme aus. Sasha trat auf ihn zu und ließ sich umarmen. Wahrscheinlich hatte sie seine Arme nicht mehr gespürt, seitdem sie neunzehn war, und es war ein sonderbares Gefühl. Es war vertraut und fremd zugleich, sein Geruch, sein Bart an ihrer Wange, seine breite Brust. Mullin ließ sie wieder los, und sie setzten sich nebeneinander auf die unterste Stufe der Terrasse, betrachteten den Ahorn und lauschten den Geräuschen der Nachbarn.

Eine Stunde später kamen Sashas Mutter und ihre Brüder nach Hause. Die Behandlung war gut verlaufen. Weil ihr Vater Blutgerinnsel in der Lunge hatte, wurde ihm ein Mittel injiziert, das sonst bei Schlaganfallpatienten zum Einsatz kam. Das Blut konnte wieder ungehindert fließen, und nach ein paar Stunden erhielt er Heparin. Ihr Dad würde sechs Monate lang ein blutverdünnendes Medikament einnehmen müssen, doch schon jetzt atmete er leichter. Es war ein Aufschub – ein Schicksal war abgewendet worden, aber eines, dessen Bedrohung Sasha bislang gar nicht bewusst gewesen war, abstrakt wie ein Lastwagen, der unkontrolliert über die rote Ampel rast, nachdem man schon seit einer Stunde wohlbehalten zu Hause ist, ein Baugerüst, das auf einen leeren Bürgersteig stürzt, während man längst gemütlich im Bett liegt. Wie sollte man überhaupt wissen, worüber man sich sorgen musste, wenn alles in der Welt Zufall war? Noch bestürzender war der Gedanke, wie leicht es gewesen wäre, ahnungslos am Schreibtisch zu sitzen und über drei verschiedenen Schattierungen von Weiß zu brüten, mit einer Blumenkrone auf dem Kopf Teesandwiches zu essen, draußen vor der Schlafzimmertür den eigenen Mann zu belauschen, während ein paar Stunden entfernt ihre Familie am Rand von Trauer und Verlust stand. Sie verfasste eine Nachricht an Cord, in der sie ihm die guten Neuigkeiten mitteilte, und zögerte nur kurz vor dem Absenden, weil sie sich fragte, warum er nicht an ihrer Seite war.

17

Georgiana

Als Georgiana am Montagmorgen erwachte, dröhnte ihr Kopf von einer wilden Mischung aus Klonopin, Blue Arrows und Schuldgefühlen. Sie konnte sich nicht erinnern, was am gestrigen Sonntag passiert war. Sie wusste, dass sie sich blamiert hatte, sie war erfüllt von Scham, doch den Grund dafür hatte sie vergessen.

Sie duschte, zog sich an und ging zur Arbeit, saß in ihrem Dienstmädchenzimmer, wo sie sich auf den Artikel zu konzentrieren versuchte, den sie zu schreiben hatte, aber sie schweifte immer wieder ab. Georgiana hatte sich satt. Sie hatte es satt, betrunken und verkatert zu sein. Sie hatte es satt, sich für Partys aufzustylen. Sie hatte es satt, in privaten Clubs Tennis zu spielen. Sie hatte es satt, in Lokalen gefragt zu werden: Mit oder ohne Kohlensäure? Sie hatte es satt, dass Berta für sie kochte und ihren Fußboden wischte. Sie hatte es satt, im kleinsten Kabuff einer riesigen Villa zu hocken und sich einzureden, sie täte etwas – *irgendetwas* – von Bedeutung, während sie in ihrem sonstigen Leben, abseits des Jobs, die Maschine am Laufen hielt, die die Welt von allem, was mit Gerechtigkeit, Anstand und Menschlichkeit zu tun hatte, immer weiter entfernte. Sie konnte nicht so weitermachen. Sie konnte nicht mehr dieser

Mensch sein. Sie musste sich ändern. Aber sie hatte keine Ahnung, wie das gehen sollte. Die Erkenntnis machte sie so traurig und ratlos, dass sie an ihrem Schreibtisch saß und in ihre Hände weinte.

Dann kam eine Mail von Curtis McCoy an ihre Büroadresse.

Hi, Georgiana, war schön, dass wir uns bei eurer Veranstaltung gesehen haben. Wollen wir uns am Wochenende mal treffen? Ich hab gehört, dass im Whitney eine Ausstellung über Aktmalerei ist. Wir könnten hingehen und es zusammen peinlich finden. Trägst du deine Sonnenbrille?

Georgiana wollte niemand anderen mit ihrer miserablen Stimmung infizieren. Sie tippte eine kurze Antwort.

Hi, Curtis, habe im Moment sehr viel um die Ohren, der Zeitpunkt ist schlecht. Aber danke.

Sie drückte auf Senden und hörte das elektronische Signal, mit dem ihre Nachricht in den Cyberspace davonflog. Sie starrte aus dem Fenster und zerbrach sich den Kopf darüber, was gestern wohl gewesen sein mochte. Warum hatte sie so ein schlechtes Gefühl, was war auf dieser Party passiert? Ihr Handy vibrierte, es war eine Nachricht von Lena. Jetzt fiel der Groschen.

Hey George, warum hast du mir nicht gesagt, dass Brady gestorben ist? Es tut mir so leid. Ich hab dich total lieb und bin für dich da. Sag mir, wie ich dir helfen kann.

Fuck. Lena wusste von Brady? Georgiana antwortete nicht. Eine Stunde später kam eine Nachricht von Darley.

Hey, Sasha hat uns von Brady erzählt. Warum hast du nichts gesagt? Wir müssen reden.

Sasha hatte geplaudert? Hatte es allen erzählt? In Georgianas Magen rumorte es, und eine Welle der Übelkeit erfasste sie. Und wieder vibrierte das Handy, es kam eine Nachricht von ihrer Mutter.

Ich habe uns für Mittwoch um sechs zum Tennis angemeldet, danach bestellen wir uns was von der Jack the Horse Tavern.

Eine Welle von Scham durchströmte Georgianas Körper, als die Erinnerung kam. Sie hatte eine Szene gemacht, hatte sich über das bescheuerte Geschlechterthema ausgelassen. Und ihre Freundinnen, ihre Familie wussten über Brady Bescheid, wussten, dass sie ein Verhältnis mit einem verheirateten Mann gehabt hatte. Ihr Magen hob sich. Sie musste sich übergeben. Sie sprang vom Schreibtisch auf und hastete den Flur entlang zur Toilette mit der großen Kambodschakarte, warf die Tür hinter sich zu und schloss ab. Alles drehte sich, vor ihren Augen wurde es von den Rändern her schwarz, nur in der Mitte waren noch letzte Lichtpunkte. Es war Panik. Sie fiel, fiel, fiel, aber der Boden kam ihr nicht entgegen.

Sie lehnte sich an die Tür und rutschte daran abwärts. Die Panik hatte sie im Griff. Es war, als hätte eine gewaltige Welle sie gepackt, aus der sie sich nicht befreien konnte; sie wurde hin und her geworfen und immer tiefer gezogen. Eine Erinnerung kam ihr in den Sinn, aus ihrer Zeit an der Highschool, die Basketballmannschaft der Henry Street spielte gegen eine aus der Bronx, und immer wenn die Henry Street Punkte machte, verhöhnte ihr Team das andere mit Rufen wie »Assibande! Assibande!«. Sie war neun, nach dem Spiel holte Berta sie ab, sie nahmen eine Klassenkameradin mit, die den Bus verpasst hatte, und als Georgiana das Haus des Mädchens sah, von dem Putz und Farbe blätterten, fragte sie: »Wann lasst ihr euer Haus streichen?«, woraufhin das Mädchen sie nur befremdet ansah und wortlos ausstieg. Mit zwölf Jahren war sie im Ferienlager, und als ein älteres Mädchen sie aufforderte, ihren leer gegessenen Teller wegzubringen, antwortete sie spöttisch, dafür sei ja wohl jemand anderes zuständig. Fürchterlich. Ein fürchterlicher Mensch war sie gewesen. Sie war schon so lange so fürchterlich, dass sie nicht mehr damit aufhören konnte, obwohl sie sich so sehr bemühte. Denn es hatte ja nicht erst mit Brady angefangen. Nicht dass sie mit Brady geschlafen hatte, machte sie zu einem schlechten Menschen – sie war schon immer schlecht gewesen, sie konnte nicht einmal dann gut sein, wenn sie es wirklich versuchte. Sie saß in der dunklen Toilette auf dem Boden und zitterte, und in ihrem Kopf hämmerte rhythmisch Bradys Name.

Es war das Geld, das sie so furchtbar machte. Es hatte sie verwöhnt und verweichlicht und verdorben, und sie hatte keine Ahnung, was sie dagegen tun sollte. Und plötzlich kam ihr noch eine Erinnerung, vom Tag zuvor: Sie hatte ihre Schuhe ausgezogen und war ins Bett ihrer Eltern gekrochen. Aufgebracht und wütend auf alles und jeden. Frustriert und verloren. Sie fand sich unerträglich und fühlte sich zugleich vollkommen machtlos gegen sich selbst – es gab nichts, wirklich nichts, was sie tun konnte, um sich von ihrem früheren Ich zu verabschieden und eine andere zu werden. Und auf dem Nachttisch ihrer Mutter sah sie einen Zeitungsausschnitt liegen; es war, wie nicht anders zu erwarten, der Artikel über Curtis.

Georgiana öffnete die Augen und sah die Karte von Kambodscha. Der Boden bewegte sich nicht mehr, sie schwankte nicht mehr. Noch leicht benommen rappelte sie sich auf und blickte in den Spiegel. Ihr Gesicht war rot und heiß, und sie fühlte sich, als sei sie in den zwölften Stock hinaufgerannt, aber es ging wieder.

Mit einem Papierhandtuch tupfte sie sich das Gesicht ab und kehrte leise, von niemandem bemerkt, an ihren Schreibtisch zurück. Sie rief ihren Gmail-Account auf und fand den letzten Kontoauszug des Vermögensverwalters. Sie hatte seit Jahren keine seiner Mails geöffnet, geschweige denn einen Auszug angesehen. Hatte sie ein Passwort? Sie versuchte es mit dem Passwort, das sie für alles verwendete, vom Nobelkaufhaus Neiman Marcus bis Amazon: SerenaWilliams40-0. Es klappte. Die Übersicht war alles andere als übersichtlich, es gab eben nicht nur ein einziges Konto mit einer Gesamtsumme. Ihr Vermögen war in unterschiedliche Bereiche aufgeteilt, und die Seite gliederte sich in etwa zwei Dutzend separate Blöcke. Georgiana riss ein Blatt aus ihrem Notizbuch und addierte die Summen, war sicher, dass sie das eine oder andere übersehen hatte, aber sie wollte ohnehin nur eine grobe Vorstellung gewinnen. Als sie alles zusammengerechnet hatte, sah es so aus, als besäße sie rund 37 Millionen Dollar. Sie fasste einen Entschluss: Sie würde sich ihres gesamten großelterlichen Erbes entledigen. Ihr Geld verschenken wie Curtis, und es wäre so, als risse sie ein Heftpflaster ab. Sie würde sich verändern. Mit einem Schlag würde sie sich verändern und dafür sorgen, dass es kein Zurück gab.

Sie vereinbarte einen Termin bei dem Vermögensverwalter Bill Wallis, den sie, weil er ein Freund der Familie war, von klein auf kannte. Er war auf Darleys Hochzeit gewesen, ebenso auf Cords, und einmal, daran erinnerte sie sich, hatte sie mit ihm und seiner Frau in Ogunquit, Maine, wo sie alle Ferien machten, in einem Restaurant am Meer zu Mittag gegessen. Er war ein zurückhaltender Mann mit kleiner runder Brille und kam ihr vor wie einer, der in seiner freien Zeit Bridge spielt oder Architektur studiert. Am Morgen vor dem Termin kleidete sie sich mit Sorgfalt in Seidenbluse und elegante Hose, als sei sie eine seriöse Geschäftsfrau und keine, die regelmäßig Erdnussbutter aus dem Glas zum Abendessen futtert. Mit der Subway fuhr sie zur Grand Central Station und ging die Park Avenue entlang bis zu einem Büroturm, dessen Fassade so stark spiegelte, dass das Gebäude fast mit dem Himmel verschmolz. Hier waren die Büros von Brotherton Asset Management. Eine Sekretärin empfing sie, bot ihr eine Flasche Wasser an, die Georgiana höflich ablehnte – Einwegplastik –, führte sie in Bills Büro und ließ sie in einem ledernen Gästesessel mit Blick zum Fenster Platz nehmen.

Das Büro war kolossal, so groß wie das Speisezimmer in der Pineapple Street. Hier standen, großzügig verteilt, Bills ausladender Mahagonischreibtisch, ein beigefarbenes Ledersofa mit passendem Sessel, eine hohe Orchidee auf einem Sockel und ein Couchtisch, der eine Reihe weißer Keramikvasen präsentierte. Die Wände waren aus Glas, und von ihrem Sessel aus konnte Georgiana die Bögen der Grand Central Station und die steinernen Pfeiler des Park-Avenue-Viadukts sehen. In ihren Achselhöhlen prickelte Schweiß. Dann kam Bill herein, und sie stand auf und ließ sich von ihm mit einem Kuss auf beide Wangen begrüßen. Er lächelte herzlich. »Georgiana! Seit wie vielen Jahren hatte ich nicht mehr das Vergnügen, dich hier im Büro zu sehen?«

Tatsächlich hatte Georgiana sich nicht mehr blicken lassen, seitdem ihr Großvater gestorben und die Familie zusammengekommen war, um Formalitäten im Zusammenhang mit seinem Nachlass zu erledigen. »Vielen Dank, Bill, dass du dir Zeit für mich nimmst«, sagte Georgiana unbeholfen. »Es geht darum, dass ich mein Konto auflösen möchte.«

»Wie meinst du das?«, fragte Bill überrascht.

Georgiana hatte sich nicht im Voraus zurechtgelegt, wie sie vorgehen wollte, und fuhr einfach fort. »Soweit ich weiß, ist ein Großteil meines Vermögens in Anlagen und Beteiligungen investiert. Die möchte ich verkaufen, alle, und sobald es geht, denn ich will das ganze Geld für gemeinnützige Zwecke spenden.«

»Hast du das mit deiner Familie besprochen?«, fragte Bill mit gerunzelter Stirn.

»Nein, das will ich nicht. Das ist allein meine Entscheidung.«

»Dem ist leider nicht so, und es ist auch um einiges komplizierter, als du dir vorstellst. Es handelt sich um ein Trustvermögen; du bist zwar die Begünstigte des Trusts, aber nicht seine Sachwalterin. Stattdessen wurden zwei Trustees eingesetzt, und jede signifikante Änderung am Trustvermögen muss von ihnen vorgenommen werden. Anders geht es nicht.«

Georgiana war wie vor den Kopf geschlagen. »Mein Vater sagt aber, das Kapital gehört mir«, stammelte sie. »Er sagt, dass er es nicht verwaltet.«

»Das stimmt. Dein Vater ist kein Trustee.«

»Wer denn dann?« Georgiana fühlte das Blut in Hals und Wangen steigen.

»Der eine bin ich, und deine Mutter ist die andere.«

»Meine Mutter!«

»Ja, als deine Großeltern den Trust für dich eingerichtet haben, geschah das unter der Vorgabe, dass deine Mutter und ein Investmentmanager von Brotherton ihn für dich verwalten.«

»Damit ich nicht auf die Idee komme, das Geld zu verschleudern?«

»Es gibt viele Gründe, Trustees einzusetzen. Hauptsächlich aber geht es darum, den oder die Begünstigten zu schützen.«

»Für den Fall, dass ich zum Beispiel drogen- oder spielsüchtig werde.«

»Ja, sicher«, sagte Bill verständnisvoll nickend.

»Ich bin aber weder drogensüchtig noch spielsüchtig. Ich will lediglich auf das Geld zugreifen können, das meine Großeltern mir hinterlassen haben.« Mit Schrecken bemerkte Georgiana, dass ihr die Tränen kamen. Sie wischte sich die Augen, doch es half nichts, es floss ungehemmt weiter. Sie war äußerst frustriert.

»Ich denke, du solltest als Erstes mit deiner Mutter reden.«

»Aber das kann ich nicht!«, rief Georgiana mit sich überschlagender Stimme.

»Georgiana«, sagte Bill behutsam. »Erzähl mir, was passiert ist, vielleicht kann ich helfen.«

Georgiana berichtete, dass sie sich in einen verheirateten Mann verliebt hatte, dass er in Pakistan bei einem Flugzeugabsturz umgekommen war, dass er versucht hatte, Menschen zu helfen, und dass die einzige Möglichkeit für sie, sich besser zu fühlen, jetzt darin bestand, das Geld loszuwerden. Georgiana sprach hastig, und als sie fertig war, nahm sie das von Bill angebotene Taschentuch entgegen, wischte sich die Tränen aus dem Gesicht und putzte sich die laufende Nase.

»Entschuldigung«, murmelte sie erschöpft.

»Aber wofür denn«, antwortete Bill freundlich. »Was du vorhast, ist unglaublich, finde ich, und ich hätte durchaus einige Ideen.«

In Georgianas letztem Highschooljahr hatte ihre Mutter eine OP wegen eines Tennisarms und konnte acht Monate lang nicht spielen. In dieser Zeit erreichte die Mutter-Tochter-Beziehung ihren Tiefpunkt, es war noch schlimmer als die Phase, in der sich Georgiana mit fünfzehn einen Pony hatte schneiden lassen und ihre Mutter ausrastete und sie zwang, in ihrer Gegenwart einen Hut zu tragen, bis die Stirnfransen wieder herausgewachsen waren. Ohne Tennis waren sie wie zwei Fremde, die zufällig identische Ohren hatten.

Georgiana nahm Tildas Einladung zum Tennis im Casino an und war fest entschlossen, ihre Mutter gewinnen zu lassen – teils als Entschuldigung dafür, dass sie die Teeparty des verrückten Hutmachers ruiniert hatte, und teils im Vorgriff auf das geplante Gespräch über den Trust, doch kaum waren sie auf dem Platz, konnte Georgiana nicht anders, als Tilda mit einem fiesen Stoppball, bei dem Andy Roddick einen Schläger zerbrochen hätte, zu schlagen. Tilda nahm es gelassen, sie applaudierte sogar der Siegerin. Anschließend wechselten sie die Schuhe und gingen miteinander in die Orange Street.

Glücklicherweise war Chip geschäftlich unterwegs, und Georgiana hatte ihre Mutter für sich allein. Das Abendessen wurde telefonisch bestellt; Tilda traute der Onlineprozedur grundsätzlich nicht und legte zudem Wert darauf, Bestellungen ausschließlich bei ihrem Lieblingsmitarbeiter Michael aufzugeben. Georgiana wand sich innerlich, als sie hörte, wie ihre Mutter auf einem deutlichen höheren Servicelevel bestand, als der sonstigen Kundschaft zuteilwurde; immerhin gab sie für die Sonderbedienung großzügige Trinkgelder. Sie hatten sich auf Hamburger geeinigt, drifteten dann jedoch in zwei völlig unterschiedliche Richtungen – Tilda bestellte ihren Burger fast roh, ohne Brötchen, aber mit Salat, Georgiana wollte den ihren fleischlos, mit Avocado und Käse und einer Portion Kartoffelspalten statt Pommes.

Tilda schenkte beiden ein Glas Weißwein ein, und sie machten es sich im Wohnzimmer gemütlich, während sie auf das Essen warteten.

»Also, Mom«, fing Georgiana an.

»Ja, Liebes«, antwortete Tilda, fast zu eifrig.

»Hast du je was getan, wofür du dich wirklich geschämt hast?« Tilda nickte langsam und nachdenklich, und Georgiana fuhr fort. »Bist du je in dich gegangen und hast dich gefragt: ›Bin ich eigentlich ein guter Mensch? Oder mache ich mit der Art, wie ich lebe, die Welt eher schlechter statt besser?‹« Tilda nickte weiter. »Und hattest du je das Gefühl, dass du nicht weitermachen kannst wie bisher, dass du innehalten und ernsthaft darüber nachdenken musst, was es bedeutet, Teil dieses Planeten zu sein? Ein guter Mensch zu sein?«

»Natürlich, Liebes«, sagte Tilda.

»Und was hast du dann getan?«

»Nun, einiges«, antwortete Tilda nachdenklich. »Wenn ich wirklich niedergeschlagen bin, kaufe ich mir gern einen Blumenstrauß. Nicht beim Deli in der Clark Street, obwohl die zweifellos besser sind, als man erwarten könnte, sondern ich gehe zu dem Blumenladen in der Montague Street, wo sie manchmal den Tisch mit den Sukkulenten rausstellen, und ich lasse mir von der kleinen Frau, die dort arbeitet, etwas zusammenstellen, etwas Frisches aus der Kühlung – nichts Vorgefertigtes, weil da immer zu viel grünes Beiwerk drin ist, etwas wirklich Leuchtendes und Frisches. Allein der Duft und der Anblick der Blumen kann für die Seele wahre Wunder wirken.«

»Das ist überhaupt nicht das, was ich meine, Mom.«

»Nein? Na, manche Leute schauen zum Beispiel gern aufs Meer«, überlegte Tilda weiter, weise nickend.

»Mom, lass es mich anders versuchen. Warst du vor Daddy schon mal verliebt? Hattest du jemanden, mit dem es dir wirklich ernst war?«

»Na ja, weißt du, ich war verlobt.«

»Wie bitte!«, rief Georgiana geschockt. »*Nein*, Mom, das wusste ich *nicht*.«

»Ach. Ja, ich war verlobt. Er hieß Trip.«

»Wieso hast du denn nie was erzählt?«

»Du hast ja nie gefragt!«, entgegnete Tilda indigniert.

»Was hätte ich denn sagen sollen? ›Hey, Mom, warst du vielleicht mal verlobt mit einem Mann namens Trip?‹«

»Ganz genau! Das hast du nie gefragt.«

»Hey, mir war nicht klar, wie spezifisch ich nach deiner Vergangenheit hätte fragen müssen, Mom!«, antwortete Georgiana sarkastisch.

»Du weißt doch, dass ich für euch Kinder ein offenes Buch bin«, sagte Tilda großmütig. »Ihr braucht mich nur zu fragen. Aber das tut ihr nicht.«

»Oh, okay. Kapiert. Ich muss bessere Fragen stellen.«

»Ja, mag sein«, erwiderte Tilda nonchalant.

»Okay. Habe ich geheime Geschwister oder Halbgeschwister, von denen ich nichts weiß?«

»Aber nein! Sei doch nicht albern.«

»Ähm. Wurdest du jemals wegen illegalen Drogen verhaftet?«

»Nein! Um Gottes willen!«

»Warst du diejenige, die heimlich gepupst hat, als wir mit Martha Stewart im Carlyle im Aufzug waren?«

»GEORGIANA!«

Georgiana musste lachen. In dem Moment wurde das Essen geliefert, sie deckten nebenan den Tisch, und während sie aßen, fing Georgiana noch einmal neu an. Sie öffnete sich. Wie zuvor gegenüber Bill Wallis, mit dem sie nicht gerade vertraut war, in dessen Büro in einem gläsernen Hochhaus, öffnete sie sich jetzt der Frau, die sie ihr ganzes Leben lang gekannt hatte, der Frau, die sie am meisten in Wut bringen konnte, der Frau, die oft kein Verständnis für sie hatte, die sie geboren und gestillt hatte und die sie doch so oft als ungeheuer fern empfand. Tilda hörte zu.

18

Darley

Darley fühlte sich als Orange. In ihrer Jugend hatten sie und ihre Clique von Freundinnen zum Spaß Namen und Rollen vergeben; eine war die »Charlotte«, eine andere die »Samantha«, eine dritte die »Carrie« (»Miranda« war niemand). Sie entschieden, wer die »Blanche«, die »Dorothy« und die »Rose« sein sollte. Aber Darley spielte insgeheim noch ein anderes Spiel mit ihren Geschwistern, sie benannte sie und sich nach den Früchten, die Namensgeber der Straßen in ihrem Viertel waren. Cord war natürlich die Ananas. Er war immerzu gut gelaunt bis hin zur Albernheit, stellte sich mit Begeisterung in den Mittelpunkt, machte aus jeder Zusammenkunft ein Fest. Georgiana wiederum war die Cranberry. Sie war das Nesthäkchen, die Kleine; sie war schön und leuchtend, innerlich aber eher herb. Für Darley blieb damit nur die Orange – unspektakulär, verlässlich, immer verfügbar und selten gepriesen. Außerdem, das war ihr bewusst, war sie von einer dicken Schale geschützt und zugänglich nur jenen, die sich die Zeit nahmen und den Aufwand nicht scheuten, sie zu schälen.

In der Mitte des Lebens hatte Darley sich eingestehen müssen, dass sie die Fäden, die ihr Leben steuerten, nicht mehr länger in der Hand hatte, und die Schuld daran gab sie einzig und allein diesem blaublütigen Trottel Chuck Vanderbeer. Hätte Vanderbeer gegenüber CNBC den Mund gehalten, wäre Malcolm nicht gefeuert worden, hätte nach wie vor seine lukrative Stelle, sie wären nach wie vor in der Lage, ihre Wohnung zu finanzieren, und Darley hätte sich nie mit dem Umstand auseinandersetzen müssen, dass sie auf ihr ererbtes Vermögen verzichtet und ihre Karriere aufgegeben hatte, dass sie über ihr Leben nicht mehr bestimmen konnte. Stattdessen hatte dieser Idiot sie gezwungen, Bilanz zu ziehen, und sie malte sich aus, wie sie sein Haus anzündete. Als Malcolm ihr mitteilte, dass die Texas Pacific Group ihm abgesagt hatte, schützte sie Gleichgültigkeit vor. Sie hätte ohnehin nicht nach Texas umziehen können, sagte sie. Für die Kinder sei es besser, an der Henry Street School zu bleiben, sagte sie. Er müsse sich doch überhaupt keine Sorgen machen, sagte sie. Zum ersten Mal in ihrer Ehe sagte sie nicht die Wahrheit.

Wieder einmal war sie voller Zorn, dass ihre Eltern das Haus in der Pineapple Street Cord überlassen hatten. Sicher, Cord und Sasha erwarteten ein Baby, aber wenn es bei diesem einen blieb? Sie hatte immerhin zwei. (Nicht drei. Niemals drei.) Sie wünschte sich sehnlichst, ihre Kinder könnten im selben Haus aufwachsen, in dem auch sie groß geworden war. Warum war sie niemals gefragt worden, ob sie dort wohnen wollte? So gern hätte sie den Kindern in der Frühstücksecke der Küche Rührei vorgesetzt, hätte ihnen im Mahagoni-Himmelbett Gutenachtgeschichten vorgelesen, hätte ihr Wohnzimmer mit dem Kronleuchter aus Capodimonte-Porzellan für das Potluck-Dinner der Schulklasse zur Verfügung gestellt, hätte Poppy die Treppe hinuntergehen sehen, wo ihr Tanzpartner sie zum Debütantenball abholte. Sie liebte dieses Haus, und seit der entsetzlichen

Geschlechtsenthüllungsparty wusste sie, dass Sasha es nicht liebte. Warum war ihre Schwägerin in ein Haus eingezogen, das sie nicht leiden konnte? Warum hatte sie den Grund für Georgianas Zusammenbruch verheimlicht? Es war ihr vollkommen unverständlich. Georgiana war doch ein Kind. Ein unschuldiges, schüchternes Kind, das sich hinter Tennis und Schularbeiten und Eltern versteckte. Sie war verführt worden, hatte sich verliebt, hatte einen schrecklichen Verlust erlitten, und als sie einmal mit jemandem reden wollte und sich dafür ausgerechnet die Frau ihres Bruders aussuchte, hatte sie nur Schweigen geerntet. Darley war tief getroffen, dass Georgiana sich nicht *ihr* anvertraut hatte – wäre die Gelegenheit nicht günstig gewesen, als sie ihre Schwester nach dem Flugzeugabsturz gefragt hatte? Und ebenso tief traf sie, dass Sasha, die doch als ihre Freundin aufgetreten war, das Geheimnis für sich behalten hatte.

Könnte sie die Zeit zurückdrehen, würde sie vieles anders machen. Sie würde Malcolm den Ehevertrag unterschreiben lassen. Sie würde ihren Eltern sagen, dass sie das Haus in der Pineapple Street wollte. Sie würde mehr auf ihre Schwester achten. Und sie würde, trotz zweiter Schwangerschaft, weiterarbeiten. Würde sich allmorgendlich in den Abfalleimer an der Canal Street übergeben. Würde ihre Kühlbox mit Muttermilch ungerührt an den Kollegen vorbeitragen, auch wenn sie noch so laut muhten. Dann hätte sie jetzt eine Karriere, hätte ihr eigenes Einkommen, hätte die Karten in der Hand und wäre nicht der Gnade eines rassistischen, nepotistischen Systems ausgeliefert, das ihren Mann für etwas bestrafte, das ein dummer Junge angerichtet hatte.

Nach Mitternacht lag Darley noch wach auf dem Sofa im Wohnzimmer und scrollte auf ihrem Handy, als auf dem Bildschirm die Benachrichtigung über eine Mail von Cy Habib erschien. Darley setzte sich auf und öffnete die Nachricht.

Darley,
deine Adresse habe ich aus dem Mailverzeichnis der Henry Street School. Hoffentlich bist du nicht überrascht, dass ich dir einfach so schreibe. Unser Gespräch bei der Schulauktion hat mir Freude gemacht – es kommt ja nicht oft vor, dass man Leute trifft, die genauso verrückt nach der SR22-Avionik sind wie ich. Hättet ihr, du und dein Mann, nicht Lust, nächste Woche mit mir was trinken zu gehen?
Cy

Selbstverständlich hatte sie Cy gleich nach der Auktion gegoogelt. Hatte sein LinkedIn-Profil studiert, ihn mehrfach im *Wall Street Journal* erwähnt gefunden und Fotos von ihm auf einer Wohltätigkeitsgala im Lincoln Center entdeckt. Jetzt überlegte sie, ob sie mit der Antwort bis zum Morgen warten sollte, doch stattdessen antwortete sie sofort und impulsiv.

Cy,
wie schön, von dir zu hören. Sehr gern gehen wir mit dir was trinken. Nächste Woche irgendwann? Lass mich einfach wissen, wann und wo.
Darley

Am nächsten Morgen setzte Darley Poppy und Hatcher bei ihren Eltern in der Orange Street ab. Malcolm war nach Princeton gefahren, um mit seinen Eltern in die Kirche zu gehen, und Darley hatte sich dummerweise bereit erklärt, den Bücher- und Spielzeug-Ferienflohmarkt der Henry Street School zu leiten: Jetzt stand die erste von circa siebenhundert Besprechungen an.

Mittags um halb zwölf joggte Darley zu ihren Eltern hinüber, um die Kinder wieder abzuholen. Ihre Mutter schob Poppy und Hatcher ohne große Verabschiedung und fast unsanft aus der Wohnung. Diesmal hatten die Großeltern der Bitte um ein paar Stunden Babysitten mit noch weniger Begeisterung entsprochen als sonst, und Darley wünschte sich wieder einmal, sie hätte ihre Schwiegereltern in der Nähe.

Poppy und Hatcher trugen je einen mächtigen Rucksack mit Wasserflasche in der Außentasche, Schlüsselanhängern mit Stofftieren und Perlenbändchen am Reißverschluss und hoppelten die Straße entlang wie kleine wippende Schildkröten mit dem Haus auf dem Rücken; Hatcher zog die Füße nach: Das bedeutete wieder ein Paar Schuhe mit abgestoßenen Kappen.

»War's nett?«, fragte Darley, während sie zu dritt nebeneinander die drei Blocks nach Hause zurücklegten.

»Es war der schlimmste Tag meines Lebens«, versicherte Poppy.

Darley lachte. »Warum denn bloß?«

»Glammy weiß nicht, wie man den Fernseher einschaltet, und zu essen gab es nur Oliven und Maschinenkirschen.«

»Maraschino«, korrigierte Darley. Ihre Eltern hatten die Kinder vom Barwagen gefüttert. »Was habt ihr gespielt?«

»Glammy hat uns auf ihrem Handy YouTube schauen lassen, damit sie und Gramps streiten konnten.«

»Worüber haben sie denn gestritten?«

»Tante George.«

»Oh«, seufzte Darley. Ihre Eltern sollten wirklich aufpassen, was sie in Gegenwart von Poppy und Hatcher sagten. Die Kinder hatten sich in geübte Lauscher verwandelt und tratschten mit großer Leidenschaft alles weiter, was sie gehört hatten.

»Tante George will nämlich ihr ganzes Geld verschenken, und Gramps sagt, nur über seine Leiche. Heißt das, dass er schon hundert ist?«

»Nein, Schatz, Gramps ist neunundsechzig«, murmelte Darley. Worüber hatten ihre Eltern gesprochen? Als sie nach Hause kam, rief sie ihren Vater auf dessen Mobilnummer an.

»Daddy, Poppy erzählt, dass Georgiana ihr Geld verschenken will.«

»Warte einen Moment«, sagte er, und sie hörte, wie ihr Vater den Flur entlangging und eine Tür schloss. »Georgiana hat sich in den Kopf gesetzt, dass finanzielle Privilegien moralisch verwerflich sind und der einzige Weg nach vorn darin besteht, alles zu verschenken. Anscheinend ist sie eine der kommunistischen Heiligen unter den Millennials geworden. Aus diesem Grund wollte ich sie nicht auf die Brown schicken.«

»Sie will ihren ganzen Trust weggeben? Wann denn? Und an wen?«

»Möglichst sofort. Sie hat hinter unserem Rücken einen Termin mit Bill Wallis gemacht. Jetzt plant sie, eine Stiftung zu gründen.«

»Dad, du weißt, dass sie eine psychische Krise hat, oder? Das hat alles mit diesem verheirateten Mann zu tun. Du darfst ihr das nicht erlauben.« Darley tigerte im Flur auf und ab und war nahe daran, zu schreien.

»Das Problem ist, dass ich keinerlei Einfluss habe. Sie ist über fünfundzwanzig, und ich bin kein Trustee. Deine Mutter ist es. Sprich mit ihr.«

»Mom redet aber nicht mit mir! Ich wollte ihr klarmachen, dass Georgiana eine Therapie braucht, und sie sagt nur: ›Was mit diesem Freund passiert ist, geht allein Georgiana etwas an‹, als stünde ich komplett außerhalb der Familie!«

Darley beendete das Gespräch und spürte das Adrenalin durch ihren Körper wallen. Georgiana war ganz und gar unerwachsen. Sie hatte keine Ahnung, was Reichtum überhaupt bedeutete. Sie hatte sich niemals Gedanken darum gemacht, sie war ja nie ohne Geld gewesen. Aber wer wusste denn, was die Zukunft brachte? Was, wenn sie sich in einen Künstler verliebte? Wenn sie eines Tages ein behindertes Kind hätte? Wenn sie selbst ärztliche Behandlung brauchte? Oder wenn ein Atomkrieg ausbräche und sie in ein anderes Land fliehen müsste? Wenn ihr Ehemann arbeitslos würde? Wenn, wenn, wenn … Unzähliges konnte schiefgehen, und Geld war das beste Mittel, um sich gegen Tragödien zu wappnen. Darley konnte nicht danebenstehen und zusehen, wie ihre kleine Schwester alles von sich warf.

Sie rief Georgiana an, erreichte aber nur die Mailbox und tippte daher eine Nachricht: George, bitte ruf mich an. Ich mache mir große Sorgen um dich. Ich weiß, dass du Schweres durchmachst, aber was du vorhast, ist ein großer Fehler.

Dann schrieb sie an Cord: Georgiana war bei Bill Wallis, um ihren Trust aufzulösen. Hast du das gewusst?

Cord antwortete: Wie bitte? Nein. Aber Dad war gestern im Büro unausstehlich und wollte den Kauf von Vinegar Hill stoppen, weil »wir bald arm sind«. Es zieht also seine Kreise.

Darley schrieb: Ich komm rüber, und als Cord zurückschrieb: Ich kann gerade nicht, bekam sie es nicht mit, denn sie war schon unterwegs.

Das Haus in der Pineapple Street wimmelte von Leuten, als Darley mit den Kindern im Schlepptau dort ankam. Sie schickte Poppy und Hatcher in den Garten und fand ihren Bruder im Wohnzimmer, wo er mit einer Frau im Gespräch war, die ein Tablet in der Hand hielt und eine riesige Brille mit Metallfassung auf der Nase trug. »Hey, Cord«, sagte Darley unsicher. »Was geht hier vor sich?«

»Oh, Darley, hi.« Cord wirkte irgendwie verlegen, was bei ihm vermutlich eine Premiere war. »Wir machen eine Schätzung. Dauert noch eine halbe Stunde.«

»Was wird denn geschätzt?«

»Wir wollen alle Möbel, Kunstwerke und so weiter ausräumen und einlagern. Wir brauchen Platz für das Baby.«

»Das Baby?«, fragte Darley ungläubig. »Für das Baby, das so groß sein wird wie ein Laib Brot, muss die Flötenuhr aus Mahagoni weichen? Für das Baby musst du Geegees Napoleon-III.-Stuhl aus der Diele einlagern?«

»Ich bin kurz oben bei meinem Team«, warf die Gutachterin ein, ihrerseits verlegen, und verließ rasch den Raum.

»Ja, Darley«, sagte Cord düster. »Sasha muss nicht in einem Stockton-Familienmuseum leben.«

»Es ist kein Museum, Cord. Es ist ein Zuhause.« Darley ließ sich aufs Sofa sinken, sprang aber sofort wieder auf, als ihr Sashas Ausschlag einfiel, und ging zu der samtbespannten Ottomane.

»Ich weiß nicht, was ich sonst tun soll«, sagte Cord und setzte sich neben sie. »Sasha ist hier so unglücklich. Sie sagt, sie fühlt sich aus der Familie ausgeschlossen, unwohl in unserer Gesellschaft. Und daher dachte ich, wenn wir die ganzen alten Sachen ausräumen, kann sie das Haus zu ihrem eigenen machen.«

»Hat sie uns neulich nicht klipp und klar mitgeteilt, dass sie das Haus hasst? Das war ziemlich brutal.«

»Aber du und Georgiana habt sie eine Goldgräberin genannt. Ist das nicht auch brutal?«

Darley wand sich unbehaglich. »Doch, das war schlimm. Es tut mir wirklich leid.«

»Das solltest du lieber ihr sagen.« Cord rieb sich die Augen. Er sah müde aus.

»Aber bist du nicht sauer, dass sie uns nichts von George erzählt hat? Sie hat alles für sich behalten.«

»Doch, ich bin sauer.« Cord wischte mit der Hand den Samt in die eine, dann in die andere Richtung.

Darley seufzte. »Wo ist sie eigentlich? Arbeitet sie?«

»Nein, sie ist für ein paar Tage bei ihren Eltern. Ihr Vater ist im Krankenhaus.«

»Ihr Vater ist im Krankenhaus?«, wiederholte Darley geschockt.

»Ja, er hatte Blutgerinnsel in der Lunge. Aber er wird wieder gesund.«

»Jesus, Cord, so was musst du mir doch sagen!« Darley sprang auf, wie um irgendwohin zu eilen und helfend einzugreifen.

»Ihr wart so wütend aufeinander. Ich dachte ...«

»Na und? Wir sind trotzdem eine Familie!«, fiel ihm Darley ins Wort, und es war ihr sehr ernst. Sie hatte einen Fehler gemacht, Sasha hatte einen Fehler gemacht, aber sie liebte ihre

Schwägerin, und Sasha liebte Cord, und sie, Darley, hatte es jetzt in der Hand, die Sache wieder in Ordnung zu bringen. Sie zog ihr Telefon hervor, suchte einen Blumenladen in Rhode Island heraus und gab eine derart extravagante Bestellung auf, dass kurz darauf ihre Kreditkartenfirma anrief, um sich zu vergewissern, dass sie selbst den Kauf getätigt hatte und kein Betrug vorlag.

19

Sasha

Sasha konnte nicht schlafen. Ihr Vater war wieder zu Hause, er atmete viel freier und leichter und war guter Dinge, und doch wälzte sie sich in ihrem Jugendbett hin und her, drehte immer wieder das Kopfkissen um und hoffte auf eine kühle Stelle, die das Gedankenkarussell zum Stillstand bringen würde. Jahrelang war *sie* in ihrer Familie die Georgiana gewesen, hatte Mullin hinauszudrängen versucht, weil er nicht dazugehörte. Aber einen entscheidenden Unterschied gab es: Ihre Brüder hatten ihr klargemacht, dass sie im Unrecht war. Dass sie, Nate und Olly, wären sie vor die Wahl gestellt, sich für Mullin entscheiden würden. Hatte Cord dasselbe getan? Nein. Er lavierte zwischen beiden Seiten, stellte seine Schwestern nie zur Rede und hatte seiner Frau nie versprochen, im Fall des Falles sie an die erste Stelle zu setzen. Das tat weh. Natürlich hatte sie nicht vergessen, dass sie nach der Erfahrung mit Mullin sich einen Mann gewünscht hatte, der sie liebte, aber nicht brauchte: wie Cord eben war. Vielleicht war das aber ein Irrtum. Vielleicht brauchte es für eine Ehe mehr, musste Cord sie auch *brauchen*.

Irgendwann, als es schon dämmerte, schlief sie doch noch ein und erwachte von den Geräuschen aus der Umgebung, die durchs offene Fenster hereindrangen, Vogelgezwitscher aus den Bäumen, Motoren von Autos, die zum Fluss fuhren, das Dröhnen eines Laubbläsers irgendwo auf der Straße, aber sie hörte auch Stimmen aus der Küche und stand auf. Zog sich eine Jogginghose an, strich sich die Haare aus dem Gesicht und ging die Treppe hinunter. Vor der Küchentür blieb sie stehen und spürte, wie sich auf ihrem Gesicht ein Lächeln ausbreitete. Hinter dem riesigen Strauß Inkalilien und Löwenmäulchen in leuchtendem Magenta, den Darley geschickt hatte, saß Cord am Küchentisch und trank mit ihren Eltern Kaffee. Vor ihm lag ein Schneidbrett, auf dem sich Bagels und Frischkäse türmten.

»Morgen, Schlafmütze.« Cord sprang auf und küsste sie zur Begrüßung, beugte sich hinunter und küsste auch ihr Bäuchlein. »Ich habe Frühstück mitgebracht, von Hot Bagel in der Montague Street.«

»Hast du mir auch einen Regenbogenbagel mitgebracht?«, fragte Sasha und tat, als inspizierte sie die Tüte.

»Weißt du doch.« Er zog triumphierend einen Bagel hervor, der mit seinen farbigen Streifen mehr nach Plastik als nach Essbarem aussah, und überreichte ihn ihr mit schwungvoller Geste.

»In Farbe schmeckt er einfach besser«, sagte Sasha fröhlich und ging daran, ihn aufzuschneiden und beide Hälften mit Frischkäse zu bestreichen. Cord hatte bereits drei Bagels verspeist und beäugte zum allgemeinen Entsetzen einen vierten.

»Würdet ihr zwei, wenn ihr mit dem Essen fertig seid, das Boot ausschöpfen?«, fragte Sashas Mutter. »Es hat letzte Nacht geregnet, und dein Vater will es selber tun, aber er wird im Krankenwagen enden.«

»Dad, du spinnst«, protestierte Sasha mit vollem Mund. »Du hast gerade wieder angefangen zu atmen und willst das verdammte Boot ausschöpfen?«

»Und du bist schwanger. Du solltest es auch nicht tun. Mir ging es schon schlimmer als jetzt, zum Beispiel nach einem schlechten Taco«, entgegnete ihr Vater grimmig, woraufhin sich Cord einmischte: Er werde es machen. Nach dem Frühstück zogen sie Jacken an, schnappten sich die Ruder und zwei leere Milchkännchen und gingen zum Fluss. Sasha hatte die Kombination für das Zahlenschloss am Dingi nicht vergessen und kletterte an Bord, während Cord das kleine Gefährt anschob und hinter ihr hineinsprang. Gemeinsam ruderten sie zum Boot hinaus, das tatsächlich eine Handbreit voll Wasser stand.

Mit den Milchkännchen begann Cord zu schöpfen, und als er fertig war, lehnte er sich zurück, reckte die Arme und rollte die Schultern. Es war ein Wochentag im Herbst, und an der Anlegestelle war es ruhig. Die Berufsfischer waren schon vor Stunden ausgefahren, die Sommergäste längst abgereist, und die übereifrigen kleinen Wochenendboote hingen gefesselt an ihrer Vertäuung.

»Hey, ich hab dich vermisst.« Sasha beugte sich vor und küsste Cord auf die Wange. »Warum bist du gekommen?«

»Aus Sorge um dich. Auch um deinen Vater. Die letzten Tage habe ich mich völlig bescheuert gefühlt. Ich hätte gleich mit dir mitkommen sollen, als klar war, dass du fährst.«

»Na ja, ich hab dir ja keine Chance gelassen«, räumte Sasha ein.

»Nein …«, begann Cord.

»Aber ich war irgendwie auf alle sauer«, fuhr sie fort.

»Weiß ich. Tut mir leid wegen Georgiana. Und Darley.«

»Ich bin auch sauer auf dich, Cord.«

»Weiß ich auch. Und ich war nicht begeistert davon, wie du alle angeschrien hast. Du bist richtig ausgerastet.«

»Es waren drei gegen eine! Eigentlich hat sich deine ganze Familie gegen mich verschworen. Du hast für sie Partei ergriffen – du ergreifst immer für sie Partei«, rief Sasha.

Cord runzelte die Stirn. »Ich glaube, das stimmt nicht.«

Sasha aber gab nicht nach. »Du weißt doch, warum deine Schwestern mich nicht mögen, oder? Sie mögen mich nicht, weil ich nicht deiner Schicht angehöre. Weil ich nicht aus dem Geldadel stamme.«

Cord schüttelte den Kopf »Nein, das ist es nicht. Es ist nichts dergleichen.«

»Doch, Cord«, beharrte Sasha. »Es ist unangenehm, über Klassenunterschiede zu reden, das ist mir schon klar, und wenn das Thema zur Sprache kommt, wirst du immer ganz verlegen und WASP-mäßig. Am unangenehmsten ist es natürlich, wenn wirklich Reiche auf wirklich Arme treffen. Aber du und ich, wir stammen nun mal aus zwei verschiedenen Schichten. Und das ist einfach komisch. Wenn man außerhalb der eigenen Schicht heiratet, scheint das Thema irgendwie tabu zu sein. Auch für uns – wir haben es immer ignoriert.«

»Wir haben es ignoriert, weil es uns nicht wichtig war«, sagte Cord.

»O mein Gott, weißt du, was krass ist, wenn ich so darüber nachdenke?« Sasha stockte und wusste nicht, ob sie weitersprechen sollte.

»Was denn?«

»Ich glaube, ich fand es tatsächlich anziehend, dass du reich bist. Ich schäme mich, es zuzugeben. Natürlich ist es nicht der

Grund, warum ich dich liebe. Ich liebe dich, weil du witzig und nett und sexy bist und weil sich mit dir alles spannend und aufregend anfühlt. Als wir uns kennenlernten, wusste ich ja gar nichts von dir. Aber auf irgendeiner unbewussten Ebene war es wahrscheinlich attraktiv. Ich finde mich selber widerlich, wenn ich das sage. Ich bin keine Goldgräberin. Ich bin einfach ehrlich.«

Cord sah Sasha aufmerksam an, während sie fortfuhr. »Nur wusste ich nicht, was es für unser Leben bedeutet. Ich wusste nicht, dass ich mich immer wie ein Eindringling fühlen würde.«

»Das bist du nicht. Du bist meine Frau.«

»Ich fühle mich aber so. Und du machst nicht genug, um mich davon zu überzeugen, dass ich eben doch dazugehöre.«

»Was kann ich tun?«

Sasha, vorgebeugt, legte ihre Stirn an seine. »Du kannst dich für mich entscheiden«, sagte sie leise.

»Aber das tu ich doch!«

»Ich wünsche mir, dass du meine Partei ergreifst. Deine Familie, das möchte jetzt ich sein. Ich möchte für dich an erster Stelle stehen.« Sie hätte nie gedacht, dass sie jemals darum bitten würde. Sie hätte nie gedacht, dass sie es müsste. Aber sie musste es von Cord hören.

»Das kriege ich hin. Du stehst ab jetzt für mich an erster Stelle.«

Sie sah ihn an. Er war ungewohnt ernst, hatte einen Ausdruck, den sie von ihm sonst nicht kannte, blickte sie mit zusammengezogenen Brauen und hellen Augen an. Es war ihm sehr wichtig, das wusste sie. Die Schwangerschaft veränderte einiges zwischen ihnen. Sie fühlte ihre Wut und Frustration verfliegen. »Weißt du, ich glaube, der Blumenstrauß, den mir

Darley geschickt hat, war teurer als sämtliche Blumen auf unserer Hochzeit.«

»Und deine arme Mom musste heute Morgen eine Tablette gegen Heuschnupfen nehmen.«

»Aber Darley hat mir auch eine Entschuldigungsmail geschrieben. Wegen der Goldgräbersache.«

»Darf ich sehen?«

»Ja, hier.« Sasha zog ihr Handy aus der Tasche und öffnete die Nachricht.

Sasha, ich habe sehr viel an dich gedacht und hoffe, dass es deinem Vater besser geht. Aber ich habe auch darüber nachgedacht, was ich gesagt habe, und fühle mich wie der größte Idiot. Weißt du noch, wie Hatcher mal beim Friseur fremde Haare vom Boden aufgehoben und in meine Handtasche gesteckt hat und ich dann wochenlang Strähnen in meinem Portemonnaie fand? Oder wie ich bei Fornino am Pier nach dem falschen Bierglas gegriffen und dann einen Zigarettenstummel im Mund hatte? Oder als die Reinigung versehentlich das Pucci-Kleid meiner Nachbarin bei mir abgeliefert hat, und ich dachte, es gehört Mom, und zog es an, und als mich die Nachbarin damit in der Lobby sah, schrie sie los? Was jetzt passiert ist, ist viel schlimmer als das alles. Bitte verzeih mir.

Cord musste lachen. »Bist du noch sauer auf sie?« Er gab ihr das Telefon zurück.

»Nö. Alles wieder gut«, sagte Sasha und lächelte.

»Gott sei Dank. Ich meine, ich bin immer noch auf deiner Seite! Aber Gott sei Dank seid ihr wieder Freundinnen.«

Sasha beugte sich vor und küsste ihn, und Cord erwiderte den Kuss. Dann schob er eine Hand unter ihre Jacke. Sie wich ein Stück zurück, und er grinste. »Glaubst du, wir bringen das Boot zum Kentern, wenn …«

Sasha lachte. »Wenn wir das Boot zum Kentern bringen, ist mein Dad eine Minute später wieder im Krankenhaus.« Sie richtete ihre Jacke, die Cord hochgezogen hatte, und sie kletterten hintereinander in das Beiboot hinüber und ruderten an den großen Kunststoff-Segelyachten und den winzigen Aluminiumkanus vorbei zurück zum Ufer.

Sasha und Cord aßen früh mit ihren Eltern zu Abend – es gab Nudeln und Fleischbällchen in der Küche, mit Papierservietten und ohne jegliche Tischdekoration –, denn sie waren anschließend mit ihren Brüdern am Yachthafen verabredet. Nate hatte eine neue Freundin, die Bootsbesitzerin war, und anscheinend lebte er mit ihr an Bord, seitdem sie sich vor ein paar Monaten in einer Bar kennengelernt hatten. Sasha stellte das Auto auf dem Parkplatz ab, und sie gingen den Steg entlang, Cord mit einem Sixpack India Pale Ale in der Hand. Während Sashas Vater sein kleines Aluminiumboot immer im Fluss vertäute, war der Yachthafen die Heimat der Schiffe, die zu groß waren, um bei Niedrigwasser am Anlegeplatz vorbeizukommen – Kajütboote, Segelboote, Bowriders und Deck-Boats. Im Yachthafen gab es Strom und WLAN, und es war keine Seltenheit, dass sich Städter, die ihre urbanen vier Wände satthatten, sich hier für eine Weile niederließen. Sasha kannte die meisten Boote vom Sehen und nannte Cord im Vorbeigehen die Namen. Da war das große, 34 Fuß lange Chris-Craft des Fußballtrainers, den sie in der Mittelstufe gehabt hatten, ein schwimmendes Wohnmobil mit Schlafbereich, Esstisch und Badezimmer unter Deck. Es hieß *Sweet Samantha*, nach seiner Tochter, von der Sasha wusste, dass sie einen kroatischen Kickboxer mit beiden Armen voller Tattoos geheiratet hatte. Dann die 1985er Tollycraft Sundeck, eine Motoryacht namens *Wifey*, die einem schwulen Paar von der Marsh Road gehörte. Es folgten der hübsche kleine Bayliner, mit roten und blauen Streifen und dem Namen *Fishin' Impossible*, und die Axopar 37 Sun Top namens *Liquid Assets*. Wie oft hatte Sashas Bruder Olly davon geträumt, sich eine Yacht zu kaufen und sie *Wet Dream* zu nennen! Ein Glück, dass er selbst für einen Kajak zu pleite war. Im Vorbeigehen winkte Sasha allen zu, die mit Kaffeebechern in der Hand auf dem Achterdeck oder beim Abendessen auf der Flybridge saßen, und hatte kurz das Gefühl, eine Ansammlung von Wohnzimmern zu durchqueren.

»Wo sind Nate und Olly?«, wunderte sich Cord.

»Er hat nicht gesagt, wo der Liegeplatz ist, aber wir werden sie sicher von Weitem hören«, sagte Sasha amüsiert.

Und so war es. Der Steg machte eine Kurve, und schon hörten sie Ollys Stimme über das Wasser dröhnen. »Sashimi! Cordhose!«

Sasha verdrehte die Augen. »Na, da sind sie ja.«

Die Brüder lagen ausgestreckt auf dem Achterdeck einer 60 Fuß langen Carver-Motoryacht, auf deren Heck der Schiffsname stand, *The Searcher*, und darunter der Hafen: Newport, RI. Es war ein riesiges Schiff, alt, aber strahlend weiß; eine Treppe führte zu einem verglasten Deck, einer Flybridge und einem Cockpit, und hinter den Glasschiebetüren war ein Schlafzimmer zu erkennen.

Cord stieß einen Pfiff aus. »Wow, nette Bude!«

»Shelby hat es seit zehn Jahren.« Nate war aufgestanden, um beide mit einer Umarmung zu begrüßen, während Olly in die Kühlbox griff und eine Dose Bier herausfischte. »Sie hat es gekauft, als sie noch in Kalifornien war.«

Auf der Treppe erschien barfuß, in Jeans und hellblauem Kapuzenpulli, eine Frau. »Hey! Da seid ihr ja!« Sie war groß und schlank, vielleicht Anfang vierzig und trug ihr Haar als strubbeligen Pferdeschwanz. »Ich freu mich total, euch kennenzulernen!« Sie umarmte erst Sasha, dann Cord und schob Nate auf die Polsterbank hinüber, damit die Gäste Platz zum Sitzen hatten. »Wie geht es eurem Dad heute? Ich hab mir Sorgen gemacht.«

»Oh, er scheint schon wieder auf dem Damm zu sein«, antwortete Sasha. »Er macht Mom verrückt, weil er sich weigert, Ruhe zu geben. Er hat vier Kisten Aalwürmer gekauft, um damit fischen zu gehen, aber sie lässt ihn nicht, und jetzt ist der halbe Kühlschrank voller Würmer.« Sasha hatte schon häufig Gäste bei ihnen zu Hause entsetzt zurückweichen sehen, wenn sie feststellten, dass die appetitlichen weißen Keksschachteln nicht Gebäck oder Pralinen enthielten, sondern Knäuel sich windender Würmer.

»Die nehmen wir ihm gern ab, oder, Nate?«, sagte Shelby grinsend. »In letzter Zeit gehen wir morgens vor der Arbeit oft angeln.«

»Was arbeitest du denn?«, fragte Cord.

Shelby winkte ab. »Ich entwickle Apps«, sagte sie ausweichend. »Hey, Sasha, herzlichen Glückwunsch zum Baby! Ihr könnt es bestimmt kaum erwarten, oder? Und ich habe euch weder zu essen noch zu trinken angeboten! Ich habe dieses Limonadenzeugs hier.« Shelby griff in die Kühlbox und holte zwei Dosen White Claw Spiked Seltzer heraus, eines mit Zitrone, das andere mit Brombeere.

»Oh.« Sasha lächelte höflich. »Solange ich schwanger bin, trinke ich nichts. Ich meine, ein paar Drinks hier und da wären sicher in Ordnung, aber Tatsache ist, dass mir Alkohol nicht mehr schmeckt.«

»Das ist doch Seltzer.« Shelby runzelte die Stirn. »Limonade.«

»Hard Seltzer«, korrigierte Sasha. »Enthält ungefähr so viel Alkohol wie Bier.«

»Ups«, lachte Shelby. »Ich trinke das Zeug schon den ganzen Nachmittag und wundere mich, warum ich so gut gelaunt bin! Ich hatte, glaube ich, vier.«

Sasha suchte nach Nates Blick – seine Freundin war irgendwie schräg –, aber er lächelte nur und schüttelte den Kopf.

»Wie lange kennt ihr euch schon?«, fragte Cord.

»Paar Monate, glaube ich«, sagte Nate.

»Ich habe ihn im Cap Club aufgerissen.«

»Nein, ich habe *sie* aufgerissen.« Nate knabberte an Shelbys Hals.

»Eklig«, kommentierte Olly mit gerunzelter Stirn.

»Wollt ihr nicht morgen mit uns angeln gehen? Nate und ich hatten in letzter Zeit ein Riesenglück mit Streifenbarschen.«

»Auch solchen, die ihr behalten dürft?«, fragte Cord.

»Ein paar.« Sie zog ihr Handy aus der Tasche und tippte auf ein kleines Symbol. »Das ist eins meiner Projekte. Mit dieser App machst du ein Foto von deinem Fang und kriegst den Fisch identifiziert. Dann scannst du die Länge und erfährst, ob du ihn behalten darfst oder wieder ins Wasser werfen musst.«

»Oh, die lade ich mir herunter.« Cord zückte gleich ebenfalls sein Handy und beugte sich zu Shelby hinüber, damit sie ihm half, die App im Store zu finden.

»Cord«, sagte Olly, »willst du etwa in Brooklyn Heights angeln gehen?«

»Es ist ja nicht für den Alltag«, brummte Cord.

»Schon okay, Cord.« Shelby lachte. »Ich arbeite immer an einer Million Ideen. Was meint ihr, was soll mein nächstes Projekt sein?«

»Ich hätte tatsächlich eine App-Idee«, sagte Cord strahlend. »Ich kann es nämlich nicht ausstehen, wenn jemand dauernd hupt. Und ich stelle mir vor, dass es eine App gibt, die aufzeichnet, wer wie viel hupt, und am Ende des Tages, wenn der betreffende Mensch im Bett liegt und schlafen will, belästigt ihn sein Telefon genauso lange mit Hupen, wie er selber tagsüber gehupt hat.«

»Mann, Cord, ich liebe dich wirklich, aber wer, glaubst du, lädt sich so was herunter?«, fragte Nate.

»Okay, ich habe eine Idee«, mischte Olly sich ein. »Du gibst die Kontaktdaten irgendeines Mädchens ein, mit dem du dich triffst, und die App schickt ihr jeden Donnerstagabend von allein eine Nachricht: ›Hey, Süße, hab gerade an dich gedacht!‹«

»Kommt überhaupt nicht infrage. Das mach ich nicht.« Shelby boxte Olly gegen den Oberarm.

»Ich weiß was!«, sagte Sasha. »Eine App, bei der du dein Handy auf eine Avocado richtest, und sie sagt dir, ob sie innen holzig oder braun ist.«

»Ich hätte gern eine, die Richup heißen müsste«, sagte Nate. »Die geht deine ganzen Fotos durch und fügt überall eine Rolex und ein Pferd ein.«

Schallendes Gelächter. Die nächste Stunde verbrachten sie damit, sich Absurditäten auszudenken, während Shelby so tat, als dächte sie ernsthaft darüber nach. Irgendwann musste Sasha auf die Toilette, und Shelby führte sie ins Bootsinnere und zeigte ihr die beiden Kabinen, die Kombüse, das Esszimmer, den Salon, und schließlich das Klo. Das Boot war mindestens fünfzehn Jahre alt, aber es war gut in Schuss und gepflegt, mit glänzenden Chromteilen und Kirschholzverkleidungen. Es war tatsächlich eine schwimmende Wohnung.

Shelby bereitete unterdessen in der Kombüse Snacks zu, Ritz Cracker mit Cheddarwürfeln, Weintrauben und eine Plastikschale mit Oreokeksen, und trug alles hinaus an Deck, dazu einen Stapel Papierservietten, auf denen *The Searcher* schick in Gold aufgedruckt war. Als Sasha gegen Mitternacht zu gähnen anfing, brachen sie, Cord und Olly auf und ließen die Turteltäubchen in ihrem schwimmenden Apartment zurück.

Ollys galantes Angebot, Restmüll und Recycelbares zu den Mülltonnen am Parkplatz zu bringen, wurde dankbar angenommen. Zu dritt gingen sie am Pier entlang und unterhielten sich nur leise, um in den umliegenden Booten niemanden zu wecken.

»Sie ist ja echt süß«, murmelte Sasha. »Und sie scheint Nate wirklich zu mögen.«

»Schockierend, oder?«, erwiderte Olly.

»Hoffentlich realisiert sich eins ihrer Projekte«, sagte Sasha nachdenklich.

»Wird schon passen.«

»Ich meine, es kommen jedes Jahr Millionen Apps raus. Als Karriere irgendwie ziemlich unsicher, oder?«

»Ach, die Apps macht sie doch nur zum Spaß. Im Grunde ist sie im Ruhestand, seitdem sie dreißig ist.« Olly warf eine Mülltüte in die Tonne.

»Was soll das heißen, sie ist im Ruhestand?«, fragte Sasha verwirrt.

»Shelby war Mitarbeiterin Nummer dreiundsiebzig bei Google. Das sind Millionen in Aktien.«

Sasha fiel die Kinnlade herunter. Shelby war stinkend reich, sie schwamm in Geld. Sie begann zu lachen. »Oh, Mann«, sagte sie, lachend und den Kopf schüttelnd. »Nate könnte sich einfach eine Rolex und ein Pferd *kaufen*.«

20

Georgiana

Als Georgiana ein Teenager war, wurde das Haus von Truman Capote für den Rekordpreis von 12,5 Millionen Dollar an den Gründer von Rockstar Games verkauft. Das Stadthaus, ein sich über vier Fensterfronten und vier Etagen erstreckender Bau in der Willow Street, zwischen Pineapple und Orange Street gelegen, war in der Nachbarschaft heiliger Boden. Denn wie alle Welt weiß, hatte Capote *Frühstück bei Tiffany* und *Kaltblütig* hier geschrieben, hatte auf der Veranda gefaulenzt, einen autobiografischen Essay über die Nachbarschaft verfasst und Hausführungen für Freunde veranstaltet. Capote gehörte den Obststraßen. Als der Macher von *Grand Theft Auto* sein Scheckbuch zuklappte und die Schlüssel zur Willow Street 70 entgegennahm, war ein kollektiver Aufschrei des Entsetzens von der Promenade bis zur Montague Street zu vernehmen. Der neue Besitzer beantragte etliche Genehmigungen: für den Einbau eines Swimmingpools, das Entfernen des gelben Anstrichs, den Abriss der Veranda. Ein Albtraum. Wer würde, noch dazu in Brooklyn Heights, Audrey Hepburn gegen so etwas eintauschen?

In den Wochen nach der entsetzlichen Geschlechtsenthüllungsparty dachte Georgiana immer wieder an Capotes Haus.

Die Denkmalschutzkommission setzte sich mit dem neuen Eigentümer in Verbindung, und es entstand ein gemeinsamer Plan. Er bekam seinen Pool, musste aber das ursprüngliche architektonische Erscheinungsbild der Fassade – Greek Revival – wiederherstellen, die historischen Backsteine freilegen und überhaupt die beträchtlichen *Grand Theft Auto*-Gewinne dafür einsetzen, um das Haus im Glanz des 19. Jahrhunderts neu erstrahlen zu lassen. So konnte der Eigentümer in allem Komfort dort wohnen und dennoch die ererbte Geschichte und Kultur würdigen. Tatsächlich war das Ergebnis eine Verbesserung. Vielleicht war es das, was Sasha mit der Pineapple Street vorhatte. Vielleicht war Georgianas Aufschrei des Entsetzens aber auch nur reiner Snobismus.

Kristin hatte eine Therapeutin, die ihre Praxis in der Remsen Street hatte, und seit Neuestem suchte auch Georgiana sie einmal wöchentlich auf. Die erste Stunde verging damit, dass sie unter Verbrauch einer halben Schachtel Kleenex die Geschichte von Brady erzählte, doch in den folgenden Wochen verlagerten sich die Themen mehr und mehr auf Familie, Geld, Sasha und den Ehevertrag. Georgiana erkannte zunehmend, wie eng ihr Verhältnis zu Geld mit ihrer Einstellung gegenüber Freunden und Ehe verflochten war. Ohne es zu ahnen, war sie ihr Leben lang dazu erzogen worden, ihr Vermögen zu schützen. Die Familie hatte Steuerberater und Anlageberater, sie nahm am Jahresende sorgfältig erwogene Umschichtungen vor, um Verluste wettzumachen, und während sie die Früchte ihrer Arbeit (vielmehr der Arbeit der Altvorderen) genießen durften, wuchsen die Nachkommen mit der quasi religiösen Überzeugung auf, dass sie *nie, nie* das Kapital anrühren durften. Mit dieser Doktrin war die Botschaft verknüpft, dass eine Heirat außerhalb der eigenen Schicht den Reichtum verwässert. Als reicher Mensch heiratet man tunlichst nur einen anderen reichen Menschen. Georgiana war bislang nicht bewusst gewesen, wie tief diese Überzeugung in ihrem Geist verwurzelt war.

Dass sie ihre Schwägerin »Goldgräberin« genannt hatte, ließ Georgiana jetzt vor Scham erröten. Es stimmte nicht, dass Sasha den Ehevertrag nicht unterschrieben hatte; das hatte sie sehr wohl, aber darum ging es nicht. Das heimliche Schimpfwort war Ausdruck von Klassismus, von Snobismus, und das war genau die Einstellung, gegen die sie ankämpfen musste. Man kann nicht gegen die Ungleichheit in der Welt antreten, wenn man in der eigenen Familie eisern daran festhält.

»Es ist wie bei Truman Capotes Haus«, erklärte Georgiana ihrer Therapeutin, als sie, ein Taschentuch knetend, auf dem Tweedsofa in dem kleinen Praxisraum saß. Die Therapeutin war eine schlanke, elegant und farblich neutral gekleidete Frau um die sechzig, die schon immer in dieser Wohngegend gelebt und praktiziert hatte und sich den Raum mit einer Kinderpsychologin teilte, weshalb in den Bücherregalen nicht nur Freud und Klein standen, sondern auch kleine Plastikfiguren, Miniaturmütter, -väter und -babys. Georgiana war gelegentlich versucht, eine Figur in die Hand zu nehmen, während sie redete. »Ganz Brooklyn Heights hat sich nicht mehr eingekriegt, weil das Haus an einen Neureichen ging«, sagte Georgiana fassungslos.

»Wissen Sie, was der Witz daran ist?«, fragte die Therapeutin vergnügt. »Capote war überhaupt nicht der Eigentümer der Willow Street 70. Das Haus gehörte einem Freund, und Capote hat die Souterrainwohnung gemietet. Die Hausführungen hat er nur veranstaltet, wenn der Freund verreist war.«

Georgiana musste lachen.

Als sie an diesem Abend nach Hause kam, beschloss sie, Sasha anzurufen. Sie biss sich nervös auf die Lippe, als das Freizeichen ertönte. Sie hasste es, zu telefonieren – niemand in ihrem Alter telefonierte; man schrieb oder schickte allenfalls Sprachnachrichten –, doch als Sasha sich meldete, räusperte sich Georgiana und überwand die Peinlichkeit. »Sasha, hallo, ich bin's, George«, sagte sie. »Ich hab mir gedacht, dass wir vielleicht mal miteinander Tennis spielen könnten, was meinst du?«

Nachdem sich Georgiana in letzter Zeit vielfältigen unbequemen Selbsterkenntnissen gestellt hatte, lag sie eines Sonntagvormittags auf Lenas Couch und gestand sich eine weitere Wahrheit ein: dass sie Zwiebelringe liebte. An diesem Sonntag gab es keine Ausrede für eine Zwiebelringbestellung, sie war nicht verkatert, lag nicht auf dem Sterbebett, sie war nicht einmal laufen gewesen, und doch musste sie zugeben, dass die Zwiebelringe von Westville wunderbar knusprig und süß waren, weshalb sie, Lena und Kristin zehn Dollar für eine große Portion springen ließen.

Während sie faulenzten, im Fernsehen wieder mal reichen Hausfrauen beim Streiten zusahen und aufs Essen warteten, besprachen sie den vergangenen Abend. Sie waren in Cobble Hill ausgegangen, und Kristin hatte am Ende den Barkeeper im Clover Club geküsst. Das war bedauerlich, denn jetzt konnten sie nicht mehr hingehen, dabei gab es dort so köstliche Cocktails.

»Irgendwann wird er doch mal freihaben«, maulte Lena.

»Ich glaube, er ist der Chef. Das können wir vergessen.«
Kristin seufzte bedauernd. »Und du, George, was machst du
wegen Curtis?« Sie trank ihr zweites Gatorade des Morgens,
das Katerlinderung durch isotonische Erfrischung verhieß,
und trug einen Jogginganzug, in dem sie wie ein sehr stylisches
Teletubby aussah.

»Keine Ahnung! Wenn ich er wäre, würde ich mich wahrscheinlich blockieren. Ich war abwechselnd supernett und eis-
kalt zu ihm«, sagte Georgiana zerknirscht und hob sich trost-
halber Lenas Hund auf den Schoß.

»Wie seid ihr denn verblieben?«, fragte Lena.

»Ich habe geschrieben, dass ich keine Zeit habe, um was zu
unternehmen.«

»Kannst du ihm nicht schreiben, dass jetzt mehr Zeit ist?«

»Das wäre doch falsch, oder? Ich habe ihn wegen Brady an-
gelogen, und wenn ich möchte, dass aus uns was wird, muss ich
doch wohl versuchen, von jetzt an ehrlich zu sein.«

»O weh, Ehrlichkeit ist das Schlimmste«, stöhnte Kristin.

»Genau«, stimmte Georgina zu und stand auf, um an der
Tür die Zwiebelringe entgegenzunehmen.

Ein paar Tage später blieb Georgiana nach dem Arbeitstag noch
im Büro. Aus der Ferne sah sie, wie ihre Kolleginnen in den diversen Schlafzimmern, Salons und Dienstbotenkammern die
Computer herunterfuhren. Sie holte tief Luft und öffnete das
Scribus-Layoutprogramm, mit dem sie sonst den Newsletter
verfasste, stellte die Schriftart auf Times New Roman um und
entwarf ihre persönliche Version eines Schuldeingeständnis-
ses; es war ihre Art, draußen vor seinem Fenster eine Boombox
hochzuhalten, ihr Versuch, Curtis gegenüber ihr Herz zu öffnen.

Es ist November, und ein Großteil von Georgiana Stocktons Kohorte hat sich bereits in die Außenbereiche von Brooklyn abgesetzt, wo ihr Clan in paillettenbesetzten Kleidern zu 90er-Jahre-Pop tanzt, sich mit Wodka betrinkt und Essiggurken verspeist. Georgiana hat sich mehr als zweieinhalb Jahrzehnte lang unbekümmert an diesen Kostümfesten beteiligt, ihre größte Sorge galt vor allem der Suche nach guten Outfits für Themenpartys und der Aufrechterhaltung eines 5.5er-Tennislevels. Aber jetzt, mit 26, ist Georgiana Stockton bereit, erwachsen zu werden.

Georgiana gehört einer wachsenden Bewegung von Millennials an, die als Superreiche groß geworden sind, aber jetzt erkennen, dass sie Vollidioten sind. »Leute wie mich sollte es eigentlich nicht geben«, sagt Stockton in ihrer Wohnung in Brooklyn. »Ich bin sechsundzwanzig. Es gibt keinen logischen Grund, weshalb ich eine Chanel-Sonnenbrille tragen sollte.« Darüber hinaus war Stockton gegenüber jemandem, den sie gern näher kennenlernen würde, unaufrichtig. Als er der Präsentation der Arbeit ihrer Organisation in Pakistan beiwohnte, machte sie ihn glauben, es sei nur ihre Freundin Meg bei dem Flugzeugabsturz umgekommen. Die Wahrheit ist, dass dabei auch ein Mann ums Leben kam, mit dem sie, obwohl er verheiratet war, ein Verhältnis hatte. Ihre Trauer und ihre Schuldgefühle waren echt, aber sie bedauert zutiefst, vor jemandem, der sich ihr gegenüber sehr freundlich gezeigt hat, die Wahrheit verheimlicht zu haben. Von außen betrachtet wird kaum glaubhaft erscheinen, dass sie tatsächlich ein neues Kapitel aufgeschlagen hat, dessen ist Stockton sich bewusst. Dennoch hofft sie, dass sie, wenn sie ihre Fehler hiermit endlich eingesteht, bei Curtis McCoy, dem lokalen Frauenschwarm und exzellenten Küsser, womöglich eine zweite Chance erhalten könnte.

Unter den Text setzte Georgiana ein Foto von sich, auf dem sie sexy in die Kamera blickte, und speicherte alles als PDF ab. Sie hängte die Datei einer Mail an Curtis an, in der sie einfach schrieb: »Für den Fall, dass du die *Style*-Seiten diese Woche verpasst hast«, ging auf Senden und hörte das elektronische Signal, mit dem ihre Nachricht, in kleine Datenpakete zerhackt, ins Netz davonschoss, zwischen Hubs hin und her sprang und von den Fluggesellschaften des Cyberspace weiterbefördert wurde, um sich schließlich vor Curtis' Augen wieder zusammenzusetzen.

Sie hoffte, dass er die Nachricht las. Sie hoffte, dass er nachvollziehen konnte, warum sich auch ein netter Mensch manchmal total bescheuert verhielt. Sie hoffte, er würde ihr helfen, es besser zu machen.

Denn sie wünschte sich so sehr, ein besserer Mensch zu werden. Aber es lag noch ein weiter Weg vor ihr. Bill Wallis hatte ihr vorgeschlagen, eine Stiftung zu gründen und die erste Million vom eigenen Konto einzuzahlen. Er hatte zugestimmt, im Stiftungsvorstand zu sitzen, ebenso Tilda. Zu dritt würden sie über Zuwendungen für gemeinnützige Organisationen entscheiden; Georgiana hatte dabei die Hoffnung, dass im Lauf der Zeit immer mehr Geld von ihrem Konto in die Stiftung fließen würde, bis der Trust aufgelöst wäre.

Sie dachte immer noch an Brady, dachte immer noch an Amina. Manchmal fragte sie sich, ob ihre Perspektive auf ihn für immer unverändert bliebe oder ob sie mit der Zeit die Tatsache, dass er älter als sie war und mehr zu sagen hatte, womöglich dahingehend deuten würde, dass er sie ausgenutzt hatte. Wer weiß. Im Moment hoffte sie nur, dass es Amina gut ging; dass sie Frieden gefunden hatte. Georgiana war sicher, dass sich ihre Wege eines Tages wieder kreuzen würden, weil sie Seite an Seite für ein gemeinsames Ziel arbeiteten, und sie stellte sich gern vor, dass Brady sich darüber freute; sie stellte sich vor, dass sein Vermächtnis auf Erden, so kompliziert es sein mochte, sich verdoppelt hatte, seitdem er nicht mehr da war, und die beiden Hälften seines Herzens sich unter einem gemeinsamen Ziel vereint hatten; dass all die Liebe, die er Georgiana entgegengebracht hatte, auf etwas wirklich Gutes ausstrahlte.

21

Darley

Vor dem Treffen mit Cy Habib betupfte sich Darley die Handgelenke mit Parfüm, tuschte sich die Wimpern, bürstete sich das Haar, bis es glänzte, und zuletzt legte sie sich die Christophorus-Kette um den Hals.

Malcolms Mutter hatte, seit Darley sie kannte, eine goldene Halskette mit einem Christophorus-Anhänger getragen. Das Medaillon zeigte den Heiligen mit einem Stab und einem Kind auf der Schulter; nach der Legende hatte er, ein Riese, als Fährmann Reisende über den Fluss getragen und war seither deren Schutzheiliger.

Als Malcolm zwölf war, hatte er einmal ein Fußballturnier drei Stunden entfernt, und Soon-ja und Young-ho brachten ihn hin. Sie beluden das Auto, einen waldgrünen Ford Explorer, und fuhren los. Nachdem sie eine Stunde mit moderater Geschwindigkeit auf dem New Jersey Turnpike unterwegs gewesen waren, verlor ein Sattelschlepper die Kontrolle über sein Fahrzeug und rammte sie von der Seite. Der Ford Explorer überschlug sich, richtete sich wieder auf und schleuderte mit abscheulichem Kreischen gegen die Leitplanke, wo er zum Stehen kam. Soon-ja erzählte die Geschichte so, dass sie nach dem Unfall die Augen öffnete und das Gefühl hatte, sie habe sich alles nur eingebildet. Sie drehte sich um und sah Malcolm auf dem Rücksitz, immer noch angeschnallt und den Game Boy in beiden Händen. Auch Young-ho saß wie zuvor auf dem Fahrersitz, hielt sich am Steuer fest und war völlig unverletzt. Zitternd öffneten die drei ihre Türen und standen, aneinandergeklammert, am Rand der Autobahn. Niemandem war ein Haar gekrümmt, niemand hatte einen blauen Fleck, einen Kratzer, eine Verstauchung. Die Rettungssanitäter kamen und untersuchten sie, die Polizei kam, um den Unfall aufzunehmen, die Feuerwehr rückte vorsichtshalber mit einem Löschfahrzeug an. Als einer der Sanitäter einen Blick ins Innere des Autos warf, sah er Soon-jas Christophorus-Anhänger, den sie zuvor um den Hals getragen hatte, am Rückspiegel hängen.

Am Tag ihrer Hochzeit schenkte ihr Soon-ja ihre Christophorus-Kette, und Darley trug sie jedes Mal, wenn sie unterwegs war, im Flugzeug, auf einer langen Autofahrt, überhaupt immer, wenn sie das Gefühl hatte, besonderes Glück zu brauchen. Als sie und Malcolm unter den Bäumen der Willow Street zu ihrer Verabredung gingen, lag die Kette warm an ihrer Brust und fühlte sich gut an. Der Atem bildete kleine weiße Wölkchen vor ihrem Mund, ihr langer Mantel flatterte anmutig bei jeder Bewegung, und es roch leicht nach Holzrauch. Darley war glücklich. Sie griff nach Malcolms Hand und hielt sie.

Während der Woche hatten sie alles über Cy Habib zusammengesucht, was das Netz hergab, und gepaukt wie für eine Prüfung. Cy war ein hohes Tier bei Emirates Airline, leitender Vizepräsident für Luftfahrt- und Industriepolitik. Angefangen hatte er bei British Airways im Traineeprogramm für Hochschulabsolventen und war dann zu Cathay Pacific gewechselt. Er war so begabt und hatte bald einen so herausragenden Ruf, dass Emirates ihn abwarb und eigens eine Stelle für ihn schuf. Cy war ein anschauliches Beispiel dafür, weshalb die Luftfahrt so attraktiv war – sein Erfolg hing von keinem Stammbaum ab und keiner Bankenhierarchie, in dieser Branche herrschte Meritokratie, in der Intelligenz, Leistung und Leidenschaft belohnt wurden.

Als sie im Colonie in der Atlantic Avenue eintrafen, saß Cy schon vorn an einem kleinen Tisch. Darley stellte die Männer einander vor, Cy bestellte eine Flasche Wein, und sogleich entwickelte sich ein angeregtes Gespräch über das Fliegen. Sie berichteten einander von ihren Abenteuern mit der Cessna und der Cirrus und tauschten sich über ihre bevorzugten Flugplätze aus. Malcolms Favorit war der Ingalls Field Airport in Hot Springs, Virginia, einer der höchstgelegenen Flugplätze östlich des Mississippi mit seiner in den Berg gebauten Rollbahn, Cy wiederum schätzte aus sentimentalen Gründen besonders den First Flight Airport in North Carolina, wo die Gebrüder Wright ihre ersten Gleitflüge unternommen hatten. Block Island gefiel ihnen trotz der kurzen Rollbahn, und was beide Männer unbedingt noch machen wollten, war ein Grand-Canyon-Flug. Cy zeigte ihnen auf dem Handy ein Video von seiner Landung auf Dauphin Island, Alabama, wo die Rollbahn praktisch eine ins Wasser gebaute Seebrücke ist.

Darley prahlte mit Malcolms Blog, den er als Jugendlicher gehabt hatte, mit seinem kometenhaften Aufstieg vom Analysten zum Geschäftsführer, mit seiner Arbeitsmoral und dem Jahr, in dem er so viel unterwegs gewesen war, dass er das Kunststück vollbracht hatte, bei allen drei großen US-Fluggesellschaften Exklusivstatus zu erlangen. Dann sprach Malcolm über Emirates Airline, über seine Marktbeobachtungen, über den lang erwarteten Börsengang der Fluglinie und wie er seiner Meinung nach ablaufen könnte.

Sie unterhielten sich so gut, dass sie schließlich Abendessen bestellten, noch mehr Wein und zuletzt noch ein Dessert und erst aufstanden, als das Personal im hinteren Bereich schon die Stühle auf die Tische stellte.

Im Gegensatz zu Darley, die von Flugzeugen fasziniert war, weil sie sich für die finanzielle Seite der Branche interessierte, hatte Malcolm schon als kleiner Junge Pilot werden wollen. Stattdessen hatte er Wirtschaft studiert; doch kaum hatte er etwas Geld übrig, nahm er Flugstunden. Zu nachtschlafender Zeit stieg er in den Regionalzug der New Jersey Transit zum Flughafen Linden, nur fünf Meilen südlich des Newark Airport. Er flog ein, zwei Stunden, zog sich dann um und bestieg in Anzug und Krawatte den Pendlerzug in die City, wo er um 8:45 Uhr an seinem Schreibtisch an der Wall Street saß.

Es gab Tage, an denen Darley sich über Malcolm ärgern konnte, an denen sie das Gefühl beschlich, sie habe ihre Karriere für die Familie geopfert und ein großes, interessantes Leben aufgegeben, um Kinder großzuziehen. Doch dann fiel ihr wieder ein, was Malcolm seinerseits geopfert hatte: eine Karriere als Pilot der Maschinen, mit denen er sich so intensiv befasst hatte, frühmorgendliche Landungen auf der Rollbahn in New Jersey, den Geruch nach Kohle und Kerosin, die Begeisterung, mit der ihn dies alles erfüllte und gegen die das Leben auf dem Boden meist ein blasser Abklatsch war.

»Das war gut, Schatz, oder?«, fragte sie, als sie, die Finger ineinander verschränkt, auf der Promenade nach Hause gingen.

»Sehr«, antwortete Malcolm. »Tut richtig gut, nach dem monatelangen dauernden Eiertanz wieder mal ein echtes Gespräch zu führen.«

»Was meinst du mit Eiertanz?«, fragte Darley. Meinte er: mit ihr?

»Es ist schwer, immer so zu tun, als sei alles normal. Deiner Familie nicht zu sagen, dass ich gefeuert wurde.«

Darley nickte »Ach. Ja, sicher, das stimmt.«

»Wir müssen ihnen aber bald reinen Wein einschenken«, drängte Malcolm. »Das geht jetzt schon zu lange so.«

»Ich weiß, ich weiß. Ich fürchte mich nur davor, mit ihnen über Geld zu reden, zumal nach der Sache mit George.«

»Lass mich ehrlich sein, Darley. Je mehr du versuchst, meine Entlassung geheim zu halten, desto demütigender ist es für mich«, sagte Malcolm leise.

»O nein!« Darley blieb stehen und wandte sich zu ihm. »Das will ich doch nicht! Du sollst dich doch nicht gedemütigt fühlen! Ich will dich nur schützen! Du weißt doch, wie meine Eltern sind.«

»Ja, das weiß ich.« Malcolm ließ ihre Hand los. »Es gefällt ihnen, dass wir uns beim Wirtschaftsstudium kennengelernt haben, es gefällt ihnen, dass ich Banker bin, aber Darley, wir haben zwei Kinder, seit zehn Jahren sehe ich deine Familie jedes Weihnachten, jedes Ostern und zu jedem Geburtstag. Inzwischen dürften sie mich kennen, und ich glaube, sie werden mich auch dann akzeptieren, wenn ich kurzzeitig arbeitslos bin.«

Darley sackte in sich zusammen. »O Gott, ja, ganz bestimmt, natürlich.« Schlagartig war ihr bewusst geworden, wie sehr es ihren Mann verletzte, dass sie ihm mit jedem Tag, an dem sie die Lüge aufrecht hielt, immer wieder zu verstehen gab, dass er nur so lange zu den Stocktons gehörte, wie seine Gehaltsschecks eintrudelten.

Malcolm zog Darley an sich, und sie drückte ihre Wange an sein Hemd. »Gib deinen Eltern eine Chance, Dar. Könnte sein, dass du überrascht wirst.«

Als Darley in dieser Nacht neben Malcolm im Bett lag und seinem gleichmäßigen Atem lauschte, der so beruhigend war wie das Rauschen von Regen oder das Schnurren einer Katze, ging sie in sich und suchte eine Antwort auf die Frage, warum sie darauf bestanden hatte, Malcolms Entlassung so lange geheim zu halten. Warum sie derart Angst hatte, dass er aus ihrer Welt verbannt werden könnte.

Eines war ihr an Leuten mit Geld aufgefallen: Sie hielten eisern zusammen. Nicht, weil sie von Natur aus oberflächlich, materialistisch oder versnobt waren, obwohl das nebenbei natürlich zutreffen mochte; hauptsächlich lag es daran, dass sie sich, wenn sie unter sich waren, um materielle Unterschiede keine Gedanken machen mussten. Sie alle konnten Freunde für ein Wochenende auf die Bermudas oder auf einen Flug nach Montreal einladen, Mietautos und überteuerte Restaurants und die in manchen Clubs vorgeschriebenen Sakkos und Krawatten bezahlen – das alles machte ihnen nichts aus. Sie bewegten sich in Kreisen, in denen alle mithalten konnten, alle sich ihren gehobenen Lebensstil leisten konnten und es niemals peinlich war, sich einladen zu lassen oder die Abendgarderobe zu leihen oder zu warten, bis das Gehalt auf dem Konto war. Man ging stillschweigend davon aus, dass bei Reisen, Partys, Freizeitaktivitäten jeglicher Art die Freunde einfach dabei wären und dann, wenn es so weit war, auch wussten, wie sie sich zu verhalten hatten.

Die andere Sache, über die man tunlichst nicht redete, war die heimliche, aber immer wache Sorge, man könnte ausgenutzt werden. Ausgenutzt von Leuten, die allerlei von einem haben wollten, schließlich hatte man ja allerlei, Wochenendhaus, Riesenwohnung, guten Alkohol, Partys, Verbindungen und, nun ja, einfach Geld. Darley sah es immer wieder in unterschiedlichen Erscheinungsformen – Typen, die ihrer Freundin Schmuck und Laptops kauften und teure Urlaube finanzierten, nur um irgendwann zu merken, dass sie sich die Beziehung letztlich erkauft hatten; und andere, die Heerscharen von Hofschranzen um sich scharten, wenn sie für den Flaschenservice im Club oder ein Haus in den Hamptons zahlten. Zwischen Teilhabenlassen und Ausgenutztwerden war ein großer Unterschied, und den erkennen zu müssen, brach einem manchmal das Herz. Und so war es einfach leichter, in mancherlei Hinsicht, sich mit denen zu umgeben, die dich mochten, aber nicht deine Kreditkarte brauchten, um sich zu amüsieren.

In ihrer Highschoolzeit hatte es eine Clique von Mädchen gegeben, mit denen Darley noch heute gelegentlich zu Mittag aß, wenn ihre aktuellen Freundinnen nicht zur Verfügung standen. Sie wurden die Reismädchen genannt, denn wie alle lachend sagten: »Sie waren weiß und klebten zusammen.« Darleys eigener Freundeskreis war von solchem Spott ausgenommen, weil ihre Freundin Eleanor Chinesin war, aber tief im Inneren wusste sie, dass es keinen Unterschied gab – sie war mit einer Gruppe von Mädchen aus reichem Haus zusammen, die alle fast gleich aufgewachsen waren. Alle hatten wohlhabende Eltern und Großeltern, alle hatten Hausangestellte und Kinderfrauen, alle machten Urlaub in den Tropen, feierten Geburtstag im Restaurant, besaßen eine Auswahl an Skiern und Tennisschlägern und, in Eleanors Fall, ein Golfschlägerset für dreitausend Dollar.

Nachdem die Stocktons alter Geldadel waren, gingen sie mit dem schnöden Mammon mehr oder weniger diskret um. Sie flogen, außer bei Langstreckenflügen, Economy, sie fuhren ihre Autos so lang, bis sie zu klappern anfingen, und nie richteten sie sich neu ein. Bei näherer Betrachtung jedoch sträubten sich einem die Haare angesichts dessen, was das Leben jeden Tag kostete. Der Unterhalt und die Steuern für das Haus in der Pineapple, die Maisonettewohnung in der Orange Street und das Landhaus in der Spyglass Lane, die Mitgliedschaften im Casino, Knickerbocker Club und Jupiter Island Club, das Schulgeld der Henry Street School (Kindergarten und erste Klasse kosteten jeweils fünfzigtausend), Bertas Gehalt – es läpperte sich. Manchmal fragte sich Darley, ob ihr Vater überhaupt wusste, wie viel aus den Hähnen floss, oder ob seine Assistentin die Schecks ausstellte und er sie unterschrieb, ohne auch nur den Blick von seinen Bauplänen zu heben.

Wann immer eine Rechnung oder Ausgabe Darley überraschte – die Nebenkosten, die beim Kauf ihrer Wohnung anfielen, das Gutachten des Jupiter Clubs nach einem Hurrikanschaden –, kommentierte ihr Vater achselzuckend: »Ein Rundungsfehler.« Und so war es ja. Er konnte mit einem einzigen Deal mehr verdienen oder verlieren, als jedes Familienmitglied realistischerweise in fünf Jahren ausgeben konnte,

Immobilienerwerb eingeschlossen. Es war ein Leben großer Privilegien und Leichtigkeit, und Darley war dankbar dafür. Aber sie wusste auch, dass es Freundschaften nicht gerade beförderte. Es gab nur eine begrenzte Anzahl von Personen, die ihre Welt verstehen konnten.

Als Darley einmal mit Cord über das Thema reden wollte, rieb er sich verwundert die Augen. Er empfand es anscheinend ganz anders. »Mach dich locker, Dar. Wir leben in einer Stadt voller interessanter Menschen.« Das war, dachte Darley, der Hauptunterschied zwischen ihnen und der Grund, warum sie bei Malcolm und er bei Sasha gelandet war. Sie brauchte jemanden, mit dem sie seit Jahren bekannt und vertraut war; er hingegen konnte sich in einer Bar in ein Mädchen verlieben, das er zum ersten Mal sah. Für Darley entstanden tiefe Beziehungen im Lauf der Zeit, durch jahrelange Freundschaft, durch langsames Abschälen der zahlreichen Schichten, die man um sich herum aufbaut. Zu oft war sie von vermeintlichen Freunden enttäuscht worden. Etwa der Zimmerkollegin am College, die das Studium geschmissen hatte und sie um ein Darlehen von zweitausend Dollar anflehte, damit sie ihrer kranken Mutter helfen könne. Erst Monate später erfuhr Darley, dass es keine kranke Mutter gab, sondern eine Kokainsucht, und das Geld weg war. Oder die Zeltlagerfreundinnen, die ihre Telefonkarte klauten und damit vom öffentlichen Telefon neben dem Speisesaal ihre Freunde anriefen und in sechs Wochen hundert Dollar vertelefonierten. Und die Mädchen in ihrem ersten Jahr in Yale, die zu ihr kamen, um Filme anzuschauen, weil Darley einen Beamer hatte, und sich ihr Auto liehen, um Pizza zu holen, aber sie hinter ihrem Rücken verspotteten und eine verwöhnte reiche Zicke nannten. Einmal fuhr eines dieser

Mädchen eine Delle in ihr Auto und bot nicht einmal an, die Reparatur zu zahlen. Darley wusste, dass der Reichtum ihrer Familie sie für diese Art von Blutsaugern anfällig machte, und hatte schon vor langer Zeit Schutzmauern um sich errichtet. Sie hatte gefürchtet, dass Cord nie Mauern gebaut hatte, sich von Frauen und Freunden leiten ließ wie ein Pilot, der durch Nebel fliegt, und das war der Grund, weshalb sie anfangs so abweisend gegenüber Sasha gewesen war. Deshalb hatte es so lang gedauert, bis sie ihre Schwägerin akzeptierte.

Zum millionsten Mal dachte sie über ihren Ehevertrag nach. Vielleicht hatte sie, als sie auf ihren Trust verzichtete, einen idiotischen Fehler gemacht, sicher. Aber ihr größter Fehler war gewesen, dass sie dem Geld so viel Macht über ihr Leben eingeräumt hatte. Mit dem Geheimnis um Malcolms Entlassung unterstützte sie ja die Idee, dass ihre Welt ein Club nur für Leute mit siebenstelligem Jahreseinkommen sei. Und so wollte sie nicht leben. Zum ersten Mal in ihrem Leben wollte sie die bittere Schale ablösen und sich dem süßen Inneren öffnen.

Nach allgemeinem Dafürhalten wird frau genau in dem Moment schwanger, in dem sie es nicht mehr um jeden Preis versucht. Findet genau dann die Liebe, sobald sie aufhört, nach ihr suchen. So, wie dein Midi-Seidenkleid von La DoubleJ genau einen Tag, nachdem du es zum vollen Preis gekauft hast, in den Ausverkauf geht. (Okay, der Vergleich mochte hinken, aber Darley ärgerte sich trotzdem.) Jedenfalls bewirkte genau dieses Gesetz, dass Malcolm eine Woche, nachdem sie den Stocktons mitgeteilt hatten, dass die Deutsche Bank ihn entlassen hatte, einen neuen Job hatte.

Tilda und Chip waren, stellvertretend für Malcolm, außer sich über das Azul-Debakel. Sie begriffen ohne weiteren Erklärungsbedarf, dass er an dem Vorgefallenen ganz unschuldig war, und bedauerten ihn uneingeschränkt. Und was noch besser war: Tilda trat zu einem Rachefeldzug an, der genauso versnobt war, wie ihn Chuck Vanderbeer verdient hatte: Sie sorgte dafür, dass er und Brice MacDougal in jedem privaten Club in New York City auf die schwarze Liste kamen, dass sie von jeder Gesellschaftsgala ausgeladen wurden, vom Winterball der Junior League bis zur MoMA Armory Party, und nie wieder einen Squashplatz in dieser Stadt bekamen, und Darley musste lachen, weil sie wusste, dass Tilda die Achillesferse der beiden punktgenau getroffen hatte.

Nach dem großartigen Abend im Colonie hatte Cy Habib Malcolm mit Scheich Ahmad ibn Said Al Maktum bekannt gemacht, dem Vorsitzenden von Emirates Airline, und der hatte für Malcolm eine Position geschaffen: Leiter und Vorstand der Strategieplanung. Malcolm wäre in New York stationiert und sollte, neben vielen anderen Aufgaben, den Gang der Fluglinie an die New Yorker Börse leiten. Für Malcolm war es die Erfüllung eines Traums. Er war nicht mehr im Bankgeschäft, er hatte eine Karriere bei der beeindruckendsten Fluggesellschaft der Welt vor sich, und während das Erreichen des Exklusivstatus bei den drei größten US-Fluggesellschaften künftig wohl kein Thema mehr für ihn war, wäre er viel mehr zu Hause, könnte seine Kinder aufwachsen sehen und sich über den Tod von Tauben Gedanken machen. Ein unerwarteter Nebeneffekt bei der Vorbereitung des hochprofitablen Börsengangs war, dass Malcolm derjenige war, der entschied, welche Investmentbanken eingeladen wurden, sich um das Geschäft zu bewerben. Er lud alle ein – mit Ausnahme der Deutschen Bank. Tilda hatte es am treffendsten formuliert: Die falschen Gäste ruinieren die beste Party.

22

Sasha

hips Siebzigster stand bevor, und alle waren im Alltag zu eingespannt, um ein rauschendes Fest zu planen, doch wenn Sasha eine Lektion gelernt hatte, dann war es die, dass man Väter nicht als selbstverständlich voraussetzen darf, und außerdem musste sie Abbitte dafür leisten, dass sie den Familienwohnsitz als »Bruchbude« bezeichnet hatte. So sagte sie zu Tilda, sie werde eine Dinnerparty in der Pineapple Street für ihn geben und das Motto sei »Seemanns Entzücken« – eine Hommage an Chips lebenslange Liebe zum Segeln. Das war ihre Buße. Ihre Freundin Vara hatte ihrerseits eine Freundin, die Innenausstatterin beim Film war, und Sasha engagierte sie für den Job. Gemeinsam verwandelten sie das Speisezimmer der Pineapple Street in einen maritimen Traum. Fischernetze wurden um den Kronleuchter drapiert und bildeten einen Baldachin über dem Esstisch, von dem Lichterketten, kleine glitzernde Köder und federbestückte Fliegen herabhingen. Sie steckten rote Kerzen in bauchige Flaschen, ließen ein schweres Tau sich über den Tisch schlängeln, und die Tischkärtchen steckten in einer Muschel auf jedem Platz. Chip und Tilda wurden ans Kopfende platziert – wie es ihnen gebührte, fand Sasha, denn sie mochte technisch gesehen die Gastgeberin sein, fühlte sich aber außerstande, in der Pineapple Street den Platz eines Oberhaupts einzunehmen.‹

Als Tilda, die in weißer Bluse mit keckem rotem Schal und Matrosenhose mit Goldknöpfen gekommen war, sich im Raum umsah, wurden ihre Augen feucht. »Ach, du Liebe, ist das schön«, rief sie und umarmte ihre Schwiegertochter innig, und Sasha war sicher, dass Tilda die Dekoration mehr zu Herzen ging, als es die Bekanntgabe ihrer Schwangerschaft getan hatte. Nach und nach trudelten alle Stocktons ein, mehr oder weniger pünktlich, mehr oder weniger dem Motto entsprechend kostümiert, und betrachteten Sashas Werk mit Erstaunen. Cord war leicht nervös, er trug Piratenhut und Leinenhemd und trat immer wieder hinter seine Frau, legte ihr eine Hand auf den Po und raunte: »Toll!« Sasha mixte Dark ’n’ Stormys und registrierte, dass Georgiana nichts trank. Sie reichte ein Silbertablett mit kalten Krabben in Cocktailsoße herum und spürte die Spannung, die trotz aller Bemühungen in der Luft lag. Georgianas Entscheidung, ihr Erbe in gemeinnützige Organisationen zu investieren, stieß nach wie vor nicht auf einhellige Zustimmung. Chip und Tilda hielten sich zurück und beäugten Georgiana wie einen eben erst stubenrein gewordenen Welpen. Darley wirkte geistesabwesend, und Sasha war doppelt froh um die Anwesenheit von Poppy und Hatcher – Kinder bringen es fertig, selbst die peinlichste Situation rasch aufzulösen. Man kann sie alles fragen und sich darauf verlassen, dass sie lustige Antworten geben. Man kann auch mit ihnen aus dem Zimmer gehen, um sich ihren Bedürfnissen und Wünschen zu widmen. Und wenn alle Stricke reißen, kann man immerhin darauf zählen, dass in ihrer Gegenwart niemand komplett ausrastet.

Als sie sich zum Essen setzten – es gab Schwarzzackenbarsch in Miso mit Seetangsalat –, spielte Sasha Gastgeberin und unternahm den Versuch, eine Festtagskonversation in Gang zu bringen. »So!«, sagte sie fröhlich. »Vielleicht könnten wir alle der Reihe nach was Nettes erzählen, das diese Woche passiert ist?« Cord lächelte sie leicht panisch an, aber sie merkte selbst, wie gestört sie sich anhörte.

Doch Tilda stieg bereitwillig ein. »Ich fange an«, sagte sie fröhlich. »Ich habe gesehen, dass es im Tennisladen von Jupiter Island eine Tory-Sport-Modenschau geben wird! Ich liebe ihre Tennisröcke!«

»Toll!«, sagte Sasha begeistert. »Chip?«

»Der Knickerbocker hat sein Mittagsbüfett geändert, jetzt gibt es weißen Spargel«, sagte er nachdenklich. »Allerdings schmeckt er fast genauso wie grüner Spargel.«

»Okay, und Georgiana?«, moderierte Sasha, leicht beklommen, denn sie fürchtete, von ihr womöglich eine Brandrede über die anstößige Geschichte der Segelkultur zu hören.

»Ich hatte heute einen wirklich erstaunlichen Vormittag«, sagte Georgiana lächelnd. »Ich habe eine Frau getroffen, die im Nordwesten Pakistans die Schulen mit Hygieneartikeln für Mädchen versorgt. Sie sagt, dass weniger als zwanzig Prozent der Frauen in Pakistan Zugang zu Monatsbinden haben. Die übergroße Mehrheit benutzt einfach ein Stück Stoff. Und sie dürfen während ihrer Periode nicht baden, denn man hat ihnen beigebracht, sie würden dadurch unfruchtbar. Ich habe zehntausend Dollar gespendet; damit werden fast fünfhundert Schülerinnen für ein Jahr mit Binden versorgt.«

»Das ist toll«, sagte Sasha. Das war es auch. Was für eine großartige Sache.

»Ich weiß nicht, ob das ein Thema für ein Tischgespräch ist, Georgiana«, warf Tilda ein. Chip betrachtete mit leicht angewiderter Miene einen Klecks Cocktailsoße auf seinem Teller.

»Mom, ich glaube, Armut ist ein wirklich wichtiges Thema, gerade als Tischgespräch«, gab Georgiana zurück. »Ich glaube, es ist ein großer Fehler, den wir als Familie schon immer gemacht haben – wir reden nur über Dinge, die uns angenehm sind. Wir müssen aber auch darüber reden, wie das Leben für die Mehrheit der Menschheit tatsächlich ist.«

»Aber über die Menstruation müssen wir *nicht* reden!«, widersprach Tilda.

»Gut«, stimmte Georgiana friedlich zu. »Aber ich will nichts von weißem Spargel und Modenschauen hören. Lasst uns über was Richtiges reden.«

»Okay.« Tilda runzelte konzentriert die Stirn. »Sasha«, sagte sie dann, »würdest du uns erzählen, wie es war, in Armut aufzuwachsen?«

Mit einem Schlag wandten sich alle Köpfe zu ihr, Cord, Darley und Malcolm mit entsetztem Blick. Georgiana biss sich auf die Lippe. Nur Hatcher knabberte froh an seinem Butterbrot.

»Sicher.« Sasha lachte. »Aber lasst mich klarstellen, dass ich keineswegs in Armut aufgewachsen bin. Meine Familie gehört zur Mittelschicht.«

»Oh, natürlich, Liebes«, warf Chip ein. »Weißt du, siebzig Prozent der Amerikaner bezeichnen sich als Mittelschicht. In Wahrheit sind es eher fünfzig Prozent …« Er brach ab, und Sasha lächelte, amüsiert über seine Anspielung.

»Na gut«, begann sie. »Meine Eltern waren beide berufstätig. Meine Mutter war Schulberaterin an einer Mittelschule in einem Nachbarort, und mein Vater war bei einer Firma, die Sportmannschaften ausstattete.« Sasha überlegte, was an ihrem Leben den Stocktons sonderbar vorkommen könnte. Vielleicht alles? Für die meisten Menschen, die sie kannte, war das Leben, das sie beschrieb, vollkommen normal; die Stocktons aber lauschten, als berichtete sie von einer Kindheit in einer Jurte in den Salzwüsten.

Sie überlegte im Stillen, ob sie sich vor ihren Schwiegereltern für ihre relativ bescheidene Herkunft eigentlich schämte – Chip und Tilda hatten ihr Elternhaus nie gesehen und mit ihren Eltern allenfalls ein paar Sätze gesprochen –, doch als sie jetzt erzählte, stellte sie überrascht fest, wie leicht es ihr fiel. »Erst hatte ich Wochenendjobs, später, als ich älter war, habe ich auch in den Sommerferien gejobbt. Als ich vierzehn war, wurde meinem Vater gekündigt, und es fing eine etwas stressige Zeit an, die rund ein halbes Jahr dauerte. Wir mussten uns einschränken. Aber mein Dad fand wieder einen Job, sogar einen besseren, und zwar bei einer Firma, die Markenklamotten mit individuellen Logos nach Kundenwünschen versieht, und das Leben war wieder, wie wir's gewohnt waren. Wir bekamen ein neues Auto, und ein paar Jahre später konnte er sein Boot kaufen.«

»Was habt ihr in den Ferien gemacht?«, fragte Darley, die Sasha aufmerksam zugehört hatte.

»Oh, alles Mögliche, viele lustige Sachen. Wir sind zu den Niagarafällen gefahren. Als ich neun war, waren wir in Orlando. Einmal waren wir in Quebec, ich probierte mein Highschool-Französisch aus, und wir sind mit dem Funiculaire gefahren, mit der Standseilbahn zur Oberstadt hinauf.«

»Oh, mit der bin ich auch mal gefahren!«, sagte Georgiana.

»Ich meine, ich hatte eine gute Ausbildung, und mein Studium habe ich ohne Schulden abgeschlossen, was heutzutage als völlig exotisch angesehen wird. Ich bin beruflich selbständig, ich bin Unternehmerin, und bis Cord und ich zusammenkamen, hatte ich genug verdient, um mir eine schöne Wohnung und ein Auto zu leisten und immer ein neues iPhone, wenn ich das alte auf den Asphalt habe fallen lassen. Ich hatte Glück. Ich hoffe, ich kann es eines Tages weitergeben, so wie Georgiana es heute getan hat.« Sasha lächelte Georgiana vielsagend an.

»Aber Georgiana ist noch so jung«, wandte Darley ein. »Sie weiß doch noch gar nicht, wofür sie ihr Geld brauchen könnte. Du hast einen Ehemann und ein Haus, Sasha. Selbst wenn alles schiefgehen sollte, wärst du nicht verloren.«

»Ich wäre genauso wenig verloren«, sagte Georgiana. »Ich besitze siebenunddreißig Millionen Dollar. Nicht mitgerechnet das Geld, das in Immobilien angelegt ist und das ich von Mom und Dad erben werde. Es gibt kein vorstellbares Ereignis auf der Welt, dessentwegen ich dermaßen viel Geld brauchen könnte.«

»Aber das weißt du doch noch gar nicht, George«, sagte Cord. »Du bist wirklich sehr jung. Es kann sich noch manches ändern.«

»So jung bin ich gar nicht. Ich bin verhätschelt worden. Und ich *will*, dass sich manches ändert, Cord«, antwortete Georgiana. »Ich bin unglaublich dankbar für diesen Reichtum. Ich bin euch, Mom und Dad, unglaublich dankbar. Und allen vier Großeltern. Das Geld ist ein Geschenk. Es ist eine Chance für mich, meinem Leben eine Bedeutung zu geben. Und tatsächlich Menschenleben zu *retten*.«

»Was hast du vor?«, fragte Sasha ihre Schwägerin und sah sie an. Georgiana kam ihr mit einem Mal verändert vor. Wo sie in den letzten Monaten so viel zornige Energie versprüht hatte, wirkte sie jetzt gelassen und strahlte eine Ruhe aus, die Sasha sonst nur von Menschen kannte, die viel Yoga machten oder Cannabis konsumierten.

»Bill Wallis und ich haben einen Plan ausgearbeitet«, erklärte Georgiana. »Mein Trust wirft derzeit mehr als eine Million an jährlichen Dividenden ab. Bis jetzt habe ich das Vermögen einfach in Ruhe gelassen, und es ist gewachsen. Jetzt, denken wir, kann ich langsam anfangen und erst mal eine Stiftung gründen, die eine Million im Jahr an Fördergeldern vergibt. Vorerst bleibt das Kapital investiert, solange ich noch nicht weiß, wo es hingeht. Aber das Ziel wird sein, dass ich mit der Zeit alles Aktienvermögen auf diverse gemeinnützige Organisationen übertrage.«

»Welche denn?«, fragte Darley.

»Ich bin noch am Überlegen, muss noch mehr recherchieren, aber ich weiß jetzt schon, dass ich einen Schwerpunkt auf Frauengesundheit in Pakistan legen will. Dafür hat Brady sich eingesetzt, als er starb. In dieser Gegend der Welt kann mein Geld viel bewirken. Es ist auch eine Gegend, in der weibliche Gesundheit und Sexualität mit viel Stigmatisierung und Fehlinformation belastet sind. Keine Frau sollte sich ihrer Menstruation schämen. Frauen brauchen auch Zugang zu Verhütungsmitteln. Und sie brauchen Sexualerziehung.«

»Damit befasst du dich doch auch bei deiner Arbeit, oder?«, fragte Cord.

»Aus der Ferne. Ich möchte mehr tun. Ich habe mir überlegt, dass ich, statt im Kommunikationsbereich zu arbeiten,

Spenderin sein und bei einigen Projekten mitmachen könnte. Demnächst steht eine Reise nach Westafrika an, nach Benin, und ich möchte unseren Gründer fragen, ob ich, wenn ich das Projekt finanziell unterstütze, mitreisen und das Programm zur Müttergesundheit verfolgen kann. Vielleicht könnte ich das Team dann eines Tages nach Pakistan begleiten. Aber ich möchte auch mit anderen gemeinnützigen Organisationen zusammenarbeiten. Ich muss mehr über andere Weltgegenden erfahren, wo Hilfe nötig ist. Mein Freund Curtis hat eine ganze Gruppe von Beratern angeheuert, um sich einen Überblick über gute Organisationen zu verschaffen und ihre Arbeit kennenzulernen. Ich werde sicher einige Jahre brauchen, bis ich wirklich weiß, wie ich am besten vorgehe.«

»Du hörst dich überhaupt nicht nach Nervenzusammenbruch an«, sagte Cord anerkennend.

»Danke«, kommentierte Georgiana trocken.

»Aber du weißt, dass privates Stiftungsvermögen nicht die Antwort auf alles sein darf. Die wahren Probleme sind die Steuergesetze, die arbeitnehmerfeindliche Politik, der zu langsame Ausbau des Sozialstaates«, warf Chip ein, und alle sahen ihn an, als hätte der Hund angefangen, Holländisch zu sprechen.

»Stimmt«, sagte Georgiana. »Aber darauf habe ich momentan keinen Einfluss. Ich kann nur beeinflussen, was ich mit *meinem* Leben anfange.«

»Also, wenn wir schon beim Thema Lebensveränderungen sind«, sagte Cord mit einem Seitenblick auf Sasha, die nickte, woraufhin er fortfuhr: »Sasha und ich haben euch auch etwas zu sagen. Wir schlagen vor, dass wir aus der Pineapple Street ausziehen, und Darley und Malcolm ziehen ein.«

Darley stellte geräuschvoll ihr Glas ab, und ihre Hände fuhren zu ihren Wangen. Alle wandten sich zu ihr. »*Wirklich?*«, stieß sie hervor und blickte fragend in die Runde, ob das vielleicht ein Scherz sein sollte.

»Ja«, sagte Sasha lächelnd. »Ich meine, es liegt natürlich an euch, Chip und Tilda, aber ihr seid zu viert und wir nur zu dritt.«

»Ach, du lieber Himmel, *danke!* Ernsthaft? Malcolm, wenn wir einziehen, könnten wir deine Eltern fragen, ob sie bei uns wohnen wollen«, sagte Darley.

»Das fände ich schön«, sagte Malcolm und nickte.

»Natürlich, wir sind vollkommen einverstanden«, stimmte Tilda zu. »Das Haus ist eures. Ihr könnt damit tun und lassen, was ihr wollt. Aber wie ich schon zu Sasha sagte, wäre es gut, die Vorhänge im Wohnzimmer hängen zu lassen. Die Fenster sind wirklich riesig«, sagte sie ernst.

»Und wo zieht ihr hin?«, fragte Georgiana.

»Wissen wir noch nicht«, sagte Sasha. »Aber wir schauen uns um.«

»Es gibt doch dieses alte Tunnelsystem unter den einstigen Zeugen-Jehovas-Häusern«, überlegte Cord. »Dort könnten wir wohnen, oder, Sasha? Wie Maulwürfe. Zu besonderen Anlässen wie Geburtstagen tragen wir das Baby rauf, damit es mal die Sonne sieht.«

»Halt die Klappe«, kicherte Sasha und trat unter dem Tisch nach ihm.

Nach dem Essen gingen sie hinüber in den Salon, wo Chip Cognac in kleinen Gläschen ausschenkte und alle auf seinen Geburtstag anstießen. Sie stießen auch auf das ungeborene

Baby an. Auf Malcolms neuen Job. Und auf Sashas erste Themenparty – Seemanns Entzücken war *der* Renner. Erst als sich alle verabschiedet hatten und die Treppe vor dem Haus hinuntergingen, steckte eine Kerze auf dem Esstisch ein Stück Fischernetz in Brand, und alsbald erfasste ein lodernder Baldachin aus Feuer den ganzen Raum.

Nachtrag

Curtis McCoy öffnete seinen Briefkasten, und es quoll ihm eine Flut von Hochglanz-Feiertagskatalogen entgegen. Wussten die Leute nicht, dass Millennials sich nur an Insta & Co. orientieren, wenn sie etwas kaufen wollen? Er trug alles in seine Wohnung hinauf, blätterte den Stapel durch und warf einen Katalog nach dem anderen ins Altpapier. Zwischen der Werbung aber fand er einen dicken cremefarbenen Umschlag aus der Orange Street. Die Stocktons. Mit dem Zeigefinger riss er ihn auf und zog eine Weihnachtskarte heraus. Die Vorderseite nahm ein professionelles Foto der Familie Stockton ein, ganz offensichtlich im Sommer aufgenommen, denn die Kulisse war ein Garten in voller Blüte. Dennoch waren alle in rotgrünes Schottenmuster gekleidet. Chip und Tilda saßen in der Mitte, Chip in einem wollenen Blazer, Tilda mit Perlen um den Hals, die Hände sittsam im Schoß gefaltet. Rings um sie scharten sich die Kinder, schwitzend in Samt und Tweed, die Enkelkinder zu ihren Füßen wie liebe Haustiere. Malcolm und Sasha bildeten die Flügel, Sashas Schwangerschaft war unter der Bluse noch unsichtbar. Curtis' Blick ruhte eine Weile auf Georgiana, dann klappte er die Karte auf und begann zu lesen.

Liebe Freunde:
Frohe Weihnachten von unserem Clan an euren! Hoffentlich geht es euch allen gut. Wir sind in dieser Weihnachtszeit

*für vieles dankbar: Meine Tennispartnerin Frannie Ford
und ich haben zum dritten Mal in Folge die Ü60-Damen-
meisterschaften des Brooklyn Heights Casino gewonnen!
Wir freuen uns, zu Neujahr viele unserer wackeren Kon-
kurrentinnen unten im Jupiter Island Club wiederzusehen.
Chip wird beim Krocketturnier mitspielen – Herausforderer
mögen bitte vortreten!
Malcolm und Darley geht es wunderbar. Malcolm arbeitet
seit Neuestem bei Emirates Airline, und Darley tritt mit einer neuen Stelle bei einem Hedge-Fonds wieder ins Berufs-
leben ein. Zwei berufstätige Eltern und die Kinderbetreuung
unter einen Hut zu bringen, wird zweifellos ein erhebliches
Chaos zur Folge haben, doch Chip und ich haben ja immer
selbstlos unsere Zeit unseren kostbaren Enkelkindern gewidmet. Cord und seine reizende Frau Sasha (Baby Nummer eins kommt im Frühjahr!) haben unterdessen in Red
Hook, nur zehn Autominuten von Brooklyn Heights, ein
ungewöhnliches Grundstück erworben. Wir kennen noch
niemanden in dieser eigenwilligen Gegend, haben jedoch
gehört, dass es unter Künstlern sehr en vogue ist, und freuen
uns auf die Geschichten aus ihrem Leben als Bohémiens!
Und zu guter Letzt hat sich Georgiana entschlossen, eine
Laufbahn als Philanthropin einzuschlagen. Derzeit bereitet
sie sich auf eine Reise nach Benin vor, und ich arrangiere
fieberhaft ihr Abschiedsessen – der Abend wird unter dem
Motto »Out of Africa« stehen und ist inspiriert von der
Szene, in der Robert Redford das Haus von Meryl Streep betritt, wo sie als Blickfang diese bezaubernden rosa Calla-
Lilien aufgestellt hat. Ich habe Tropenhelme besorgt, die wir
zur Cocktailstunde tragen werden!*

Es ist uns ein Anliegen, allen zu danken, die sich nach dem Brand in der Pineapple Street letzten Monat bei uns gemeldet haben. Die gute Nachricht ist, dass die Reparaturen abgeschlossen und Darley und ihre Familie eingezogen sind und fortan dort wohnen werden. Die Textiltapete im Esszimmer war nach dem Feuer ruiniert, doch Darley hat sie durch ein wunderschönes botanisches Muster mit kleinen Orangen ersetzt. Der Louis-XVI.-Esstisch war leider auch nicht mehr zu retten, aber wir fanden einen adäquaten Ersatz bei Scully & Scully. Die größere Tragödie war der Verlust des Chippendale-Kamelrückensofas, das in meiner Kindheit ein Schmuckstück im Haus des Gouverneurs war. Aber wir lassen uns nicht unterkriegen!
Herzlichste Weihnachtsgrüße aus den Obststraßen,
Mr und Mrs Charles Edward Colt Stockton

Curtis kicherte vor sich hin. Seitdem er mit Georgiana offiziell zusammen war, hatte er schon etliche Stunden mit den Stocktons verbracht, und das Kamelrückensofa war bei so manchem Brunch in der Orange Street Gesprächsthema gewesen. Curtis drehte die Karte um und las Georgianas persönliche Nachricht, die sie auf die Rückseite gekritzelt hatte:

Hey Schatz, glaub ja nicht, dass du aus der Nummer mit dem Abschiedsessen rauskommst, Mom hat auch für dich einen Helm bestellt. Xx

Dank

Die Hälfte dieses Romans schrieb ich in meiner Wohnung in der Pineapple Street ab fünf Uhr morgens, als das Viertel noch schlief, oder auf dem geschlossenen Toilettendeckel kauernd, während meine Kinder stundenlang in der Badewanne spielten und die saubersten kleinen Schätze von Brooklyn Heights wurden. Die andere Hälfte schrieb ich am Esstisch im Haus meiner Schwiegereltern in Connecticut, während mein Mann über Zoom unterrichtete und sich danach noch einmal mit den Rechenaufgaben der Vorschule auseinandersetzen musste. Ich danke meinen Angehörigen Carol Williams und Ken Jackson, Dan Jackson, Roger und Fa Liddell dafür, dass sie uns aufgenommen und mit salzigen Haferkeksen versorgt haben, Einsiedlerkrebse gejagt und Gutenachtgeschichten vorgelesen haben.

Zum Teil wurde der Roman von Zoë Beerys hochinteressantem Artikel in der *New York Times* inspiriert, »Die reiche Jugend, die den Kapitalismus einreißen will«. Anregend fand ich auch Kate Coopers Artikel in der Literaturbeilage der *Times*, »A Quest for Sanctity«, über die frühchristliche Heilige und römische Aristokratin Melania, Emilia Petrarcas urkomischen Artikel »Zerlegen wir erst den Kapitalismus, bevor wir rummachen?« in *The Cut* und Abigail Disneys »Ich lernte von klein auf, meinen dynastischen Reichtum zu schützen« in *The Atlantic*. Dank an meine ersten Leser: Todd Doughty, eine echte

Ananas; Lexy Bloom; Lauren Fox; Sierra Smith und Ansell Fahrenheit. Danke, Alli Mooney. Danke meiner Knopf-Familie Maris Dyer, Tiara Sharma, Jordan Pavlin, Reagan Arthur, Maya Mavjee und Dan Novak (in der Verfilmung müsste er von Daniel Craig gespielt werden). Ich bin glücklich, euch zu haben.

Es war mir eine Freude, mit Pamela Dorman, Venetia Butterfield und Nicole Winstanley zusammenzuarbeiten, die dieses Buch mit Sorgfalt und Humor redigierten und mir unglaublich viel Freundschaft entgegenbrachten. Danke dem Team von Pamela Dorman Books und Viking: Marie Michels, Jeramie Orton, Lindsay Prevette, Kate Stark, Mary Stone, Kristina Fazzalaro, Rebecca Marsh, Irene Yoo, Jane Cavolina, Brian Tart und Andrea Schulz. Danke, Madeline McIntosh. Mein Dank gilt darüber hinaus Tom Weldon, Claire Bush, Laura Brooke, Laura O'Connell, Ailah Ahmed und der Gruppe bei Hutchinson Heinemann. Dank auch Kristin Cochrane, Bonnie Maitland, Dan French, Emma Ingram, Meredith Pal und dem gesamten Team von Penguin Canada. Ich danke Inés Vergara, Hedda Sanders, Alix Leveugle, Quezia Cleto, Cristina Marino und Anna Falavena. Danke, Jenny Meyer, Heidi Gall, Brooke Erlich, Erik Feig und Emily Wissink. Und Dank DJ Kim und der ganzen genialen Truppe von The Book Group. Brettne Bloom ist eine Wucht und ihre Freundschaft über zwanzig Jahre hinweg ein Geschenk, das immer noch wächst.

Und schließlich ein großer Dank an Wavy und Sawyer; und Torrey Liddell dafür, dass er einen Schuhkarton voller frischer Batterien aufbewahrt, dass er mit Zauberhänden den Drucker zum Laufen bringt, das Leben dermaßen aufpeppt, wie nur er es versteht, und dass ich alle seine Witze klauen durfte.

Die Originalausgabe erschien 2023 unter dem Titel
Pineapple Street bei Pamela Dorman Books / Viking, New York.

Penguin Random House Verlagsgruppe FSC® N001967

1. Auflage
Deutsche Erstveröffentlichung September 2024,
btb Verlag in der Penguin Random House Verlagsgruppe GmbH,
Neumarkter Straße 28, 81673 München
Umschlaggestaltung: semper smile, München
nach einem Entwurf von Ceara Elliot
Umschlagmotiv: © Shutterstock
Satz: GGP Media GmbH, Pößneck
Druck und Einband: GGP Media GmbH, Pößneck
SL · Herstellung: sc
Printed in Germany
ISBN 978-3-442-77240-7

www.btb-verlag.de
www.facebook.com/penguinbuecher